Robert Karjel
Der Schwede

*Buch*

Der königliche Leibwächter und schwedische Geheimagent Ernst Grip wird vom FBI nach New York gerufen, um einen geheimnisvollen Auftrag auszuführen: Auf einem Atoll im Indischen Ozean soll er einen Gefangenen verhören, der ein schwedischer Landsmann zu sein scheint. Im exotischen Paradies angekommen, steht Ernst einem undurchschaubaren Menschen gegenüber, der N. genannt wird, kein Wort spricht und nach den Strapazen der Folter lediglich ein Schatten seiner selbst ist. Stück für Stück erfährt Grip die Wahrheit über das rätselhafte Doppelleben des Schweden. Doch dann wird ihm klar, dass dieses Wissen um jeden Preis bewahrt werden muss. Denn N. ist nicht der einzige Schwede, der Geheimnisse vor dem FBI verbirgt … Ein kunstvolles und undurchschaubares Spiel mit den Identitäten zweier Menschen.

*Autor*

Robert Karjel, geboren 1965 in Örebro, ist sowohl Hubschrauberpilot als auch langjähriger Thrillerautor. Für beide Jobs bereist er die Welt, begibt sich zu den Brennpunkten der Auslandspolitik von Afghanistan bis Somalia und stiehlt sich zu Recherchezwecken sogar in die geheime Bibliothek des Vatikan. Sein Thriller *Der Schwede* wird in elf Sprachen übersetzt und derzeit als amerikanische TV-Serie aufbereitet.

ROBERT KARJEL

# DER SCHWEDE

Thriller

Aus dem Schwedischen
von Maike Dörries

blanvalet

Die schwedische Originalausgabe erschien 2010 unter dem Titel
»De redan döda« bei Wahlström & Widstrand, Stockholm.

FSC
www.fsc.org
MIX
Papier aus verantwortungsvollen Quellen
FSC® C014496

Verlagsgruppe Random House FSC® N001967
Das für dieses Buch verwendete FSC®-zertifizierte Papier
*Holmen Book Cream* liefert Holmen Paper, Hallstavik, Schweden.

1. Auflage
Deutsche Erstveröffentlichung Februar 2016
bei Blanvalet, einem Unternehmen
der Verlagsgruppe Random House GmbH, München.

Umschlaggestaltung: © www.buerosued.de
Redaktion: Judith Weißschnur
BL · Herstellung: sam
Satz: Vornehm Mediengestaltung GmbH, München
Druck und Einband: GGP Media GmbH, Pößneck
Printed in Germany
ISBN: 978-3-7341-0035-2

www.blanvalet.de

We're like crystal, we break easy
I'm a poor man, if you leave me
I'm applauded, then forgotten
It was summer, now it's autumn

New Order, *Crystal*

Leere Hülsen liegen im Park
Unsere Füße sind einen Meter über dem Boden.

Kent, *Bevor alles zu Ende ist*

# 1

NEW YORK, 21. MAI 2008

In der Notaufnahme des Wyckoff Heights hatten sie alle Hände voll zu tun mit dem zuletzt eingelieferten Patienten. Das Krankenhaus lag in der Nähe, aber die Schreie von dort drangen nicht bis zu ihm heraus. Um ihn herum war es ruhig.

Sein Atem ging schwer, aber er spürte, wie allmählich die Ruhe einsetzte, das Adrenalin aus ihm herauspumpte, während er in der Hocke saß und die Hände im Wasser abspülte. Der Kies knirschte unter seinen Sohlen. Die Hände hatten das meiste Blut abbekommen. Auf der Jacke waren Flecken, daher nahm er an, dass der eine oder andere Spritzer auch im Gesicht gelandet war. Er wusch sich gründlich, nahm sich Zeit. Hörte das Rauschen des Verkehrs und Nachtlebens hinter sich. Den East River und Manhattans Skyline vor sich. Ein Standbild von Licht und Dunkelheit ohne sichtbares Leben. Er presste ein letztes Mal die Lippen aufeinander, um kein Wasser zu schlucken, den Dreck und die Ölsuppe des East Rivers, die man bei Nacht nicht sah.

Er richtete sich prustend auf und schüttelte das Wasser von den Händen. Spürte noch immer, wie der Mann unter ihm gekämpft und sich gewunden hatte, diesen Anflug von Ekel, wie wenn sich einem ein Aal um den Arm windet. Man muss ihn zerquetschen, sonst lässt er nicht mehr los. Er schaute auf seine Hände, drehte sie hin und her, spreizte die Finger. Hände, die sehr viel mehr getan hatten, als sich nur zu verteidigen. Die er sich schmutzig gemacht hatte.

Jetzt waren sie wieder ausreichend sauber.

Er zog einen Müllsack unter ein paar Büschen auf dem Brachgelände hervor. Dann entledigte er sich aller Kleider und entnahm dem Sack, was er brauchte. Er spürte die nächtliche Kühle nicht, kein Unbehagen, nur Ruhe. Irgendwo weit weg schwebte das Heulen von Sirenen durch die Nacht. Ein Stück entfernt zwischen den dunklen Gebäuden war der Glockenturm in Brooklyn zu erahnen. Alte und neue Kleidungsstücke tauschten ihren Platz. Dann knotete er den Sack über den schmutzigen Kleidern zu und stach mit einer Ahle Löcher in das Plastik. Das Werkzeug warf er anschließend in einem weiten Bogen in den Fluss, gefolgt von dem Sack. Die Strömung zog ihn mit sich, ehe er langsam zu sinken begann. Er sah ihm lange nach, eine breitbeinig dastehende Gestalt, die Hände in den Hosentaschen. Licht und Dunkelheit, eine einsame Silhouette auf dem Brachland am Fluss.

Dann kam völlig unvermittelt das Zittern, wie Schüttelfrost, am ganzen Körper. Das war nicht die Angst, das war der Kampf. Alles oder nichts gegen den Mann, der sich gewunden hatte wie ein Aal, um sich aus seinem Griff zu befreien. Er selbst hatte noch kräftiger zugepackt, sich nicht nur verteidigt, sondern das Gesicht des anderen mit eiserner Hand festgehalten. Es war das Zittern der Erschöpfung, nachdem das Adrenalin verpufft war. Selbst wenn er gezwungen gewesen wäre, hätte er keinen einzigen Schritt tun können. Ein paar Minuten stand er so da. Selbst sein Adamsapfel zitterte.

Und doch – Erleichterung.

Ein paar letzte Luftblasen stiegen aus dem sinkenden Sack an die Wasseroberfläche, dann war es still. Er drehte sich um und ging langsam davon.

In der Notaufnahme des Wyckoff Heights lag ein Mann und brüllte sich die Lunge aus dem Leib. Ein Truckfahrer, der gegen Bürgschaft freigelassen worden war, nachdem er eine Zeugenaussage versprochen hatte, ein Kleinkrimineller aus Brooklyn, der sich mehr vorgenommen hatte, als er in diesem Leben bewältigen konnte. Selbst die abgebrühtesten Krankenschwestern wendeten sich mit Grausen ab. Er würde überleben, doch mit leeren Augenhöhlen. Er würde niemanden mehr identifizieren oder wiedererkennen, nicht mehr erzählen können, wen er wo oder wann gesehen hatte.

Irgendwo gab es einen Schweden, ein flüchtiges Gespenst.

# 2

DREI WOCHEN VORHER

US FEDERAL BUILDING, KEY GARDENS ROAD, NEW YORK

Die Münze rollte behände zwischen ihren Fingern hin und her, während sie mit der anderen Hand zerstreut in den Unterlagen auf ihrem Schreibtisch blätterte. Sie erwartete einen Anruf und vertrieb sich die Zeit mit Aktenordnern, Zeitungen und Fotografien. Kansas City Star: »Die Todesurteile für die Morde in Topeka sollen innerhalb der nächsten zwei Monate vollstreckt werden«, eine kurze Notiz auf der Titelseite. Sie nahm das Foto eines mitgenommen aussehenden, übergewichtigen Mannes in orangefarbenem Gefängnisoverall auf, legte es an die Seite. Die Münze wippte zwischen Daumen und Zeigefinger, ehe sie wieder zu rollen begann. Vor ihr lag ein Haufen zusammengehefteter Zeugenprotokolle mit dem Titel »Raubmord, Central Park. Ungeklärt«. Darunter die bis zur Unkenntlichkeit vervielfältigte Schwarz-Weiß-Kopie einer Frau, die seit etlichen Jahren begraben war. Kunstbildbände, die Kopie einer Quittung aus einer Bar in Toronto.

Das Telefon klingelte.

Die Münze schien auf das Signal gewartet zu haben: pfeilschnell rollte sie zum kleinen Finger und zurück. Sie fing sie in der Hand auf. Antwortete. Lauschte der Stimme am anderen Ende.

»Dann wäre das geklärt«, sagte sie nach einer Weile und lehnte sich mit dem Foto einer Steinskulptur in der Hand zurück.

»Welchen Namen haben sie Ihnen genannt?« Sie nickte. Weißer Marmor. Die Skulptur auf dem Foto hatte menschliche Formen, war aber weder Frau noch Mann. Ein gestreckter, nackter Körper, der lustvoll nach mehr verlangte.

»Grip«, wiederholte sie. »Ernst Grip. Gut. Nein, nicht nötig. Es wird ihn jemand am Flughafen abholen.«

# 3

FOLGENDER TAG
FLUG SK901 VON ARLANDA

Während das Flugzeug auf seine endgültige Flughöhe stieg, warf Ernst Grip einen trägen Blick auf die Landschaft unter sich. Die *Expressen* lag ungelesen auf seinem Schoß. Er faltete sie zusammen und steckte sie in die Netztasche an der Rückenlehne vor sich. Er suchte nach einer bequemen Sitzposition, hatte immer zu wenig Platz für die Beine in der elenden Economyclass, freute sich auf den ersten Drink und Snack, damit er eine Beschäftigung hatte.

Noch acht Stunden bis New York.

Der Amerikaner neben ihm befragte die Flugbegleiterin ausführlich über die alkoholischen Getränke an Bord.

Er selbst bestellte »Whisky, egal welche Sorte« und bekam ohne weitere Nachfragen zwei Fläschchen ausgehändigt. Sie nahmen den gleichen Weg wie die winzige Tüte Erdnüsse.

Hühnchen mit verwässertem Rotwein. Obgleich er sich auf den letzten Drücker für den Flug entschieden hatte, war es irgendwem gelungen, noch ein Economyclass-Ticket für ihn zu organisieren. Der übliche Geiz der schwedischen Staatsverwaltung. Auf der elektronischen Karte am Ende des Kabinenabschnitts kroch das Flugzeugsymbol irgendwo vor Norwegens Küste über das Meer. Endlich gab es Kaffee. Normalerweise trank er nie Cognac, aber jetzt nahm er einen. Dann zappte er zwischen den Filmen an dem Videoschirm vor sich hin und her. Schlief ein.

Grip war der dunkle Typ mit der Sorte Gesicht, die man glaubte, schon mal irgendwo gesehen zu haben. Im Anzug sah er älter, in Freizeitkleidung jünger aus. Im Pass war sein Alter mit siebenunddreißig Jahren angegeben. Ansprechend breite Schultern, die die Flugbegleiterinnen und ihre männlichen Kollegen dazu veranlassten, ein wenig länger in seiner Nähe zu verweilen und ein paar Worte mit ihm zu wechseln.

Am Vortag war er zu seinem ehemaligen Chef bei der Sicherheitspolizei bestellt worden und hatte mitgeteilt bekommen, dass er nach New York fliegen sollte. Ein kurzes Rucken an der Loyalitätsleine, sein neuer Chef bekam beiläufig den Anruf: »Grip verreist.« Um die organisatorischen Dinge musste er sich nicht kümmern, sein Part war die Durchführung. Kaum hatte er den Raum betreten, wurden ihm das Flugticket und eine Kreditkarte in die Hand gedrückt.

»Sei so gut, und schreib eine Liste deiner Ausgaben«, lautete die einzige Ermahnung. Das war der Jargon eines lebenserfahrenen Sicherheitspolizisten, nicht eines Akademikers, sondern eines cleveren alten Silberrückens mit eigenem Budget.

»Ist das Visum in der Mache?«, hatte Grip gefragt.

»Scheiß drauf. Du reist als Tourist ein.«

Aus irgendeinem Grund hatten sie mit den praktischen Fragen zu Kost und Logis angefangen.

»Und …?«, sagte Grip, um auch noch den Rest zu klären.

Der Chef hatte ein paar Notizen vor sich. »Das Auswärtige Amt will, dass du dich mit den Amerikanern triffst.«

»In welcher Angelegenheit?«

»Unklar. Die Amerikaner wollen ein paar Fragen stellen.«

»Alle dreihundert Millionen?«

»Justice Department, irgendeine Behörde dort, nehme ich an. Deren Leute holen dich in Newark ab.«

»Was für Fragen?«

Er bekam ein Achselzucken als Antwort.

»Aber sie haben speziell nach mir gefragt?«

»Was weiß ich, du bist einer der wenigen bekannten Namen unten im Palast des Erbprinzen. Wahrscheinlich hast du bleibenden Eindruck hinterlassen, als wir die Ägypter auf dem Flugplatz in Bromma ausgeliefert haben. Die Suppe hatte sich das Außenministerium eingebrockt, wir haben sie ausgelöffelt, sie haben sich an dich erinnert. Wie auch immer, sie wollten dich, und ich habe zugesagt.«

»Was für ein verdammter Aufwand.«

»Pack einen bequemen Anzug ein«, sagte sein Chef lachend. »Beantworte ein paar Fragen, iss lecker, komm zurück.« Seine Bassettwangen sackten wieder herunter.

»Und du hast keine Ahnung, worum es geht?«

Sein Chef schrieb etwas auf einen Zettel und hielt ihn ihm eingeklemmt zwischen zwei Fingern unter die Nase.

Ein einziges Wort. »Topeka«, las Grip.

»Doch«, sagte der Chef. »Die Amerikaner wollen wissen, was wir über Topeka wissen, einer Stadt mitten im Niemandsland. Vorschlag? Ich hab keinen.«

»Keine Instruktionen vom AA?«

»Nein, die wissen von nichts. ›Schick Grip dorthin‹, mehr haben sie nicht gesagt. Sie wollen das so schnell wie möglich vom Tisch haben.«

»Mit anderen Worten: Laufbursche des Auswärtigen Amtes.«

»Jemand, der weiß, dass man Notizen nur mit dem Bleistift macht, wenn überhaupt. Du sprichst hinterher mit niemandem außer mir darüber, kommst direkt hierher.« Der Silberrücken hatte nach wie vor das Sagen von seinem abgelegenen Hügel im Dschungel.

»Maximal eine Woche?«, versuchte Grip es.

»So lange wie es halt braucht.«

Grip wurde wach, weil sein Sitznachbar im Fußraum nach etwas suchte, das ihm runtergefallen war. Er entschuldigte sich, suchte weiter, und Grip konnte nicht mehr schlafen. Wieder in aufrechter Position, drückte der Nachbar Salbe aus einer Tube und schmierte sich die Nasenlöcher damit ein.

»Vaseline«, erklärte der Amerikaner. »Gegen die trockene Luft. Wollen Sie auch?« Grip schüttelte den Kopf, der Mann neben ihm redete weiter. Er hatte seine frisch verheiratete Tochter besucht, die auf einer Reise einen Schweden kennengelernt hatte und inzwischen in Sundbyberg lebte. Der Mann lachte, als er »Sundbyberg« sagte, und beschrieb detailliert den Park, an dem sie wohnten, als wäre es der exotischste Platz auf Erden. Er hielt sich lange bei dem Park auf, der ihm besonders gefiel, was wohl an den Birken lag, äußerte aber eine gewisse Besorgnis, in was für einer Welt seine Enkelkinder aufwachsen würden.

»Sie wissen schon«, sagte er, »unsere heutige Welt, wie sie sich entwickelt hat.« Er hatte in Arlanda eine Dose Rasierschaum und eine Nagelschere abgeben müssen. »Aber das muss man wohl akzeptieren, nicht wahr?«

Er lebte im südlichen Manhattan und hatte an jenem Vormittag auf seinem Balkon gestanden, als die Zwillingstürme eingestürzt waren. Hatte die Staubwolke und all die Menschen mit den hohläugigen Gesichtern herumlaufen sehen.

»Und dann das hier«, sagte er und schlug mit dem Handrücken auf die Titelseite der New York Times, wo irgendwas über den Irak stand. Unter dem Foto eines ausgebrannten Fahrzeugs und herumlaufender Menschen. »Das ist furchtbar.« Er sah Grip unsicher von der Seite an, bewegte sich auf dem dünnen Eis, auf das alle Amerikaner gezwungen wurden, wenn sie ins Ausland kamen. »So viele Tote. Ich weiß nicht. Das ist kompliziert.«

»Haben Sie Bush gewählt?«, fragte Grip.

»Ich?« Leichtes Kopfschütteln. »Kein zweites Mal.«

Die Flugbegleiterin kam mit einem Katalog in der Hand und einem monotonen »Taxfree … taxfree …« auf den Lippen vorbei.

»Ein Nachbar hat sein Enkelkind verloren«, redete der Mann weiter, als sie weitergegangen war. »Im Irak. Ein ganz einfacher Fahrer beim Militär. Furchtbar.«

Grip sagte nichts.

»Ja, jeder trägt seinen Teil dazu bei«, fuhr der Mann fort. »Mein alter Herr hat in den Ardennen gegen die Deutschen gekämpft. ›Verflucht kalt‹ war sein einziger Kommentar zum gesamten Krieg. ›Verflucht kalt.‹« Der Mann schaute nach vorn und lachte auf die gleiche, nichtssagende Weise wie bei »Sundbyberg«.

Er verstummte. Vielleicht verging eine Minute.

»Aber das war eine andere Art von Krieg«, sagte er dann.

»Sind Sie amerikanischer Staatsangehöriger?«, fragte die Flugbegleiterin.

Grip schüttelte den Kopf. Wenig später hatte er seine Passnummer in so viele Zeilen des Formulars eingetragen, dass er sie auswendig konnte. Er hatte bei allen Fragen *Nein* angekreuzt und versichert, dass er nicht in die USA einreiste, um Prostitution zu betreiben oder sich terroristisch zu betätigen und auch im Zweiten Weltkrieg keine Juden ausgerottet hatte. Das letzte Kreuz setzte er bei »Tourist« und gab ein Hotel Hilton, Nähe Central Park, in der Zeile für Aufenthaltsort und Adresse an. Das Hotel hatte er willkürlich gewählt, er hatte keine Ahnung, wo er untergebracht sein würde.

»Topeka«, sagte er zu seinem Sitznachbarn. »In welchem Teilstaat liegt das?«

»Kansas«, antwortete der Mann. »Wollen Sie dorthin?«

»Nein.«

»Und wohin sonst?«

»New York, nur ein paar Tage.«

»Das erste Mal?«

Grip zuckte die Achseln.

»Sie werden es lieben.«

Ernst Grip wartete das Gedränge im Gang ab, schob dann die ungelesene *Expressen* in die Schultertasche und verließ das Flugzeug. Der nächste Stau erwartete ihn in dem Schlangenlabyrinth vor der Passkontrolle. Die Passagiere der Langstreckenflüge warteten rotäugig mit halb schlafenden, auf dem Handgepäck oder direkt auf dem Boden hockenden Kindern. Unterdessen lief eine Handvoll Frauen an der Endlosschlange vorbei, die die Wartenden dazu anhielt, ihre Formulare griffbereit zu haben. Die

Frauen trugen einfache Uniformen, die meisten waren fett, viele farbig. Lange, lackierte Fingernägel, ein dicker Schlüsselbund in der einen, ein klobiges Funkgerät in der anderen Hand. Watschelnder Gang, kompromissloses Auftreten.

Grip hatte viele von ihnen über die Jahre erlebt. Dieser Job, der zu Zeiten, als die Zwillingstürme noch durch die Fenster der Ankunftshalle zu sehen waren, wenig über dem eines Burgerwenders bei McDonald's lag. Jetzt traten sie auf, als hätten sie die gesamte US-Marine hinter sich. Sie hoben die Stimme, sobald jemand zögerte oder, Gott bewahre, Widerworte gab. Am Kopf der Schlange, an einem der Stempelschalter, brach ein mehrsprachiger Streit aus. Der Grund war Grip nicht ersichtlich, aber es schien jemand abgeführt zu werden.

Endlich wurde er an einen Schalter in der Reihe gewinkt. Zwei Männer saßen in gestärkten Hemden und kurz geschorenen Haaren hinter dem brusthohen Tresen. Einer überflog Grips Einreiseformular und blätterte dann im Pass. Auf einer aufgeschlagenen Seite verharrte er mit unbewegtem Blick.

»Was haben Sie letztes Jahr in Ägypten gemacht?«, fragte er.

Der andere studierte ausschließlich Grip. Verhörsblick.

»Tauchen am Roten Meer«, antwortete Grip. »Sharm El-Sheich.«

Der Mann blätterte weiter, fand einen anderen interessanten Stempel. »Und Südafrika?«

»Eine Woche Wintersonne am Kap.« Auch das eine Lüge. Er war nicht ungeübt.

Ein neuer Stempel wurde hinzugefügt, und man wünschte Mr. Grip, dunkelhaarig, aber blauäugig, vor Kurzem siebenunddreißig geworden, einen schönen Tag. Er nahm seinen Pass und bedankte sich.

In der Ankunftshalle warteten zwei Männer im Anzug mit einem kleinen Schild auf ihn, eher gelangweilt als erwartungsvoll. *Ernest Gripp*, stand in knallroten Blockbuchstaben auf dem Schild. Die beiden Männer wirkten zwischen all den Taxifahrern und Reiseveranstaltern deplatziert, schienen sich selbst zu fragen, was sie eigentlich dort verloren hatten.

»Ernst Grip«, gab Grip sich in korrigierendem Ton zu erkennen.

»Willkommen«, sagte der Mann, der das Schild hielt. Er überhörte den Wink mit dem Zaunpfahl, schien erleichtert. Der andere nahm Grip die Tasche ab.

Sonnengebräunt, Military Cut – der typische FBI-Typ. Sie reichten ihm einen Becher Kaffee, sobald sie im Wagen saßen, ansonsten sagten sie nicht viel. Grip seinerseits hatte auch kein Bedürfnis nach Small Talk und ließ seinen Blick von den Trivialitäten der Momenteindrücke ablenken, während sie in langen Autokarawanen durch New Yorks endlose Häuserschluchten rollten, über den singenden Beton der Ringstraße, Auffahrten und Rampen rauf und runter in einen hell erleuchteten Tunnel.

»Ist das mein Hotel?«, fragte Grip, als sie in einer Tiefgarage hielten.

»Nein, das Office«, bekam er zur Antwort. »Sie können die Tasche im Wagen lassen.«

»Ich will nur mein Sakko rausnehmen.«

Sie öffneten den Kofferraum. Grip zog das Sakko aus der Reisetasche, knöpfte den oberen Hemdknopf zu und band den Schlips, der im vorderen Fach der Tasche gesteckt hatte.

Als er fertig war, schlug der Fahrer die Kofferraumklappe zu und ging vor, der zweite Mann folgte ihnen. Über eine Rolltreppe gelangten sie in einen großen Eingangsbereich, der einer polierten Marmorgrotte glich, in der ihre Schritte widerhallten. In regelmäßigen Abständen standen Büropalmenkübel in kleinen Gruppen zusammen, am Ende der Halle Metalldetektorbögen. Grips Eskorte zeigte Dienstmarken und Waffen vor und auf irgendetwas auf einer Anzeigetafel, woraufhin Grip passieren durfte.

Zehn Stockwerke im Aufzug, dann ein weiterer Slalom durch einen Trakt voll winziger Büros, Sitzungszimmer und Toilettenräume. Überall hochgekrempelte Hemdsärmel, schlecht sitzende Hosen und Hinweisschilder mit den abstrusesten Verboten, die niemand beachtete. Takeaway-Verpackungen, fettige Kartons, Flaschen – es schien ständig gegessen zu werden. Einige grüßten mit einem Kopfnicken, während sie etwas tranken oder sich die Hände an einem Stapel Servietten abwischten. Einer der Männer, die Grip begleiteten, fragte ihn, ob er noch einen Kaffee wollte. Er lehnte ab.

»Hier.« Sie führten ihn durch eine Glastür zu einer Sekretärin, die nur kurz aufsah, nickte und zu einem größeren Büroraum schaute.

»Sie ist sicher gleich für Sie da«, sagte einer der Männer, ehe sie ihn verließen.

Grip blieb alleine zurück. Hinter einem Schreibtisch, dem Fenster zugewandt, saß eine Frau und telefonierte – oder hörte zu, besser gesagt. Sie würdigte ihn keines Blickes, obwohl sie seine Anwesenheit sehr wohl bemerkt haben musste. Es war extrem still im Raum. Grip betrachtete ihr Profil und versuchte sie hierarchisch einzuordnen.

Den winzigen Büros nach zu urteilen, an denen er vorbeigekommen war, und der Tatsache, dass sie eine Vorzimmerdame hatte und er auf dicker Auslegeware vor und zurück wippte, stand er definitiv vor einer Vorgesetzten, schwerer zu sagen allerdings, auf welcher Ebene. Intelligent oder Quotenfrau? Auf seinem Gang durch die Räumlichkeiten hatte er genug Schirmmützen mit den Aufdrucken FBI und DEA gesehen, um zu wissen, in wessen Revier er sich befand. Es schien ihm ratsam, die Synapsen einzuschalten, wach zu sein.

Die Frau dürfte in seinem Alter sein, sah nicht typisch amerikanisch aus. Waren das asiatische Züge in ihrem Gesicht – um die Augen, der Farbton der Haut? An den Wänden fehlten Porträts, Diplome und andere selbstbeweihräuchernde Zeugnisse, wie man es sonst von amerikanischen Vorgesetzten kannte. Neben ihrem Computerbildschirm stand eine Postkarte aus Washington DC, und hinter ihr hing die riesige Reproduktion einer tropischen Landschaft. Ihr eigener Geschmack? Ein Aquarell mit Meer, einem Hang, an dessen Fuß ein paar ausgeblichene Holzhütten standen, dazwischen ein paar träge Gestalten, die sich in den Schatten zurückgezogen hatten.

Sie sagte etwas, das er nicht verstand, legte den Hörer auf und drehte sich um.

Sie saß einen Augenblick einfach nur da, die Hände auf den Armlehnen, und musterte ihn interessiert, ehe sie formell lächelte und ihn begrüßte. »Der Schwede.«

»Ja, der Schwede«, antwortete Grip. »Oder Ernst Grip, wie es sicher irgendwo vermerkt ist.«

Sie warf einen hastigen Blick auf ein Papier vor sich. »Dann also Ernst«, sagte sie und erhob sich, um ihn zu begrüßen. »Vom Auswärtigen Amt?«

»Von der Sicherheitspolizei.«

»Sieh an.« Sie machte eine Pause.

»Haben Sie schon mal mit zum Tode Verurteilten zu tun gehabt?« Ohne die Antwort abzuwarten, fuhr sie fort: »Ich heiße übrigens Shauna, Shauna Friedman.«

# 4

THAILAND, ZWEITER WEIHNACHTSFEIERTAG 2004

Das Erste, woran N. sich erinnerte, waren die Fische, die neben einem Auto an ihm vorbeigeschwommen waren. Er hatte bis zur Taille im Wasser gestanden, das im Rückzug begriffen war. Die Fische, ihre leuchtenden Farben waren das Erste, woran er sich erinnerte.

N. konnte nicht sagen, wohin er unterwegs war. Er lief einfach in der Gegend herum, nachdem das Meer sich schließlich wieder zurückgezogen hatte. Er sah kaum andere Menschen auf seinem Weg, die wenigen, die ihm begegneten, irrten genauso planlos umher wie er selbst. Einmal hörte er einen Schrei, der möglicherweise von einem Menschen kam oder von einem verletzten Tier.

Nach einer Weile meldete sich das Jucken, noch nicht unerträglich, eher unterschwellig, aber irritierend. Er wischte mit den Händen über Arme und Beine, um die Fliegen zu verjagen, die von den Wunden angelockt wurden. Sein Mund war ausgetrocknet, aber er kam nicht auf die Idee, sich eine der Flaschen aus dem totalen Durcheinander vor dem Laden zu nehmen.

Einige Einwohner entdeckten N. und zogen ihn auf eine Ladefläche, die ihn weg vom Meer brachte. Erst so dicht gedrängt zwischen all den Menschen, realisierte er die Panik, von der alle um ihn herum ergriffen waren, das aufgeregte Stimmengewirr. Es wurde erst wieder ruhiger, als der Traktor, der sie zog, sich den Hang hinter dem Ort hocharbeitete. Zwischen den Bäumen dort oben hatten sich große Menschenmengen versammelt. Jemand reichte ihm Wasser, er trank und gab die leere Flasche zurück. Ein Mann, der die Wunden an seinen Armen und Knien sah, führte ihn zu einem mit Steinen gepflasterten Platz, wohin man die Verletzten gebracht hatte. Die meisten lagen. Eine Krankenschwester kam zu ihm. Sie sah besorgt aus, konnte aber nicht viel mehr für ihn tun, als die tiefsten Wunden mit Wasser auszuspülen. Sie entschuldigte sich mehrmals, dass sie nicht mehr aus der Krankenstation unten im Ort hatte mitnehmen können. N. setzte sich. Blieb sitzen. Er wurde mehrfach angesprochen, war aber nicht in der Lage zu antworten. Jemand hielt ihm einen Topf mit Reis hin, aber er winkte ab.

Gegen Abend war ein Helikopter zu hören. Viele begannen, aufgeregt zu schreien, aber das Geräusch entfernte sich rasch wieder. Die Abendbrise rauschte in den Baumkronen. Die Gerüchte verstummten.

Es wurde Nacht zwischen den Bäumen auf dem Berg. N. zog von dem gepflasterten Platz auf den Erdboden um, der ihm weniger kalt erschien. Er rollte sich zusammen, fror aber trotzdem. Die Wunden an den Knien schmerzten inzwischen besonders heftig, er fand einfach keine erträgliche Position. Zum Schluss lehnte er sich mit dem Rücken an einen Baum. Dort nickte er zwischendurch sogar ein, aber im Halbdämmer sah er wieder die Fische vor sich, ihre schillernden Farben. Und mit ihnen kamen andere Bilder. Er sah ein paar kleine Mädchen, ihre Gesichter, eine Frau. Hörte ihre Stimmen. Eine Frau und zwei Kinder. Er war sich nicht einmal sicher, dass es seine waren, aber es war Morgen gewesen, sie hatten am Tisch gesessen und gegessen. Sie hatten zusammen gefrühstückt … Dann war da nur noch die Erinnerung an die Fische.

Jemand ging neben N. in die Hocke, er spürte, wie sich ein Arm um ihn legte und ihn festhielt. Er selbst registrierte sein Wimmern nicht. Die Leute um ihn herum glaubten, dass er weinte.

Die Sonne ging auf und wieder unter. Eine weitere Nacht auf dem Berg brach an. Gegen Morgen wurde er von einem solchen Durst gepackt, dass er sich eine Flasche Wasser schnappte, die einem kleinen Jungen gehörte, der neben ihm schlief, und sie in einem Zug leerte. Am dritten Tag kam ein Trupp Soldaten in einem Jeep und teilte mit, dass alle in den Ort zurückkehren konnten. Die Gefahr sei gebannt. N.s Wunden waren geschwollen und eitrig, die Krankenschwester reinigte sie ein letztes Mal und ermahnte ihn, ein Krankenhaus aufzusuchen, weil er Fieber bekommen hatte. Er sagte, dass er erst jemanden suchen müsse. Und damit folgte er dem spärlichen Strom der Zurückkehrenden den Berg hinunter.

Anfangs fiel ihm die Orientierung im Ort wegen der Verwüstung und dem ganzen Gerümpel schwer. Außerdem quälte ihn die Sonne. Dann aber erkannte er das Fahrzeug wieder, neben dem er gestanden hatte, als die Fische an ihm vorbeigeschwommen waren, und da lag der Haufen Wasserflaschen vor dem Laden – er öffnete eine und trank. Ein Stück entfernt sah er den Giebel eines Hauses, das er wiederzuerkennen glaubte. Als er näher kam, wurde er unsicher. Kahle weiße Wände ohne Dach ragten aus dem Schutt auf, der größte Teil des Gebäudes war eingestürzt. Sämtliche Schilder des kleinen Hotels waren fort. Von dem kleinen Innenhof war nichts mehr übrig außer Schrott: Bretter, Gipshaufen, Palmwedel. Da entdeckte er ein paar Liegestühle, die wie gekenterte Boote auf dem Durcheinander lagen. Die Rahmen waren aus Stahl und die Sitze und Rückenlehnen aus schwarzen und weißen Plastikriemen. N. erinnerte sich, dass sie immer an der Haut klebten und er vor nicht allzu langer Zeit in einem von ihnen gesessen hatte. Sein Herz fing an zu rasen, und er wurde jäh von dem Gefühl ergriffen, etwas überaus Wichtiges stünde auf dem Spiel. Er zerrte an dem nächstbesten Gegenstand, den er zu fassen kriegte, und schaufelte Bruchholz beiseite. Aber seine Kraft war schnell erschöpft, und immer unbeholfener versuchte er, sich anzutreiben, und erst als er taumelte, als seine Beine unter ihm nachgaben und er all die scharfkantigen und spitzen Gegenstände um sich herum wahrnahm, setzte er sich. Die Sonne brannte intensiv, sein Kopf dröhnte. Es würde später nicht einfacher werden. Er schaute sich um, erhob sich stöhnend und machte einen neuen Anlauf.

Was er beim ersten Hinschauen für einen Ast gehalten hatte, erwies sich als ein blaugrüner Arm, der aus dem Schutt ragte. Ein Stück eingestürzte Wand bedeckte den Körper, aber er erhaschte einen kurzen Blick auf das zerschundene, aufgedunsene Gesicht, das ihm nichts sagte. Er deckte den Kopf des Leichnams sorgsam mit einem Schaumgummikissen ab. Dann schaute er sich erneut um, und damit kam die Erkenntnis, dass er von Gliedmaßen und aufgeblähten, halb nackten Körpern umgeben war. Er sackte erschöpft auf den Boden und wurde von verzweifelten Schluchzern übermannt.

N. konnte nicht genau sagen, wie er ins Krankenhaus gekommen war, aber er bekam ein Bett zugeteilt. Das Fieber hatte ihn jetzt fest im Griff, und die nächsten Tage verbrachte er mehr oder weniger im Dämmerzustand. Das Personal war sehr freundlich, aber sie sprachen ihn mit einem Namen an, der ihm nichts sagte, und fragten ihn über Dinge aus, die er im Fieberwahn gemurmelt hatte und an die er sich nicht erinnerte. Die Wunden wurden gereinigt, die Ränder begradigt und genäht. Nach einer Woche sank das Fieber.

Eines Morgens, als N. von der Toilette zurückkam, entdeckte er eine Stofftasche unter dem Fußende seines Bettes. Grün und abgewetzt mit abgetragenem Schulterriemen. Er hob die Tasche aufs Bett und sah sich um. Seine drei Zimmergenossen, mit denen er den Raum teilte, nahmen keine Notiz davon, dass er sich die Tasche vornahm – dann gehörte sie offenbar keinem von ihnen. Er zog den Reißverschluss auf und warf einen Blick ins Innere. Wie vermutet fand er ein paar Reisebücher, ein Taucher-Logbuch und diverse Reisequittungen. In der Innentasche steckte ein praller Umschlag mit Dollarscheinen, und in einem Außenfach entdeckte er einen Pass.

Die Krankenschwestern hatten den Namen also aus dem Pass. Da musste ja wohl eine Verwechslung vorliegen? Konnte es sein …? Er wusste nicht, was er davon halten sollte. N. verharrte bei dem Anblick der bekannten Züge auf dem Passbild: die gleichen zottigen Stirnfransen, wie er sie von seinem Spiegelbild kannte, die Furche zwischen Stirn und Nase. Aber am stärksten war der Blick. Er drehte die Tasche um und sah einen Salzrand, der sich in einem unregelmäßigen Bogen über die Rückseite zog. Schwer zu sagen, ob das die Spuren des über die Ufer getretenen Meeres oder eines verschwitzten Rückens waren. Er blätterte zwischen den Stempeln im Pass hin und her, dann zurück zum Foto.

Bei der Visite riefen sie ihn wieder mit dem fremden Namen auf.

»Ja«, antwortete N.

»Das Fieber hat nachgelassen«, sagte ein kleinwüchsiger Arzt mit Schweißperlen auf der Stirn, »und die Wunden scheinen gut zu heilen.« Er warf einen unruhigen Blick hinaus auf den Flur.

»Ich verstehe«, sagte N.

Der Arzt entschuldigte sich. »Wir brauchen das Bett, ständig kommen neue Leute.«

»Natürlich.« N. schaute an dem knielangen Krankenhaushemd herunter, dem einzigen Kleidungsstück, das er besaß.

»Die Fetzen, in denen Sie gekommen sind, haben wir entsorgt«, sagte die Krankenschwester. »Nehmen Sie das hier.« Sie reichte ihm eine durchsichtige Plastiktüte. N. sah ein Paar ausgeblichene, aber saubere Jeans, ein kurzärmeliges Hemd und ein Paar Sandalen.

»Suchen Sie jemanden auf, der Ihnen die Fäden ziehen kann«, gab ihm der Arzt mit auf den Weg. »In einer Woche ungefähr. Das sollte kein Problem sein.«

»Nein.«

»Wo gehen Sie jetzt hin?«

»Ich muss jemanden suchen.«

Der Arzt nickte. Die Visite verließ den Raum.

N. zog sich an, hängte die Tasche über die Schulter und machte sich auf den Weg.

Die Busse fuhren wieder. Überall staute sich der Verkehr hinter Lastwagen, Räumfahrzeugen und einer Ansammlung von Einsatztruppen in allen nur denkbaren Uniformen. Es dauerte seine Zeit, aber man kam zurück in den Ort.

Am Meer waren die Spuren der Zerstörung noch nicht beseitigt, im Gegenteil, es waren noch weitere dazugekommen. Der ganze Ort war mit schlecht kopierten Porträtfotos der Vermissten übersät. An Strommasten flatterten die weißen Blätter so hoch, wie ein Mensch überhaupt reichen konnte. In einer anderen Welt hätte man es für einen politischen Wettkampf Aberhunderter Kandidaten halten können. Im Umkreis eines Tempels am Ortsrand trugen die Menschen dicke Handschuhe und Nasen- und Mundschutz. An anderen Plätzen hatten die Behörden ihre Büros eingerichtet, häufig in einem einfachen großen Zelt, in dem man verzweifelt weinende oder einander sinnlos beschimpfende Menschen sah. N. wurde pausenlos von Leuten belästigt, die wissen wollten, ob er diesen oder jenen kannte oder gesehen hatte. Ihm machte das Angst, und er zog sich zurück.

Ein merkwürdiges Gefühl von Distanz hatte sich in ihm eingenistet. Alles, was er sah, war ein Ort, der nicht seiner war, es niemals gewesen war. Ein paar Wochen zuvor hatte er noch nichts über ihn gewusst. Es war die zufällige Wahl eines Touristen gewesen, er war als Besucher gekommen. Er hätte an jedem anderen Strand landen können, in jedem anderen Ort. So war es, ein schlichter Zufall.

Er ging weiter, irgendetwas musste er tun. Er sah, dass sie aufgeräumt hatten vor dem Laden, wo alle Flaschen auf der Straße gelegen hatten. Und N. musste wieder an die Fische denken. Und an das Frühstück. Sie hatten Obst gegessen, und die Mädchen hatten neue Badeanzüge angehabt und in die Sonne geblinzelt. So war es, es waren seine Kinder. Und die Frau, die seine Frau sein musste, hatte ihre Ärmchen mit Sonnencreme eingerieben, während sie aßen. Die tonlose Erinnerung, ihr zerstreuter Widerstand beim Einreiben und die leisen Protestlaute beim Kauen.

Danach gab es keine Bilder mehr.

N. fand den Giebel des Hotels wieder, aber der Innenhof und die ganze Umgebung waren leergeräumt. Nur wenige Wände hatten standgehalten wie weiß gekalkte Monumente. Das übrige Gerümpel und alles andere war bis auf eine braunrote Schicht Sand und Erde weggeräumt worden. Es gab keine Spuren mehr von irgendetwas, nicht die kleinste Pflanze hatte sich vor den Schaufeln der Bulldozer retten können.

N. ging in die Hocke und legte eine Hand auf die feuchte Erde. Ebene Erde und weiße, kahle Wände. Keine Spuren. Er hätte weinen sollen, aber es kamen keine Tränen. Er stand auf und ging davon.

Der weiße Umschlag mit den Dollarnoten, das Geld aus der Tasche, von der er nicht sicher wusste, ob es seine war, brachten ihn in die Stadt. Man hatte N. mitgeteilt, dass er sich registrieren lassen, im Konsulat anmelden müsste. Diese Aufgabe, die er zu erledigen hatte, war sein einziger Antrieb. Er kam an, als die Sonne gerade unterging, fand ein einfaches Zimmer für die Nacht und begab sich wieder ins Gewimmel der Straßen. Es war eigenartig, all die Lichter zu sehen, die sorglos umherschlendernden Menschen, hier und da ein Lachen zu hören. Die Essensgerüche bei Einbruch der Dunkelheit waren überwältigend. Er war der Stille entkommen, die ihn umgeben hatte, allen Papiergesichtern, die von den Schwarzen Brettern und

Laternenpfählen auf ihn herabgestarrt hatten. Hier gab es keine trostlosen Pilger aus den Strandorten auf der Jagd nach dem rettenden Strohhalm. Eine Weile wurde er nicht von der Tatsache seines eigenen Überlebens gequält.

Er kaufte Grillspieße mit Hähnchenfleisch und Mango und fand mithilfe eines der Reiseführer aus der Tasche den Weg zum Konsulat, das rund um die Uhr geöffnet sein sollte. Laut Karte lagen die meisten Konsulate ein Stück vom Stadtkern entfernt. Das Gewimmel um ihn herum lichtete sich, die Straßenlaternen waren sparsamer gesät. Er musste ihr Licht nutzen, um in seinem Buch lesen zu können. In einer engen Gasse kamen ein halbes Dutzend Polizisten gemütlich auf ihn zugeschlendert. Sie unterhielten sich oder rauchten. Alle trugen Helme mit hochgeklapptem Visier und hielten lässig hin und her schwingende Schlagstöcke in der Hand. Die Stöcke zogen die Blicke an, und die abgewetzten Enden gaben einem das unschöne Gefühl, dass sie gerade jemand zu schmecken bekommen hatte.

Die Polizisten passierten, ohne von N. Notiz zu nehmen. Er hatte jetzt den Park erreicht, an dem das Konsulat liegen sollte. Der Asphalt war nass, in den Pfützen trieben Flugblätter. Er ging weiter.

»Verabscheuungswürdige Schweine!«, schrie jemand irgendwo weiter weg. Der Ruf rollte als Echo zwischen den Häusern davon. N. sah nicht eine Menschenseele in seiner Nähe. Der Park war dunkel und wenig einladend. Er folgte dem Bürgersteig, der am Park entlang verlief, mit der Straße und den Lichtern aus den erleuchteten Fenstern auf der anderen Seite. Im nächsten Wohnviertel kam ihm ein europäisch aussehendes Paar entgegen, das es eilig zu haben schien.

»Wenn es nach ihnen ginge, hätten gerne noch mehr draufgehen können«, sagte die Frau empört, als sie an ihm vorbeigingen.

»Idioten«, antwortete der Mann. Ihre Schritte entfernten sich.

Da hörte N. wieder jemanden schreien: »Tod Amerika!« Es kam aus der Richtung, in die er unterwegs war.

N. blieb stehen, fühlte sich beobachtet. Der Park war ausgestorben. Als er Motorengeräusche hörte, setzte er sich wieder in Bewegung und versuchte zu erkennen, was weiter unten auf der Straße los war, wo er Lichter erkennen konnte und die Konturen mehrerer Gestalten, die sich bewegten. Die lauten Stimmen waren der Nachhall irgendeiner Demonstration vor einem der Konsulate. Seine Gedanken wanderten zurück zu den Polizisten der Einsatztruppe, als er schräg hinter sich wieder das Auto hörte. Es beschleunigte, und die Seitenscheibe wurde heruntergekurbelt. Ein Arm schob sich heraus, und als der Wagen an N. vorbeifuhr, wirbelten Flugblattkaskaden durch die Luft. Das Auto schlingerte über den nassen Asphalt und verschwand in einer Seitenstraße. Ein Flugblatt segelte an ihm vorbei, und etwas vage Bekanntes veranlasste N., ihm ein paar Schritte zu folgen. Er fing das Blatt in dem Augenblick auf, als es in einer Pfütze landete, schüttelte die Tropfen ab und drehte es um.

Es war das Bild eines toten Menschen, das er flüchtig wahrgenommen, aber nicht wirklich gesehen hatte. Jetzt sah er es. Eine Leiche inmitten von Schmutz, Sand und Gras, weit offenstehender Mund, eingesunkene Augenhöhlen, Arme, die in einem unnatürlichen Winkel vom Körper abstanden. Es gab noch mehrere ähnliche Bilder am Rand des Flugblattes. *Danke, gütiger Gott!*, las er. Der darunterstehende Text sah aus wie eine Pressemitteilung. Anfangs konnte er keinen rechten Zusammenhang erkennen, aber schon nach wenigen Zeilen verstand er. Das Flugblatt war die Kopie einer amerikanischen Pressemitteilung, gedruckt von aufgewühlten Anhängern. Es gab eine amerikanische Sekte, die die Naturkatastrophe begeistert begrüßte. Für sie war der Zorn des Meeres Gottes Strafe. Es gab eine unausweichliche Gerechtigkeit, dass nun Menschen in unbekannten Gräbern verwesten. Der Text suhlte sich in Details und der provozierenden Hoffnung, dass alle Vermissten mit aufgequollenen Leibern fortgeschwemmt und niemals gefunden würden. Die motivierend gedachten Bibelzitate waren sehr genau angegeben. Ein Pastor, der sich »Geliebter Vater« nannte, lächelte N. von einem Foto an. Die toten Kinder freuten den Pastor ganz besonders. Gottes Säuberungsaktion, die Strafe für alle Sünder.

N. schaute die Straße entlang zu den Lichtern und Gestalten, dann kehrte sein Blick zu dem Flugblatt zurück, zu der Welt des Pastors, die angefüllt war von Worten wie diesen: Sodomiten, Hurenkinder und Vergewaltiger, sie alle Samentropfen aus den Lenden des Teufels. Die Welt war übervoll von Sündern.

Die einzige sichere Erinnerung, die N. von irgendetwas hatte, waren seine beiden Mädchen. Das war das Einzige, was er aus seinem Gedächtnis hervorholen konnte, und wenn man ihm eine Pistole an die Schläfe gedrückt hätte. Und jetzt war da also jemand, den es freute, dass sie tot waren?

N. starrte auf das Lächeln des Pastors, versuchte, etwas anderes darin zu sehen als nur Lippen und Zähne. Dann knüllte er ganz langsam das Flugblatt zusammen. Ihm war, als wären seine Hände gefühllos geworden.

Im nächsten Augenblick brach es wie ein Schwall aus ihm heraus, und er schrie aus voller Lunge. Das erste spürbare Gefühl, seit die Welle sie überrollt hatte – brennender Hass.

# 5

»Wo wohne ich?«, wollte Grip wissen, nachdem er Shauna Friedmans Hand geschüttelt hatte. »Haben Sie …?«

»Nein«, antwortete sie. »Wir haben kein Hotelzimmer für Sie gebucht. Weil wir nicht in New York bleiben werden. Wir brechen …«, sie schaute auf die Uhr, »so bald wie möglich auf.«

Grip sah sie fragend an.

Sie musterte ihn einen Augenblick. »Wir wollen dafür sorgen, dass einige Leute dort landen, wo sie hingehören, nämlich in der Todeszelle.« Sie verharrte kurz bei einem Gedanken und fügte hinzu: »Also diejenigen, die es verdienen.« Sie erhob sich von ihrem Stuhl hinter dem Schreibtisch. »Haben Sie etwas gegessen?«

»Nein.«

»Gut, dann erledigen wir das auf dem Weg. Ich habe einen Wagen bestellt und sehe zu, dass Ihr Gepäck umgeladen wird.«

Grip folgte Shauna Friedman in den Vorraum zur Sekretärin, bei der sie einen Stapel Papiere ablegte. »Die letzten Unterschriften«, sagte sie und gab anschließend Anweisungen für Grips Gepäck.

»Wann werden Sie …«

»Ich weiß es nicht«, fiel Friedman ihm ins Wort.

Die Sekretärin rückte etwas auf dem Schreibtisch hin und her, einen Augenblick wurde eine Mappe sichtbar, die mit »ERNST GRIP« beschriftet war. Sie verschwand schnell wieder unter anderen Papieren, aber Grip hatte sie gesehen. Es hätte ihn wahrscheinlich nicht weiter gekümmert, wäre da nicht der wachsame Blick der Sekretärin gewesen, als wollte sie sehen, wie er reagierte.

»Darf ich mich vorstellen, Grip«, sagte er und machte einen Schritt mit vorgestreckter Hand auf sie zu.

»Norah«, antwortete die Sekretärin befangen.

»Bleiben Sie doch sitzen«, sagte Grip und fuhr fort: »Ich gehöre zur schwedischen Sicherheitspolizei. Entschuldigen Sie meine Frage, Norah, aber arbeiten Sie für Mrs. Friedman?« Er ließ ihre Hand los.

»Natürlich.« Sie war unsicher, und Grip hielt sie mit dem Blick fest.

»Darf ich fragen, wer Sie eingestellt hat?«

»Das …«, setzte die Sekretärin an.

»Wir gehören zum Department of Justice«, meldete Shauna Friedman sich unmittelbar hinter Grip.

Er rührte sich nicht, sondern fuhr an die Sekretärin gewandt fort. »Justice Department ganz allgemein?«

»Sie brauchen nicht unfreundlich zu werden, Mr. Grip. Ich mache nur meine Arbeit.«

»Ich will ganz sicher nicht unfreundlich sein, Norah, aber ich bin vor wenigen Stunden in Newark gelandet und seitdem mehr oder weniger … hin und her gereicht worden.«

»Das tut mir leid.«

»Danke. Es ist möglicherweise ohne Belang, aber vor einigen Tagen bekam ich einen Zettel zugeschoben, auf dem *Topeka* stand. Viel mehr als das weiß ich nicht. Können Sie mir möglicherweise die Frage beantworten, ob wir nach Topeka wollen? Wissen Sie, wohin ich gebracht werden soll?«

Die Reaktion war die erwartete, und Grip drehte sich mit einem »Oh nein, nicht schon wieder« zu Friedman um, die ansetzte, etwas zu sagen. Sie schwieg, sah aber nicht sonderlich entwaffnet aus.

»Mr. Grip«, sagte die Sekretärin säuerlich. »Ich weiß sehr wohl, wohin Sie unterwegs sind. Aber ich habe nicht vor, Ihnen das mitzuteilen. Das ist Agent Friedmans Job.«

Sackgasse.

»Endlich eine ehrliche Antwort«, erwiderte er lachend.

Ein erstes Klingenwetzen. Grip konnte nicht einschätzen, ob er etwas gewonnen hatte oder ob sein leichtes Aufbegehren nicht viel mehr als das leise Blöken eines Lammes gewesen war.

»Können wir?«, fragte Friedman und setzte sich in Bewegung, ohne seine Antwort abzuwarten.

Im Fahrstuhl schwiegen beide, aber bereits in der Tiefgarage schien Friedman ihren kurzen Schlagabtausch vergessen zu haben.

»Was glauben Sie?«, sagte sie, während sie einen Autoschlüssel in der Hand wog. »Ich habe um einen großen gebeten.«

»Entschuldigung?«, sagte Grip und erwartete einen nachträglichen Tritt in die Kniekehle.

»Was glauben Sie, welchen Wagen sie uns gegeben haben?«, wiederholte sie und zeigte auf die parkenden Autos vor ihnen. Es begann zu piepsen, und ein paar Lichter begannen zu blinken. »Ein weißer Cadillac, sieh an.« Sie nickte ihm zu. »Zuhälterkutsche. Jedem, wie er mag. Ist das bei der schwedischen Sicherheitspolizei auch so? Sie waren doch bei der Sicherheitspolizei, oder? Oder wird bei Ihnen nur Volvo gefahren?«

»Das ist das Sicherste.«

»Das Sicherste …« Die Kofferraumklappe schwang auf, als sie erneut auf den Schlüssel drückte. Seine Tasche stand bereits dort, neben zwei anderen Gepäckstücken, von denen eins allein größer war als seins. »Keine falschen Schlussfolgerungen, das sind mehr Aktenordner und Unterlagen als Kleider«, sagte sie und schlug die Klappe wieder zu.

Sie rollten aus der Garage in das Nachmittagslicht. Neue Straßen, neue Autobahnauffahrten. Die Bebauung wurde niedriger, sie waren auf dem Weg zur Stadt hinaus. Shauna Friedman nahm ihre Ohrringe ab und steckte sie in die Jackentasche, suchte einen Radiosender und entschied sich schließlich für eine einsame Gitarre. Akustisches, altmodisches Geklimper, laut Kommentar des Moderators eine Aufnahme mit Django Reinhardt.

Friedman räusperte sich. »Ich weiß, was Sie denken. Da laden wir Sie ein, und dann werden Sie derart behandelt. Nicht die beste Art, sich Freunde zu machen, nicht wahr?« Sie warf Grip einen Seitenblick zu. Er zuckte mit den Achseln, konnte sowieso nichts daran ändern.

»Da kann niemand was dafür«, sagte sie. »Das ist auf meinem Mist gewachsen.«

»Da kann man mal sehen«, antwortete er, um irgendetwas zu sagen. Er war müde, seine Gedanken trieben mit den wehmütigen Gitarrenakkorden herum.

Das Stück endete, direkt neben ihnen dröhnte eine Truckhupe los, und die Irritation darüber, was sie gerade gesagt hatte, bohrte sich wie mit Widerhaken in seine Haut.

»Mag sein, dass ich falschliege«, sagte er leise, als würde er nicht damit rechnen, dass sie ihm zuhörte, »aber ich finde, Sie könnten mich ruhig besser briefen, weshalb ich hier bin. Aber, bitte …«, eine neue Einspielung begann, »wenn Sie mich in der Gegend herumschieben wollen wie ein Stück Dreck, okay. Die einzige Gegenleistung, die ich dafür verlange, ist, duschen zu dürfen und irgendwann was zu essen.«

»Ist es in Ordnung, wenn wir mit dem Essen beginnen?«

»Wenn das so in der Tagesordnung steht.«

»Koreanisch?«

Grip zog die Schultern hoch. Sie nahm die nächste Abfahrt.

Die prickelnde Kohlensäure des Bieres machte seinen Kopf wieder klar. Das Restaurant war winzig, eng, mit nur wenigen Tischen, aber Friedman schien es zu kennen. Grip wählte irgendetwas von einer fleckigen Karte und bekam ein paar kleine Pfannkuchen mit Frühlingszwiebeln und, so hoffte er jedenfalls, einer Art Hackfleisch mit Nudeln. Friedman schaute nicht in die Karte, bestellte aus dem Gedächtnis. Als ihr Essen kam, benutzte sie ihre Stäbchen schnell mit den zielsicheren, pickenden Bewegungen eines kleinen Vogels.

»Meine Mutter ist Hawaiianerin«, sagte sie.

Grip verstand nicht, was das erklären sollte – ihre Augen, die Stäbchen? »Hawaii«, antwortete er. Er konnte gut mit Stäbchen essen, aber nicht so gut wie sie.

»Wo sind Sie aufgewachsen«, fragte sie, während sie in einer Schüssel mit einer Soße rührte.

Grip betrachtete sie einen Augenblick, ehe er antwortete. »In einer Kleinstadt.«

»Und jetzt leben Sie wo?«

»In Stockholm.«

Shauna Friedman nahm ein Stück von seinen Pfannkuchen von dem Teller in der Mitte des Tisches. »Sie haben es sich vielleicht schon ausgerechnet, aber ich sage es Ihnen trotzdem: Ich arbeite fürs FBI.« Sie lächelte professionell. »Was nicht unbedingt sehr aufschlussreich ist.«

Grip sagte nichts. Er drehte etwas um, das nach einem verkohlten Blatt aussah, und schob es mit den Spitzen der Stäbchen beiseite.

»Wir haben Sie gebeten zu kommen, weil ich Ihre Hilfe bei etwas brauche, Sie aber nicht in irgendeiner Form beeinflussen will, bevor ich die erste Frage stelle. Das ist meine Art, vorgefasste Meinungen zu vermeiden. Damit wir auf einem leeren Blatt Papier starten können, wenn Sie verstehen?«

»Ich weiß bis jetzt, dass Ihre Mutter Hawaiianerin ist«, sagte Grip.

»So ist es. Von der kleinen Insel Lanai. Seit einem Unfall, den sie als Kind hatte, fehlt ihr das obere Glied des kleinen Fingers, und sie hasst es, Boot zu fahren. Aber Sie wissen nicht, worin meine eigentliche Arbeit besteht, und Sie wissen nicht, wieso Sie hier sind.«

»Wann haben Sie vor, die erste Frage zu stellen?«

»In ein paar Tagen.«

»Und es geht um Topeka?«

»Die Fragen zu Topeka kommen später.«

»Ein paar Tage, was soll ich in der Zwischenzeit machen?«

»Essen, schlafen, duschen, das war es doch, was Sie wollten, oder? Fangen wir mit dem Begleichen der Rechnung an, dann fliegen wir nach Kalifornien.«

# 6

THAILAND, 4. JANUAR 2005

Ursprünglich wollte N. nur eine Nacht im Weejay's bleiben.

Sein Leben lag in Trümmern, und an je mehr er sich erinnerte, desto deutlicher wurde, dass er selbst auch das Ende des Weges erreicht hatte. Er war aus den Akten der Behörden verschwunden, und so würde es bleiben. Auf seinem Spaziergang durch ein namenloses Dorf hatte er das Schild gesehen: *Weejay's Family Hotel and Bar*. Ein Pfeil zeigte die Richtung an. Darunter an einer Schnur hing ein handbemaltes Brettstück: *Weejay's survived – open*. N. bog von der asphaltierten Hauptstraße ab und folgte dem Pfeil durch das üppig wuchernde Grün hinunter zum Meer.

Auf dem Schild hatte *200 m* gestanden, aber nach mehr als einem Kilometer war er noch immer nicht am Ziel. Er konnte unmöglich falsch gegangen sein, es gab nur diesen einen Weg durch den Wald: zwei tiefe Reifenspuren mit unregelmäßig wachsenden Grasbüscheln in der Mitte. Auf beiden Seiten schossen Stämme auf und undurchdringliches Gestrüpp. Er kam sich vor wie in einem Tunnel, aber wenn er den Kopf in den Nacken legte, ahnte er zwischen den zusammengewachsenen Baumkronen den Himmel. Er lief weiter. Es war, als wären alle Geräusche abgestellt, kein Vorgelgezwitscher, kein Wind, nichts war zu hören.

Irgendwann wurde die leuchtend rote Erde unter seinen Füßen heller, mischte sich immer stärker mit weißem Sand, dann kam er an eine Tunnelöffnung, und der Wald endete jäh. N. sah einen aufgespannten Sonnenschirm in dem grellen Licht.

Dann den Strand.

Er ging zu dem Bartresen unter einem ausladenden Palmdach und fragte, wo die Rezeption wäre. Der Barkeeper stellte mit einer einladenden Geste ein Glas Saft auf den Tresen – Willkommensdrink vom Haus.

»War es schwer zu finden?«, fragte der Mann. »Ich musste die Entfernung etwas abmildern.« N. zuckte mit den Schultern und löschte seinen Durst in einem Zug.

»Ein Zimmer?«, fragte der Mann.

N. sah eine Kiste mit Schlüsseln. Er nickte.

»Ihr Name?«

N. zögerte nicht einmal. Er nannte den Namen, den sie ihm im Krankenhaus gegeben hatten, schob die Hand in die Tasche und zeigte seinen Pass als Bestätigung.

Der Barkeeper interessierte sich nicht für den Pass, schrieb etwas auf einen Zettel und reichte N. einen Schlüssel. »Folgen Sie dem Pfad«, sagte er und nickte in die Richtung.

Das selbst gemalte Schild im Ort, der Tunnel durch den Wald, dass er am Tresen den ihm fremden Namen genannt hatte – das lag jetzt über eine Woche zurück. N. redete sich ein, dass es der Schlaf war, der ihn hier hielt. Es verwunderte ihn selbst, wie gut er im Weejay's schlief. Es schien plötzlich nichts Störendes mehr zu geben. Inzwischen schaffte er es traumlos durch den dunklen Teil der Nacht. Die Tage verbrachte er meist in einem angenehmen Nebel wie die meisten der wenigen Gäste unter dem großen Palmdach. Er saß im Schatten und betrachtete die Umgebung, keinen Steinwurf vom Meer entfernt. Irgendwann hörte er auf, die Tage zu zählen. Der Umschlag mit den Scheinen in der Stofftasche schien unerschöpflich. Er konnte es sich leisten zu warten.

Das Hotel lag in einer geschützten Bucht. »Falls noch eine Welle kommt, sind wir im Weejay's sicher«, hatte der Junge, der ihm das Frühstück brachte, bereits am zweiten Morgen gesagt. »Nicht einmal die Katze ist ertrunken.« Ein paar Tage später fragte der Barkeeper ihn, wieso er nicht badete, worauf N. auf die schmutzigen Verbände an seinen Armen und Knien zeigte. An einem anderen Tag versuchte ein Paar, seine kleine Tochter zum Baden zu überreden. Sie schrie und wehrte sich vehement, als sie mit ihr zum Wasser gehen wollten. N. konnte das nicht ertragen und ging so weit, bis er das Schreien des Mädchens nicht mehr hörte.

Ansonsten wurde er nur selten von dunklen Erinnerungen eingeholt oder von *den Vermissten* überrumpelt. Er tat alles, um die Gesichter seiner beiden Kinder im Gedächtnis zu bewahren.

Worauf konnte er zurückblicken, worauf sich freuen? Nicht viel. Die Mädchen, natürlich. Aber die … Es gab keinen roten Faden mehr in seinem Leben. Ein Haufen Jahre waren einfach weg. Was zählte im Leben? Gute Taten? Irgendeine gute Tat muss es doch gegeben haben? Irgendetwas?

Es gab ein paar Bilder, aber die waren diffus, schienen jemand anderen zu betreffen: Sommerhäuschen, Abendessen mit Freunden, ein abgeschlepptes Motorboot. Szenen wie aus einem Werbefilm für das Leben im Vorort. Das hatte nichts mit ihm zu tun, er verspürte einen regelrechten Widerwillen dagegen. Wann fing man an zu leben? Hatte man die Wahl? Etwas auf die Spitze treiben – hatte er so etwas jemals getan? Er wusste viel zu wenig über sich, und im Grunde genommen war er sich nicht sicher, ob er es wissen wollte. Was es gab, war die Erinnerung an die Mädchen. All sein Sehnen war auf sie gerichtet, und irgendwie musste er ihnen Gerechtigkeit widerfahren lassen, ehe seine Zeit um war. Er hatte sich angewöhnt, sich in der letzten Stunde, bevor er sich abends im Weejay's schlafen legte, mit einem randvollen Zahnputzbecher Whisky zu betäuben.

Die einzige für ihn existierende Welt war die unter dem Palmdach, das Dutzend weißer Plastiktische mit Stühlen, die auf dem Sandboden verteilt standen, und die unproportional große Bar (die zugleich Rezeption und Hotelbüro war), ein pompöses Südseeklischee aus Bambusstangen und Spiegeln. Jeden Abend nach Sonnenuntergang wurden lange Lichterketten mit weiß, rot, grün blinkenden Leuchtdioden entzündet. An beiden Enden des Tresens britzelten zwei Insektenlampen wie grüne Ampellichter. Außer der Bar unter dem Palmdach gehörten zum Weejay's ein gutes Dutzend Bungalows, mehrere Liegen aus sonnengebleichtem Holz, ein Palmenhain mit Hängematten und zwei festgekettete Tretboote. In der näheren Umgebung gab es keine andere Bebauung.

N. machte bald die Bekanntschaft eines stattlichen Tschechen mit dicken Brillengläsern und dickem schwarzen Brillengestell. Sie verbrachten die Nachmittage zusammen, tranken ein paar Bier. Wenn N. morgens zum Frühstück aus seinem Bungalow kam, begegnete er häufig dem Tschechen, wenn er von seiner Joggingtour am Strand zurückkam. Oft schleppte er irgendwelche seltsamen Dinge an, die er begeistert vorführte: die Spitze eines verrosteten Ankers, einen Teil des Skelettes eines merkwürdigen Tieres, dann wieder ein Tauchermesser ohne Schneide und eine Schwimmflosse. An anderen Tagen schwamm der Tscheche aufs Meer hinaus, bis er nur noch als kleiner Punkt zu sehen war und irgendwann prustend den Wellen entstieg. Als N. ihn fragte, was er eigentlich so mache, antwortete er, dass er reise. Vor jedem Essen studierte er ausgiebig die eingeschweißte Speisekarte vom Weejay's, als hätte er sie noch nie zuvor gesehen. Er las, murmelte frustriert vor sich hin, um am Ende immer N. etwas für sich aussuchen zu lassen. Er hatte sich als Vladislav Pilk vorgestellt.

Eines Abends fragte Vladislav während des Essens: »Warst du dort?«

N. sah ihn verständnislos an, obwohl er sehr wohl verstand.

»Die Welle, bist du der Welle entkommen?«

»Ja …« N. nickte.

»Ich auch.« Vladislav leerte sein Bierglas und bestellte noch eins. »Verdammt blöde Frage, natürlich sind wir entkommen.« Er schnaufte. »Ja, zum Teufel. Ich habe in einem Bus gesessen, wollte nach Norden, es war gerammelt voll. Und dann, na, du weißt schon … Jemand fing an zu schreien, der ganze Scheiß kippte um und wurde mitgerissen. Dann drückte ziemlich schnell Wasser in den Bus. Der einzige Weg nach draußen war durchs Fenster, das stand offen, aber die Leute schlugen um sich wie wild, sie zogen und zerrten aneinander – das totale Chaos, sag ich dir. Ich schnappte mir meinen Rucksack und klammerte mich mit Händen und Füßen an meinem Sitz fest. Und als es dann so weit war, drei schnelle …«, er atmete ein paar Mal ein und aus und dann ganz tief ein, »… dachte, es wäre das einzig Vernünftige, so lange sitzen zu bleiben, wie es eben geht. Wer am längsten aushält. Im Bus voller Wasser. Es war stockdunkel, alle möglichen Sachen schwappten herum, und jemand trat mir ins Gesicht. Als es nicht mehr länger ging, du weißt schon, verdammt, was für ein Druck in der Brust, man muss unbedingt an die Luft«, er lachte, »da hab ich losgelassen und mich blind zum Fenster vorgetastet. Wand, Wand, Wand und dann ein Loch, ich mich rausgestemmt und nach oben geschwommen. Um mich herum keine Menschenseele. Nur ich allein. Mit Rucksack und Sonnenbrille.« Er lachte wieder.

Dann wurde er ernst und sah N. tief in die Augen. »Das war das Spannendste, was ich je erlebt hab, stimmst du mir zu? Unschlagbar … unvergleichlich.« Er schnaufte und streckte sich, die Fäuste auf der Brust. »Danach hab ich mehrere Nächte kein Auge zugemacht, was für eine Energie.« Er atmete aus. »Fühlt sich an, als könnte man jetzt alles meistern, egal was. Geht dir das auch so?«

N. machte eine zweideutige Geste.

»Noch ein Bier?«, fragte Vladislav. »Oder Nachtisch?«

Am nächsten Tag sah N. Vladislav Steine gegen einen Palmenstamm werfen. Er stand mehr als fünfzehn Meter entfernt und warf Stein auf Stein auf Stein. Der Stamm klang hohl unter den Treffern, er schoss nicht einmal daneben.

Im Palmenhain war ab und zu ein Unterschenkel zu sehen, der über den Rand einer Hängematte baumelte, eine Frauenwade, wie N. vermutete. Der übrige Körper war hinter dem Stoff der Hängematte verborgen. Wahrscheinlich war es der einzige weibliche Hotelgast, mit den langen schwarzen Haaren und den dunklen Schatten um die Augen.

An diesem Abend, als N. zum Essen kam, saß sie an Vladislavs Tisch. Er schaute sich nach einem anderen Platz um, aber Vladislav rief ihn zu sich. »Komm, setz dich zu uns – das hier ist …«

»Mary, ich heiße noch immer Mary«, sagte sie einen Hauch genervt.

»Darf ich dir Mary vorstellen«, dröhnte Vladislav und zog N. einen Stuhl heran.

Mary war Amerikanerin, trug ein ärmelloses schwarzes Baumwollkleid und weiße Tennisschuhe.

»Ich habe sie lesen sehen, so haben wir uns kennengelernt«, erklärte Vladislav kryptisch. Er nahm die Speisekarte. »Haben die irgendwas mit Kartoffeln?«

»Nein«, antwortete N. und setzte sich. »Nichts mit Kartoffeln, das weißt du doch.«

»Ändern sie denn nie das Angebot?«

»Nein, nie. Haben sie nicht, kriegen sie nicht. Nimm die Garnelen.«

»So was Albernes«, sagte Mary mit einem abgehackten Lachen.

Mary wollte kein Tafelwasser trinken, schob das Gemüse beiseite und aß nur das Fleisch. Während des Essens unterhielt Vladislav sie mit wahnwitzigen Geschichten von einer Reise durch den Senegal. Ein Schwall an Anekdoten, sein lautes, polteriges Lachen und hinter ihrem Tisch das bemerkenswerte Schattenspiel der blinkenden Lichterketten in der Bar.

N. zuckte zusammen, als er eine Hand auf seinem Arm spürte. Er war müde, die zwei Bier zum Essen hatten ihn in einen Dämmerzustand in seiner eigenen Welt versetzt. Vladislav hatte sich im Stuhl zurückgelehnt und unterhielt sich mit einem Gast am Nachbartisch. Marys Finger strichen über eine der langen Narben, in der noch immer die Fäden saßen.

»Entschuldige«, sagte sie auf N.s Zucken, ohne sonderlich berührt auszusehen. Sie ließ die Hand auf seinem Unterarm liegen.

»Wie heilt es?«

»Gut, nehme ich an«, sagte er, zog den Arm weg und strich ein paar Mal über die Narbe.

»Solltest du nicht langsam die Fäden ziehen lassen?«

»Mag sein, hab ich mir keinen Kopf drüber gemacht.«

»Es ist nicht gut, die Fäden drinzulassen.«

»Einen Irish?«, fragte Vladislav und beugte sich über den Tisch. »Zum Abschluss?« Seit ein paar Abenden waren sie auf den Geschmack von Weejay's Irish Coffee gekommen.

»Zu warm«, sagte Mary.

N. schaute auf die Uhr. »Für mich Whisky pur.«

»Du kannst ja um ein paar Eiswürfel bitten, wenn du willst«, sagte Vladislav zu Mary.

»Eis, Nescafé und Kondensmilch!« Sie sagte das mit unverhohlenem Ekel. Vladislav antwortete mit einem trägen Achselzucken.

Viel mehr sagte sie nicht an diesem Abend. Und wegen der etwas angestrengten Stimmung hätte N. nicht erwartet, sie noch einmal an ihrem Tisch zu sehen, doch bereits am nächsten Abend war sie wieder da. Im gleichen schwarzen Kleid, den gleichen weißen Schuhen, setzte sie sich mit königlicher Selbstverständlichkeit und ohne zu fragen zu ihnen. Vladislav, der sein Publikum brauchte und schon wieder seine Geschichten zum Besten gab, begrüßte sie mit einem einladenden Grinsen. Und so blieb es: Vladislav rang mit der Speisekarte, Mary ignorierte das Gemüse und aß nur das Fleisch, während N. sich nach der Betäubung des letzten Glases Whisky sehnte.

Drei einsame Seelen an einem Tisch, Abend für Abend.

# 7

GOVERNMENT JET N507IL
NACHT AUF DEN 26. APRIL 2008

Es war der nüchterne Ausdruck in Shauna Friedmans Gesicht, der bewirkte, dass Grip sich fügte. Wenn sie nur nach und nach die Teile ihres Puzzles auf den Tisch legen wollte, bitte schön, für ihn war das okay. Früher oder später würde er schon erfahren, was sie eigentlich mit ihm vorhatte.

Sie hatten ihre Fahrt im Cadillac durch New York fortgesetzt, zu einem kleinen Flughafen, wo eine Gulfstream mit Besatzung auf sie wartete. VIP-Gefühl, eigener Hangar und Anzugtypen. Die Kabine des kleinen Jets war zweigeteilt, Grip hörte Stimmen aus dem hinteren Teil, als er an Bord ging. Ein Mann, der nach ihnen kam, grüßte Friedman, als er an ihnen vorbeiging, ansonsten sah Grip während des gesamten Fluges nichts von seinen Mitreisenden. Die Sitze waren weich gepolsterte Ungetüme in sandfarbenem Leder, Grip und Shauna Friedman teilten sich eine Vierergruppe. Sie saßen einander gegenüber am Fenster und tranken Erfrischungsgetränke aus der Dose, die sie sich vor dem Start aus einer Kühltasche genommen hatten; machten Small Talk und schauten hinaus. Der Himmel war klar, und obgleich das Flugzeug auf seinem Weg gen Westen sozusagen dem ewigen Sonnenuntergang hinterherjagte, sah man doch irgendwann in einer Art Dämmerung die Lichter der Kleinstädte des Mittleren Westens aufleuchten. Als der letzte rote Streifen am Horizont unter ihnen zerschmolzen war, waren sie bereits drei Stunden in der Luft. Ein Besatzungsmitglied brachte Sandwiches. Friedman wollte keins und setzte sich neben Grip, damit sie die Beine hochlegen und schlafen konnte.

Es gab Thunfischsandwich mit zu viel Mayonnaise, Grip aß in kleinen Bissen. Das Licht in der Kabine wurde gelöscht. Unten am Boden sah er die verstreuten Sternhaufen der kleinen Ansiedlungen, zwischendurch vereinzelt Fahrzeuge, die sich durch die Dunkelheit bewegten. Es war nichts von der Topografie der Landschaft zu erkennen, er erkannte die Lichter auf einer Brücke, aber nicht das Wasser darunter.

Durch das Brummen der Motoren und die kühle Luft aus der Klimaanlage zerstreuten sich seine Gedanken, sein Blick wandte sich nach innen.

»Ananas im Überfluss«, hatte Friedman gesagt, »im Überfluss.« Da sie während des Fluges nicht über ihre Arbeit sprechen konnten, hatten sie von sich erzählt. Ananas. Friedman hatte ein paar Kindheitserinnerungen ausgespielt. Von den Sommern, die sie bei ihrer Großmutter auf Lanai verbracht hatte, der kleinen hawaiianischen Insel, die kaum mehr zu sein schien als eine große Ananasplantage. Das Land gehörte einer Obstfirma, für die alle Bewohner arbeiteten. Es war strengstens verboten, sich an dem Obst zu bedienen, aber für die Kinder war trotzdem immer Ananas im Überfluss da. »Man hat es schneller über, als Sie ahnen.« Grip sah das Bild in ihrem Büro vor sich, den Ort mit den ausgeblichenen Holzhütten. Die zweite Hälfte des Sommers hatte sie sich immer nach zu Hause gesehnt. »Seitdem habe ich keine Ananas mehr gegessen.«

An einer Hand steckte ein einsamer Goldring mit unterschiedlich farbigen Steinen. Sie erwähnte Verwandte in Chicago. Grip legte die wenigen Mosaiksteine zusammen und kombinierte. Der jüdische Hintergrund war leicht zu erraten gewesen – Friedman –, noch ehe sie von ihrem Vater erzählte, der von der Ostküste stammte, und einer Bar-Mizwa, die gerade stattgefunden hatte. Sie erzählte viel von ihren Eltern. Grip schloss daraus, dass sie vermutlich das einzige Kind war und ihre Eltern schon ein wenig älter gewesen waren, als sie geboren wurde. Vermutlich gab es ein gewisses Familienvermögen, aber nicht übertrieben. Sie war auf ein privates College gegangen, auf das Williams in Massachusetts. Nichts war geschenkt – so ihre eigenen Worte –, aber ihr Vater war schon vor ihr dort gewesen. Sie scherzte über die Tatsache, dass sie Lacrosse gespielt hatte.

Grip betrachtete das Gesicht der Schlafenden. Sie war dezent geschminkt. Ein feiner Lidstrich um die Augen, mehr nicht. Die Brauen beschrieben zwei prägnante Bögen, die Stirn war frei. Sie hatte das schulterlange Haar hochgesteckt, aber ein paar vorwitzige Strähnen hatten sich gelöst und fielen über ihre Wange. Für einen Mann, der mit ihr das Bett teilte, sicher ein unwiderstehlicher Anblick.

Grip hatte bemerkt, dass ihr Blick nie flackerte, selbstsicher und als wäre sie nicht daran interessiert, was außerhalb ihres Fokus um sie herum vorging. Dieses Muster fand sich auch in anderen Zusammenhängen wieder, auf die gleiche Weise hatte sie mit den Stäbchen gegessen, mit völliger Selbstverständlichkeit. Sie gehörte zu der

Sorte Mensch, die augenblicklich bedient wurde, sobald sie einen Laden betrat. Die andere zurechtwies, niemals wiederholte, was gerade gesagt worden war. Die Männer verunsicherte, je mehr sie ihr verfielen.

Das war derweil nicht Grips Problem. Sein Blick verweilte nicht bei den Brüsten oder Lippen der Schlafenden, dieser Urtrieb griff bei ihm nicht. In seinem Kopf kreiste das Puzzle: Newark, Topeka, der Flug nach Kalifornien. Eins störte ihn – der Fakt, dass Shauna Friedman zu viel von sich erzählte. Einen Hauch zu viele Details. Dass sie so ausführlich von der Küche ihrer Großmutter erzählte oder irgendeinem Rabbi aus Los Angeles, entsprang nicht purer Mitteilungsfreude, das war ihre Art, Bande zu knüpfen und Vertrauen zu schaffen. Geschickt eingefädelt. Ihre vorgebliche Offenheit zwang ihn geradezu, von sich zu erzählen. Das FBI hatte eine Akte von ihm, aber sie wollte mehr. Das nahm er jedenfalls an. Die Fragen, die über kurz oder lang gestellt werden würden, wollte sie nicht irgendeinem Fremden stellen. Und doch, die Mappe über ihn, die er im Vorzimmer der Sekretärin gesehen hatte, störte ihn. Während des Fluges hatte er über Trivialitäten gesprochen, die möglicherweise dort abgeheftet waren. Was reimte sie sich daraus zusammen?

Grips armseliger Hintergrund ging sie nichts an. Im Gegensatz zu Shauna Friedman, die auf mehreren Kontinenten aufgewachsen war, hatte er die Kleinstadt seiner Kindheit erst als Zwanzigjähriger verlassen. Keine verdammte Ananas, höchstens eine Krone für die Reihe Mohrrüben, die er in den Sommerferien für einen geizigen Bauern geerntet hatte. Sie hatte die Lava eines Vulkanausbruches ins Meer fließen sehen, er hatte die Gluthitze des gusseisernen Bollerofens in der Sommerhütte gespürt.

Das hatte er mit keiner Silbe erwähnt. Auf ihre Erinnerung an das Baden im Meer hatte er mit einer Geschichte vom einsamen Schwimmen in einem kleinen Waldsee in einer Augustnacht geantwortet. Ihr Lacrosse, sein Fußball. Zwei Saisons in der oberen Liga. Dann eine Knieverletzung, nichts Großes, aber das Ende seines damaligen Traumes.

Später war die Frage nach seiner Familie aufgekommen. Er hatte zwei ältere Schwestern, deren Namen auszusprechen Friedman Mühe bereitet hatte. Beide Schwestern waren verheiratet, er nicht.

Bis zur Landung war Grip ein paarmal kurz eingedöst, aber als das Flugzeug in die Parkposition fuhr, schlief er fest.

Er wurde von Friedmans »Kommen Sie!« geweckt, die mit gebürstetem und frisch hochgestecktem Haar vor ihm stand. Hinter ihr zogen die Anzugträger vorbei.

»Wo sind wir?«, fragte Grip. Das Licht in der Kabine war wieder an und blendete ihn.

»In Kalifornien.«

Er verkniff sich, sie zu bitten, das doch etwas zu präzisieren, beugte sich vor und band seine Schuhe zu.

Vor dem Flieger wartete ein Wagen. Ein hagerer, junger Mann in der Uniform der US Navy fuhr sie über das ausgestorbene Flughafengelände. Die Gebäude sahen aus wie weiß gestrichene, aufrecht stehende Schuhkartons mit wenigen Türen und so gut wie keinen Fenstern. Die angestrahlten Fassaden bildeten scharfe Kontraste zu der dunklen Umgebung, wirkten unwirklich, computeranimiert. Auf einem offenen Hangar, wo vom Licht angestrahlt einige Flugzeuge standen, prangte in hohen schwarzen Buchstaben: WELCOME TO N.A.S. NORTH ISLAND.

»North Island?«, fragte Grip.

»Ja«, antwortete Friedman. »North Island, Coronado – wir sind in San Diego.«

Grip brummte leise zur Antwort.

Sie wurden zu einem unbeleuchteten, schilderlosen Hotelkomplex gebracht. Auf dem Parkplatz standen ein paar Mietwagen, und ein Mann kam ihnen entgegen und überreichte ihnen ihre Schlüssel. Der junge Mann, der sie gefahren hatte, bestand darauf, ihr Gepäck die Treppen hochzuschleppen. Dann weigerte er sich, ein Trinkgeld anzunehmen. Grip stand da wie ein Idiot mit seinen Dollarnoten in der Hand. Friedman hatte es gar nicht erst versucht.

»Bis morgen«, sagte sie knapp und verschwand in ihr Zimmer.

Grip nickte, schaute auf die Uhr. Er hatte sie in New York umgestellt, wusste aber nicht genau, wie groß der Zeitunterschied war und wie lange sie in der Luft gewesen waren. Sein Zeitgefühl war völlig durcheinander.

Die Klimaanlage in seinem Zimmer lief, und er rannte vor eine kalte Wand, als er die Tür öffnete. Im Fernsehen lief tonlos CNN: eine demonstrierende Menschenmenge, ein Nachrichtensprecher, amerikanische Soldaten. In einer Ecke des Bildes war eine Uhr zu sehen, halb elf, aber nicht, für welche Zeitzone des Landes sie galt. Grip schaltete den Fernseher aus, zog sich nackt aus, legte sich ins Bett und lockerte die viel zu stramm festgesteckte Bettdecke. Er schlief unmittelbar ein.

Obwohl sein Körper ihm etwas anderes signalisierte, war draußen vor dem Fenster Morgen. Er sah ein paar Jogger und wenige, langsam vorbeirollende Fahrzeuge. Aus der

Broschüre in der Ledermappe des Hotels schlussfolgerte Grip, dass er sich auf dem eingezäunten Gelände eines Flottenstützpunktes befand. War das wichtig? Er war sich nicht sicher.

»Tauchen Sie?«, hatte Friedman ihn auf dem Flug gefragt. »Was gefällt Ihnen am besten in New York? Wo in New York würden Sie am liebsten wohnen?« Es gab eine Akte von ihm, die das FBI ihn nicht sehen lassen wollte. Was zum Teufel machte er in Kalifornien?

Unten an der Rezeption gab es hoffentlich einen Internetanschluss. Einen Augenblick zog er in Erwägung, eine Mail an seinen alten Chef zu schicken, ein Lebenszeichen, eine Sicherheitsleine, dass er New York verlassen hatte. Aber das wäre sicher nicht im Sinne des Chefs. Keine registrierten Mails von einem Flottenstützpunkt in Kalifornien – höchstens Bleistiftnotizen.

Nach dem Frühstück, das er in Gesellschaft von Shauna Friedman unter einem Sonnenschirm des Golfklubs einnahm, sagte sie: »Wir brechen in einer Stunde auf.«

»In die Stadt?«

»Packen Sie Ihre Tasche.«

»Kriege ich eine Augenbinde?«

»Gedulden Sie sich noch ein wenig.« Friedman lächelte.

Sie fuhren die umgekehrte Tour zurück zum Flughafen des Stützpunktes. Kleine Militärjets übten in großzügigen Kreisen Start und Landung, es waren Helikopter zu hören, aber nicht zu sehen. Ihr Wagen parkte auf einer Freifläche, auf der ein großes, mit militärischen Zeichen versehenes Verkehrsflugzeug beladen wurde.

»Und noch ein Flug«, sagte Friedman, während Grip seiner Tasche hinterherschaute, die weggetragen wurde.

Das Klappern ihrer Absätze hallte über den Beton. Vom

Meer blies eine frische Brise. Grip blieb stehen. Was sollte diese nicht enden wollende Reise wegen einer winzigen Notiz auf einem Zettel. Nach wie vor keine Silbe über Topeka, dafür umso mehr scheinbar beiläufige Fragen zu New York. Er war als Tourist in die USA eingereist, anonym, weil das so gewünscht wurde. Friedman teilte ihm mit, dass die Hotelrechnung beglichen wäre, als er sie darauf ansprach. Das Frühstück hatte sie mit ihrer Karte bezahlt, genau wie das Essen in dem koreanischen Restaurant tags zuvor. Nirgendwo war seine Anwesenheit notiert, außer durch den Stempel in seinem Pass von Newark.

Jetzt also noch ein weiteres Flugzeug, dieses Mal ganz ohne Zielangabe. Wer versuchte hier wen zu täuschen?

Diese Gedanken ließen ihn kurz zögern, dann dachte er daran, dass der Chef ihn darum gebeten hatte.

»Ein Stein im Schuh«, sagte er, als er Friedman einholte.

Auch in diesem Flieger befanden sich außer ihnen noch andere Passagiere. Als Grip die Kabine betrat, registrierte er, dass er und Friedman die einzigen zivil gekleideten Personen an Bord waren. Die meisten Passagiere trugen Flugoveralls mit hochgekrempelten Ärmeln und Divisionsabzeichen mit Flügeln, Totenköpfen und Revolverschützen. Sie bildeten Gruppen von acht bis zehn Personen. Laute Unterhaltungen, forciertes Lachen. Auf den Plätzen hinter Friedman und Grip saßen ein paar Leute von der Militärpolizei, alle bewaffnet, aber ruhiger als die übrigen Mitreisenden.

Die Motoren sprangen an, und ein kühler Luftstrom zog über sie hinweg. Die Unterhaltung der kurz geschorenen Männer wurde lauter.

»Warst du bei ihr zu Hause?«

»Ja, verdammt.«

Jemand applaudierte.

»Wir sind gestern ausgegangen.«

»Ich fass es nicht. Die ganze Nacht?«

Ein Pfeifen. Kopfschütteln.

»Und deine Frau und die Kinder …«

»…hab ich nicht vorher angerufen.«

»Lernst du es denn nie?«

Das Flugzeug hob ab, einen kurzen Augenblick lang sah man einen Sandstrand an den Fenstern vorbeigleiten, dann war nur noch Wasser zu sehen. Sie stiegen weiter, ohne Kursänderung immer geradeaus. Direkt nach Westen, unter ihnen nichts als Meer.

Die Nase senkte sich, das Dröhnen der Motoren verebbte.

»Garcia«, sagte Friedman. »Diego Garcia ist das endgültige Ziel.«

Auf der Karte in Grips Taschenkalender war es nicht mehr als ein Punkt und ein Name, ein Atoll im Indischen Ozean.

# 8

WEEJAY'S, THAILAND
2. WOCHE IM JANUAR 2005

Dass Reza Khan zu ihnen stieß, war unausweichlich. Als sie ihn das erste Mal sahen, stand er schimpfend an der Bar. Er schleppte einen schweren Rucksack und mehrere störrische Stofftaschen mit sich und war den ganzen Weg aus dem Ort hierhergelaufen. Nicht einmal das gratis Glas Orangensaft konnte ihn beruhigen. Er fluchte lauthals, dass er den ganzen Weg zurücklaufen würde, um die korrekte Entfernung auf das Schild zu schreiben.

Er warf seine Taschen auf einen Haufen, und wie alle anderen blieb er.

An den Abenden sprach er mit jedem Gast unter dem Palmdach. Die Vormittage verschlief er in seinem Bungalow und nannte es Meditation. Er war großzügig und spendierte Drinks, während er selber nie etwas anderes als Cola trank, und wollte jemand ihn zu etwas einladen, hob Reza abwehrend die Hand und sagte: »Leider, Muslim.«

»Ist er schwul?«, flüsterte Vladislav N. nach einigen Tagen zu. Rezas Haar war platinblond und borstig. Er sah aus wie ein wahnsinniger Samurai und trug hautenge T-Shirts. Dennoch zweifelte keiner seine Aussage an, dass er Pakistani war, wegen des dunklen Teints, des kohlschwarzen Blicks. Er meinte aber, er könne sich nicht mehr erinnern, wann er das letzte Mal in Peschawar gewesen sei.

»Und«, fragte Vladislav geradeheraus, »was bedeutet die Blondierung?«

Rezas Lachen war abgehackt wie ein Husten. »Ich war die Aufmerksamkeit an den Flughäfen gründlich leid.«

Vladislav sah ihn verständnislos an.

»Was Leute wie ich an den Grenzkontrollen ertragen müssen.«

»Leute wie du?«

»Ja, wie ich«, antwortete Reza und schnippte mit dem Fingernagel an sein Glas. »Muslime.« Er nickte langsam, als spräche er mit einem Kind.

»Und, funktioniert es?«, fragte Vladislav und deutete auf seine Frisur.

Reza fixierte ihn. »Nicht besonders.«

»Kann ich mir vorstellen, das sieht auch echt beschissen aus.«

Reza wollte gerade zu einem Protest anheben, als an der Bar hinter Vladislavs Rücken jemand »Idiot« murmelte.

Reza flog von seinem Sitz hoch und brüllte: »Sag das noch mal!«

Das Weejay's erstarrte. Der gut einen Kopf größere Mann an der Bar wich einen Schritt zurück, als der Pakistani auf ihn zustürzte und sich vor ihm aufbaute. Als er sich mit einem sanften Lächeln um die Lippen entschuldigte, blaffte Reza ihn an. »Halt's Maul! Das ist eine Sache zwischen mir und dem Tschechen.«

Er ging zurück an den Tisch und nahm seine Cola, trank, schüttelte das Glas, dass die Eiswürfel wie eine Klapperschlange klangen, und sagte zu Vladislav: »Es stimmt schon, du bist ein Idiot, aber du glaubst jedenfalls nicht, dass ich dir die Kehle durchschneiden will, wie der Yankee da, der zu viel Al Jazeera geguckt hat.« Er zeigte auf den Mann am Tresen der Bar, der ungerührt mit seinem Stock im Sand stocherte.

Eines Morgens kam Vladislav mit einer Schrotflinte über der Schulter angelaufen.

»Runter mit den Eiern«, sagte er zu N., der gerade sein Frühstück serviert bekommen hatte. »Ich habe alles, was wir brauchen. Ein bisschen Spaß muss sein.« N. verstand nur Bahnhof. »Ich hol unterdessen schon mal Mary.«

N. beeilte sich und hatte gerade den letzten Schluck Kaffee getrunken, als Vladislav mit Mary im Schlepptau zurückkam. Sie hielt einen Klappstuhl in der einen und ein Taschenbuch in der anderen Hand. Selbst Reza überredeten sie mitzukommen. Vladislav hämmerte so lange gegen seine Tür, bis er nachgab und aufstand.

Außer der Flinte hatte Vladislav einige Schachteln Patronen, einen Karton Tontauben und ein improvisiertes Katapult organisiert. Sie teilten die Sachen untereinander auf und begaben sich an den Strand. Es war ungefähr eine halbe Stunde bis zu dem Platz hinter der Landzunge, den Vladislav für sein Unterfangen auserkoren hatte.

Kaum hatte er »Hier ist es gut« gesagt, klappte Mary den Stuhl und ihr Buch auf. Der Strandstreifen war nicht sehr breit, und sie platzierte sich im Schatten der in der Brise wogenden Palmkronen.

Vladislav gab den beiden anderen kurze Instruktionen, demonstrierte ihnen die doppelläufige Flinte, lud sie und feuerte den ersten Schuss ab. N. war für das Katapult verantwortlich und schleuderte die Tontauben übers Wasser. Er brauchte ein paar Runden, um mit der Technik klarzukommen. Vladislav lud nach, und als es N. gelang, die Tauben in einem weiten Bogen in die Luft zu katapultieren, endeten vier nacheinander in einem dunklen Tonsplitterregen. Danach gab Vladislav die Flinte an Reza weiter. Wurf, Schuss, ein kurzes Klatschen, als die kompakte Tontaube ins Wasser fiel. Das wiederholte sich mehrere Male, bis Reza Vladislavs Tipps zwischen den Schüssen zur Kenntnis nahm. Beim ersten Treffer riss er jubelnd die Arme hoch. Mary schaute von ihrem Buch auf. Nach einigen weiteren Treffern war N. an der Reihe. Er traf in schneller Folge, profitierte von den Ratschlägen seiner Vorgänger. Reza hatte keine Lust, das Katapult zu bedienen, und fingerte während des Wartens ungeduldig an ein paar Patronen. Vladislav brachte die Tontauben auf den Weg und gab hin und wieder einen Kommentar von sich.

N. war mit sich zufrieden, er traf durchschnittlich mit jedem zweiten Schuss und überließ Reza und Vladislav den Rest der Munition.

Reza konnte gar nicht genug bekommen. Vor jedem Schuss beugte er sich vornüber wie vor einem Sprint.

»Hast du je mehr als zwei nacheinander getroffen?«, fragte er N. grinsend, als ihm das gelungen war. Vladislav schwieg, wenn er selber an der Reihe war, nickte höchstens bei einem Treffer. Reza ahmte nach, die Flinte mit einem so kräftigen Ruck zu öffnen, dass die leeren Hülsen herausflogen. N. katapultierte Tontauben, bis sein Arm schmerzte – Wurf, Schuss, Wurf, Schuss.

Eine Reihe Pelikane flogen an der Strandlinie entlang. Vladislav war am Nachladen, Reza und N. folgten den Vögeln mit dem Blick. Jetzt segelten sie parallel zum Waldrand über den Strand. Mary legte das Buch auf den Schoß und streckte sich.

»Die da«, sagte sie unvermittelt.

Reza sah sie fragend an.

»Warum nicht?«, fuhr sie fort. Die Pelikane glitten lautlos durch die Luft.

Vladislav war gleich Feuer und Flamme und feuerte zwei Schüsse ab. Er traf die ersten beiden Vögel, lud mit einer schnellen Bewegung nach und reichte Reza die Flinte. »Nimm!«

Reza leckte sich zögernd über die Lippen. Die Vögel waren unruhig geworden, flogen aber noch immer in einer Reihe. Und dann schoss er. Der erste Schuss ging vorbei, und nun begannen die Vögel, aus der Reihe auszuscheren. Der zweite Schuss traf einen Pelikan in der Mitte der Formation. Er zuckte kurz zusammen und trudelte dann zur Erde, wo er wenige Meter hinter Mary im Sand aufschlug. Sie beobachtete das Tier, das unbeholfen mit einem Flügel schlug und sich im Kreis drehte. Der große Schnabel schien nach etwas zu hacken.

»Du musst ihn erlösen«, sagte Vladislav. Er nahm Reza, der nur dastand und glotzte, die Flinte ab, lud nach und drückte sie ihm wieder in die Hand.

»Mach schon!«

Reza nahm die Flinte, machte ein paar Schritte in Richtung des Vogels, zögerte. Das Tier stieß einen heiseren Schrei aus. Mary saß in ihrem Klappstuhl, strich sich übers Knie.

Rezas Schuss ging daneben, wirbelte eine Kaskade Sand neben dem Vogel auf. Vladislav verzog keine Miene, griff wortlos um den Lauf der Flinte und ging zu dem Pelikan. Er betrachtete ihn eine Weile, wie er vor seinen Füßen seine Kreise drehte. Dann ging er in die Hocke, sah sich den Vogel noch genauer an, erhob sich, machte einen Schritt zurück – und schoss.

Es war Samstagabend. Sie luden sich gegenseitig zu Bier und Drinks unter dem Palmdach ein. Die Gäste unterhielten sich von Tisch zu Tisch, lautes Gelächter und irgendwann die unvermeidlichen Nachtbader. Sie hockten bis tief in die Nacht zusammen, solange noch jemand in der Lage war, an der Bar den Überblick zu behalten. N. sah zu, ausreichend betrunken zu sein, ehe das Gespräch auf die Welle kam. Es war immer das Gleiche, irgendein Tisch fing damit an, danach verbreitete es sich wie ein Lauffeuer. Keiner konnte dem widerstehen. Halbwahrheiten und Mythen florierten. Es gab kein Entrinnen. N. antwortete mit Lügen auf direkte Fragen: Er war allein unterwegs gewesen, hatte nichts mitbekommen. So vermied er Fragen zu seinen Narben und Bandagen.

Aber da war die Sache mit dieser Sekte und dem Flugblatt. Die Freude über all die Toten, dass die, die es getroffen hatte, selber schuld waren. Etliche Gäste unter dem Palmdach hatten an den Stränden von den Unruhen und Demonstrationen in den umliegenden Städten gehört. Auch an diesem Abend wurde die Stimmung aufgebracht, als die Rede darauf kam. Die Stimmen wurden lauter, jemand spuckte wütend in den Sand und schleuderte sein Glas durch die Luft, das an der Bar zersplitterte.

Der Mann, der Reza einen Idioten genannt hatte, stand am Rand und gab Kommentare von sich wie *Baptistenpack* und *Gotteswahnsinnige*, was die Diskussion noch weiter anfeuerte. N. ertrug es kaum, daran erinnert zu werden, aber er saugte jedes Wort auf und beobachtete den stattlichen Mann mit dem Stock, fragte sich zum zigsten Mal, wer er sein mochte. Eine junge Frau erzählte, dass sie im Fernsehen eine Gruppe Amerikaner, eine christliche Sekte, mit Plakaten gegen Sünder und Gottes Strafe demonstrieren sehen hatte. Das war in den USA gewesen, und soweit sie wusste, war die Gruppe nach wie vor aktiv. Die Nachricht hatte sich vom Fernsehen übers Internet verbreitet und weiter in der ganzen Welt. Und in Thailand erreichte die Empörung ihren Höhepunkt. Aufgebrachte Menschenmassen wollten Botschaften stürmen und Büros von Fluggesellschaften, aber die Anti-Krawall-Polizei war schützend dazwischengegangen.

»Amerikaner«, sagte der einheimische Barkeeper vor dem Flaschenregal. »Unsere Behörden … die trauen sich doch nichts.«

»Ja, ich habe Polizisten Leute niederknüppeln sehen«, bestätigte die Frau mit spröder Stimme, »bloß damit diese Gotteswahnsinnigen unbehelligt weitermachen können.«

Der Barkeeper signalisierte mit einer Geste, dass er sich für seine Landsleute schämte.

Etliche Gläser später, als das entspannte Geplauder wieder im Gang war und Vladislav dem Nachbartisch erzählte, wie er sich aus dem Bus befreit hatte, beugte sich Mary zu N. rüber und sagte: »Komm.«

»Was …?« Er schaute sie verwirrt an.

»Komm mit.« Sie stand auf, und er folgte ihr durch den Sand.

Sie gingen zu Marys Bungalow, ihr Rock flatterte um ihre nackten Beine. Sein Mund war trocken, und als sie vor ihrer Tür standen, dachte er, dass sie nüchterner war als er. Sie fasste ihn ums Handgelenk, und er wollte seinen anderen Arm um ihre Schulter legen.

»Nein«, sagte sie bestimmt. Er hielt inne, unsicher, was er missverstanden hatte. Sie nahm erneut seinen Arm und drehte ihn interessiert im Licht einer Laterne neben dem Weg hin und her.

»Gehen wir rein.« Sie öffnete die Tür.

N. blieb unsicher in dem kleinen Raum stehen, während Mary eine Kerze anzündete und nach etwas suchte. Als sie vor ihm in die Knie ging, glitten Rockbündchen und Oberteil über dem Steißbein auseinander. Aus dem Spalt starrte ihn eine tätowierte schwarze Katze an, die einen Buckel machte und den Schwanz senkrecht in die Luft streckte. N.s erster Impuls war, sie zu berühren.

»Setz dich«, sagte Mary und erhob sich mit einer kleinen Tasche in der Hand. »Auf den Stuhl da.« Sie zog sich einen Hocker heran und setzte sich zu ihm. Auf dem Tisch neben ihnen brannte die Kerze.

»So, mal sehen.« Sie löste den Verband des einen Armes und betastete mit den Fingerspitzen die Fäden der genähten Wunden. N. schloss die Augen, spürte nur ihre Hände und seine eigenen Atemzüge. Der Ärmel war im Weg, und sie forderte ihn auf, das Shirt auszuziehen. Dann tastete sie ihn weiter ab, über die Schultern, den anderen Arm.

Als N. die Augen aufschlug, nahm sie gerade ein Skalpell aus ihrer Tasche.

»Die müssen raus.«

N. sagte nichts. Die Art, wie sie das Skalpell hielt, deutete auf Routine hin, sie erhitzte es an der Kerzenflamme, ohne dass es rußig wurde.

Er ließ sie gewähren. Es tat nicht weh, spannte nur, und mit jedem Faden, den sie zog, dehnte sich die Haut um die Narben widerstrebend aus.

N. streckte die Arme aus und betrachtete sie: unregelmäßige Streifen, als wäre Dr. Frankenstein am Werk gewesen.

»Hier rauf«, sagte Mary und klopfte einmal mit der Hand auf ihre Knie. N. hob das eine Bein so an, dass sie darankam. Er trug nur ein Paar dünne Shorts. Der Verband rollte sich ab, wieder untersuchte sie ihn mit kleinen, interessierten Gesten, betastete die Wundränder auf der Kniescheibe, massierte eine Sehne in der Kniekehle, folgte einer Narbe auf der Innenseite des Beines, die sich bis zur Wade erstreckte.

Ihre streichelnden Fingerspitzen bescherten ihm eine Erektion. Als seine Hüfte instinktiv mit einem Rucken darauf reagierte, überkam ihn Scham, er zog das Bein an und setzte sich auf, wich ihrem Blick aus.

»Streck das Bein wieder aus«, sagte sie und rollte das Skalpell zwischen den Fingern hin und her. »Das Bein.« Als er immer noch nicht reagierte beugte sie sich vor und hob es wieder auf ihre Knie.

Die Fäden der Naht sahen aus wie schwarze Tannennadeln, als sie sie auf den Tisch legte.

Ein letztes Rucken eines abgeschnittenen Fadens, und N. ließ den zweiten Fuß auf den Boden gleiten.

»Habe ich alles erwischt?«, fragte sie.

Er schaute an seinen Beinen herunter, die es am schlimmsten erwischt hatte, schlängelnde Narben wie weiße Wurzeln. Er wollte gerade etwas sagen, als Mary sich vorbeugte und mit ihren Lippen seine Schulter berührte. Er spürte ihre Wärme, ihr Haar, das über seinen Arm fiel. Ihre Finger schoben sich zwischen seine, ein weißer Streifen verriet, dass dort einmal ein Ring gesessen hatte. Er konnte sich nicht erinnern, ob er ihn verloren oder abgelegt hatte.

»Das spielt keine Rolle«, sagte sie, »nicht mehr«, und erhob sich. Und als sie sich umdrehte, starrte ihn wieder die Katze aus dem Spalt über dem Steißbein an.

»Nicht mehr«, wiederholte N. und erhob sich ebenfalls.

Mary bewegte sich vor ihm wie in einem langsamen Tanz, lautlos. Sie neigte den Kopf zur Seite und kam auf ihn zu. Wiegend.

»Hattest du Kinder?«, flüsterte sie.

N. zerfloss innerlich, als hätte er eine Wahrheitsdroge geschluckt. Sie spürte das.

N. wandte sich ihr zu, ohne zu sehen. Trotzdem spürte er ihre Nähe, geahnte Wärme, ein Duft. Was er sah, waren die Gesichter seiner Kinder, so deutlich, als stünden sie vor ihm. Er sah das Blau ihrer Augen.

Er streckte zwei Finger in die Luft, und Mary legte den Zeigefinger an die Lippen.

»Schhhh …«, flüsterte sie. »No past … no future. Genau wie ich«, sagte sie lächelnd.

Er versuchte ebenfalls zu lächeln.

»Man kann schon so leben«, sagte sie mit einem trägen Achselzucken. »Meinst du nicht?« Sie hatte ihm den Rücken zugewandt, zögernd. N.s Atemluft bewegte ihr Haar. Er blies noch einmal, ein paar Strähnen rührten sich freier als andere. Er streckte die Hände vor, vorsichtig, als würde er sich durch einen dunklen Raum vortasten, spürte Haut unter seinen Fingern, schob sie über ihre Hüfte, sah, wie ihre Schulterblätter sich senkten, langsam wie ein fallender Baum bewegte sich ihr Rücken auf seine Brust zu.

»Nein«, sagte sie leise, aber nicht, um ihn aufzuhalten. Sie nahm seine Hände und führte sie über den Bauch, lenkte seine Bewegungen mit verschlungenen Fingern. Die einladende Nabelgrube. Dort gab sie nach, ab jetzt war es seine Kraft, die sie weiterführte, ihre Hände noch immer über seinen. Die Fingerspitzen wie im Tanz auf einem Seil. Ihr Einatmen so heftig wie bei einem erschrockenen Publikum. Sein lustvolles Stöhnen, als seine Hände sich über ihrem Schamhügel trafen. Er presste sich hart gegen sie.

»Fühlt sich das schrecklich an?«, sagte sie und drehte sich um, griff nach seiner Hand und leckte vorsichtig über die Handfläche. »Ist das schrecklich?« Der gleiche wachsame, furchtlose Blick wie beim Abschuss der Pelikane.

Sie stemmte sich dagegen, als er ihre Hand nach unten drückte, damit sie ihn spüren konnte.

»Das ist …« Sie drückte so fest zu, dass er verstummte. Ein Knurren, er zog die Hüfte zu sich, sie stemmte sich mit den Füßen ab und drehte ihren Kopf so, dass er an ihren Nacken kam. Ein behutsamer Biss, durch Haar in Haut.

Berauscht nackt auf dem Boden. Ihre Zungenspitze zog Spuren, er biss zu, wo er hinkam. Die ganze Zeit hielt sie seinen Schwanz in festem Griff um die Wurzel umklammert. Er ließ seinen Blick nach unten wandern, wenn es sich ergab, hätte es versuchen können, wollte sich aber nicht befreien. Ihre Bewegungen hatten nichts Behutsames, ein dünner Silberreif und ein blaues Armband zuckten unruhig um ihr Handgelenk. Sie warf den Kopf in den Nacken und fluchte leise mit geschlossenen Augen, als er ihre Brust umfasste. Die starrende Katze zeigte ihren buckligen Rücken, als Mary sich im Dunkeln reckte. Sie sagte etwas, laut, als sie sich umdrehte, ihn in sich ließ und er aufstöhnte. Vor Wollust bleckte sie ihre strahlend weißen Zähne.

In der zweiten Nachthälfte wurde N. wach, kurze bewusste Augenblicke in der Dunkelheit. Als er sich bewegte, spürte er die dreckigen Bodenbretter unter sich. Er fror, fühlte sich sandig und nackt. Hinter den Augäpfeln lauerte der

Kopfschmerz vom Whisky, seine Lenden pochten vor Erschöpfung. Mary lag nicht länger bei ihm, er hörte Geräusche aus ihrem Bett.

Er lauschte, vermutete sie unter der Decke. Dann rollte er sich auf die Seite, zog die Beine an und schlief wieder ein.

Ein unendlicher Saalboden breitete sich vor ihm aus, das Licht spiegelte sich in der Oberfläche. Ein Mann kam auf ihn zu, das Klappern von Absätzen auf Holz. Er war nur bis zur Taille zu sehen, die beiden Beine und eine Hand um einen Stockknauf. Die Spitze des Stockes machte keine Geräusche, schlug keinen Takt an, nur das Klackern der Absätze. Der geschnitzte Stockknauf sah aus wie der Schädel eines ausgehungerten Tieres. Der Mann blieb stehen, als wartete er auf etwas oder jemanden, als hätte er etwas entdeckt. Dann, von irgendwo hinter dem Mann, kam ein Windzug, eine wispernde Brise. Marys Stimme flüsterte: »Jetzt tun wir es … jetzt tun wir es …«

# 9

INDISCHER OZEAN, 28. APRIL 2008

Mit einer Zwischenlandung auf einem unbekannten Militärstützpunkt auf der östlichen Erdhalbkugel brauchten sie einen ganzen Tag bis zu ihrem Ziel. Es wurde mit keiner Silbe erwähnt, wo sie zum Tanken runtergingen. Die Passagiere streckten vor dem Flugzeug ein paar Minuten die Knochen aus, in tropischer, schwülfeuchter Luft und Kerosindünsten, sie schauten träge den uniformierten Asiaten dabei zu, wie sie in der Hitze schwarze Tankschläuche über die Betonplatten zogen.

Dann ging es weiter. Höhe aufnehmen, das nächste Meer überqueren. Die Stunden bis zur Landung krochen dahin.

Diego Garcia: ein abgelegener Punkt mitten im Indischen Ozean, wo nur ein Teil des Festlandes ansatzweise die Meeresoberfläche durchbrach.

»Kennen Sie die Insel?«, fragte Shauna Friedman, als sie ihre Taschen entgegennahmen.

»Nicht wirklich«, antwortete Grip. Die übrigen Passagiere wurden mit Bussen abgeholt, Grip und Friedman von einem Wagen.

Ganz unbekannt war ihm das Atoll dennoch nicht. Diego Garcias schlängelndes Band aus Sand und Grün, ein Außenposten für Fremde. Keiner der Bewohner konnte sagen, dass er dort zu Hause war, es gab keine Einheimischen. Antennenwälder, Baracken, Zisternen und Depots – das war das Bild, das sich einem bot. Ein Tiefwasserhafen, das war wichtig, und nicht zuletzt eine fast vier Kilometer lange Start- und Landebahn. Das größte Fahrzeug aus dem Arsenal der Navy konnte hier vor Anker gehen und das schwerste Luftgefährt der Air Force landen und starten. Und die einzigen Augenzeugen waren Amerikaner. Umgeben von der endlosen Weite des Meeres, Hunderte von Meilen in alle Himmelsrichtungen. Ein Platz außer Reichweite, geschaffen, um alle anderen zu erreichen.

Es gab einen Haufen Gerüchte über Garcia, die alles Mögliche andeuteten. Überambitionierte Netzwerker etwa veröffentlichten verschwommene Satellitenbilder mit Pfeilen, die Gebäude auswiesen, lange Berichte ohne Quellenangaben, Zeugenaussagen ohne Nennung von Namen. Sie spürten Flugfreigaben von Flugzeugen auf, die kreuz und quer durch die Welt jetteten, um schließlich auf Garcia zu landen. Abzüglich der Hirngespinste von Aliens und Superwaffen, verdiente der eine oder andere Punkt durchaus Aufmerksamkeit. Solche Dinge, die die Analytiker der Sicherheitspolizei bei ihren Auswertungstreffen vortragen konnten. Die verdächtig waren. Manche Leute vertraten die Meinung, Guantanamo wäre ein Ort, der die Blicke der Welt auf sich vertrug. Nicht so Diego Garcia.

Aber warum sollte Grip etwas dazu sagen? Er war schließlich nur als nicht ganz freiwilliger Tourist hier.

Sie verließen das Flughafengelände in Richtung der Wohngebäude des Militärstützpunktes, einem abgeschlossenen Ort mit Schildern, Fahnenmasten und Läden in unverkennbar seelenlosem, militärischem Stil. Khaki, Beton, verdorrte Rasenflächen.

»Ich bin Ausländer«, brach Grip nach einer Weile die Stille im Wageninnern. »Muss ich nicht irgendwo einchecken?«

»Nicht nötig«, antwortete Friedman.

»Sie kennen die Hausordnung?«

»Leider.«

Sie bekamen ihre Zimmer in einem der Reihenhäuser des Offiziershotels zugewiesen, das wie ein billiges Motel aus den Siebzigerjahren anmutete. In Grips Zimmer waren die Wände, die Decke und die dicke Auslegeware beige, alle Schränke und die Garderobe dunkelbraunes Holzimitat. Als hätte jemand die gesamte Einrichtung in einem Kaff in Alabama ersteigert und in den Indischen Ozean verfrachtet. Die scheppernde Klimaanlage war direkt durch die Wand angeschlossen, das Bett nur mit einem dünnen Baumwolllaken bezogen.

Ein paar Stunden später wurde ihm ein gegrilltes Fleischstück serviert, blutig wie eine klaffende Wunde. Friedman war so schlau gewesen, einen Salat zu bestellen. Nach ein paar Bissen sperrte sich sein misshandelter Reisemagen. Die Tische im Offiziersklub waren nur spärlich besetzt.

»Es ist noch zu früh«, kommentierte Friedman die leeren Stühle. »Die Hitze.«

Der Abend verlief größtenteils schweigend. Die Erschöpfung, die Reise, der unwirkliche Platz, all das hätte er als Entschuldigung heranziehen können. In Wirklichkeit hatte ihr Small Talk sich totgelaufen und erinnerte an ein schlecht laufendes Date. Sie trank Dry Martini, erklärte, dass ihr das Wasser auf der Insel nicht schmeckte. Ein paar Tausend Kilometer zu viel in der Luft ließen Grip von Alkohol Abstand nehmen, er hielt sich an das gechlorte Wasser, vor dem Friedman ihn gewarnt hatte.

Nach der Nacht ein Weckruf aus einem kratzigen Lautsprecher. Toast und Spiegeleier, an diesem Morgen frühstückten sie nicht zusammen. So sollte es bis auf Weiteres bleiben.

Friedman hatte einen Wagen organisiert. Die Distanzen auf der Insel waren zwar kurz, aber dennoch lang genug, um sie nicht unbedingt zu Fuß zurücklegen zu wollen. Sie holte Grip ab, fuhr ein paar Minuten und parkte den Wagen.

Das Gebäude war niedrig und fensterlos und hatte einen unansehnlichen Eingang. Unmittelbar dahinter musste man eine Gittertür durchschreiten, um weiter ins Innere vorzudringen. Grip registrierte eine Kamera unter der Decke, als das Schloss klickte. In einem Seitengang des Korridors wies Friedman sich an einer Schalterluke aus und unterschrieb etwas, worauf sie weitergewunken wurden. Alle Türen, die sie passierten, wurden direkt hinter ihnen wieder geschlossen. Es war erstaunlich still bis auf das Geräusch ihrer eigenen Schritte. Der Boden federte leicht, und Grip überkam das Gefühl, von einem Provisorium umgeben zu sein, einer Fassade.

Friedman betrat vor ihm einen spärlich möblierten Raum, in dem ein Mann mit dem Rücken zu ihnen auf einem Stuhl kippelte. Vor ihm stand ein kleiner Fernsehbildschirm. Er drehte sich um und grüßte murmelnd, als er sie bemerkte.

»Clay«, sagte Shauna Friedman mit einer gleichsam präsentierenden und abfertigenden Geste in Richtung des Mannes. »Da wären wir also.« Sie zeigte auf den Bildschirm.

Er zeigte die Schwarz-Weiß-Aufnahme eines Raumes in

etwa der gleichen Größe wie dem, in dem sie sich befanden, das grobkörnige Bild einer Überwachungskamera, offensichtlich von einer Zelle. Kahle Wände, ein offenes Klosett direkt vor der Kamera und am hinteren Ende eine Pritsche direkt auf dem Boden. In den vom Weitwinkel verzerrten Proportionen sah das Klosett riesenhaft aus mit ausgebeulten Konturen, die Pritsche weit weg und winzig. Es lag jemand darauf. Das Bild war komplett unbewegt, die Person auf der Pritsche lag in einer unnatürlichen Haltung still da. Möglicherweise lag es an der Perspektive, aber genauso gut konnte er tot sein.

Grip hatte schon viele Gefängnisse von innen gesehen, aber selten hatte ihn ein so unmittelbares Unbehagen erfasst wie hier. Der Mann auf der Pritsche war barfuß und trug einen Overall. Er vermutete einen Bart und ungepflegte Haare. In einem der Lautsprecher begann es zu rauschen. Der Mann in der Zelle bewegte sich kaum merklich auf seiner Kunststoffmatratze. Der Ton war so verstärkt, dass Grip das Gefühl hatte, mit dem Ohr an der Pritsche zu lauschen.

»Wir brauchen Unterstützung, um seine Nationalität herauszufinden. Es gibt Hinweise, dass er Schwede ist. Ist er das?«, sagte Friedman unvermittelt, als erwarte sie eine direkte und unkomplizierte Antwort auf ihre Frage. Als läge dort in der Zelle eine bekannte Persönlichkeit, die jeder Schwede sofort als seinen Landsmann erkennen würde. Grip antwortete nicht und sah sie nicht an. Der Mann, den Friedman Clay nannte, hielt Grip ein paar Fotos hin.

Er nahm sie: schwarz-weiße Aufnahmen von vorne und im Profil, wie die Amerikaner sie von jedem Festgenommenen machten. Apathischer Blick, Gesichtszüge, die von langer Schlaflosigkeit sprachen, Trotz und etwas, das schon viel zu lange dauerte. Kein Name, keine Nummer, nichts, das zu einer Identifikation beitrug.

»Ist er schwedischer Staatsangehöriger?«, wiederholte Friedman.

Grip drehte sich zu ihr und sagte: »Clay, richtig?«, mit einem fragenden, an den Mann auf dem Stuhl gerichteten Blick.

»Clay Stackhouse«, ergänzte sie.

Grip nickte. »Ist Mr. Stackhouses Anwesenheit hier drinnen zwingend notwendig?«

»Gehen Sie einen Kaffee trinken, Clay.«

Er war bereits auf dem Weg nach draußen.

Sie waren allein.

Friedman breitete die Arme aus, nachdem Grip sicher eine Minute lang nichts gesagt hatte. »Und?«, sagte sie ungeduldig.

»Was wollen Sie von *mir* hören?«

»Beantworten Sie nur meine Frage, ob Sie glauben, dass er Schwede ist oder nicht.«

»Nein«, sagte Grip. »Clay ist weg, jetzt reden Sie.«

»Worüber?«

»Worüber, machen Sie sich nicht lächerlich. Aber gut.« Er wedelte mit den Porträtfotos und sagte dann übertrieben langsam: »Um was zum Teufel geht es hier?«

»Die Identität des Mannes festzustellen.« Friedman zuckte mit den Schultern, suchte nach Worten. »Das FBI würde sehr gerne wissen, wer dieser Mann ist.«

»Und das bekommt man auf diese Weise heraus?«

»Es gibt keine bestimmte Vorgehensweise, wir stehen vor vollendeten Tatsachen.«

»Vollendete Tatsachen … ein einsamer Mann in einer Zelle auf Diego Garcia?«

»In der Art.«

»Er ist aus dem Nichts hier aufgetaucht, über Nacht?«

Sie antwortete nicht.

»Was hat er verbrochen?«

»Eins nach dem anderen. Er wird jedenfalls nicht beschuldigt, Zigaretten an Minderjährige verkauft zu haben. Alles zu seiner Zeit, okay?«

»Eins nach dem anderen. Warum sollte er Schwede sein?«

»Weil jemand das behauptet hat.«

»Aber Sie wissen es nicht sicher.«

»Nein.«

»Ein Schwede«, sagte Grip zu sich selbst. Dann hielt er eins der Fotos vor sich hoch und zeigte darauf. »Wie zum Teufel soll ich bitte eine derart blau und grün geschlagene Person identifizieren? Wer hat ihn misshandelt?« Er wandte sich wieder an Friedman. »Oder angesichts des Offensichtlichen sollte ich vielleicht besser fragen, wie es angehen kann, dass ihr ihn gefoltert habt?«

Friedman sah gänzlich unberührt aus. Sie antwortete nicht.

»Das ist nicht sehr nett«, fuhr Grip fort. »Aber wahrscheinlich ist das auch nicht der Sinn des Ganzen.« Er nickte, Überraschung heuchelnd. »Sie fühlen sich nicht dafür verantwortlich?«

»Nicht das FBI. Wir wollen nur wissen, wer er ist.«

»Und wie viele von euch arbeiten daran?«

»Im Augenblick – nur ich.«

»Stackhouse …?«

»Stackhouse arbeitet nicht fürs FBI«, fiel ihm Friedman ins Wort.

Grip hatte plötzlich das Gefühl unsichtbarer Zuschauer

im Raum. »Aber Stackhouse gehört auch nicht zum Militär, er ist zivil gekleidet.«

»Nein«, bestätigte Friedman. »Stackhouse gehört nicht zum Militär.«

Die Wiederholung war ein geflüstertes Bekenntnis. Shauna Friedman führte Ermittlungen in Feindesland durch. Traute womöglich genauso wenig wie Grip der Realität in diesem Raum. Die Perspektive verschob sich, er musste Zeit schinden. Zeit zum Denken.

»Aber die Zelle befindet sich hier?«, fragte er, um etwas zu sagen.

»Im gleichen Gebäude, nicht weit entfernt.«

Grip nickte. »Ich bin durstig«, sagte er. »Vielleicht kann Stackhouse ja etwas mitbringen, wenn er zurückkommt?«

»Wir können Clay abholen und bei der Gelegenheit dort etwas trinken.«

Clay Stackhouse war offenbar vom CIA oder einer der vielen lose angeschlossenen Unterorganisationen mit Buchstabenkürzeln und Undercover-Unternehmen. Ein kurzes Gespräch mit ihm reichte, dass Grip sich ein Bild von ihm machen konnte. Stackhouse hatte vor zwanzig Jahren sicher locker hundert Armbeugen und mehr geschafft, als er noch zu den US-Marines gehörte. Ein Mann, der fest daran glaubte, es noch immer in den Knochen zu haben. Aber nach unzähligen Grillwochenenden in Virginias Vororten im Laufe der Jahre, zu vielen dickbodigen Gläsern Jack Daniel's und immer weiter geschnalltem Gürtel konnte er froh sein, wenn er noch fünf schaffte. Er glaubte, den Mittleren Osten zu kennen, übertönte alle anderen damit, was seine arabischen Freunde zu diesem und jenem meinten, wenn er Argumente zu hören bekam, die ihm nicht schmeckten. Freunde, die in der Hauptsache Geschäftsleute aus Beirut und Riad waren, deren Söhne längst Privatschulen in den USA besuchten. Und die hofften, ihre amerikanischen Kontakte nutzen zu können, um sich aus der Schlinge zu ziehen, falls alles zusammenbrach und die Dschihadisten an die Macht kamen. Leute wie Stackhouse traf man heutzutage auf der ganzen Welt.

Sie waren jetzt alle drei zurück in dem Überwachungsraum. Stackhouse saß mit einem Becher Eiskaffee auf der Tischplatte neben dem Bildschirm. Er nannte Grip beim Vornamen und erzählte von der Mahlzeit, auf die der Mann in der Zelle sich bald freuen konnte. Und dass er am nächsten Tag die Gelegenheit bekommen würde zu duschen. Grip kam es vor, als spräche er über ein seltenes Tier, um das sich gekümmert wurde.

»Antwortet er auf Ansprache?«, wollte Grip wissen.

»Schon lange nicht mehr, Ernst.«

»Wann zuletzt?«

»Vor mehreren Monaten.« Stackhouse schaute auf den Bildschirm, als das Geräusch einer Bewegung die Stille in den Lautsprechern beendete. Erst als das Bild wieder unbeweglich und das Geräusch verstummt war, hob er den Kopf. »Und da hat er Englisch gesprochen, falls es Sie interessiert.«

»Gebrochen, irgendein Akzent?«

»Keiner der bei diesen Gelegenheiten Anwesenden war ausgebildet, das zu beurteilen.«

»Ausgebildet, das zu beurteilen …« Grip ließ das so im Raum stehen. »Ist er Muslim?«, fragte er stattdessen.

»Wir haben nichts dergleichen notiert.«

»Und was haben Sie notiert?«

Stackhouse sah ihn fragend an.

»Was wissen Sie über ihn?«, wiederholte Grip.

»Er ist dunkelhaarig.«

»Kolumbianer, möglicherweise«, schlug Grip vor. Er wischte mit der Hand über den Porträtfotos durch die Luft. »Anhand dieser Bilder lassen sich jedenfalls keinerlei Rückschlüsse auf den Mann ziehen.« Weder Stackhouse noch Friedman sahen die Bilder an. »Das halbe Gesicht ist zugeschwollen. Er war noch völlig blutverschmiert, als die Bilder gemacht wurden. Er könnte Portugiese sein oder Japaner, verdammt noch mal!«

Stackhouse ließ den Becher kreisen, die Eiswürfel klirrten gegen den Rand. »Wir haben äußerst verlässliche Informationen, Ernst …«

»Das mag durchaus sein«, fiel Grip ihm ins Wort. »Und ich bin sehr gespannt, sie zu erfahren.«

Stackhouse beschrieb weiter Kreise mit seinem Becher. Der Mann auf der Pritsche lag reglos mit dem Rücken zur Kamera da. Erwartungsvolle Stille machte sich im Raum breit.

»Soll ich ihn verhören?«, fragte Grip schließlich.

Shauna antwortete als Erste. »Wir bieten Ihnen die Möglichkeit herauszufinden, ob er einer von Ihnen ist.«

»Von mir?«

»Ob er Schwede ist.«

Grip räusperte sich.

»Wollen Sie zu ihm rein?«, fragte Stackhouse, auf einem Eiswürfel kauend.

»Nicht heute.«

Stackhouse zuckte mit den Schultern.

Aus den Lautsprechern tönte ein Wimmern. Friedman deutete mit einer Geste an, dass sie gehen wollte, als Grip den kühlen Luftzug wahrnahm, der hinter ihm aus einer Lüftung in den Raum geblasen wurde. Das und das Wimmern des Gefangenen veranlassten ihn zu der Frage: »Wie warm ist es da drinnen in seiner Zelle?«

»Ausreichend«, antwortete Stackhouse.

Friedman, die bereits die Hand auf der Türklinke hatte, drehte sich um, Grip spürte ihren scharfen Blick von der Seite.

»Läuft die Klimaanlage?«, fragte er weiter.

»Er weigert sich, mit uns zu sprechen.« Stackhouse starrte den letzten Eiswürfel an, der am Boden des Bechers kreiste. Dann schaute er auf, offenbar zufrieden mit seiner untadeligen Antwort.

»Brillant«, sagte Grip. »Ihr kocht sein Hirn weich. Es ist mit anderen Worten also unerträglich heiß dort drinnen.«

»Ganz offensichtlich nicht heiß genug. Er könnte alle Privilegien in Anspruch nehmen, das ist eine ganz simple Frage seiner Kooperationsbereitschaft.« Stackhouse knüllte den Pappbecher zusammen und schoss ihn über den Schreibtisch. »Immerhin hat er Wasser, er kann trinken, so viel er will.«

Grip sah ihn an und wandte sich dann an Friedman. »Wenn Sie in irgendeiner Form Kooperationsbereitschaft von *mir* erwarten, stellen Sie augenblicklich die Klimaanlage an.« Er öffnete die Tür und ging an Friedman vorbei auf den Flur.

Friedman blieb im Türrahmen stehen. Die Tür fiel ins Schloss, war aber zu dünn, um ihr kurzes »Verdammt!« nicht zu hören.

Nachmittag. Die Sonne hatte vor Kurzem den Zenit überschritten, die Hitze lag wie eine Glocke über der Insel.

Aber im Hotelzimmer zu hocken und an die Wand zu starren war unerträglich. Grip beschloss zu laufen.

Er drosselte das Tempo, machte sich über Straßen und Wege mit dem Stützpunkt vertraut. Das Risiko, sich zu verirren, war gering, da die Insel an der breitesten Stelle, wo die meisten Dinge von Interesse angesiedelt waren, kaum mehr als einen halben Kilometer maß. Er lief am Hafen vorbei, der an der Innenseite des Atolls lag, sah ein paar Schiffe an den Kais und eine Handvoll grau gestrichene Kriegsschiffe weiter draußen vor Anker liegen. Zehn Minuten weiter südlich erreichte er das Flughafengelände. Der Weg verlief mit ein paar Hundert Metern Abstand parallel zur Startbahn. Die Luft war von Motorengedröhn erfüllt, aber er sah kein Flugzeug starten oder landen. Am Ende der Bahn führte der Weg weiter in südliche Richtung. Die Vegetation wurde höher, aber nicht hoch genug, dass die kurzen, kühlenden Schatten über den Weg reichten. Die Feuchtigkeit, die aus dem regenfleckigen Grün aufstieg, erschwerte das Atmen. Neben dem asphaltierten Band schoben sich weiße Flecken Korallensand heran, und zwischen den höheren Ästen erhaschte er ab und zu einen Blick aufs Meer, aber er hörte es nicht wegen des unablässigen Dröhnens der Flugzeugmotoren hinter ihm. Alle Eindrücke wurden ertränkt, als ein Lastwagenkonvoi an ihm vorbeirollte.

Grip wurde langsamer, ging ein Stück. Bei den Hinweisschildern zum Munitionslager kehrte er um und lief wieder los.

Es kamen weitere Lastwagenkolonnen von hinten, die ihn überholten und schwarze Dieselwolken ausstießen. Er warf einen Blick auf die Ladeflächen, die mit Bombenhülsen beladen waren, Hunderten von Bombenhülsen.

Was trieben die Amerikaner hier? Bereiteten sie sich auf einen neuen Krieg vor, oder waren die alten noch nicht abgeschlossen? Was zum Teufel taten sie hier, und worauf zum Teufel hatte er sich eingelassen?

# 10

»Grip ist ein Lebemann und Kunstliebhaber«, war die knappe Zusammenfassung, wenn einer seiner Kollegen ein Urteil über ihn abgab. Darauf folgten die üblichen nichtssagenden Charakterisierungen: pünktlich, loyal, gut gekleidet.

Den Kunstliebhaber zu geben war einfach. Fragte ihn jemand beim Kaffee, was er am Wochenende gemacht hatte, konnte er wahrheitsgemäß antworten, dass er irgendeine Galerie besucht hatte. Eigentlich interessierte das keinen seiner Kollegen wirklich. Ab und zu sprach ihn einer der jüngeren Juristen auf dem Korridor auf seinen Lieblingskünstler an, in der Hoffnung, er möge Dalí oder Matisse nennen. Diese Leute bekamen so schrecklich gern ihren guten Geschmack bestätigt. Grip antwortete grundsätzlich mit Lucian Freud, was ihm ratlose Blicke bescherte und einen Themenwechsel, was ganz in seiner Absicht lag. Außerdem stimmte es nicht. Freud war gut, aber seine nackten gelbgrauen Körper lösten bei Grip zu starke Assoziationen zu Auschwitz aus.

Es war nicht so, dass er sich für seinen einfachen oder besser gesagt vorhersagbaren Geschmack schämte. Das, woran ein Polizist Geschmack fand, dem plötzlich einfiel, sich für Kunst zu interessieren. Die man als Poster kaufen und sich übers Sofa hängen konnte. Grip liebte Edward Hoppers Bilder, solange er sich erinnern konnte. Allein die Titel: *Cape Cod Evening, Nighthawks, Early Sunday Morning* – das war Kunst für einsame Seelen.

Das mit dem Lebemann war schon komplizierter. Für einige war er ein Held. Grip und die Frauen, Weltmeister für kurze Beziehungen und One-Night-Stands. Zwei in einer Nacht, die geschiedene Frau eines Kollegen und vieles mehr. Die Geschichten, die über ihn kursierten, waren eine übertriebener als die andere. Eine geerbte Loftwohnung am Wasser war noch das Vorteilhafteste.

Seit den ersten feuchten Flecken auf dem Laken hatte Grip diesen Hunger in sich gespürt. Er probierte aus, was andere kaum zu denken wagten, suchte die Gesellschaft derer, die ihm mit einem furchtlosen Lachen begegneten, es ebenfalls wollten. Das Experimentieren mit neuen Stellungen war schon vor dem Ende der Teenagerzeit erschöpft. Danach: Blaue Flecke, Lederriemen, Kerzenwachs – alles was scharfmachte –, im Flugzeug, in Hotelfahrstühlen mit gedrücktem Notrufknopf. Er war ein getriebenes Nachttier, eine Maschine aus Fleisch und Blut, die keine Scham kannte.

Aber der Hunger war unstillbar, ließ nicht nach. So ging es viel zu viele Jahre. Der verfluchte Hunger fraß ihn von innen auf, verlangte nach einer höheren Dosis oder einem neuen Kick. Ein Dämon, der jedes Mal aufs Neue ausgetrieben werden wollte. Am Ende konnte er nur noch in vollständiger Dunkelheit lieben – oder *vögeln, sich erleichtern*. Er ertrug keine Gesichter.

Zusammen aufzuwachen ging. Manchmal. Zwischendurch sogar eine Beziehung. Aber es funktionierte grundsätzlich nicht mit denen, die im Morgenlicht Nähe teilen wollten. Da war er ein Vampir. Dafür gab es die Dunkelheit, nach dem letzten Beben war jeder wieder für sich.

Manche Frauen teilten dieses Bedürfnis, konnten eine gewisse Zeit damit leben. Aber irgendwann kamen sie immer an einen Punkt, wo er sich grenzenlos über Bagatellen aufregte, dass sie ohne zu fragen direkt aus dem Kühlschrank aßen oder sich allzu gut in seinen Schränken auskannten.

Eine Weile war er mit einer Moderatorin mit Löwenmähne vom Morgenmagazin zusammen gewesen. Sie war jünger als er, hatte eine eigene Wohnung und sagte nie, dass sie es anders haben wollte. Sie liebte die Dunkelheit, war genauso rastlos wie er, es funktionierte. Sie wurden zusammen auf Zeitungsfotos abgelichtet, er hieß in den Bildunterschriften immer nur »der Polizist«. Ihr Atem erinnerte an eine laue Brise aus einem Obstgarten, sie trug nicht gerne Röcke und schrie ihn am Telefon wegen seiner Ausflüchte an, wenn er sich mal wieder wochenlang zurückzog. Auf dem Weg zum Bett flocht sie jedes Mal ihr Haar zu einem sekundenschnellen Zopf zusammen. Und in einigen von Stockholms In-Kneipen auf Kungsholmen gingen ihre Drinks immer *on the house*. Es kursierte das Gerücht von ihr und einem Schauspieler mit Schlafzimmerblick vom Königlichen Theater. Grip wunderte sich über sich selbst, dass ihn das so kaltließ, vielleicht weil er weiterhin bekam, was er zu brauchen glaubte. Als er allerdings eines Tages all die leeren Weinflaschen in dem Schrank neben ihrem Bett entdeckte und begriff, was die Mintpastillen und der Apfelduft eigentlich übertönen sollten, war das Maß voll. Diese Art von menschlicher Schwäche war für ihn völlig unakzeptabel.

Das war jetzt einige Jahre her. Die meisten seiner Frauen hatten seitdem die Türen hinter sich zugeschlagen. Aber die Gerüchte hielten sich unter den Kollegen. Unsterbliche Abenteuer, pelzbekleidete Beute, aufreizende Amazonen, die viel zu Jungen und die viel zu Alten. »Was ist mit der, die du …?« Eine Frage während der Tristesse einer Observierung. Die Hoffnung eines Kollegen auf ein bisschen Unterhaltung. Grip zuckte mit den Schultern. Sie hatten alle verpasst, dass der Tempel Risse bekommen hatte.

Der Wendepunkt buchstabierte sich New York.

Es geschah in einem Herbst, hatte seinen Anfang aber bereits im August des gleichen Jahres. Ein Weißrusse aus Enskede war bei seiner Festnahme Amok gelaufen und hatte Grip unter einem Bücherregal begraben, das mit seinem ganzen Gewicht auf ihn gestürzt war und ihm die Schulter ausgekugelt hatte. Der Weißrusse wurde mit einer Anzeige wegen tätlicher Gewalt, zwei gebrochenen Rippen und einem zugeschwollenen Auge ausgewiesen – aber obwohl Grip es ihm hatte heimzahlen können, war er derjenige, der operiert werden musste. Ein paar Titanschrauben waren vonnöten, um die Schulter wieder hinzubiegen, was ihn zehn Wochen Genesungszeit kostete.

Als er danach wieder zum Dienst antrat, war der Arzt der Sicherheitspolizei – ein launischer Typ, der durch willkürliche Krank- und Gesundschreibungen ein persönliches kleines Königreich beherrschte – gar nicht zufrieden mit der Zeit, die Grip in Krankengymnastik und Scheibenhanteln investiert hatte. Ohne ihn überhaupt aufzufordern, das Hemd auszuziehen, schrieb er ihn weitere zwei Monate krank. Widerspruch hatte keinen Sinn – wer unbequem war, fand in seiner Krankenakte schnell eine Anmerkung zu einem Nebengeräusch am Herzen, was jahrelange Untersuchungen bedeutete. Das war die Macht des Weißkittels.

Zwei weitere Monate. Knapp drei Tage hielt Grip seine verlängerte Krankschreibung durch. Mit zehn Wochen im Nacken war er zum Stubenhocker geworden, hatte sich kaum noch außerhalb seiner vier Wände aufgehalten oder hinter seinen Hanteln im Fitnesscenter hervorbewegt. Schultermuskeln und Bizepse schwollen an, das übrige Leben stagnierte. Die tote Zeit brannte in seinem Kopf, wenn er morgens erwachte. Er musste den Teufelskreis durchbrechen, raus.

Eines Abends stieß er in seinem Adressbuch auf eine alte Bekannte, wählte die Nummer und erinnerte sie an ein vor langer Zeit gegebenes Versprechen. Sie lebte in Stockholm, besaß aber auch eine Wohnung am Rand von Williamsburg in Brooklyn. Kein Fahrstuhl, dafür Backsteinwände und Holzboden und Ausblick auf die Balkone der orthodoxen Juden und im Westen auf Manhattan. »Du kannst jederzeit dort wohnen – wenn du magst.« Hastig in einem Nebensatz dahingesagt (sie hatten eine Handvoll Nächte zusammen verbracht; sie liebte wie er vorhersagbare Kunst – Jirlow und Grünewald – und war verheiratet). Sie schien sich an ihr Angebot zu erinnern, besser als an Grip. Wie auch immer, das reichte ihm, sie stand zu ihrem Wort, konnte gerade gut jemanden gebrauchen, der Handwerker in die Wohnung ließ. Eine längst fällige Renovierung, aber sie hatte selber nie die Zeit, um dort zu sein. Die Schlüssel konnte er beim Portier abholen. »Bleib, so lange du magst.«

Mit einem Telefonat war alles geklärt. Grip warf die wenigen Topfpflanzen weg, die er hatte, stellte eine Plastikwanne unter den Briefschlitz seiner Tür, kaufte ein Flugticket über London und tauchte unter.

Williamsburg, New York. Der Anfang war vorhersehbar. Galerien und Museen, dazwischen das Aufstöbern der Läden, in denen er die Lebensmittel fand, die er haben wollte. Er führte sein Hanteltraining in einem Fitnessclub mit Blick auf die Schleppkähne auf dem East River fort, ließ die Handwerker in die Wohnung, die in wenigen Tagen im Badezimmer die alten Bodenkacheln durch Granitfliesen ersetzten und wieder verschwanden. Er besuchte ein paar Bars vor Ort. Halbherzige Anläufe, er gab ein paar Drinks aus. Ergebnislos.

Wie viele Persönlichkeitstests hatte er im Laufe der Jahre bei der Sicherheitspolizei gemacht? Ein Dutzend, zwanzig, so was um den Dreh. Formulare mit kniffligen Fragen, die auf Zeit beantwortet werden mussten, hypothetische, moralisch brenzlige Situationen, bitte ankreuzen: Ja/Nein. *Wir wollen Tendenzen bei unseren Angestellten ausloten*. Angeheuerte Psychologen, die nach einer Woche Gespräche in einem zehnminütigen Durchlauf zusammenfassten, was man für eine Persönlichkeit hatte. »Einsamkeit macht Ihnen keine Angst. Sie scheinen die Gefahr zu genießen.« Und doch war es nie mehr als eine Annäherung an den Menschen, der man tatsächlich war. Hätte jemand vorhersehen können, was passierte, nachdem seine Pflanzen zu Hause im Müll gelandet waren? Ein krankgeschriebener Sicherheitspolizist zwischen geborgten Laken in New York.

Anstelle der Kreuze und fragwürdigen Behauptungen hätte er ihnen ein Bild zeigen sollen. »Der da, das bin ich«, hätte er sagen und auf den Schmuggler hinten im Boot von Hoppers *The Bootleggers* zeigen können. Blaugraues, ruhiges Wasser, im Vordergrund ein kleines Holzboot mit Kajüte, das an der Küste entlangfuhr. Im Hintergrund eine Gestalt, die das Boot und die drei Männer darin vom Land aus beobachtet. »Das bin ich.« Die Gestalt im Bootsheck, die dem Betrachter den Rücken zukehrte. Der Mann, der genau an dem Platz war, wo er sein wollte, aber sich nirgendwo zu Hause fühlte.

Das, was niemand vorhersehen konnte, geschah durch einen Zufall. So jedenfalls empfand er es im Nachhinein. Ein Kaffee zu viel, vielleicht, er war an dem Nachmittag in irgendeiner Angelegenheit unterwegs und brauchte dringend eine Toilette. Die Tür war schwarz mit einer Glasscheibe in Augenhöhe – eine Bar –, genau das, wonach er suchte. Er trat ein und ging durch die Bar, es waren nur wenige Gäste dort. Er schaute den Barkeeper selbstbewusst an, als er den Tresen passierte, um Fragen zu vermeiden, und suchte die Toilette hinter den unbezeichneten Türen in den schummrigen hinteren Räumen. Er erledigte sein Geschäft, ging wieder nach draußen, setzte seinen Weg fort.

Aber irgendein Eindruck aus der Bar, ein überraschendes Gefühl, holte ihn ein. Er wurde langsamer. Einen kurzen Augenblick, nur ein paar Sekunden, war es wie früher, wenn er nach einer Reise zurück in sein Jungenzimmer kam. Dieses Gefühl von Vermissen und Wiedersehensfreude in einem. Es war kein bekanntes Gesicht gewesen, das er in der Bar gesehen hatte, nur ein kurzes Schulterklopfen unter Männern und seitwärts an einem Tisch ein leises, aufrichtiges Lachen.

Grip kam an einem Straßenschild vorbei und merkte sich die Adresse. Ein paar Tage später, nachdem er Mut gesammelt hatte, kehrte er dorthin zurück. Es war ein Freitagabend.

Die Bar war um einiges voller, eng, die Gesichter verschwommen. Das vertraute Kribbeln im Körper, intensiver denn je. »… *it's the dark night of my soul* …« Liedzeilen von Depeche Mode lagen wie ein Schleier über dem Stimmengewirr. Gitarrenriffs, französischer Achtzigerjahre-Pop. »… *avec son sabre, attaque les cavaliers* …« Die Luft war süßlich schwer, die Einrichtung schwarz. Unterdrückte Rastlosigkeit. Alle trieben herum. Stimmten sich ein. Small Talk, Lächeln, klirrende Eiswürfel in halb vollen Gläsern. Der Barkeeper nickte Grip wiedererkennend zu, als er ihn sah. Zwei Schluck Whisky auf einmal, die Haut auf dem Rücken nahm jede noch so flüchtige Berührung wahr. An manchen Blicken glitt er einfach vorbei, andere saugte er gierig auf. Alles, was ihn mit seinem anderen Leben verband, war sein Name, Grip, wenn überhaupt. Sein Dasein auf der anderen Seite des Atlantiks lief im Leerlauf. Zwei nicht existierende Monate. Ein anderes Ich begann sich zu regen: Larve, Puppe, Hülle, Schmetterling. Ernst Grip sah nur Männer um sich herum. Eine Hand tastete sich zu ihm vor, er ergriff sie und führte sie zielstrebig zwischen seine Beine.

Als er das erste Mal kam, Mann gegen Mann, gab es keine Namen, nur Lippen, Schenkel und gierige Nacktheit. Ebenso das zweite und dritte Mal. Mehr als zwei Wochen ging das so – er hatte mitgezählt, sechzehn Tage, oder präziser sechzehn Nächte. Es war, als wäre er gelähmt gewesen und hätte gerade gelernt zu gehen, und er wollte gar nicht mehr damit aufhören. Ein Ausleben, das keine Dunkelheit erforderte, nur die Anonymität der Bars. Tipps, wo er als Nächstes hingehen sollte, wurden flüsternd wie Stille Post zwischen Blowjob und Austausch von Zärtlichkeiten weitergegeben. Eine nächtliche Pilgerfahrt zwischen Betten und Bars. Anfangs hauptsächlich in Williamsburg und Umgebung, schon bald auch in Manhattan und Chelsea. Er erwachte durchgewalkt und leer, immer nackt, immer als er selbst.

Benjamin Hayden war der erste Mann, den Grip bei Tageslicht traf. Er war drahtig, die Ruhe selbst und kniff jedes Mal, wenn er ein Glas einschenkte, die Augen zu.

Ihre erste Begegnung fand bei einer Vernissage mit gutem Champagner und mieser Kunst statt. Benjamin hatte einen Hofstaat um sich geschart, sein dünner, sonnenbrauner Arm wedelte mit einer Champagnerflasche herum, die er einer Kellnerin abgenommen hatte. Er schenkte sich selber und den anderen ein, zeigte nonchalant mit dem Flaschenhals auf die aufgereihten Kunstwerke und kommentierte sie mit der Bemerkung, dass hier ein weiterer Amerikaner die Toskana gemalt hätte wie eine Serie billiger Orgasmen in Ocker. Der Frau, die am lautesten lachte, schenkte er mit zugekniffenen Augen Champagner nach. Und dann war er zu Grip gekommen, der ein paar Schritte abseits für sich allein stand, hatte einen Blick auf das Bild vor ihnen geworfen und gesagt: »Oder was meinen Sie, sollte der italienische Zoll nicht bereits am Flughafen in Florenz jedem amerikanischen Touristen gewaltsam Ölfarben und Pinsel abnehmen?«

Ein paar Absätze klackerten energisch durch den Raum, eine mannhafte Frau im Anzug. Ein Paar lange Ohrgehänge schwangen hin und her, hinter ihr in der Türöffnung stand die Kellnerin und zeigte zu ihm.

»Entschuldigen Sie«, sagte Benjamin zu Grip – außer dem Klackern der Absätze konnte er nicht mehr von der Frau wahrgenommen haben als eine Bewegung aus dem Augenwinkel – und drehte sich mit liebenswürdiger Miene und ausgebreiteten Armen um.

Wenige Abende später liefen sie in einer Bar aneinander vorbei. Benjamin hielt Grip auf, eine Hand auf der Brust, die andere zum Gruß ausgestreckt.

»Ben«, sagte er ohne jene Arroganz, die er bei der Vernissage an den Tag gelegt hatte, selbstverständlich davon ausgehend, dass sie sich kennenlernen würden. Es war der dreizehnte Abend der neuen Zeitrechnung.

Grip spürte eine Zurückhaltung bei Ben, die ihn etwas verunsicherte. Sein Instinkt sagte ihm, dass er verheiratet war. Solche Dinge zu erkennen steckte ihm noch von früher in den Knochen. Später sollte er verstehen, dass Ben in ihm noch viel mehr sah, das, was in ihm schwelte. Er erkannte den Neuling, der gerade den Sprung gewagt hatte, das Unersättliche, den Willen, alles zu verschlingen. Ben hatte es hinter sich, jemanden zu spielen, der er nicht war. Trotz diverser Andeutungen und dass sie sich gierig umkreisten, wurde der Luftraum zwischen ihnen nach dem ersten Handschlag nie überschritten. Eine unausgesprochene Abmachung zwischen ihnen, und als Grip wieder lockerer wurde, zog Ben eine Visitenkarte hervor und steckte sie in seine Brusttasche.

»Lass von dir hören, wenn du bereit bist«, sagte er. »Wir können …« Er verstummte, schlug mit der Fingerspitze auf die Kante seines Glases auf dem Bartresen, hob den Blick. »Viel Glück.«

In dieser Nacht und den drei folgenden Nächten fand Grip andere Männer, von denen er sich verschlingen ließ. Aber er brauchte dringend eine Pause, auch wenn ihm das nicht bewusst war und er nicht einmal darüber nachdachte. Umso mehr überraschte ihn seine Erleichterung, als er die Nummer auf der Visitenkarte anrief und Ben vorschlug, sich am frühen Nachmittag im Café des

Whitney Museums zu treffen. Eine einfache, gewöhnliche Verabredung.

Sie saßen hinter riesigen Glasscheiben, ganz entspannt, mehrere Stunden, dann verabschiedeten sie sich. Und damit nahm das Schicksal seinen Lauf. In der folgenden Woche wurde Grips Tagesrhythmus wieder normaler, er wachte zu Hause auf, allein, und hatte gefrühstückt, ehe die Presslufthammer der Bauarbeiter auf der anderen Straßenseite für die Lunchpause verstummten. Er ging jeden Abend mit Ben essen, begleitete ihn hin und wieder auf ein Fest, lernte Bens Freunde kennen. Aber keine gemeinsame Nacht, weit davon entfernt.

Eines Abends schließlich fragte Ben: »Bist du bereit?«

Grip wusste genau, was er meinte. Es gab keine Absprache zwischen ihnen. Obwohl sein Tagesrhythmus wieder in geordneten Bahnen verlief und aus Benjamin Hayden Ben geworden war, war die schwelende Glut in ihm nicht erloschen. Lust war Lust. Wie Ben von ihm sagte: »Mit deinem Akzent und schwellendem Bizeps …« Das war etwas anderes, Brandbekämpfung, die nichts mit Ben zu tun hatte.

Bist du bereit?

Ohne das Kleingedruckte gelesen zu haben, schwor er einen Eid. Er stand an einer Wegscheide, an der ihm höchstens eine Sekunde Zeit zum Nachdenken blieb. Aber für eben diese seltenen, einzigartigen Momente, in denen alles in der Schwebe war, lebte er schließlich. Grip nickte.

»Sag es«, sagte Ben.

Vielleicht kam die Einsicht in genau diesem Moment. »Jetzt bin ich bereit«, antwortete Grip. Trotzig, auch wenn er es nicht so meinte.

Ein Zittern durchlief Bens Körper. Kurz. Dann lachte er. »Das glaubst du nur, aber sag vorher Bescheid. Sag um Himmels willen vorher Bescheid.«

Aber das würde Grip niemals tun müssen. Ben war ein Mann, der nicht permanent nach Bestätigung gierte, und wenn er ihn berührte, tat er das mit völliger Selbstverständlichkeit. Grip hatte so etwas noch nie erlebt. Dass er sich in der Nähe eines anderen Menschen ganz ruhig fühlte. Das war überwältigend, und ein anderes Leben als das, was er bisher gekannt hatte, begann.

Sonnenbräune und weiße Hemden können eine Menge verbergen. Das Alter war eins, Ben war fast zehn Jahre älter als Grip, ein anderes, dass er den Virus in sich trug. Dass Bens Vergänglichkeit ansteckend sein könnte, bekümmerte Grip nicht im Geringsten, dafür nahm es Ben mit gewissen Details umso genauer. Immerhin war er derjenige, der dem Tod die Stange halten musste. Ein Badezimmerschrank war allein für all die Pillenfläschchen reserviert, und er klammerte sich viel zu sehr an alle Gerüchte und Artikel über neueste Forschungsergebnisse. In der Beziehung war er naiv, weil seine Lage hoffnungslos war. Kondome anwenden zu müssen und Kussverbot waren in diesem Zusammenhang eine absolute Bagatelle.

Ben führte seit einigen Jahren eine Galerie am Rand des Flatiron District. Der Eigentümer hatte ein Vermögen mit Industrie- und Gewerberäumlichkeiten in Jersey gemacht und war von seiner dritten Frau überredet worden, eine eigene Galerie zu eröffnen. Die Gattin hatte schnell das Interesse an dem neuen Hobby verloren, und der Eigentümer ließ sich nie blicken. Es war Ben, der den Laden schmiss. Eigentlich hatte auch er längst das Interesse verloren, aber für ihn war es die einzige Chance, sich über

Wasser zu halten. Die Galerie überlebte einzig durch die jährliche Ausstellung eines jüdischen Künstlers aus Massachusetts, der hauptsächlich für seine abstoßenden Insektenskulpturen aus Teilen echter Kleintiere bekannt war und eine gigantische Kugel aus Tausenden zusammengekauter Kaugummis oder für die lebensechte Minibüste seiner selbst, die er unter dem Mikroskop aus einer Kopfschmerztablette geschnitzt hatte. Einige anerkannte Sammler hatten angebissen, dann David Bowie, und danach waren die Preise in die Höhe geschossen. Vom Künstler hieß es, dass er den Gewinn in Poker investierte, für die Galerie und Ben bedeutete das, dass die Galerie sich über Wasser halten konnte, mehr aber auch nicht.

»Sicherheitspolizist«, sagte Ben und rieb sich nachdenklich den Bart, als Grip von sich erzählte. Da war er bereits bei Ben in Chelsea eingezogen, zwei Wochen bevor er New York wieder verlassen sollte.

»Sicherheitspolizist – ich dachte, die gäbe es nur noch in Ländern wie Bulgarien oder Bananenrepubliken. Sicherheitspolizist, das sind die, die in den Nachrichten erwähnt werden, wenn mal wieder ein Rechtsaktivist Prügel bezogen hat oder Leute verschwunden sind, da hat immer die Sicherheitspolizei ihre Finger mit im Spiel.« Er musterte Grip von Kopf bis Fuß und verschränkte die dünnen Arme vor der Brust. »Im richtigen Leben haben sie alle dreistellige Abkürzungen: GRU, CIA, MI5 – stimmt's?« Ben war in Houston geboren und hatte seine Einstellung des überzeugten Republikaners nie abgelegt.

»Bist du ein guter Schütze?«, wollte er wissen. »Zwei Schuss auf 50 Meter Entfernung in Daumenbreite in die Brust?«

Grip zuckte mit den Schultern.

Das gefiel Ben. Und Miles Davis, natürlich, auch wenn er das niemals zugeben würde, und das eine oder andere Bild von Hopper.

Grip kehrte nach Stockholm zurück. Der Abschied war kein Lebewohl. Zwischen ihren Kaffeebechern an jenem Morgen wussten beide, dass ihre Geschichte gerade erst begonnen hatte. Nach dem Frühstück holte Ben auf dem Weg zur Galerie ein paar frisch gewaschene Hemden beim Chinesen ab, während Grip ein Taxi zum JFK nahm.

In Stockholm sprach Grip erneut bei dem Arzt vor, der ihn dieses Mal zumindest das Hemd ausziehen ließ. Und damit war er endgültig wieder zurück. Als Erstes reichte er ein Gesuch auf Versetzung ein. Er wollte zum Personenschutz, nicht zuletzt wegen der Überstunden. Im Einsatz arbeiteten sie rund um die Uhr, dafür hatten sie dann aber auch lange frei. Sein alter Chef ging an die Decke, nannte es eine verdammte Vergeudung. Aber Grip hatte mehr als genug unangenehme Aufträge unter seiner Leitung ausgeführt. »Ich werde dich ab und zu brauchen.«

Grip hatte genickt, und damit hatte der Mann, der ohnehin immer der Chef bleiben würde, seine Einwilligung mit einer Unterschrift besiegelt. Darauf folgte die obligatorische Überprüfung seines Einkommens und seiner Bankkonten, Routinefragebögen zu den Familienverhältnissen. Sein Vater lebte nicht mehr, seine Mutter war ewigkeitsdement, da waren keine Probleme zu erwarten. Was hofften sie eigentlich zu finden, indem sie die Leute Kreuze machen ließen? Dass sie, im Fall eines ordentlichen Skandals oder einer saftigen Enthüllung, ihre Unterlagen hervorholen und sagen könnten, sie hätten zumindest alles Menschenmögliche getan, alle schwarzen

Schafe ohne lupenreine Vergangenheit aufzuspüren? Antwort angekreuzt. Alle zufrieden.

Grip bekam die königliche Familie zugeteilt und kaufte zwei neue Anzüge mit Platz für die Schussweste drunter. Dann folgten die üblichen Einsätze: Staatsbesuche, Stadtbummel über das Kopfsteinpflaster eines Marktplatzes, Besoffene abschirmen, Sommerresidenz auf Öland und später ein Abstecher an die Riviera. Er trainierte Schnellschüsse am Schießstand und hörte sich die neusten Erkenntnisse der Bedrohungsanalytiker an. Wie überall sonst wechselten auch dort die Trends, mal waren es Steine werfende Linke, dann bärtige Palästinenser. Man sprach nie über die einsamen Psychopaten, denen ohnehin nicht beizukommen war. Und Grip schaute über die Menschenmenge mit den ausgestreckten Armen und suchte nach den reglosen Typen im Hintergrund, die mit starrem Blick Anlauf nahmen.

Einmal kam sein Knie bei einem deutschen Paparazzo zum Einsatz, das war alles. Es wurde Herbst.

Der Personenschutz war ein Zufluchtsort der Sicherheitspolizei für alle Geschiedenen, Frischgetrennten und niemals Verheirateten, ein Sammelbecken schmerzlicher Lebenslügen und Misserfolge. Das Leben ohne Knopf im Ohr fand auf einem anderen Planeten statt, der für viele nichts weiter als eine Müllhalde des Daseins war. Dieser Bereich des Lebens war jedermanns Privatangelegenheit. Der Berg an Überstunden war das größte Problem des Chefs, was seine Angestellten in den Lücken machten, in denen er sie entbehren konnte, interessierte niemanden. »Lundgren, von Hoffsten, Grip, ihr nehmt zehn Tage – jetzt!« Klappernde Metallspinde, Mobiltelefone wurden ausgeschaltet, manchmal tranken sie noch ein Bier zusammen, meistens nicht. Ein kurzes Nicken, und jeder von ihnen verschwand in seine Welt.

Grip brauchte nicht packen, er hatte alles Nötige in New York. Meist landete er am frühen Nachmittag, fuhr direkt zur Galerie, wo das Wiedersehen aus einem Blick und Lächeln Bens über die Schulter bestand, wenn er einen Kunden hatte. Natürlich gab es Vermissen, aber keine Eifersucht, Unruhe oder Angst. Die Situation war völlig klar. Bis dass der Tod sie schied. Im Herbst fuhren sie für ein langes Wochenende nach Cape Cod. Wohnten in dem kleinen Hotel mit gelber Fassade, das Hopper einst gemalt hatte, spazierten bei trist grauem Wetter zu den Leuchttürmen.

An einem Abend saßen sie in einem der wenigen geöffneten Restaurants, die die Saison noch nicht beendet hatten. Ben hatte den einen oder anderen Martini vor dem Essen zu sich genommen, und sie waren bei ihrer zweiten Flasche Rotwein. Ben kniff die Augen so fest zusammen, als er Grip den letzten Schluck einschenkte, dass sein Mundwinkel nach oben wanderte.

»Du, Sicherheitspolizist«, sagte er und winkte der jungen Frau an der Bar mit der Flasche. »Der größte Teil der Kunst ist wertloses Zeug. Lebloser Kram.« Er nahm einen Schluck aus seinem Glas und räusperte sich. »Ich schätze und begutachte Kunstwerke, wie du weißt. Alle möglichen Idioten wollen meine Meinung hören.« Er wischte sich angetrunken über den Mund. »Ihre Augen strahlen, wenn sie erfahren, was es wert ist. Wenn man ihnen dann noch etwas Neues für die Wand oder den Sockel anbieten kann, sind sie bereit, alles zu zahlen. Hauptsache es ist teuer, darauf kommt es an.« Er ließ das Messer auf der Tischdecke kreisen.

»Jean Arp«, sagte er dann. »Was weißt du über Jean Arp?«

Grip war Bens Ausführungen nur mit halbem Ohr gefolgt. »Nichts«, antwortete er.

»Skulpturen«, sagte Ben und hob abwehrend die Hand. »Das sind Leute ...«, er brach den Satz ab, trank einen Schluck Wein, »die Hilfe brauchen.«

Damit war Grip klar, dass es um Geld ging. Das war die dunkle Seite des unausgesprochenen Gelöbnisses – bis dass der Tod uns scheidet. Es wurde Geld gebraucht, viel Geld, um die Prophezeiungen des Todes aufzuschieben. Es ging um Summen, die sie nachts stumm einander gegenüber sitzen ließen. Nicht zuletzt, weil Ben von dem Augenblick an, als er vor bald zwanzig Jahren von einer Krankenschwester das Papier mit dem widersprüchlichen Wort »positiv« überreicht bekommen hatte, gelebt hatte, als wäre er unsterblich. Etwas anderes hätte er sich gar nicht leisten können. Er schrieb freiberuflich über Kunst, und was das einbrachte, reichte im besten Fall für die aktuelle Miete. Eigentlich wusste er es besser, verdammt viel besser, aber um Krankenversicherungen wollte er sich später kümmern. Später, später, immer wieder später, bis er mit dem Wisch in der Hand dastand. Er versuchte, seine Angelegenheiten nachträglich in Ordnung zu bringen, aber es war ein Spießrutenlauf zwischen mitleidigen Blicken. Früher oder später kam immer ein Kommentar zu der Krankheit, und die Versicherungsagenten schoben die Antragsformulare ein bisschen zu weit beiseite. Irgendwann war er gezwungen, einen Kredit aufzunehmen, als eine Behandlung notwendig wurde. Das Angebot der Weißkittel war umfangreich, aber nichts half wirklich. Er organisierte Gläubiger, Unterschriften von Menschen, die sich auf der gleichen Wüstenwanderung wie er befanden. Sie bürgten füreinander. Fast alle von ihnen waren inzwischen tot. Und es waren die Nachlassverzeichnisse, die das Pyramidenspiel mit den Banken auffliegen ließen. Bald fürchtete Ben die Anrufe der Anwälte mehr als die Nachricht, dass ein weiterer ausgemergelter alter Freund in einem County Hospital eines Vorortes zwischen Junkies und Pennern den letzten Atemzug getan hatte. Verglichen mit den unberührten Fratzen der Bankangestellten und der von ihnen engagierten Anwälte, waren die Versicherungsvertreter regelrecht mitfühlend gewesen.

Zum Selbstschutz waren die Lügen zum Alltagsbegleiter geworden: Briefe wurden ungeöffnet weggeschmissen, es wurde unter Eid gelogen, die Echtheit eigener, vor langer Zeit gemachter Unterschriften infrage gestellt. Es begann eine Jagd auf ärztliche Atteste, die besagten, dass er so gut wie tot und deshalb nicht anzutreffen war. Alles drehte sich darum, Zeit zu schinden. Es war ein auf Jahrzehnte ausgedehnter Krieg gebrochener Versprechungen und enttäuschten Vertrauens. Alle und keiner waren der Feind. Oder – die Banken und Anwälte waren die Feinde. Immer.

Und es hatte geklappt, mit Müh und Not war es gegangen. Inzwischen hatte Grip die akutesten Löcher gestopft, einige fällige Honorare, damit Ben wenigstens erspart blieb, von seinen eigenen Anwälten verklagt zu werden. Aber mehr als das konnte er nicht tun. Und Ben war dringlicher denn je auf ärztliche Betreuung angewiesen – die Lungen rasselten, in regelmäßigen Abständen hatte er Atemnot und ging mit blau angelaufenen Lippen in die Knie. Und die Ärzte, die daran etwas ändern konnten, nahmen nur frisches Geld.

»… Leute, die Hilfe brauchen«, sagte Ben. »Sie bezahlen gut.« Er trank weiter in großen Schlucken, Grip riss den Blick von der leeren Straße vor dem Restaurantfenster.

»Hilfe?«, sagte er. Sie hatten vor Langem abgesprochen, dass Grip niemals in den Papierkrieg ums Geld reingezogen würde, sein Name oder seine Unterschrift sollte auf keinen Fall in den Schützengräben auftauchen. Dafür gab es zahlreiche Gründe.

»Hilfe mit Jean Arp«, sagte Ben und stellte das Glas ab. »Ich bescheinige die Echtheit.«

»Sind die Skulpturen gefälscht?«

»Nein, es deutet alles darauf hin, dass sie echt sind.«

»Was bringt es, die Echtheit von etwas Echtem zu bescheinigen?«

»Das kommt auf den Kontext an.« Bens Blick wurde klarer.

Es ging um mehr als Geld und Meineid. Grip schaute sich in alter Gewohnheit über die Schulter. Es war niemand in Hörweite.

»Sie müssen erst einmal an Arps Skulpturen herankommen«, sagte Ben.

»Diebstahl«, sagte Grip, um dem Kind einen Namen zu geben. Er wog das Wort wie ein Werkzeug in seiner Hand.

»Eine Person mit sehr viel Geld bezahlt dafür, dass eine andere, ebenso wohlhabende Person wie sie selbst, sie verliert. Im Laufe dieser Prozedur passieren die Skulpturen meinen Blick, und ich bescheinige, dass sie das sind, was sie sind.«

»Da dürften ein paar Mille bei rumkommen«, murmelte Grip.

»So was in der Art«, antwortete Ben mit einem Achselzucken.

So verhielt es sich also. Ben besserte seine Haushaltskasse auf, indem er Diebesgut besichtigte. Normalerweise hätte das zu den Dingen gehört, über die Ben niemals gesprochen hätte, aber jetzt brauchte er mehr. Ein paar Tausend Dollar für jedes Mal. In seinem Kontext betrachtet, war das, wie die Gebühren für eine Raumfahrt mit Pfandflaschen zu sammeln. Grip setzte sich anders hin, er war nicht sicher, wo das Gespräch hinführen würde, und Ben war so betrunken, dass es keine Hemmschwellen mehr für die Fortsetzung gab.

»Sie brauchen Hilfe bei einigen Details in der Planung für den nächsten Coup.« Bens Hand schien auf dem Tischtuch zu liegen, schwebte in Wirklichkeit aber Millimeter darüber. Die Entschuldigungen waren abrufbereit und tausend Phrasen, die sagten »Vergiss es«, sobald er sein Anliegen vorgebracht hatte. Aber Grip saß ganz still da. Er verstand es genau. Die Idee war, Grip das nächste Mal mit einzubeziehen. In die Planung und Durchführung eines Coups. So eine Sache konnte deutlich mehr beitragen zu allen Krankenhausrechnungen.

»Ein Raubüberfall«, stellte Grip fest. Nicht als Frage. Er bewegte keine Miene.

Ben wurde unsicher. »Von Menschen, die im Überfluss leben, sie haben …«

Grip schlug mit der flachen Hand auf den Tisch. »Bitte mich nicht darum!« Die Frau an der Bar hob den Blick, hörte aber nicht, was er weiter sagte. Grip hielt kurz inne, dann sprach er mit gedämpfter Stimme weiter. »Ich bin kein Kind und kein Spielzeug. Wenn wir etwas bedeuten, du und ich, dann bitten wir einander nicht. Wir sagen offen, was Sache ist. Ich weiß, was ein Raubüberfall ist, und noch genauer weiß ich, was in der Waagschale liegt.«

Bens Hand schwebte weiter über der Tischplatte. Seine gespreizten Finger zitterten. Nicht einmal nach drei Martini und zwei Flaschen Wein hatte er die Todesangst im Griff.

Sie fuhren zurück ins Hotel, das Edward Hopper gemalt hatte. Zwischen ihnen herrschte kompaktes Schweigen. Kein Krieg, nur Schweigen. Es war die dritte und letzte Nacht in dem gemeinsamen Zimmer. Was über das Wochenende vertraut geworden war, war plötzlich wieder fremd. Die Einrichtung, das Licht, die Möbel.

Um fünf Uhr morgens rüttelte Grip Ben mit einer Hand an der Schulter wach.

»Was hast du ihnen gesagt?«

»Nichts«, antwortete Ben nach einer Sekunde, in der er wach zu werden versuchte. »Nur, dass ich jemanden kenne.«

»Einen Sicherheitspolizisten?«

»Nein.« Ben drehte sich langsam zu ihm. »Ich habe ein paar Leute getroffen, mitbekommen, dass sie Hilfe brauchten, und gesagt, dass ich jemanden wüsste.«

»War das alles?«

»Ein Schwede, habe ich gesagt. Du weißt schon, Europäer wecken bei solchen Leuten immer das Interesse.«

»Und was hast du über unsere Verbindung gesagt?«

»Sie haben keine Ahnung, ich hab gesagt, du wärest nur über Mittelsmänner zu erreichen.«

»Aber dass ich Schwede bin, hast du gesagt?«

»Du sprichst mit Akzent. Falls es zu einem Treffen kommt … Das ist ja wohl kaum eine Enthüllung.«

Das Scheinwerferlicht eines vorbeifahrenden Autos wischte durch die Spalten der Jalousie. Es wurde nichts mehr gesagt.

Zurück in New York, drei Tage später. Ben stand knochig und gekrümmt wie ein Vogelgerippe über das Waschbecken gebeugt und hustete sich die Lunge aus dem Leib. Als er sich erschöpft von dem Anfall zu erholen versuchte, betrat Grip hinter ihm das Bad. Ihre Blicke trafen sich flüchtig im Spiegel.

»Wie viel zahlen sie?«, sagte Grip.

Ben wich dem Blick aus, keuchte.

Grip lehnte sich mit dem Rücken gegen den Türpfosten. »Rede mit ihnen«, sagte er und ging hinaus.

# 11

Während eines Staatsbesuches des Königspaares in Ungarn erreichte Grip eine Mail von Ben, dass ein »Sponsor« ihn so bald wie möglich in New York treffen wollte. In einer weiteren Mail schickte er einen Link zu einer Seite mit Fotos von Kunstwerken französischer Bildhauer. Bilder von Rodins Bronzefiguren rollten vorbei, Grip verweilte bei den Stücken, die von Jean Arp dabei waren. Abgerundete, sinnliche Granitfiguren von jemandem, der offensichtlich ein Faible für weibliche Formen hatte.

Grip konsultierte seinen Taschenkalender, als es in seinem Ohrknopf knisterte. »Die Königin will eher aufbrechen.« Sie befanden sich bei einem Abendessen beim Ministerpräsidenten, es war bereits nach Mitternacht. Grip saß an einem Computer in einem abgelegenen Raum, den er ein Stück entfernt vom Stimmengewirr der geladenen Gäste entdeckt hatte. Keiner antwortete auf der Frequenz, Grip überflog hastig ein paar mögliche Daten, zog einen Strich mit dem Stift und klappte den Kalender zu.

»Ich fahre sie«, antwortete er und erhob sich.

Keine Woche später. Zurück aus Ungarn. Frei. Ein weiterer Flug und wieder in New York.

Sie trafen sich im Niemandsland zwischen den Backsteinfassaden um die stillgelegte, ehemalige Schiffswerft Brooklyn Navy Yard. Grip hatte eine Adresse, fuhr mit dem Taxi dorthin. Der Treffpunkt erwies sich als Werkstatt für Theaterkulissen und große Warenhausschilder. Sieben Personen erwarteten ihn im Innern des Gebäudes, aber das Reden übernahmen hauptsächlich zwei von ihnen. Ganz offensichtlich hatte er es mit Profis zu tun, einem harten Kern von Geldtransporträubern und ein paar angeheuerten Seelen: zusätzliche Muskelkraft und ein paar geschickte Fahrer. Sie sprachen sich nur mit Vornamen an, und die Hauptredner hatten keine sichtbaren Tätowierungen, so weit also schon mal ganz brauchbar. Nach einer Weile faltete einer von ihnen eine Touristenkarte von New York auf, und die beiden Männer erläuterten ihren Plan. Es ging um einen Lastwagen, der zu einer bestimmten Zeit das Warenlager eines Spediteurs verlassen sollte. Das war alles, was berücksichtigt werden musste. Keine Eskorte, keine gepanzerten Fahrzeuge, keine codierten Schlösser. Nur ein Lastwagen mit Dutzendware und zwei Skulpturen von Arp. Wie auf dem Silbertablett serviert. Ein Kinderspiel.

Aber die Männer in der Werkstatt in Brooklyn waren Geldtransporträuber und dementsprechend ihr Plan. Waffen waren vorhanden, Handschellen, Fluchtautos, Fußangel. Alles ohne Frage durchdacht, ein Coup mit Überraschungseffekt, vorbereitete Fluchtwege und benzingetränkte Fahrzeuge, die abgefackelt werden sollten, um alle Spuren zu verwischen. Der Haken an der Sache lag beim Verladen der Beute, immerhin ging es um mehrere Hundert Kilo. Und das war der Grund, weshalb sie Grip angeheuert hatten.

Grip stellte schnell fest, dass er hoch in ihrer Achtung stand. Ohne selbst überhaupt ein Wort gesagt zu haben, spürte er bereits ihren Respekt. Und das vor dem Hintergrund weitschweifiger Lügen, die Bens desperater Situation geschuldet waren. Er hatte Grip gegenüber nicht viel dazu gesagt, aber nach außen hatte er Geschichten konstruiert, die *den Schweden* über die richtigen Mittelsmänner zu einem anerkannten Kunstdieb gemacht hatten. »Du Vollidiot«, hatte Grip geflucht, als es ihm erstmals zu Ohren kam. »Kunstdieb!« Er hatte keine verfluchte Ahnung, was ein Kunstdieb können musste. Er wollte einen Rückzieher machen, die Verabredung aufschieben, als Bens Husten ihm erneut keine Wahl ließ. Nachdem das Taxi ihn vor der Werkstatt abgesetzt und er das Licht und die Gestalten hinter den Fenstern gesehen hatte, war er zunächst einmal eine Extrarunde über das Gelände gegangen, hatte seine Schritte fort von dort gelenkt. Aber was war die Alternative? … Gut bezahlt … Sie bezahlen gut …

Es gibt für alles ein erstes Mal. Er hatte Jahre mit allem möglichen Abschaum verbracht, aber nie dazugehört. Darum auch sein Herzklopfen, als er die Werkstatt betrat, Herzklopfen und Handschweiß wie bei einem verflixten Amateur. Sie begrüßten ihn per Handschlag und musterten ihn. Er war überzeugt, in der nächsten Sekunde aufzufliegen, wie ein geprügelter Hund vom Gelände gejagt zu werden – im besten Fall. Aber nichts dergleichen passierte. Jemand fing an zu reden, Namen, an die er sich niemals erinnern würde, schwirrten durch die Luft. Er hatte einen trockenen Mund und fühlte sich durchsichtig, spannte die Rückenmuskeln an, sobald sich hinter ihm etwas rührte. Aber dann sah er die aufgefaltete Karte und hörte ihren Plan. Ab da war er die Ruhe selbst. Kein Gedanke an Ben, nur daran, wie einfach es sein würde. Wie einfach es sein würde, etwas zu nehmen, das nicht ihm gehörte. Das erste Mal.

Die Männer in der Werkstatt waren keine Dummköpfe,

aber bei vielen ihrer Überlegungen viel zu stur und verbissen.

»Das Verladen?«, fragten sie.

Grip verschränkte die Arme vor der Brust. »Moment«, sagte er und sprang zurück auf Start, als die Finger über die Karte gefahren waren. Er strich und verwarf. Kein Benzin, keine Waffen oder Fußfesseln. »Gebt den Polizisten einen Ruhetag«, sagte er. Und mit kurzem Nicken auf die Plätze auf der Karte organisierte er alles um. Die beiden Männer, die den Plan vorgestellt hatten, blieben stehen, die anderen saßen. Grip erläuterte die entscheidenden Punkte: wie sie den Lastwagen und den Fahrer übernehmen konnten, ehe der Lastwagen überhaupt das Lager erreichte – indem der Fahrer ausgewechselt wurde. Keine Verfolgungsjagden, keine Feuerbälle, keine blutrünstigen, rumbrüllenden Typen mit gestohlenen MPs. Das wäre kein Coup, mit dem sie im Knast prahlen könnten, andererseits könnte die Polizei von Brooklyn an jenem Septembernachmittag weiter in aller Ruhe über die Ocean Avenue rollen, während nicht weit entfernt ein Mensch mit viel zu viel Geld um seine beiden Jean-Arp-Skulpturen erleichtert wurde. So weit die Perspektive eines Sicherheitspolizisten, wenn es schon geschehen sollte.

Grip legte den Stift auf den Tisch und signalisierte mit Blicken, dass er fertig war.

Es dauerte eine Sekunde, dann sagte einer der beiden Gruppensprecher: »Wir werden sehen.«

Es wurde still.

Einer der anwesenden Männer nannte sich Romeo und war Grip instinktiv von der ersten Sekunde an unsympathisch. Er war einer der Angeheuerten, ein dicklicher Typ mit Schirmmütze, der auf seinem Stuhl hockte und ununterbrochen mit den Knien wippte wie ein aufmüpfiger Teenager. Jetzt schnaubte er vernehmlich und spuckte auf den Boden, aber als alle sich ihm zuwandten, sagte er nichts, grinste Grip höhnisch an und zuckte mit den Schultern.

»Halt die Klappe«, sagte einer der Anführer zu ihm. Er zog seinen Schirm in die Stirn und zuckte noch einmal mit den Schultern.

»Was ist dein Part?«, fragte Grip mit einem Nicken in Richtung des Aufmüpfigen.

»Wer will das wissen?« Der Mann war älter als Grip und kippte den Stuhl nach hinten.

»Er fährt«, antwortete der Mann, der ihn gerade aufgefordert hatte, die Klappe zu halten.

Grip hielt Romeo mit dem Blick fest. »In Brooklyn ist Rechtsverkehr, versuch dir das zu merken.«

Die Vorderbeine des Stuhles blieben abrupt in der Luft hängen. Romeos Hand bewegte sich nach oben, und er forderte Grip mit einer Geste seiner Fingerspitzen auf, näher zu kommen. Er wollte gerade etwas sagen, als der Anführer fauchte: »Er fährt!« Damit war alles gesagt. Grip beantwortete das Ganze mit einem Achselzucken.

Danach feuerten die beiden Anführer eine Salve Was-wäre-wenn-Fragen ab, hauptsächlich, um das Gesicht zu wahren, da der von Grip dargelegte Plan absolut wasserdicht war.

»Wir melden uns«, sagten sie abschließend.

Grip stand breitbeinig da, schaute sie an, einen nach dem anderen, speicherte ihre Gesichter ab. Ben hatte ihm versichert, es ginge nur darum zuzuhören, zu beraten, nicht teilzunehmen, eine Festnahme zu riskieren. Das war etwas für Handwerker. Ein bezahlter Job für handverlesene Spezialisten, die von unsichtbarer Stelle geleitet wurden. Die Männer in der Werkstatt wussten nichts von einem Kunstexperten, dass es Bens Augen und Hände waren, die bescheinigen sollten, dass es sich tatsächlich um Arps Granitskulpturen handelte, die aus dem Verpackungsmaterial in den aufgebrochenen Holzkisten ragten. Und Ben nannte grundsätzlich niemals Namen. So weit schien alles in Ordnung. So weit.

»Sie tun, was Sie für richtig halten«, sagte er. Sein Herz schlug keinen Schlag zu viel, seine Handflächen waren trocken. »Wenn mein Plan zur Anwendung kommt, zahlen Sie.«

Er ging. Die ganze Strecke über die Brooklyn Bridge zu Bens Wohnung in Chelsea.

Als er nach Mitternacht aufwachte, kam ihm das Ganze wie ein Traum vor, eine Art Spiel. Wie wenn betrunkene Polizisten privat zusammenhocken und statt Karten zu spielen gemeinsam ausbaldowern, wie so ein richtig gelungener Coup durchzuführen wäre. In diesem Fall ein etwas anderer Rahmen: eine Werkstatt, ein paar Vornamen, ein zerfledderter Stadtplan und ein paar gute Tipps.

Nicht ernst gemeint, nur so dahergeredet. Oder?

Zurück in Schweden, kaufte Grip jeden Nachmittag die New York Times im Presseshop am Hauptbahnhof. Sechsundzwanzig Tage, sechsundzwanzig Titelseiten über Bush und den Irak, bis sie eines Tages dort stand, die kurze Notiz im inneren Teil der Zeitung. Zwei gestohlene Skulpturen von Arp, ein verschwommenes kleines Foto. Ein verschwundener Lastwagen, keine Gewalt. Eine Randnotiz, mehr nicht.

Später am gleichen Abend rief Ben an. Als Erstes sagte

er, dass er Grip liebte, er redete ohne Punkt und Komma, wahrscheinlich hatte er getrunken, und abschließend sagte er, dass sie bezahlt hätten. Es lag keine Scham in dem Schweigen zwischen ihnen. Es war erledigt, sie verabschiedeten sich und legten auf.

Der Herbst nahm seinen Gang, ein Arzt nahm sich Bens an, und der Husten verschwand. Damit hätte es gut sein können.

# 12

WEEJAY'S, 21. JANUAR 2005

»Und wenn man nun tatsächlich was dagegen unternehmen will?« Es war Bill, der das sagte, Bill Adderloy. Bill war mit der Zeit in ihren Kreis hineingewachsen. Seit er Reza einen Idioten genannt hatte, war er immer wieder mit seinem Stock in ihrer Nähe aufgetaucht, der, wie sich zeigte, eigentlich nur Tarnung war. Bill Adderloy war etwas älter als die anderen und trug einen grau melierten Bart, der arrogant wippte, wenn er sprach. Er rauchte, trug immer lange Ärmel und einen großen Siegelring an der einen Hand. Wie die meisten Amerikaner klimperte er mit den Münzen in seiner Hosentasche und bestellte ständig mehr Eis für seine Drinks.

»Ich meine – es wirklich will.«

Er entkräftete das Gesagte nicht mit einem kurzen Lachen, dem sonst so wunderbar einfachen Ausweg für jeden, der unter dem Palmdach ein allzu empfindliches Thema anschnitt. Im Gegenteil, er sah sie auffordernd an, Vladislav, N., Mary und Reza.

Bevor Bill sich zu ihnen gesellt hatte, hatten sich die Konstellationen bereits verschoben. N. war von einer massiven Rastlosigkeit befallen worden. Nach der Nacht mit Mary spürte er eine unerklärliche Angst, wie der Vorbote eines Abschieds für immer. Er musste mehr trinken, um nachts schlafen zu können, und die vermeintlich unerschöpflichen Geldscheinbündel in seiner Reisetasche passten mittlerweile locker in einen Umschlag. Die anderen begnügten sich inzwischen auch mit Obst zum Mittag, und der großzügige Reza bezahlte nur noch seine eigene Cola an der Bar. Mary erschien morgens immer später und schlafwandelte ab und zu. Zumindest glaubte N. das. Er war eines Nachts in seinem Bungalow aufgewacht, weil sie nur mit einem weißen T-Shirt bekleidet vor seinem Bett stand und ihn anstarrte. Sein erster Impuls war gewesen, sie unter seine Decke schlüpfen zu lassen, aber dann hatte er gezögert.

»Was ist passiert?«, hatte er gefragt und das Weiße ihrer dunklen Augen gesehen. Sie hatte eine halbe Ewigkeit so dagestanden, reglos, wie vor einem wildfremden Menschen, ehe sie sich umgedreht und den Raum verlassen hatte. N. hatte nicht mehr einschlafen können, bis er die Tür von innen abgeschlossen hatte.

Eine unbändige Energie begann in ihnen zu brodeln. Vladislav lief morgens immer weitere Strecken, und bei seinen Schwimmtouren war irgendwann nicht einmal mehr der kleine Punkt seines Kopfes am Horizont zu sehen.

»Fahrt zur Hölle«, spuckte er zwischen den Wellen dem Boot entgegen, das die anderen eines Tages hinter ihm hergeschickt hatten.

Und Reza streckte schließlich einen Australier mit einem einzigen Schlag an der Bar nieder. Als die zwei Freunde des Mannes sich auf ihn stürzen wollten, brüllte er mit so irrem Blick »Kommt doch!«, dass alle zurückwichen. Hinterher weinte er und sagte, dass er unsterblich sei.

Bei Gelegenheiten wie diesen setzte sich Bill an ihren Tisch.

»Beeindruckend«, sagte er damals zu Reza und setzte sich. Der Riesenspektakel hinter seinem Stuhl kümmerte ihn nicht, er streckte wortlos ein paar Finger in die Luft, worauf ein Kellner an ihren Tisch geeilt kam. Die Angestellten vom Weejay's kreisten wie Fliegen um ein Stück Zucker oder eher wie Hyänen um einen Löwen, der gerade ein Stück Beute erlegt hatte. Bei Bill war immer mit einem guten Trinkgeld zu rechnen, immer Scheine. Ein Kellner servierte, zwei andere versuchten, die Brüllaffen an der Bar zu beruhigen. Da hatte plötzlich keiner etwas gegen Amerikaner.

Mit Bill Adderloys Zigaretten kamen auch die Diskussionen. Die meisten Zigaretten verglühten zwischen seinen reglosen Fingern wie Räucherstäbchen, während er seine Ideologie zu Markte trug. Er hielt nicht viel von seiner Heimat. Reza nickte zustimmend, ohne etwas zu sagen. N. war uninteressiert und blieb nur sitzen, um auf Kosten des Redners ein paar Whisky zu bekommen. Mary diskutierte mit, sie argumentierte auf Adderloys Seite, während Vladislav sich einen Spaß daraus machte, süffisant grinsend Brandbeschleuniger in die Flammen zu gießen. Es waren Abende angefüllt mit Vorhersagbarkeiten.

N. trank und versuchte, sein Gähnen zu unterdrücken.

Eines Tages sagte Adderloy: »Das habt ihr verdient«, nachdem er für alle vier die fälligen Außenstände im Weejay's beglichen hatte, für die Bungalows und die Mahlzeiten. Keiner widersprach.

Ein andermal erwähnte Adderloy, dass Mary aus Kansas stammte. N. konnte sich nicht erinnern, dass sie sich jemals dazu geäußert hatte. Vladislav betrachtete Adderloy voller Misstrauen.

»Wenn man wirklich was unternehmen will?« Als das ausgesprochen war, hatten die Diskussionen eine andere Wendung genommen.

»Was unternehmen?« Vladislav saß mit angespannten Kiefermuskeln da. Mary lauschte aufmerksam.

Angefangen hatte das Ganze am Abend zuvor, als Adderloy Reza mitten in einer Diskussion angefahren hatte: »Unsterblichkeit, was ist das für ein Hirngespinst?«

Reza hatte die Frage mit einem bösen Blick beantwortet. Er hatte noch nicht verziehen, dass Adderloy ihn als Idioten betitelt hatte.

»So fühlt es sich an«, sagte Vladislav beschwichtigend, »wenn man überlebt hat.«

»Dann fühlst du dich auch unsterblich?«

»Nicht unsterblich«, antwortete Vladislav und lächelte sein strahlendstes Lächeln. »Aber stark.«

»Ich bin wirklich unsterblich«, sagte Reza und beugte sich vor. »In diesem Moment bin ich es, versteht ihr nicht. Dieser Tag – die Welle.« Er fuhr sich mit beiden Händen durchs Haar. Seine Lippen waren feucht, über sein Gesicht zogen seine inneren Bilder. »Ich hatte mich am Vorabend zeitig schlafen gelegt. Ich übernachtete bei Verwandten, dachte eigentlich, ich befände mich in einer Stadt. Das war eine Stadt. Ich schlief von einer Stadt umgeben ein, aber als ich am nächsten Morgen erwachte … Das Bett stand in einem Raum im ersten Stock, ich stand auf und trat ans Fenster, wie ich es immer machte.« Er beschrieb einen Bogen mit der Hand, als zeigte er über eine weite, offene Fläche. »Alles weg«, flüsterte er gepresst. »Alles. Nur ich und das Haus waren noch da – nichts sonst, niemand sonst. Gott hat mich übersehen, ich bin übrig geblieben.« Er lehnte sich zurück. »Versteht ihr?«

»Gott?«, sagte Mary. »Du glaubst, das war Gott? Das ist doch …« Sie verstummte.

»Unsterblich«, sagte Reza verbissen.

»Wie kann man glauben … Gott, wie einfältig«, sagte Mary resigniert.

»Die Menschen wurden wegen unserer Sünden von der Welle heimgesucht«, sagte Adderloy. »Dieser Meinung sind eine Menge Leute.«

Vladislav schüttelte den Kopf. Er sah Reza an.

»Ihr habt doch auch davon gehört«, sagte Adderloy und hob das Kinn. »Von dieser amerikanischen Kirche, die den strafenden Gott verehrt. Von Charles-Ray Turnball, dem Pastor.«

Er sah N. an, der sich an einen Abend erinnerte, als sie über den Pastor und seine Sekte diskutiert hatten. Er hatte noch nicht genügend getrunken. Der Zorn war so jäh in ihm hochgekocht, dass es ihm den Atem verschlagen hatte. Seine Hände hatten gezittert. Er sah die Bilder ganz klar vor sich: die aufgedunsenen Körper, den lächelnden Pastor, den Geliebten Vater.

Adderloy fingerte an seinem Ring, zog die Schultern hoch. »Die Opfer waren Sünder, so einfach ist das.« Er tippte die Asche von seiner Zigarette und folgte ihr mit dem Blick in den Sand. »Das ist der Preis, meinen andere, der Preis für die Freiheit eines Landes«, er starrte weiter in den Sand, »in dem jeder seine Meinung sagen darf.«

»Ist das tatsächlich eine Kirche?«, fragte Vladislav.

Adderloy überhörte ihn. »Ihr wisst, wie sie gefeiert haben. Die von der Welle mitgerissenen Kinder waren eine besondere Freude für sie. Sie finden, dass …«

»Solche Teufel verdienen den Tod«, fiel ihm N. ins

Wort. »Die haben es nicht verdient zu leben«, fuhr er mit gebrochener Stimme fort.

Reza schlug mit der flachen Hand auf den Tisch. »Eine amerikanische Sekte.« Er spuckte etwas in seiner Muttersprache hinterher, ehe er fortfuhr: »Keine amerikanische Sekte hat das Recht, sich über meine Sünden auszulassen – niemand!«

»Wo ist die Kirche dieser Sekte?« Die Frage kam von N.

»In Topeka«, antwortete Adderloy. »Topeka, Kansas.«

»Aber, bist du nicht …?« Vladislav sah ihn verwirrt an.

»Ja, ich bin aus Topeka«, antwortete Mary.

Adderloy wartete ein paar Augenblicke ab, starrte auf die Glut seiner Zigarette.

»Mary und ich saßen zufällig am gleichen Tisch, als unter den anderen Gästen eine Diskussion über die Sekte und ihre Demonstrationen entbrannte. Da haben wir den Zusammenhang hergestellt.« Adderloy wandte sich an Mary. »Erzähl du weiter, den Rest, Charles-Ray.«

»Charles-Ray Turnball ist ein verabscheuungswürdiger Mensch«, sagte sie mit Verachtung in der Stimme. »Er kam häufig in die Klinik, in der ich arbeite oder gearbeitet habe.« Sie blieb eine Weile bei dem Gedanken hängen. »Er kam zum Blutspenden, ich nehme an, das tut er immer noch. Er braucht Geld.«

»Die haben es verdient …«, wiederholte N. nach wie vor voller Zorn.

Adderloy fuhr herum und sah ihn an: »Was haben sie verdient? Dass sie in aller Munde sind?«

N. rutschte nervös auf dem Stuhl hin und her.

»Und wenn man sich nun tatsächlich entscheidet, etwas zu unternehmen?«, fuhr Adderloy fort.

Reza antwortete mit einem Schnauben.

»Wofür entscheiden?«, sagte Vladislav langsam.

Mary lauschte mit zusammengekniffenen Augen.

»Sie verdienen den Tod«, wiederholte N.

»Ihnen eine Lektion zu erteilen, die sie nie wieder vergessen werden«, antwortete Adderloy.

Vladislav musterte ihn.

»Seht euch doch an … uns«, sagte Adderloy. »Es gibt uns nicht. Hinter diesem Strandabschnitt …«, er zögerte einen Augenblick, »existieren wir nicht mehr, sind wir verschwunden. Von hier aus entscheiden nur wir allein, was wir tun. Das wäre jetzt die Gelegenheit, wenn man sie ergreifen will – solche Gelegenheiten bekommt man in seinem ganzen Leben höchstens einmal.«

»Die Gelegenheit, eine Sekte abzustrafen. Ich hätte mehr von dir erwartet«, sagte Vladislav. »Wieso ausgerechnet wir?«

»Jeder von uns braucht Geld. Wie lange könnt ihr dieses Leben noch führen? Ein paar Monate vielleicht, und dann? Sonnenstühle vermieten oder eine Garküche kaufen und Wok-Gerichte an Touristen verticken, wenn sie wieder an die Strände zurückkehren? Zum Hippie werden wie die anderen Europäer, die hier hängen geblieben sind? Ihr habt sie gesehen, zahnlose, zerlumpte Typen mit einer fünfzehnjährigen Freundin auf dem Gepäckträger ihres Mopeds. Nein, wir werden eine Bank um einen gewaltigen Haufen Geld erleichtern und einem anderen, der es wirklich verdient, die Schuld dafür in die Schuhe schieben. Und das so gründlich, dass eine ganze Nation es mitbekommt. Wir hau'n den Pastor in die Pfanne und erledigen gleich zwei Fliegen mit einer Klappe. Wir geben Charles-Ray, was er verdient, und haben zugleich die nötige finanzielle Grundlage zum Weiterleben.«

Vlasdislav lachte kurz. »Denen mit der größten Klappe das Maul zu stopfen«, sagte er mit einem Blick auf Reza, »das gefällt mir.«

Reza wippte mit beiden Knien. »Hat es was mit der Sache zu tun, dass er Blutspender ist? Wie sollen …?«

»Das brauchst du nicht zu verstehen«, antwortete Vladislav. »Mr. Adderloy hat sich was ausgedacht, aber darüber will er hier und jetzt mit keinem von uns reden.«

Adderloy machte eine anerkennende Geste mit der Hand in seine Richtung.

»Aber für die Durchführung seines Plans braucht er die Unterstützung von ein paar Unsichtbaren. Und Unsterblichen«, fuhr Vladislav mit einem weiteren Blick auf Reza fort.

»Uns gibt es nicht«, sagte Mary.

»Egal, ob es uns gibt oder nicht«, sagte Vladislav mit einem Kopfzucken, »brauchen wir Geld für das Leben, das wir trotz allem weiterleben möchten.«

»Ich habe genug, dass wir von hier wegkommen könnten«, sagte Adderloy.

»In Topeka können wir bei mir wohnen«, sagte Mary. »Das Gebäude liegt abgelegen und ist groß genug für uns alle.«

N. spürte, wie ihn Zweifel beschlichen. Wo führte diese Diskussion hin?

»Worum geht es eigentlich gerade? Dass wir in die USA reisen und eine Bank überfallen?«

Alle schwiegen.

»Na ja«, sagte Vladislav schließlich mit lauter Stimme. »Kreuzzüge waren noch nie mein Ding. Aber irgendwas muss ich tun. Ich brauche Geld, und du, Bill, brauchst mich. Ich bin dabei.«

Adderloys Augen verengten sich zu Schlitzen, als er an der Zigarette sog.

»Wir sehen uns«, sagte Vladislav und erhob sich von seinem Platz. Er ging mit derselben unerschütterlichen Ruhe davon, mit der er Reza die Schrotflinte aus der Hand genommen und den angeschossenen Pelikan erlöst hatte.

»Kein großer Redner, aber er bringt es auf den Punkt«, sagte Adderloy, als Vladislav verschwunden war. Er bekam nur das Rauschen des Meeres in der Dunkelheit zur Antwort.

»Ich denke, das meiste ist gesagt«, sagte er schließlich und ließ die Zigarette in den Sand fallen. »Schlaft darüber. Ich kann unmöglich der Einzige sein, der das Paradies satthat.«

# 13

Vernehmungsprotokoll, Bandabschrift. Band: II (3), N1315263
Datum: 12. April 2008
Ort: El Dorado Correctional Facility, El Dorado, Kansas
Anwesend:
Vernehmungsleiter, Gordon Zachy (GZ), FBI
Beisitzer, Shauna Friedman (SF), FBI
Vernommener: Reza Khan (RK), zum Tode verurteilt in fünf Fällen von Beihilfe zu Mord; außerdem verurteilt für Bankraub, Vorbereitung umstürzlerischer Maßnahmen, Terrorismus, Behinderung des Gerichtes sowie Entführung und schwere Misshandlung

GZ: »Reza, Sie wurden in Peschawar geboren, stimmt das, in Pakistan?«

RK: »Müssen wir das tatsächlich immer wieder von Neuem durchkauen?«

GZ: »Ja.«

RK: Sagt etwas Unverständliches.

GZ: »Reza, Sie sprechen undeutlich. Ich weiß, dass es schwer ist, aber versuchen Sie es.«

RK: »Ich habe gesagt, dass ich das bereits beantwortet habe, mindestens zwanzig Mal. Und ich habe wieder Kopfschmerzen.«

GZ: »Sie haben immer Kopfschmerzen, Reza. Wurden Sie in Peschawar geboren?«

RK: »So steht es in meinem Pass.«

GZ: »Ich möchte Ihre Antwort hören.«

RK: »Spielt das eine Rolle?«

GZ: »Ja, wir sind immer noch in laufenden Ermittlungen.«

RK: »Und Sie glauben im Ernst, dass mich das in irgendeiner Weise berührt?«

GZ: »In höchstem Grade.«

RK: Lachen.

GZ: »Es gibt keinen Grund zu lachen.«

RK: »Nicht.« Räuspern. »Das Urteil ist gefällt, ich werde sterben. Für fünf Morde, nicht schlecht.«

GZ: »Für Beihilfe in fünf Fällen von Mord und einen Banküberfall.«

RK: »Beihilfe, korrekt. Mein Anwalt versucht auch, mich bei Laune zu halten, sabbelt sich den Mund fusselig, wie viele Möglichkeiten es gibt. Möglichkeiten! Nachdem ein Richter die Todesstrafe über mich verhängt hat.«

GZ: »Gegen das Urteil könnte Berufung eingelegt werden.«

RK: »Nicht in Kansas. Nicht für das, was passiert ist. Das muss mit Blut gesühnt werden. Was für ein Erfolg auf ganzer Linie, dass sie einen Pakistaner festgenommen haben. Amerika kümmert sich rührend um seine Muslime, wenn sie orange Overalls tragen.«

GZ: »Es gibt mildernde Umstände. Das wissen Sie.«

RK: »Sie meinen das hier.«

GZ: »Mr. Khan wurde bei der Festnahme in den Kopf geschossen, das …«

SF: »Mir sind die Umstände bekannt.«

RK: »Ach, plötzlich hat *sie* auch was zu sagen.« Stille. »Gordon und ich sind gute alte Bekannte, aber Sie … Sie sind neu, nicht wahr?«

SF: »Ja.«

RK: »Wir sind uns nie vorher begegnet?«

SF: »Noch nie.«

GZ: »Mr. Khans Gedächtnis …«

RK: »Sie weiß es, sie kann ja meine Kopfverletzung sehen. Alle können es sehen. Und Sie, Gordon, habe ich auch monatelang nicht mehr zu Gesicht bekommen. Und jetzt tauchen Sie plötzlich wieder auf, mit einer neuen Frau an Ihrer Seite. Laufende Ermittlungen, sagen Sie, wie oft Lebenslang hoffen Sie denn noch, mir aufhalsen zu können? Umbringen könnt ihr mich am Ende doch nur einmal!«

GZ: »Darum geht es nicht.«

RK: »Merken Sie, wie bemüht Gordon ist, mich zu beruhigen? Er weiß, dass ich manchmal um mich schlage. Und davor fürchtet er sich. Was haben Sie gesagt, wo kommen Sie her?«

SF: »FBI.«

RK: »Kansas State Police, US Marshals, FBI. Unglaublich, wie endlos viele Polizisten ihr habt – DEA, ATF, Secret Service …«

GZ: »Reza, lassen Sie die Tiraden.«

RK: »Shauna, war es Shauna?«

SF: »Ja.«

RK: Unverständliche Replik.

GZ: »Reza, wir können Sie nicht hören, ich muss Sie bitten, deutlicher zu sprechen.«

RK: »Entschuldigen Sie, Shauna. Das liegt an der Schussverletzung, wissen Sie. Mein psychischer Zustand, da gibt es einen Haufen Erklärungen. Wie ich ticke. Gedächtnisverlust in Verbindung mit Mord – äußerst praktisch, nicht wahr? Aber selbst die Ärzte bescheinigen mir die Folgeschäden der Schussverletzung. Der gesamte Schädel ist eingesunken, sehen Sie selbst.«

SF: »Danke, das reicht.«

RK: »Aber genau das ist das Problem. Ein Kopfschuss reicht denen nicht, die sind erst zufrieden, wenn sie mich festgeschnallt und mir eine Giftspritze verpasst haben. Dass das so lange dauern muss.«

SF: »Behaupten Sie weiterhin, dass Sie nicht beteiligt waren?«

RK: »Sind Sie ganz sicher, dass wir uns noch nie begegnet sind?«

SF: »Absolut sicher.«

RK: »Waren Ihre Haare mal länger?«

SF: »Das ist lange her.«

GZ: »Sie haben die Frage noch nicht beantwortet, Reza.«

RK: »Ja, ja, ich vergesse Fragen, und ich spreche undeutlich. Worum ging es noch gleich, ach ja, ob ich beteiligt war. Ich habe nie gesagt, dass ich nicht beteiligt war. Es ist durchaus möglich, dass ich dabei war, aber ich erinnere mich nicht daran. Wir haben eine Bank überfallen, heißt es.«

SF: »Was ist mit den anderen, die auch dabei waren, erinnern Sie sich an die?«

RK: »Gordon, wollten Sie nicht gerade noch wissen, ob ich in Peschawar geboren wurde?«

GZ: »Wir kommen später darauf zurück.«

RK: »Nein, nein, die Ärzte haben extra auf mein Bedürfnis nach Struktur hingewiesen. Die Hirnschäden, das Nuscheln, das lückenhafte Gedächtnis – Struktur ist die einzige Chance auf Rehabilitation nach all den Operationen. Will sagen, ehe ich für die letzte Spritze festgeschnallt werde. Also, um der Sache willen, lassen Sie uns abschließen, was wir begonnen haben. Ich glaube, dass ich in Peschawar geboren wurde, weil das in meinem Pass steht. Wer hätte einen Grund, das infrage zu stellen? Und diese Antwort dürfte mit all meinen früheren Aussagen zu dieser Frage übereinstimmen. Ich dachte, Sie hätten es schon vor langer Zeit aufgegeben, Gordon?«

SF: »Ich habe Gordon gebeten, Sie noch einmal danach zu fragen.«

RK: »Die Frage hätte er Ihnen auch direkt beantworten können.«

SF: »Es ist uns nicht gelungen, jemanden von Ihrer Familie ausfindig zu machen.«

RK: »Das sagten Sie bereits, und ich erinnere mich an niemanden. Was war noch gleich Ihre zweite Frage, Shauna?«

GZ: »Für Sie immer noch Mrs. Friedman, Reza.«

RK: Stößt einen zornigen Schrei aus. »Mir wurde das halbe Gehirn weggeblasen, und Sie halten sich mit solcher Scheiße auf.«

GZ: »Setzen Sie sich, Reza.«

RK: »Reden Sie nicht mit den Ärzten? Wir schweifen vom Thema ab. Fokus! Ich brauche Fokus.«

SF: »Ich habe nach den anderen Beteiligten gefragt, erinnern Sie sich an die?«

RK: Kurzatmig. »Das war es, die anderen. Sie scheinen sich nicht sonderlich gut in das, was hier ermittelt wurde, von Gordon und all den anderen, eingearbeitet zu haben, was, Shauna?« Stille. »Meine Erinnerungen der letzten Jahre sind willkürlich verstreute Puzzleteilchen, ich kann sie nicht unterscheiden, und manche fehlen ganz. Bis auf die Nuschelei kann ich unbehindert sprechen, auch wenn ich kaum weiß, wer ich bin. Ich erinnere mich an eine Menge Leute, und Gordon und die anderen Angestellten vom FBI haben geduldig versucht, die auszusortieren, die von besonderem Interesse sein könnten. Ich bin mir sicher, dass ausgedruckte Protokolle vorliegen.«

SF: »Ich habe eine Menge gelesen.«

RK: »Ich glaube, die, auf die Sie ein besonderes Augenmerk haben, sind zum einen ein großer Mann mit dicker Brille und einem tätowierten Tier am Körper. Möglicherweise ein Affe, vielleicht ein Hund, vielleicht am Rücken. Der andere ist Adderloy, das ist der einzige Name, an den ich mich erinnere, Bill Adderloy. Ein älterer Mann mit Bart, ein sehr unangenehmer Mann mit Bart. Er hat einen Stock, mit dem er zwischendurch herumfuchtelt. Der Handgriff ist ein geschnitzter Tierschädel. Sie müssten mal seine Stimme hören, die Art Stimme, die Menschen zu fast allem überreden kann. Adderloy ist gefährlicher als der Teufel persönlich.« Stille. »Es gibt sicher noch mehr Personen, aber da sind wir nicht nennenswert weitergekommen, nicht wahr? Und zwei oder drei der erwähnten Personen sprechen Englisch mit Akzent. Das dürften dann, mich mitgezählt, vier sein.«

SF: »Ist das alles?«

RK: »Da waren noch zwei Brüder, weiß gekleidet. Wie sich herausstellte, betreiben die beiden gegenüber von dem Haus, wo ich festgenommen wurde, ein Restaurant. Ich kann nichts daran ändern, mein Gedächtnis schwächelt. Beschweren Sie sich bei dem verflixten Bullen, der ausgesagt hat, er hätte auf mein Bein geschossen, und stattdessen meinen Kopf getroffen.«

Stille.

RK: »Erstaunt es Sie, dass ich kooperiere? Ich fühle mich nicht schuldig für die Verbrechen, für die ich verurteilt worden bin, weil ich mich nicht daran erinnere. Aber ich bin überzeugt, dass einige der genannten Personen extrem gefährlich sind, Adderloy auf alle Fälle. Das ist die einzige Erinnerung, die ich aus der Zeit herübergerettet habe, dass sie noch viel mehr Menschen töten könnten.«

SF: »Wie sieht es mit Bildern aus?«

RK: »Sie meinen von Personen? Gibt es welche?«

SF: »Was halten Sie von diesem?«

RK: »Oh, den kenn ich.«

SF: »Ist das einer von ihnen?«

RK: »Durchaus möglich. Aber genauso gut könnte es ein Taxifahrer sein, mit dem ich mal gefahren bin, ein Schauspieler oder ein alter Nachbar.«

SF: »Das ist kein Schauspieler. Wir glauben, dass er an den Taten beteiligt war. Wissen Sie, wie er heißt?«

RK: »Keine Ahnung.«

SF: »Erinnern Sie sich, wo Sie ihn kennengelernt haben?«

RK: »Keine Ahnung.«

Stille.

RK: »Aber ich glaube, er ist Schwede.«

# 14

7. Februar 2005

Bei der anschließenden Polizeijagd konnte über eine Quittung nachgewiesen werden, dass die gesamte Gruppe aus dem Weejay's erst in Toronto wieder zusammengekommen war. Eine Kreditkartenquittung in einer Hotelbar, die die Drinks einzeln auswies: Scotch, Mojito, Bloody Mary und eine Coca-Cola.

Vladislav hatte wie üblich gründlich die Getränkekarte studiert und dann die Kellnerin gefragt, was gerade im Trend wäre.

»Im Trend?« Es war Vormittag. »Bloody Mary, vielleicht, was weiß ich.«

»Sind da Farbstoffe drin?«

Die Frau wusste nicht, was sie darauf antworten sollte. »Da ist Tomate drin.«

»Lebensmittelfarbe?«

N. schnaubte genervt und hob die Hand. »Alles klar, er nimmt eine Bloody Mary«, sagte er und komplimentierte die Kellnerin weg. N. war als Letzter abgereist und hatte die längste Strecke von allen gehabt, über Tokio und Vancouver, er kämpfte immer noch mit dem Jetlag.

Als die Drinks kamen, nahm Vladislav befremdet die Selleriestange aus seinem Glas und leerte es zur Hälfte. Mary wollte nur Wasser, N. nippte an seinem Scotch und saß ansonsten reglos da, den Kopf gegen die Wand hinter sich gelehnt. Ab und zu öffnete er die Augen, wenn die anderen etwas sagten, und lutschte an einem Eiswürfel.

Adderloy hatte vorher festgelegt, wer über welche Reiseroute nach Toronto kam. Da er die Reise finanzierte, hatte das keiner infrage gestellt. »Der Weg nach Amerika führt über Kanada«, hatte er als einzige Begründung genannt. Sie hatten sich getrennt, mit einem Stapel Tickets in alle Himmelsrichtungen zerstreut und eine gute Woche später wieder getroffen.

Adderloy war als Erster in der Bar angekommen und war schon bei seinem zweiten Drink. Er lachte aufgesetzt und gab Trivialitäten von seiner eigenen Reise zum Besten. Jedes Mal, wenn er einen Schluck aus seinem hohen Glas nahm, sah er sich ungeduldig um. Reza war noch nicht da.

Vladislav hatte schon wieder die Kellnerin am Wickel, diesmal wollte er etwas zu essen bestellen, Obst und Fritten. Er war mit einem längeren Zwischenstopp in Südafrika nach Toronto gekommen. Seine Bartstoppeln waren mehr als drei Tage alt, offenbar ließ er sich einen Bart stehen.

Eine weitere von Adderloys Instruktionen war gewesen, sich neu einzukleiden. »Kauft alles, was nötig ist«, hatte er gesagt, ehe sie auseinandergegangen waren, und jedem einen ansehnlichen Stapel Dollarnoten in die Hand gedrückt. Im Weejay's war Vladislav mit fadenscheinigen Shorts und ärmellosem T-Shirt herumgelaufen. Jetzt trug er eine leberbraune glänzende Lederjacke, die so neu war, dass sie bei jeder Bewegung knarrte. Paisley-Hemd und schwarze Hose. Von dem Touristen oder Bohemien im Weejay's war nichts mehr übrig. Mary war sich ähnlicher – auch wenn der rußfarbene Lidschatten sorgfältiger aufgetragen war als am Strand. Sie trug ein neues schwarzes Kleid und dünne, bis an die Waden geschnürte Sandaletten. Das passte nicht unbedingt zur Jahreszeit, aber zu Mary.

Jedes Mal, wenn N. die Augen aufschlug, beobachtete er sie. Sie waren sich vor einer Stunde zufällig in einem Flur des Hotels begegnet und hatten für eine Sekunde wie zwei Fremde voreinander gestanden. Er war überhaupt nicht darauf vorbereitet gewesen. Sie hatte ihn angesehen wie einen von den Toten Auferstandenen, als hätte sie nicht damit gerechnet, ihn jemals wiederzusehen. Vielleicht lag es daran, dass er Adderloys Plänen am längsten misstrauisch gegenübergestanden hatte. Eine Sekunde hatte das Ganze gedauert, dann hatten sie ein paar Höflichkeitsfloskeln ausgetauscht. Sie hatte ihn aufgefordert, ihr seine Arme zu zeigen, damit sie sehen konnte, wie seine Narben verheilt waren.

Jetzt spielte sie in heimischer Gelassenheit mit dem Wasserglas in ihrer Hand. Sie lächelte ihn an, aber nur mit dem Mund.

Vladislav bekam einen Teller mit aufgeschnittenen Apfelsinenscheiben und einen anderen mit offensichtlich großen Stücken frittierten Fischs.

Und dann tauchte Reza auf. Er sah sich nervös um, weil alle in der Bar ihn bemerkten und er vor Aufregung niemanden erkannte. Blutrote Converse Chucks, weiße Jeans. Schwarzes Jackett mit weißen Nadelstreifen und üppigem Revers, wie von einer Doppelseite in der Mitte eines Modemagazins, das man nicht ganz ernst nehmen konnte. Das Jackett war offensichtlich teuer gewesen, so wie die Sonnenbrille.

Vladislav stieß ein Lachen aus (so entdeckte Reza sie). N. wartete gespannt auf Adderloys Reaktion und war verwundert, als nicht mehr als ein »Willkommen!« von ihm kam. Die Miene des Alten ließ N. einsehen, dass Reza derjenige von ihnen war, auf dessen Wiedersehen sich Adderloy am meisten gefreut hatte.

Reza setzte sich, schaute sich im Raum um. Vladislav beugte sich vor, um sein kurzes, frisch gebleichtes Haar zu befühlen. Reza funkelte ihn sauer an, nahm die Sonnenbrille ab und sah dann die anderen um den Tisch herum an.

»Was ist?«, sagte er. Keiner antwortete. »Die Zollbeamten haben mich wie immer in die Mangel genommen, aber sonst gab's keine Probleme. Null.«

»Eine Cola«, orderte er dann lautstark bei der Kellnerin, die auf dem Weg zum Tisch war. Sie machte auf dem Absatz kehrt. »Ich bin schon drei Tage hier«, fuhr er fort und schnappte sich einen der frittierten Brocken von Vladislavs Teller. »Toronto macht mich nervös, hier ist alles viel zu perfekt.« Er nahm einen Bissen. »Wann geht's weiter?«

»Früh genug«, antwortete Adderloy. »Vielleicht in ein paar Tagen.«

»Früh genug«, wiederholte Reza leise, als hätte er bereits seine eigene Frage vergessen.

N. sah, dass seine Augen blutunterlaufen waren.

Alle schwiegen. Rezas Cola kam.

»Seht euch das an«, sagte Adderloy und zog einen Stapel Tageszeitungen aus einer Aktentasche, die auf dem Boden gestanden hatte. Es handelte sich um Zeitungen aus Kansas City, Wichita und anderen Orten im Mittleren Westen, ein Käseblatt aus Dallas und die New York Times. Adderloy schlug Artikel der letzten Wochen auf. Bilder von

Orten, über die die Welle hinweggerollt war, aber auch Bilder aus dem Innern einer Kirche, in der der Pastor, der einen unerträglichen Widerwillen in N. erzeugte, lächelnd zwischen den Bankreihen stand. Die Fotos strahlten allzu große Selbstherrlichkeit aus. »Wir haben Sodom und Gomorra erlöst und Satans Dämonen vertrieben.« Daraus ging nicht hervor, ob die Zeitungen pro oder kontra eingestellt waren. Einzig in einer kurzen, ausgeschnittenen Notiz aus der New York Times war eine Kritik zu ahnen, mit dem Foto einer verzweifelten, asiatischen Frau. Laut Bericht hatte sie alle Kinder verloren. »Noch zwei Millionen Dollar«, war in den Zeitungen zu lesen, die den Pastor zwischen den Bänken seiner Heimatkirche interviewt hatten, »mehr braucht es nicht für die ewige Erlösung.«

»Turnballs Sippschaft ist für das Einsammeln der Gelder verantwortlich«, erklärte Adderloy. »Sie organisieren auch Demonstrationen, Flugblätter und alles Übrige, was sie momentan veranstalten.«

»Die Teufel scheuen keine Mittel«, sagte N.

»Warum sollten sie?«, konterte Adderloy. »Das liegt nicht in ihrer Natur.«

»Dann brauchen wir das auch nicht«, sagte Reza.

Adderloy sammelte die Zeitungen wieder ein. »Dabei ist das gar nicht unser Thema. Es ist an der Zeit, die Richtlinien festzulegen.«

Er zeigte auf eine Immobilienanzeige in einer der Zeitungen. »Charles-Ray hat auch schon mal bessere Zeiten gehabt, gerade musste er das Land verkaufen, das ihm um Topeka herum gehört. Die Kassen der Westboro Baptist Church und des irren Pastors sind so gut wie leer. Und wir, wir werden also eine Bank für sie überfallen.«

Es wurde still um den Tisch. Nun war es ausgesprochen,

und die Worte hingen wie ein Echo in der Luft. Vladislav war derjenige, der als Erster die Sprache wiederfand.

»Was ist mit Waffen?«, fragte er, ohne den Blick von der Orangenscheibe zu heben, von der er gerade abgebissen hatte.

Mary schaute sich ertappt um, aber kein Unbefugter schien sie gehört zu haben. N. war plötzlich unangenehm warm.

»Das Wichtigste ist, dass wir jetzt alle hier sind«, sagte Adderloy.

N. saugte an einem neuen Eiswürfel. Der Whisky bereitete ihm Übelkeit.

»Am liebsten MP-5«, sagte Vladislav und pulte einen Kern aus dem Mund.

N. hatte wieder die Augen geschlossen und zuckte zusammen, als Vladislav ihn antippte und auf die Schale mit Zuckertütchen zeigte.

»MP-5?«, fragte Reza überrascht.

»Maschinenpistolen«, antwortete Adderloy und folgte einem Gast mit dem Blick, der an ihrem Tisch vorbeiging. Vladislav riss die Ecke eines Tütchens ab und streute Zucker über die übrigen Apfelsinenscheiben.

Sie blieben weitere vier Tage in Toronto. Sie aßen gut, aber immer getrennt. Sie trafen sich nicht, wohnten in unterschiedlichen Hotels, während Adderloy irgendetwas vorbereitete. N. lag die meiste Zeit auf dem Bett in seinem Zimmer und zappte zwischen den Kabelkanälen hin und her, bestellte morgens und mittags Roomservice und zwang sich, zumindest abends in ein Lokal zu gehen. Die Teller waren kaum angerührt, ehe er mit einem Taxi durch die Nacht zurück ins Hotel fuhr. Er war erstaunt über die innere Leere, höchstens beim Anblick eines Fernsehpredigers fühlte er etwas, einen Augenblick verwirrter Raserei.

Er wollte seinen Mädchen Genugtuung widerfahren lassen, und zwar mit Adderloys Vorhaben. Danach war ihm egal, was mit dem Trümmerhaufen passierte, der von seinem Leben übrig war.

Im Fernsehen wurden immer und immer wieder die gleichen Nachrichten wiedergekäut: zerbombte Autos, Leichen, schreiende Frauen. Irak, Palästina, Afghanistan. Das Wetter blieb unverändert: bewölkt in Singapur, vierzig Grad in Kairo, Unwetterwarnung in Topeka. N. schlief ein, wurde wach, registrierte die Zeit nur über die roten, digitalen Ziffern auf dem Bildschirm.

Sie trafen sich in der Garage von Adderloys Hotel. Drei Mietwagen standen bereit, noch feucht von der Wagenwäsche der Mietfirma. Adderloy teilte Schlüssel, Karten und neue Handys aus. Sie verteilten sich auf die Wagen und rollten ins Tageslicht. Mary fuhr allein, weil drei Personen in einem Wagen Aufmerksamkeit auf sich ziehen und eine Erklärung nötig machen könnten.

Sie wollten mit einer halben Stunde Abstand die Grenze überfahren, im Strom der Touristen und Pendler auf der Rainbow Bridge bei den Niagarafällen. Die Schlangen an der Grenzstation waren dicht, bewegten sich aber unablässig vorwärts wie auf dem Fließband einer Autofabrik. Hinter den Betonmauern und Schutzplanken stieg der Gischtnebel aus dem Becken des Wasserfalles auf. Es gab haufenweise Hinweisschilder mit Regeln für die Grenzkontrolle. Vladislav saß neben N. und rauchte. Es wimmelte von Uniformierten: gebügelte Hemden über

Schusswesten, Sonnenbrille, Waffen – kurze Begrüßungsfloskel, ein paar Standardfragen, eine Reihe Fahnenmasten mit Stars and Stripes. Die Autos vor ihnen beschleunigten und verschwanden eins nach dem anderen. Das war's, Fuß aufs Gas, sie waren durch. Raus auf die Autobahn Richtung Süden, nach Buffalo. Vladislav fuhr und bediente das Handy, schickte eine Mitteilung, bekam eine Antwort. »Sogar Reza ist durch«, sagte er und schnipste eine Kippe durchs Seitenfenster. Eine halbe Stunde später waren sie auf der Umgehungsstraße der Stadt und fuhren zum Flughafen ab. Ein pickeliger Mexikaner regte sich auf, dass es nach Rauch stank, als sie den Mietwagen abgaben, worauf Vladislav ihm ein paar Scheine in die Hand drückte.

Einchecken, Boardingpass, ein schneller Kaffee im Stehen. Münzen aus der Tasche in einen Kunststoffbehälter vor der Sicherheitskontrolle und ab mit den Gürteln vor dem Röntgenbogen und den Metalldetektoren. Sie setzten ihre Reise in Zweiergruppen fort, mit Mary einsam an der Spitze. Buffalo – Chicago – Kansas City. Der letzte Flug war verspätet, Vladislav und N. landeten in der Dämmerung. Das letzte Stück bis Topeka legten sie wieder in einem Mietwagen zurück. Es goss in Strömen, als sie aus der Parkgarage fuhren, knapp hundert Kilometer auf dem Kansas Turnpike, die Scheibenwischer kamen kaum gegen den Regen an. Überall um sie herum blinkte die abendliche Beleuchtung in der Dunkelheit.

Das Handy klingelte, Vladislav antwortete und teilte mit, dass sie auf dem Weg waren. Bei einer Exxon-Tankstelle hörte der Regen abrupt auf, die folgende Stille war fast unheimlich. Sie ahnten die Weite um sich herum, die totale Leere zwischen Kansas City und Topeka.

Für die Zieladresse in Topeka hatten sie eine von Mary gezeichnete und kommentierte Karte bekommen.

Die Gegend, durch die sie fuhren, war unwirtlich, kein Ort, an dem man wohnen wollte. Alte Backsteingebäude ragten schwarz und hoch in der Dunkelheit auf, das Kopfsteinpflaster wölbte sich, die Straße war nicht durchgängig asphaltiert. Hinter keinem der Fenster, die sie passierten, brannte Licht. Niedrige Stahltore mit dicken Farbschichten, einige mit neu glänzenden Vorhängeschlössern versehen. Die Übergänge zwischen den Häusern waren schwer auszumachen, alles war durchzogen von schmalen Gängen, Innenhöfen, nach außen verlagerten Treppenaufgängen und Vorbauten. Keine überflüssige Beleuchtung, nur zufällig über einzelnen Fassaden oder in einer höher gelegenen Fensterreihe. Am Straßenrand parkten nur wenige Wagen, und in einer Querstraße, an der sie vorbeifuhren, leuchtete eine Neon-Bierreklame vor einer Pizzeria oder einem Kiosk.

»Nummer 44«, sagte N.

Das gesamte Erdgeschoss war verglast, Sprossenfenster, die auf eine Fabrik schließen ließen. Hinter den auf den ersten Blick intakten Scheiben war diffuses Licht zu erkennen. Vladislav und N. nahmen ihr Gepäck, suchten den Eingang und fanden die offene Tür in einer Reihe anderer Türen.

In dem Gebäude hallte es heimelig. Nach beiden Seiten erstreckten sich große Fabrikräume mit abgetretenen Holzdielen. Lange Reihen rot gestrichener Stahlträger stützten die Decke ab. Hinter groben Schutzgittern brannten einige wenige Wandlampen und wiesen den Weg. Die Hallen waren sauber und komplett leer.

Vladislav und N. fanden das Treppenhaus, wie in der

Beschreibung angegeben, und tasteten die Wände nach einem Schalter ab. Die Neonröhren flackerten ein paar Mal, dann gingen sie mit zusammengekniffenen Augen vor dem grellen Licht die Stufen hoch, drei Stockwerke, bis vor eine schwere Metalltür. Dahinter ein muffig riechender Korridor, zerschlissene Auslegeware, die sich an den Rändern nach oben bog. Der Korridor endete vor einer grauen Tür mit verrußtem Glaseinsatz in Augenhöhe. Wo bei anderen Türen der Briefschlitz war, stand auf einem Papierstreifen »Mary«.

»Willkommen.« Mary öffnete selbst die Tür. »Habt ihr das Licht im Treppenhaus ausgemacht?«

N. nickte.

Sie standen in einem großen Raum, wie alles andere in diesem Gebäude auch dies eine alte Fabrikhalle. Es roch merkwürdig.

»Das war mal eine Seifenfabrik«, sagte Mary. »Der Geruch sitzt in den Bodenbrettern.«

Die Bodendielen waren dunkel und glänzten ölig. Am Fuß einer steilen Treppe stand Adderloy und blätterte in einer Zeitung. Um ihn herum standen in großzügigem Abstand einzelne Möbelstücke an den Wänden. Das Ganze hatte etwas von einer Theaterbühne. Ein einsamer Gasofen, ein blaues Sofa, das einen Kontrast zu den schmutzig braunen Backsteinwänden darstellte, ein paar wackelige Regale, nicht minder wackelige Stühle um einen Tisch. Im Eingangsbereich, wo N. und Vladislav standen, war die Decke niedrig, über Adderloy hoch wie eine Kirchenkuppel. Seitlich neben der Tür bog ein langer, breiter Flur ab. Dort war das Licht so gedämpft, dass man das Ende nicht erkennen konnte.

Mary vollführte eine Geste mit der Hand. »Dort sind

eure Zimmer, so viele ihr haben wollt.« Sie wirkte unsicher, als fühlte sie sich nicht ganz heimisch in ihrer eigenen Wohnung.

»Gehört die Fabrik dir?«, fragte Vladislav mit einem Blick an die Decke, unter der sich ein Wirrwarr aus staubigen Leitungen und Rohren wand.

»Nein«, antwortete sie. »Der, dem sie gehört, möchte einfach nur jemanden im Gebäude haben. Dafür bezahle ich keine Miete.«

»Nichts?«

»Nichts. Unter der Bedingung, dass ich mich fernhalte, wenn die Behörden ihre Inspektionen durchführen.«

»Hier finden die doch nie rauf?«, sagte N.

Sie gingen die steile Treppe hinunter. Reza erhob sich aus einem Sessel, der von oben nicht zu sehen gewesen war.

»Wie ist es gelaufen, wieso haben sie euch festgehalten?«, fragte er.

»Es wurde niemand festgehalten«, antwortete Vladislav. »Der Flug war einfach verspätet.«

Reza setzte sich wieder. Er sah müde aus und gereizt. »Ihr seid auch Ausländer«, sagte er.

»Hattest du Ärger?«

»Nur in New York starrt keiner.«

»Ich bin Tscheche, du bist Pakistaner«, sagte Vladislav. »Was zum Teufel erwartest du?«

»Ich meine ja nur«, Reza zupfte an seinem Hemd, als wäre ihm zu warm, »dass das der einzige Ort auf der Welt ist, wo keiner irgendwen anstarrt.«

»Ist das gut?«

Adderloy las weiter in seiner Zeitung. N. hatte auf dem Sofa Platz genommen und betrachtete abwesend einen getrockneten Fischkopf, der auf einer Tischskulptur montiert war. Hunderte kleiner Haken mit Widerhaken quollen aus dem Fischmaul.

Mary zündete die Gasflamme des Ofens an und löschte sie gleich wieder, als wollte sie nur überprüfen, ob er noch funktionierte. Sie warf N. einen kurzen Blick zu, dann sagte sie: »Ich faste immer nach einer Reise. Wenn ihr was wollt, gibt es Dosensuppen, Tomaten und Käse.« Sie öffnete die Schublade eines alten Blechschrankes, der als Vorratskammer diente.

# 15

DIEGO GARCIA, 2008

Ernst Grip steckte fest. Mal ganz abgesehen von den Halbwahrheiten, mit denen sie ihn zuschütteten, musste er herausfinden, ob das Häufchen Elend in der Zelle auf Garcia schwedischer Staatsangehöriger war oder nicht. Er hatte keine Chance, sich dem Ganzen zu entziehen. Beim Abendessen teilte Grip Shauna Friedman mit, dass er vermutlich länger bleiben würde als geplant. Friedman meinte, die Formalitäten mit Washington wären kein Problem, und sie wollte auch dafür sorgen, dass Stockholm informiert wurde.

»Vergessen Sie Stockholm«, antwortete er. »Können Sie Tageszeitungen für mich organisieren?«

Die Antwort kam eine Sekunde verzögert. »Die wichtigsten von zu Hause werden jeden Tag nach Garcia geschickt.«

»Ich meine ausländische Zeitungen.«

»Benötigen Sie die Zeitung für Ihre Arbeit?«, fragte Friedman.

»Sozusagen. Für den Mann auf der Pritsche.« Grip hatte sich vorbereitet und überreichte Friedman eine Liste mit den gewünschten ausländischen Tageszeitungen.

»Einige davon können wir möglicherweise bereits für morgen besorgen«, sagte sie, nachdem sie die Liste überflogen hatte.

»Keine Eile. Und dann möchte ich, dass morgen ein Tisch und ein Stuhl in seine Zelle gebracht werden.«

»Das müsste gehen«, sagte Friedman mit einem Achselzucken.

Grip hatte mit mehr Widerstand gerechnet. »Sie haben Weisungsbefugnis über Stackhouse, obwohl er nicht zu Ihnen gehört?«

»In diesem Fall, ja.«

»Wussten Sie, dass die Klimaanlage in der Zelle ausgeschaltet war?«

»Ich bin nicht hier, um einen Kreuzzug gegen meine eigenen Leute zu führen.«

»Aber Sie akzeptieren, was sie hier treiben?«

»Meine Privilegien sind begrenzt.«

»Die Folter – wer ist dafür verantwortlich?«

Sie nahm ein Haar von ihren Shorts. »Sie wissen das ebenso gut wie ich, das Gerede, die Längen. Wer was zugibt und was nicht. Der Mann in der Zelle war in einem Drittland, er ist erst seit Kurzem hier.«

»Welches Drittland?«

Friedman zögerte.

»Wissen Sie, in welchem Land er vorher war?«, wiederholte Grip hartnäckig.

»Oman, Bulgarien, Saudi-Arabien, Malaysia – suchen Sie sich was aus. Ich weiß es nicht.«

»Und dort haben sie es gemacht?«

»Ja.«

»Und ihr habt ihn dorthin geschickt.«

»Nicht das FBI.«

»Die USA haben ihn dorthin geschickt.«

»Lassen Sie es gut sein«, sagte Friedman und stellte ihr Glas ab.

»Und Sie dürfen jetzt diese verdammte Suppe auslöffeln.«

»Wir … wir dürfen diese verdammte Suppe auslöffeln.«

Sie aßen eine Weile schweigend weiter, Kondenswasser rann in Tropfen an dem Glas hinunter.

»Und dabei brauchen Sie meine Unterstützung«, fuhr Grip fort. »Dann hören Sie endlich auf so zu tun, als wäre ich aus lauter Nächstenliebe hier. Was habe ich davon?«

»Vielleicht einen Sonnenbrand«, antwortete Friedman schlagfertig. »Und mit ein wenig Glück den Jackpot, nämlich dass ein Landsmann mit dem Leben davonkommt.«

Die ersten Zeitungen trafen zwei Tage später ein. Grip sortierte sie in Stapel, einen pro Tag. Dann nahm er den ersten Stapel und fuhr mit Shauna zu dem Gebäude mit den federnden Böden, in dem der Gefangene untergebracht war. Stackhouse nahm den Stapel im Überwachungsraum entgegen und sagte, dass er ihn nach dem Mittagessen zu ihm bringen würde. Friedman hatte ihn offensichtlich instruiert. Auf dem Bildschirm konnte Grip sehen, dass ein kleiner Tisch und ein Stuhl in der Zelle standen. Der Mann, oder der Gefangene, wie immer man ihn nennen wollte, hockte mit angezogenen Beinen am Kopfende der Pritsche.

»Klimaanlage?«, fragte Grip.

Stackhouse malte die Fantasiefigur auf dem Zettel vor sich zu Ende, ehe er antwortete. »Ist eingeschaltet.«

»Das war sicher hart«, sagte Grip und verließ den Raum.

Shauna Friedman fuhr nur die ersten Tage zusammen mit ihm raus, bis Grip mit den Prozeduren vertraut war. Sie hinterfragte nie, was er tat – ein Stapel Zeitungen pro Tag, aber kein Versuch eines Verhörs in der Zelle. Grip ging davon aus, dass die Erklärung dafür ganz simpel war: Er sollte seinen Job machen, und sie hatte alle Zeit der Welt.

Diego Garcia: ewige Sonne, Wattewolken über dem Atoll, ab und zu ein später Nachmittagsschauer. Ein Tag wie der andere, unveränderlich. Jeden Tag lieferte Grip seinen Zeitungsstapel ab und sah sich dann im Schnelldurchlauf das Überwachungsvideo des Vortages an. Anfangs war es wie die Tage an sich, ständig das Gleiche. Zwischendurch aß er etwas von den Mahlzeiten, die ihm gebracht wurden, und benutzte ein paar Mal die Toilette, ansonsten schlief oder döste der Mann auf der Pritsche vor sich hin wie ein Tier, das nicht richtig in den Winterschlaf kam. Er bewegte sich langsam und schwerfällig, wenn er aufstehen musste, als kämpfe er mit der Schwerkraft. Wenn er lag, seufzte er häufig und kratzte sich viel. Der Stapel Zeitungen lag unangetastet auf dem Tisch und wurde täglich gegen einen neuen ausgetauscht. Er aß auf dem Bett, mit dem Rücken gegen die Wand gelehnt. Der Tisch und der Stuhl waren nur ein Hindernis auf dem Weg zur Toilette und zurück.

»Ich lasse die alten liegen«, sagte Stackhouse am dritten Tag.

»Nein, tauschen Sie sie aus«, sagte Grip und tippte mit den Fingern auf den Stapel frischer Tageszeitungen.

»Soll ich ihm auch warme Croissants servieren?«

»Wenn Sie wollen, unbedingt.«

Am fünften Tag stellte der Mann seinen Mittagsteller auf den Tisch und aß dort. Noch einen Tag später schob er die Zeitungen vorsichtig mit dem Ende des Plastiklöffels auseinander, als wollte er sich einen Überblick über das Angebot verschaffen, ohne allzu neugierig zu wirken.

Grip spielte die Sequenz ein paar Mal hintereinander ab, schaute sich an, wie er die Hand bewegte, seinen Blick.

»Und er sagt nach wie vor kein Wort?«, fragte er Stackhouse, der hinter ihm saß und in einem Hochglanz-Bootmagazin blätterte.

»Nicht zu uns«, murmelte er.

»Und die Haare?«

»Die waren schon so lang, als er zu uns kam.«

»Woher kam?«, versuchte es Grip halbherzig.

Stackhouse machte sich nicht einmal die Mühe zu antworten.

Die Schwellungen im Gesicht des Mannes gingen langsam zurück, inzwischen konnte man persönliche Züge erahnen, mehr aber auch nicht. Die Bewegungen und Gesten waren weiter linkisch. Grip hätte ihn gerne einmal nackt gesehen, um das Ausmaß der Verletzungen abschätzen zu können, ob sie ihn nur verprügelt hatten oder raffinierter vorgegangen waren. Der lockere Overall verbarg das meiste. Auf dem Kamerabild konnte Grip nicht erkennen, ob er noch seine Nägel hatte.

Die Tage gingen ins Land. Der Mann, der Gefangene, nahm seine Mahlzeiten am Tisch ein und schob die Zeitungen mit dem Löffel auseinander. Keine Fragen von Friedman, was Grip vorhatte, auch nicht, wie lange es dauern würde. Und bis jetzt hatte er noch keinen Kontakt mit Stockholm gehabt.

Grip traf sich jeden Abend um sieben Uhr mit Shauna Friedman im Offiziersklub. Das war der Angelpunkt, die Kontrollstation am Ende des Tages. Sie begannen mit einem Drink, meist am gleichen Tisch, etwas oberhalb und abseits der Flugoveralls und Uniformen, die eher die Nähe des Bartresens suchten.

»Vergessen Sie's, das kriegen die nicht hin«, war Shauna ihm bereits am zweiten Abend ins Wort gefallen, als Grip einen Mojito bestellen wollte. »Die können hier nicht mehr als drei, vier Drinks. Sehen Sie sich doch mal um«, hatte sie gesagt und in Richtung einer Gruppe von Piloten genickt. »Bier und Whisky.« Die Kellnerin, die auf seine Bestellung wartete, hatte den leeren Blick von jemandem, der in einer endlos langen Busschlange stand. Grip vermutete, dass sie Philippinerin war.

»Er nimmt auch einen Dry Martini«, entschied Shauna für ihn.

Das war jetzt exakt eine Woche her. Dieselbe Kellnerin hatte ihm soeben einen dunklen Rum on the Rocks serviert.

»Ich habe Sie gewarnt«, sagte Shauna, »dass sie das Eis aus dem gruseligen Inselwasser machen.«

»Ich weiß, Chlor«, gab Grip zurück und trank einen Schluck.

Sie hatten sich über New York unterhalten, entspannt geplaudert, wie es schien. Ein kleiner Konkurrenzkampf, wer sich besser auskannte. Über die riesigen Steinlöwen vor der Public Library, die Galerie an der Ecke dieser Road und jener Avenue, über Sandwiches im Deli eines griesgrämigen Polen und den Glockenturm in Brooklyn. Grip hielt sich zurück, gab vor, sich ein wenig auszukennen, aber nur als Tourist.

»Wo zieht es Sie sonst so hin?«, sagte Shauna, warf einen kurzen Blick zur Theke und kehrte dann zu ihm zurück. »Jemand wie Sie?«

»Jemand wie ich …« Er nahm einen weiteren Schluck,

der Rum schmeckte tatsächlich nach Chlor. »Wo es mich sonst so hinzieht?«

»Ja.«

»Alle bekannten Orte sind doch im Grunde genommen Klischees.«

»Was wollen Sie damit sagen?«

»Ich mag Cape Cod.«

»*Das* ist in der Tat ein Klischee.« Shauna lachte.

»Eben«, nickte Grip.

»Sand und Meer und unverschämt teures Eis im August.«

»Waren Sie schon mal im April dort?«, fragte er.

»Würde mir niemals einfallen.«

»Das Licht …«

»Hopper«, unterbrach sie ihn und hob ihr Glas.

Grip schaute hoch. »Hopper, ja … Edward Hopper.«

»Bilder mit einer anderen Art Sand, einem anderen Licht.«

»Finden Sie nicht?«

»Mag sein«, antwortete sie.

Grip dachte einen Augenblick nach. Dachte, dass er sich nichts damit vergab, sich zu zeigen.

»Auf einem seiner Bilder hat Hopper ein kleines Hotel gemalt. Es liegt in Provincetown und sieht heute noch genauso aus wie 1945, als er es malte. Holz, weiß gestrichen, zwei Etagen. Es fällt kaum auf, wenn man vorbeigeht, sieht man es aber auf dem Bild, möchte man nichts lieber, als eine Nacht dort zu verbringen. Zwei Perspektiven auf ein und denselben Ort.«

»Hm.«

»Zwei Wirklichkeiten.«

»In New York gibt es viel von Hopper zu sehen«, sagte sie. »Haben Sie …«

»Ich habe, glaube ich, alles gesehen.«

Shauna nickte bedächtig. »Dieses Hotel«, sagte sie. »Sie haben natürlich dort gewohnt. Wenn das Bild so unwiderstehlich ist, meine ich?«

»Das ist es.«

»Bei Hopper geht es doch wohl hauptsächlich um Einsamkeit?«

»Ich war nicht allein dort.«

»In Hoppers Hotel?«

»Das Bild heißt *Rooms for Tourists*.«

Shauna lächelte, hielt ihr Glas in der Hand. »Hatten Sie Sex?«

Das leere Glas ihres ersten Martinis stand noch auf dem Tisch.

Grip verweilte einen Moment in der Stille.

»Ja, den hatten wir, die ganze Nacht. Bis wir wund waren.«

»Hopper«, sagte sie unberührt und zog wieder die Mundwinkel hoch.

Dann nahm sie die Serviette und ließ sie so fallen, dass sie wie ein Fallschirm über ihrem leeren Glas landete.

»Apropos Dinge, die man mag«, sagte sie. »Haben Sie schon mal von Chung Ling Soo gehört?«

»Ein Chinese?«

»Ein Trickkünstler. Um 1900 war Chung Ling Soo der Größte in London, jeder wollte seine legendären Vorstellungen sehen.« Sie nahm einen Schluck von ihrem zweiten Martini und stellte das Glas ab.

»Sie und Soo …?«, sagte Grip ungläubig.

»Nicht ich. Mein Vater suchte ein teures Hobby, also begann er Plakate von Soos Vorstellungen zu sammeln. Originale, versteht sich. Die begehrtesten Plakate sind sicher einige Hunderttausende wert. Darf ich …« Shauna streckte sich nach Grips Serviette, die neben seinem Glas lag, und faltete sie auf. »Mein Vater kaufte Plakate, erzählte mir von den Tricks, und so begann ich, mich für Zauberkunststücke zu interessieren.«

Die Serviette segelte durch die Luft und legte sich über ihr halb volles Glas.

»Mir waren die Plakate nicht genug, ich wollte das selber können.«

Sie griff einen Zipfel der zweiten Serviette und zog sie mit einem kurzen, eleganten Ruck vom Glas.

Nicht nur der Martini, auch die Olive hatten den Platz getauscht. Das Entfernen der anderen Serviette von dem leeren Glas gab die Bestätigung.

»Sie …« Grip war sprachlos. Er warf einen Blick unter den Tisch. »Beeindruckend.«

Sie nahm das neu gefüllte Glas und trank daraus. »Eigentlich völlig trivial«, sagte sie. »So wie das hier …« Sie ließ einen Ring von einem ihrer Finger gleiten, der in den nächsten Sekunden von allen möglichen Stellen wieder in ihrer Hand landete. »Eine reine Frage von Fingerfertigkeit, etwas, womit man sich beschäftigt, wenn man zu viel Zeit hat.«

Ein paar Offiziere an der Bar wurden laut. Shauna schaute zu ihnen hinüber, dann auf ihre Uhr. »Vielleicht sollten wir was bestellen?«, sagte sie. »Man muss sonst Ewigkeiten auf sein Essen warten, wenn die Piloten einem zuvorkommen.«

Sie rief die Kellnerin an den Tisch.

Mitten beim Essen nahm sie den Faden wieder auf. »Wir haben über Kunst gesprochen, als ich Sie mit den Martinigläsern unterbrochen habe.«

»Nicht unterbrochen«, erwiderte Grip mit einer abwehrenden Geste.

»Wie auch immer. Sie mögen Hopper, für mich waren Soos Plakate nicht genug, ich wollte selber zaubern lernen. Ich bevorzuge mehr die greifbare Kunst. Kennen Sie Jean Arps Skulpturen?«

Grip kaute. Nickte kurz.

»Die Formen, irgendwie menschlich und auch wieder nicht. Man kann kaum widerstehen, sie zu berühren. Sie besitzen zu wollen. Ich nehme an, das erklärt die Preise.«

»Sie sind schön«, bekam Grip heraus.

»Mann und Frau in ein und derselben Figur.«

Grip saß in Unterhose und T-Shirt am Schreibtisch in seinem Zimmer und hatte die Zeitungen für den nächsten Tag zusammengelegt, die meisten in Sprachen, die er selbst nicht verstand, mit fremdartigen Buchstaben und Zeichen. Neben dem Stapel lag die *Expressen*, die er von seinem Flug nach New York mitgenommen hatte, wellig, nachdem sie aufgerollt in seiner Reisetasche verstaut gewesen war. Sie erinnerte ihn an Schweden, an Stockholm. Er hatte sich noch nicht gemeldet, nicht einmal eine Mail hatte er geschickt. Irgendetwas hinderte ihn daran – Shauna Friedman. Sie besorgte die Zeitungen für ihn, ohne Fragen zu stellen. Und Stackhouse, der auf seinem Stuhl kippelte und ganz offensichtlich etwas auf der Zunge hatte, das er zu gerne loswerden würde, dieser Blick aus dem Augenwinkel – ich weiß etwas, das du zu gerne wissen würdest.

Und jetzt fing Shauna Friedman plötzlich an, über Kunst zu reden. Auch wenn er es gewesen war, der Hopper ins Gespräch gebracht hatte. Und danach – Jean Arp.

Alle Frauen mochten Arp, nahm er an, aber im Laufe von zehn Minuten zuerst zu zaubern, Gegenstände ihren Platz wechseln zu lassen und dann Arp ins Gespräch zu bringen ... Was zum Teufel hatte sie vor? Warum ausgerechnet Jean Arp?

# 16

NEW YORK, HERBST 2004

Dieses Mal musste Ben sich nicht betrinken, um Grip darauf anzusprechen. Sein Husten war nur der Anfang gewesen, die Spitze des Eisberges. Das Problem war nicht sein Gesundheitszustand an sich, der sich im Augenblick in einer wackeligen Balance eingependelt hatte, sondern die verheerenden Auswirkungen des Virus. Es war das Geld, die alten Schulden, die bald alles unter sich zermalmen würden. Die Schulden übertrafen das, was es gekostet hatte, Bens nächtliches Husten über dem Waschbecken zu kurieren, um ein Vielfaches. Wie beim Eisberg – eins zu zehn –, man starrte sich blind an dem Sichtbaren über der Oberfläche, während der viel überwältigendere Teil darunter lauerte. Der unerschöpfliche Strom weißer Umschläge von den Anwaltskanzleien ließ sich nicht mehr zwischen Take-away-Verpackungen und Eierschalen entsorgen. Termine waren in Stein gemeißelt, Abrechnungen wurden verschickt ohne den Zusatz einer Widerruffrist, alle rettenden Freistellungsanträge waren abgelaufen. Keiner war trotz allen Flehens mehr bereit, irgendetwas Neues zu unterschreiben. Sie wollten jetzt Bares sehen, ohne weitere Gnadenfrist!

Und die Stadt war randvoll mit Geld. In New York ging alles seinen normalen extravaganten Gang. Angebot und Nachfrage. Und nun sollte Christo, der Monumentalkünstler, der bereits Brücken und tropische Inseln in Stoff gehüllt hatte, den gesamten Central Park mit seinen drapierten Torbögen in einen wogenden safrangelben Tempel verwandeln. Die Zeitungen schrieben, er habe ein Vierteljahrhundert an dem Projekt gearbeitet, und nun sollte es endlich umgesetzt werden. *The Gates* sollten eines Morgens da sein, tausendfach, auf Gängen, Pfaden und Wegen, sechzehn Tage sollten die Tore dort stehen und dann auf einen Schlag wieder verschwinden. So die Idee und Absprache mit New York City. Im Park durfte nichts verändert werden, das Material der Tore sollte zu hundert Prozent recycelbar sein. Ein vergängliches Kunstwerk, von dem nur die Erinnerung blieb – ein schwer zu übertreffender Slogan und wie ein unmöglicher Traum.

Siebentausendfünfhundert Tore, durch die New York und die ganze Welt durch den entlaubten und februargrauen Central Park flanieren konnten. Das war Kunst. Ein Dorf in Öl von Braque oder eine von Giacomettis schlaksigen Bronzefiguren – wartete man nur geduldig, tauchte immer etwas davon bei irgendeiner Auktion auf. Und wie für Braque und Giacometti gibt es für jede Art von Kunst Sammler. Aber *The Gates* von Christo würden nicht bestehen bleiben wie Giacometti oder Braque. Diese Tatsache sprach besonders die wenigen Reichen an, die bereits alles hatten. Natürlich juckte es diesen Teufeln in den Fingern.

»Sie brauchen nicht mich, sie wollen dich«, sagte Ben. Sie wussten es beide, auch wenn Grip sich im ersten Moment nichts anmerken ließ. Ben stand im Türrahmen zu seinem kleinen Büro in der Galerie und fokussierte einen einsamen Besucher mit seinem nüchternen, ängstlichen Blick.

»Dieses Mal haben sie es also auf *The Gates* abgesehen«, sagte Grip schließlich. Er saß auf Bens Schreibtischstuhl und blätterte in einem bereits erschienenen Buch über Christos Tore. Bis zur Vernissage waren es noch ein paar Monate.

»Natürlich nicht auf alle«, antwortete Ben. »Vermutlich nur ein paar wenige. Ich weiß es nicht.«

»Ich kann zehn solche Jobs annehmen, und es wird trotzdem nicht reichen.« Grip überflog die Seiten mit den orange leuchtenden Illustrationen.

»Sie wollen nicht deine Meinung hören, sie wollen, dass du das Ganze planst.« Bens brüchiger Stolz ließ seinen Blick weiter in der Galerie verweilen.

Grip schlug eine weitere Doppelseite auf, ehe er antwortete. »Hast du sie davon überzeugt?«

»Es geht nur um Kunst, kein Mensch kommt dabei zu Schaden.«

»Keine Kunst, nur Plastik und Stahl, so steht es hier.«

»Picassos Stier ist auch nur ein einfacher Fahrradlenker auf einem Sattel.«

»Und du dachtest, wenn es sich Kunst nennt, fließt auch Geld, und dann gibt es Sammler – und du hast ihnen gesagt, ich wäre ihr Mann.«

Jetzt drehte Ben sich um und schaute Grip in die Augen, aus seinem Blick sprach mehr Angst als Flehen. Als Ben sich wieder abwandte, sagte er: »Ja, ich habe ihnen den Schweden empfohlen. Der Schwede steht offenbar hoch im Kurs.«

»Das heißt, sie bezahlen gut?«

Ben nannte ihm die Summe. Grip blätterte wieder in dem Buch. »Sie wollen dich und einen der anderen, die beim Arp-Coup die Fäden in der Hand hatten.«

Grip wunderte sich, dass Ben mehr als er zu leiden schien. Das war offensichtlich ihre einzige, unheilige Chance. Es war eine Tatsache, dass Grip irgendwo über dem Atlantik ein anderer Mensch wurde. Aber auch wenn das Ganze äußerst verlockend war und ihn unsäglich reizte, was auf der anderen Seite des Meeres niemals möglich wäre, konnte er dennoch den Sicherheitspolizisten in sich nicht ganz ausschalten. Die inneren Instinkte. Er wollte nichts mit Geldtransporträubern zu tun haben. Die Leute hielt man sich besser weit vom Leib. Aber da gab es noch die anderen Variablen der Gleichung. Zum Beispiel, dass am letzten Tag im Februar das Leben, wie Ben und er es kannten, zu Ende sein würde – der in Stein gemeißelte Termin. Da würden die Banken und Zwangsvollstrecker ihnen die Tür einrennen. Mit der Summe, die Ben genannt hatte, könnten sie sich größtenteils freikaufen, aber nicht ganz. Warum also nicht die Pfändungen und Mahnbriefe für immer aus dem Weg schaffen und den schlaflosen Nächten ein Ende bereiten?

»Sag ihnen, wenn sie die Summe verdoppeln, mache ich den ganzen Plan selbst.«

Die Antwort ließ zwei Tage auf sich warten. Sie, wer immer das war, gingen auf den Deal ein. Und sie wollten ein Tor, zu fast jedem Preis.

Das war im November. Am 12. Februar sollte New York mit *The Gates* erwachen. Die Tore sollten bis zum 27. Februar stehen bleiben. Danach waren es nur noch wenige Tage bis zur endgültigen Fälligkeit von Bens Kredit am 1. März. Das Zeitfenster war also völlig klar.

Grip begann, sich einzulesen, nahm in Stockholm

Pakete mit Sachen an, die Ben ihm schickte. Saß mit Schussweste im Fahrzeug zwischen Drottningholm und den Veranstaltungen, zu denen der König oder die Kronprinzessin unterwegs waren, grübelte bis tief in die Nacht in seiner eigenen Küche und machte sich Notizen in Katalogen, Büchern und Karten. Die Dunkelheit und der Regen des Spätherbstes wurden von frostklaren Morgen abgelöst. Der Chef teilte ihn für extra Feiertagsdienste ein. Grip lenkte den königlichen BMW zu Einweihungen, setzte sich auf den Beifahrersitz, wenn der König selbst fahren wollte, fuhr ein paarmal mit der Kronprinzessin nach Brüssel.

*Grip interessiert sich für Kunst.* Der Plan für den Coup in New York nahm Form an. Es war nicht schwer, die nötigen Skizzen zu besorgen. Mehrere Bücher über *The Gates* hatten aufklappbare Karten des gesamten Central Park, in denen die Standorte aller Tore markiert waren. Auch alles andere war detailliert kommentiert, nichts war zu unwichtig, um Erwähnung zu finden. Die Tore waren 4,87 Meter hoch, die Stoffbahnen, die daran hängen sollten, waren aus Nylon in einer Fabrik in New Haven gewebt, eine der Näherinnen hieß Sandy, die Stahlsockel, die die Tore trugen, wogen je 275 Kilogramm. 7503 Striche auf den Parkkarten, genau da, da und dort sollten die Tore stehen. Der Ablauf fiel Grip sozusagen in den Schoß, ohne dass er viel dazu tun musste.

Insgesamt war alles völlig klar. Die 96th Street führte an der Upper West Side an der Gate of All Saints in den Park hinein und weiter mit einem Gehweg in einen Tunnel. Ein Ausläufer von Christos Toren sollte dem Bürgersteig auf den Tunnel zu folgen. Es war geplant, das letzte Tor in der Reihe zu nehmen. Für eine schnelle Abwicklung musste man mit einem Lastwagen nah heranfahren, was nur hier möglich war. Außerdem war dort am späten Abend nur mit wenigen Leuten zu rechnen. War es nicht allgemein bekannt, dass man sich nachts besser nicht im Central Park herumtrieb?

Die Tore waren so konstruiert, dass sie sich schnell auf- und abbauen ließen. Ein Lastwagen mit einem Kran, ein paar einfache Werkzeuge, Grip hatte für die Aktion nicht mehr als drei Minuten veranschlagt. Ein paar Reflexkegel auf der Straße, ein Betonmischer, Männer in gelben Sicherheitswesten, Reflektoren – das würde absolut selbstverständlich wirken. Dazu die Tatsache, dass sie am letzten Abend zuschlagen würden, wenn ohnehin jeder erwartete, dass *The Gates* abgebaut wurden. Konnte man das überhaupt als Diebstahl bezeichnen, wo die Tore doch eh entsorgt werden sollten? Keine Waffen, die Worte unterstrich Grip dick. *The Gates* sollten zerlegt, neu gestrichen, eingeschmolzen werden, eins davon abzuzweigen war sozusagen ein Lausbubenstreich, kein Grund, sich zu bewaffnen. Egal, um wie viel Geld es ging.

Drei Minuten. So etwas Einfaches konnte doch nicht schiefgehen?

Dezember. Die Weihnachtstage verbrachte Ben mit Lebenslügen. Er fuhr nach Hause, nach Texas, packte sogar ein paar Krawatten ein, die seine Mutter ihm zwischendurch schickte. In diesen Tagen existierte Ernst Grips und Bens eigentliches Leben nicht, genau wie der Virus. Am Weihnachtsmorgen wurde mit den Baptisten gefrühstückt, am Abend vorher trank er einen Cognac mit seinem Vater, und er versteckte sämtliche Medikamente im

Futter seiner Reisetasche, weil seine Mutter ungeniert alles durchstöberte.

»Ihr werdet euch spätestens bei meiner Beerdigung kennenlernen«, sagte Ben immer, wenn ein altes Familienfoto auftauchte oder die schleppende Stimme seines Vaters eine Nachricht auf dem Anrufbeantworter hinterließ.

Bens Lügen in der Weihnachtszeit störten Grip nicht, im Gegenteil, sie gaben ihm Raum für Eigenes. Obgleich Ben durchtrainierte Männerkörper liebte, vernachlässigte er seinen eigenen. Er bewegte sich nur, wenn es sich nicht vermeiden ließ, wenn die Ärzte ihm drohten und nur im Fitnesscenter. Und das Meer war nur etwas für die Augen, nichts, auf dem oder in dem man sich sportlich betätigte. Nachdem Ben klargestellt hatte, dass er alleine nach Texas reisen würde, konnte Grip eine alte Tradition wieder aufnehmen und über Weihnachten zum Surfen und Tauchen fahren. An Orte mit viel Sonne, wenig Unterkünften und wenigen Nachbarn.

Grip kehrte erst an Neujahr wieder nach New York zurück, nach den gnadenlosen Verheerungen des Tsunamis mit einem vorläufigen Pass von der schwedischen Botschaft in Bangkok. Er war mit heiler Haut davongekommen, hatte noch nicht einmal etwas von der Welle mitbekommen, aber sein Reisegepäck war in dem totalen Durcheinander verschwunden. Diese Tage in Südostasien waren wirklich chaotisch gewesen, trotzdem war es ihm gelungen, zurück nach New York zu kommen.

Jetzt wollte er mit Ben und ein paar Freunden das neue Jahr feiern und die Übergabe einiger detaillierter Karten vom Central Park und eines USB-Sticks mit Dateien zu seinem Plan arrangieren. An den ersten Tagen des neuen Jahres packte er alles in eine billige Aktentasche, die er in der Gepäckaufbewahrung des Whitney Museums abgab, versteckte die Garderobenmarke wie abgesprochen in einer der Toilettenkabinen, damit die Tasche abgeholt werden konnte. Dann drehte er eine Runde durch die Säle mit den bekannten Gemälden und verließ das Museum.

Nur ein Dummejungenstreich, redete er sich ein, als er draußen auf dem Bürgersteig stand. Rein hypothetische Pläne. Kein Schaden für niemand. Er hielt sich fern, traf keinen von ihnen persönlich, es konnte nichts schiefgehen. Solange sie sich nicht bewaffneten. Dann musste er nur noch warten, das Geld sollte zwei Tage vor Fälligkeit des Darlehens auf dem Konto eingehen.

Am Samstag, den 12. Februar, waren die Morgennachrichten safrangelb. Christo und Jeanne Claude flanierten zufrieden durch *The Gates*, und bereits in der Mittagspause schien der Rest der New Yorker Einwohner beschlossen zu haben, auch dorthin zu müssen. Grip sah die Reportage später am Abend in den schwedischen Nachrichten, die Bilder machten ihn rastlos. Der König stand neben ihm. Es hatte ein Empfang für einige neue Botschafter im Schloss stattgefunden, zusammen mit ein paar anderen Personenschützern und dem Adjutanten sahen sie den Beitrag, ehe Grip den König zurück nach Drottningholm fahren sollte. Der König bemerkte, dass seine jüngste Tochter sich das Spektakel anschauen wollte. Grip nickte, war mit den Gedanken woanders. Als die Berichterstattung dann mit dem weitermachte, was inzwischen Alltag war – der Welle, die die Hälfte der Strände im Indischen Ozean weggerissen hatte, all den vermissten Schweden –, schaltete jemand den Fernseher mit der Fernbedienung aus.

»Fahren wir?«, sagte der König.

Grip reagierte mit ein paar Sekunden Verzögerung. »Natürlich«, antwortete er, »fahren wir«, und setzte sich in Bewegung.

In den folgenden Tagen versuchte Grip, sich zu beschäftigen, aber obwohl er an andere Dinge zu denken versuchte, wurde er immer und überall an *The Gates* erinnert. Es war, wie wenn man versuchte, nicht an einem juckenden Insektenstich, zu kratzen. Ein Kommentar im Fernsehen, Bilder in der Zeitung, eine orangefarbene Plastiktüte, die vorbeiwehte. Die Ruhe des Buddhismus, hatte jemand über die Farbe gesagt, aber Grip erfüllte Unbehagen, wenn er etwas in Orange sah.

Er schoss gerade Doppelschussserien im Schießstand des Polizeipräsidiums, als Ben anrief. Es waren noch drei Tage bis zum Abbau im Central Park und ein paar Tage mehr, ehe der Kredit fällig wurde und die Raubtiere auf der Matte stehen würden. Er befand sich in einer Phase innerer Befindlichkeit, in der man sich nur noch wünscht, dass die Zeit vergeht, und in der man extrem empfindlich auf jedes Telefonklingeln reagierte. Trotz der Ohrschützer hatte er das Handy gehört. Er schob sie in den Nacken.

»Sie weigern sich!«, war das Erste, was Ben sagte, als Ernst die grüne Taste gedrückt hatte.

»Moment«, unterbrach ihn Grip. Sein Herz stolperte, als er auf den Flur ging, um ungestört sprechen zu können.

»Wer, Ben, und worum geht es?«, sagte er, als er das Handy wieder am Ohr hatte.

»Sie weigern sich, den Plan auszuführen, wenn du nicht dabei bist.«

»Wer weigert sich?«, wiederholte Grip.

»Die, die es abbauen sollen, wer sonst. Die Bande oder Besatzung, wie immer du sie nennen willst.«

Grip hatte sich nie mit ihnen getroffen, aber bestimmt waren Bekannte dabei. »Was sagen sie?«

»Verbrecherehre, sagen sie.«

»Was für eine verdammte Ehre?«, giftete Grip so heftig, dass Speicheltropfen aus seinem Mund flogen. Dabei verstand er es genau.

Bens Stimme klang unsicher. »Wer den Plan entwickelt, steckt mit drin«, erklärte er wie auswendig gelernt. »Jemand hat mit jemandem gesprochen, der mit mir gesprochen hat. Wie auch immer ... Sie weigern sich jedenfalls, es zu tun.«

Stille, die vielleicht eine halbe Minute währte.

»Sag jetzt nichts«, begann Grip und wurde von ein paar Schüssen aus dem Schießstand unterbrochen. »Ich weiß. Die Tage vergehen, die Termine laufen davon. Ich komme.«

»Magenverstimmung«, entschuldigte sich Grip kurz darauf am Telefon.

»Bestimmt vom Fisch«, antwortete von Hoffsten, mit dem Grip die nächsten Tage zusammenarbeiten sollte. »Iss niemals Sushi an einem Montag. Ich kümmere mich drum. Gute Besserung.«

Es gab noch einen Flug am Abend über London. Ben war weiß wie ein Laken, als Grip die Tür zu seiner Wohnung aufschloss. Schlechtes Gewissen und Panik bis in die Haarspitzen.

»Das wird sich schon klären«, beruhigte ihn Grip mit einem Lächeln, das nirgendwo Halt fand.

Doch erst als Ben neben ihm schlief, fiel die Entscheidung. Als er im Bett lag und die nächtlichen Lichter unruhig über die Jalousien flimmerten, meldete sich der Feigling in Grip, der sich drücken wollte. Der sich schon immer drücken wollte. Nagender Zweifel, zwei Seiten einer Medaille, das Plus, das irgendwann ins Minus umschlug. Die dunklen Wahrheiten des erbärmlichen Tieres Egoismus. »Fahr, pack deine Sachen, und fahr, entscheide dich, ob einer oder beide in den Abgrund gezogen werden sollen!« Es traf ihn wie eine Ohrfeige, als er den Atem des schlafenden Ben hörte. Von Hoffsten würde immer einen Ersatz finden, der für ihn einsprang, Ben nicht. Und Ben glaubte an ihn, selbst jetzt wo nur noch wenige Tage von ihrem Leben übrig waren. Er vertraute ihm und schlief. Grip konnte seine Silhouette erahnen. Die Silhouette, die sein Zuhause und in diesem Moment der Entscheidung alles für ihn war. In diesem Augenblick starb der Feigling für immer. Etwas in ihm brach zusammen, und alle Sinneseindrücke in dem Raum drängten auf ihn ein. Nicht beängstigend, eher überdeutlich: die Gerüche, die Lichter von der Straße. Und die Hitze purer, nackter Angst überkam ihn, als alle Auswege verstellt waren. Als er schließlich zu fortgeschrittener Stunde einschlief und im Morgengrauen erwachte, war da nur noch eine nahezu biblische Entschlossenheit, die ihn über viele Jahre begleiten sollte.

Das Treffen lief ähnlich ab wie das erste, als es um Arps Skulpturen ging. Eine neue Adresse in einem heruntergekommenen Viertel. Mit dem Unterschied, dass Grips physische Teilnahme gefordert wurde, wenn auch im Hintergrund. Hauptsache, er war dabei. Er wurde in aller Kürze als »der Schwede« präsentiert. Der Mann, der die Aufgaben verteilte, war ein anderer, ein neues Gesicht. Der Mann hielt sich minutiös an das, was Grip in seiner Aktentasche im Whitney Museum geliefert hatte. Unter den Anwesenden waren tatsächlich einige bekannte Gesichter von dem zurückliegenden Abend in der Werkstatt in Brooklyn, die übrigen waren neu. Einer von ihnen nickte wiedererkennend, Grip kam sich vor wie auf der falschen Seite einer Gegenüberstellung. In einem ähnlich fleckigen Shirt und mit der gleichen Schirmmütze wie beim letzten Mal saß dort der aufbrausende Fahrer und gab sich den Anschein, ihn nicht zu kennen.

Grip war als Geisel dabei, als Geisel seines eigenen Plans. Sie hatten genügend Leute, für den eigentlichen Zugriff hatten sie ihm eine überflüssige Aufgabe zugeteilt. Er sollte mit einem Handy in der Hand »Wache schieben«, auf einem Weg hundertfünfzig Meter von der Stelle entfernt, wo der Lastwagen stehen sollte. Er sollte dabei sein und zuschauen – um sicherzustellen, dass er an alle Eventualitäten gedacht hatte und sie nicht verkaufte. Wenn es schiefging, hing Grip mit drin. Dann würde der Schwede ebenfalls brennen.

Sie hatten sich in einer geschlossenen Pizzeria versammelt. Die Leute hatten die Stühle von den Tischen genommen und sich zu denen gesetzt, die sie kannten. Sie legten eine Grenze offen: Die eine Hälfte des Raumes stellte Fragen, während die andere Hälfte instruiert schien. Zwei Gruppen, die für eine größere Aufgabe zusammengeführt wurden.

»Keine Waffen«, hatte der Sprecher verkündet. Murren und Gemurmel.

»Aber im Central Park wimmelt's von Verrückten«, sagte einer der Männer und erntete verstreutes Lachen.

»Eben drum«, sagte der Mann in der Mitte des Raumes

ernst. Wenn er nichts sagte, pumpten seine Kiefermuskeln, als hätte er sich in irgendetwas verbissen.

»Es geht um viel Geld«, kam es von der Frageseite.

»Ich kann es mir verdammt noch mal nicht leisten, dass es schiefgeht«, fügte sein Nachbar hinzu.

»Du Idiot kannst es dir auch nicht leisten, in den Knast zu wandern«, kam es wie ein Peitschenhieb von der anderen Seite des Raumes. Von dort, wo auch Grip sich mit denen befand, die dem Mann in der Mitte Rückendeckung gaben.

Der Fahrer (Romeo, wie Grip sich erinnerte) nahm die Schirmmütze ab und breitete die Arme aus. »Sollen wir den Leuten stattdessen die Fresse polieren?«

»Das ist kein Banküberfall. Macht einfach euren Job. Keine Waffen.« Der Mann sprach ruhig und kraftvoll, als hätte er einen Haufen Kinder vor sich, denen er wenn nötig ohne zu zögern den Schädel einschlagen würde. Grip gefiel in diesem Moment, was er sah.

Das skeptische Murmeln war noch nicht verstummt.

»Ihr habt gehört, was ich gesagt habe.« Die Kiefermuskeln des Mannes spannten sich wieder an. »Seid ihr dabei oder nicht?« Draußen fuhren Sirenen vorbei. »Na?«

Es war schließlich Romeo, der sich streckte, langsam, als setze er zu einem ausgiebigen Gähnen an. »Klar sind wir dabei«, sagte er und wandte sich mit einem breiten Grinsen zu Grip um. »Jetzt sind wir es.«

Grip stand reglos da in einer neu erstandenen kurzen Lederjacke und Jeans. Er würde die Sachen noch an diesem Abend entsorgen. Es war fast halb zwei nachts, und mehr Leute waren im Central Park unterwegs, als er gedacht hatte. Sie hatten mit der Demontage der Tore begonnen, aber an der Stelle, an der Grip stand, bekam er davon nur Hintergrundgeräusche und Stimmengewirr mit. Zwischendurch wurde es ganz still. Grip hatte die Lichter vom Central Park West auf der einen und den Park auf der anderen Seite. Ein paar Torreihen liefen auf den Wegen zusammen, die hinter ihm aus dem Park kamen. Eine einzelne Reihe verlief in einer Kurve hinunter zum Tunnel. Er konnte das letzte Tor aus der Entfernung sehen. Es war kalt.

Grip hatte vergeblich versucht, irgendwo einen heißen Kaffee zu bekommen, ehe er seinen Platz einnahm. Was für ein merkwürdiges Gefühl von Verlassenheit mitten in der Stadt. Er hatte keine Handschuhe dabei, die Taschen der dünnen Lederjacke wärmten kein bisschen. Er sah aus wie ein bibbernder Zuhälter an einer spärlich beleuchteten Straßenecke. Ungefähr hundert Meter entfernt stand eine weitere reglose Gestalt, die Silhouette ähnlich wie seine eigene: Hände in den Taschen, Ellenbogen nach außen. Ab und zu ein paar trampelnde Schritte auf der Stelle gegen die Kälte. Augen, die kontrollieren sollten, dass Grip an seinem Platz war.

Als sie sich einige Stunden vorher getroffen hatten, um sicherzugehen, dass alle den jeweils vorgesehenen Platz einnehmen würden, und um die Handys zu verteilen, hatte Grip bei vielen eine Alkoholfahne gerochen und in viel zu große Pupillen geschaut. Die Stimmung war mit nervöser Anspannung aufgeladen gewesen. Grip hatte sein Handy entgegengenommen und war wieder gegangen.

Noch zehn Minuten …

Fünf …

Grip blies warme Atemluft in die gewölbten Hände. Ein Lastwagen fuhr vorbei. Zehn nach zwei, Viertel nach. Sie waren fünf Minuten verspätet.

Der Lastwagen kam aus nördlicher Richtung, nicht aus südlicher wie geplant, aber er bog ab, wo er abbiegen sollte. Grip beachtete nicht mehr seine Umgebung, konzentrierte sich nur noch auf das Fahrzeug.

Nach kurzer Verzögerung und einigem Hin- und Hergerenne standen die Reflexkegel in einer Reihe auf der Straße. Ein paar Warnlichter begannen zu blinken und reflektierten in den Reflexstreifen der Warnwesten. Geschepper, das Heulen eines Pressluftwerkzeuges, der Kranarm wurde ausgefahren.

Grip trampelte frierend auf der Stelle. Die Querstrebe des Tores wurde auf die Ladefläche gehoben, danach die senkrechten Seitenteile. Metall kratzte über die Steinplatten, als der Kran den ersten Stahlfuß aus der Verankerung hebelte. Grip bewegte die Finger in den Taschen, um den Schmerz der Kälte zu lindern. Ein kurzer Blick auf die Uhr, ohne die Hand aus der Tasche zu ziehen. Halb drei. Da fiel ihm ein, dass es in der anderen Richtung einen Laden gab, der nachts offen hatte. Er war sich ganz sicher.

Eine Stimme, ein Stück entfernt, aber zu nah, rüttelte ihn wach. Falsche Tonlage, zu schnell. Weil es so hallte, konnte er nicht gleich ausmachen, aus welcher Richtung die Stimme kam.

Unten vom Lastwagen. Die Stimme gehörte zu einer Frau, die seitwärts auf den Lastwagen zuging. Er konnte die einzelnen Worte nicht verstehen, aber sie protestierte – laut und anklagend.

Wo kam sie her? Grip hatte niemanden gesehen. Die andere Gestalt mit den Händen in den Taschen stand genauso still da wie er.

Was wollte sie? Wieso waren sie nicht längst fertig da unten? Grip sah nur Lichtreflexe und hörte Schritte. Kein gewaltsamer Tumult, aber irgendetwas war los. Er konnte nicht hören, was sie sagte, nur ihre Stimme. War ihnen jemand auf die Schliche gekommen?

Da plötzlich deutlicher, eine Männerstimme: »Fuck you, fuck you!«

Und dann ein Schuss.

Grip zuckte zusammen, als er das Mündungsfeuer sah, ehe das Geräusch bei ihm ankam. Der Mikrokosmos von Parkwegen und Bäumen nicht weit entfernt von der Kreuzung Central Park West und 96th Street stagnierte. Ruhe und Stille, ein Loch in der Zeit. Grip rührte sich nicht von der Stelle. Aber der Lastwagen setzte sich in Bewegung. Dann war er weg, das Tor war weg, aber auf der Straße lag ein Kleiderbündel.

Eine leichte Bewegung, ein paar Atemwolken. Ein unförmiger Haufen, hundertfünfzig Meter entfernt. Grip wandte sich ab und ging los. Die andere wachende Gestalt ebenso. Weg, in unterschiedliche Richtungen. Grip hatte die Häuser auf der einen, den Park auf der andern Seite. Er hörte diffuse Geräusche, ahnte Stimmen, aber alles war unendlich weit weg. In einer anderen Welt. Er beschleunigte seinen Schritt. Ein Taxi ging neben ihm vom Gas und beschleunigte, als er den Blick gesenkt hielt.

»Wie ist es gelaufen?«, fragte Ben mit gespielt verschlafener Stimme aus dem dunklen Bett, als Grip leise die Wohnungstür hinter sich schloss.

»Völlig …«

Kleider und Handy hatte er in einem Abfallcontainer entsorgt und sich andere Kleider angezogen, die er in einem Karton neben dem Container deponiert hatte.

»… problemlos. Lass uns schlafen. Ich will jetzt schlafen.«

Am nächsten Tag, kurz bevor Grip zum Flughafen musste, sagte Ben, dass in der Nacht im Central Park eine Frau erschossen worden war. »Ihr …?«

»Nichts, nein. Da war niemand. Niemand.« Grip zuckte mit den Schultern. »Mein Flug«, sagte er dann mit einem Blick auf die Uhr. »Ich kann nicht ewig einen verdorbenen Magen haben.« Er lachte.

Mitschuldig an einem Mord.

Es wurde mit keiner Silbe irgendwo erwähnt, dass ein Gate gestohlen worden war. Keiner ließ von sich hören. Aber das Geld war pünktlich auf dem Konto, und die Anwälte meldeten sich nicht mehr.

Die Nacht im Park, die letzten weißen Atemwolken des Kleiderbündels auf der Erde. Das hatten andere auf dem Gewissen, er schob es weg. Nichts erinnerte ihn daran. Erst drei Jahre später, als Shauna Friedman nicht müde wurde, über Kunst zu reden.

# 17

TOPEKA, KANSAS, FEBRUAR 2005

Ein paarmal pro Tag sprangen in dem Fabrikgebäude ein paar gewaltige Dieselgeneratoren an, automatisch und ohne Vorwarnung. Dann bebte der Boden, und man konnte sich kaum verständlich machen, selbst aus unmittelbarer Nähe.

Adderloy wurde mitten in einem Vortrag unterbrochen, als das erste Zittern durch den Boden wanderte. Dann kam der Krach. Er lehnte sich zurück. Sie hatten sich angewöhnt, es einfach auszusitzen.

Es war der dritte Tag. Ein Plan nahm Form an, und sie ernährten sich von Pizza und Thai Food. Sie waren draußen unterwegs, jeder für sich, oft zu zweit, erkundeten die wichtigsten Wege in die Stadt und die Fluchtwege hinaus. Sie fertigten Skizzen an und besorgten Material. Adderloy hatte die Mietwagen abgegeben und in der Stadt drei Gebrauchtwagen gekauft. Die Fahrzeugbriefe lagen in den Handschuhfächern. Er hatte Anweisungen gegeben, wie sie sich zu verhalten hatten, falls sie von einem Verkehrspolizisten angehalten wurden. Alle Papiere und Versicherungen waren in Ordnung, es gab keinen Grund, panisch zu reagieren. Die ersten Pistolen, die Adderloy organisierte, lehnte Vladislav ab, er bestand darauf, dass alle Waffen das gleiche Kaliber hatten – 9 mm –, so wie die versprochenen Maschinenpistolen. Adderloy hinterfragte niemals Vladislavs Meinung zu Waffen, bei allem anderen hatte er das letzte Wort. Er hatte einen von Marys Sesseln mit Beschlag belegt, aus dem er seine Anweisungen gab, während der Zigarettenrauch sich über ihm an die Decke ringelte. Die drückende Luft in der Fabrikhalle schien ihn nicht zu stören, er trug immer Anzug und Schlips. N. sah ihn nie in eins der Zimmer an dem langen Flur gehen, um zu schlafen. Wenn N. nachts wach wurde und aufstand, saß Adderloy immer in dem Sessel und las im Schein einer einsamen Lampe.

Die Stille, wenn die Generatoren ausgingen, war so überwältigend wie ein jäh unterbrochener Film. Man brauchte eine Weile, sich wieder zu sortieren.

Adderloy rutschte in seinem Sessel nach vorn. »Also …«, setzte er an. »Was ist mit der Kleidung?«

»Die Größen sind klar«, antwortete Reza schläfrig. »Mary und ich besorgen morgen alles.«

»Kühltasche und Werkzeugkiste?«

»Fahre heute Abend zum Walmart raus«, sagte N. »Flüssigen Stickstoff besorge ich morgen.«

Es gab Listen.

»Stadtpläne?«

Vladislav streckte den Daumen hoch. Sie hatten alles in kleine Einheiten aufgeteilt, materiell und logistisch. Eins nach dem anderen wurden die Einzelteile in Kartons und Plastiktüten verpackt und zu einem Gesamtmosaik zusammengetragen.

Während andere Dinge verschwanden. Reza erzählte von einer Schlägerei in Toronto, die er gesehen hatte, und Vladislav von einem Brautpaar vor den Niagarafällen, das fürs Hochzeitsfoto mit der Schleppe zu kämpfen gehabt hatte. Über weiter Zurückliegendes sprach keiner von ihnen, selbst das Weejay's schien vergessen. Alle Erinnerungen begannen zu verschwimmen. Manches musste heute besorgt, anderes morgen erledigt werden. Der Blick war nach vorn gerichtet, nie wurde ein konkretes Datum genannt. Die Zeit war wie dichter Nebel, bald würde sie sich ganz auflösen.

Als die richtigen Maschinenpistolen kamen, wurde Reza nervös. Er stellte sich mit einer ans Fenster und zielte über die Dächer der nächtlichen Stadt.

»Wir wollen doch niemanden umbringen, oder?«, fragte er.

»Wir wollen eine Bank überfallen.«

So war es immer wieder gesagt worden. Über die Möglichkeit, dass der Plan möglicherweise erforderte, dass jemand zu Tode kam, wurde nie gesprochen. Das war das Risiko, wenn sie den verhassten Pastor den Wölfen zum Fraß vorwarfen.

»Patronen?«

»Tausend«, antwortete Vladislav und zeigte auf ein paar grellorange Schachteln in einem der Regale.

»Es dauert höchstens eine Minute«, sagte Mary, nahm die Tasche von der Schulter und verschwand in einer Toilette.

N. war mit Mary zu ihrem alten Arbeitsplatz gefahren: ins Krankenhaus. Es war zwei Uhr nachts. Sie ging davon aus, dass sie von der Nachtschicht keiner wiedererkennen würde. »Mürrische Nachtschwestern – die erinnern sich nicht an mich«, hatte sie erklärt. Sie war schwarz gekleidet ins Krankenhaus gefahren, wie üblich, aber ungeschminkt. Für N. war es ein neues Gesicht. Ihre Augen wirkten kleiner, und sie sah älter aus.

N. setzte sich in das leere Wartezimmer. Er ließ den Blick wandern und streckte sich nach einer Zeitschrift auf einem der Tische aus. Bekannte Gesichter lächelten ihn von der abgegriffenen Titelseite an. Er blätterte zerstreut in der Zeitschrift, blieb an ein paar unscharfen Paparazzibildern von einem Sandstrand und sonnenverbrannten Menschen hängen, blätterte weiter zu neuen Seiten mit lächelnden Menschen und Kleidern, die an mageren Körpern hingen.

Die Toilettentür ging auf, und Mary kam heraus.

N. sah sie verdutzt an. »Ganz in Weiß!«, platzte er heraus. Sie hatte sich nicht nur umgezogen, sondern in eine Krankenschwester verwandelt.

Die kurzen Ärmel hatten deutliche Bügelfalten, an der Brusttasche das obligatorische Namensschild und Stifte. Das war Mary und auch wieder nicht. Sie stellte die Tasche vor ihm auf den Boden, steckte einen Schein in den Getränkeautomaten in der Ecke. Es kam eine Dose Dr Pepper heraus, sie trank ein paar hastige Schlucke des eiskalten Getränks und schnappte nach Luft. Ein kurzer Blick auf die Uhr. »Da geht's lang.«

Ohne das kleinste Zögern betrat sie das kleine Büro. »Akuter Notfall, Entschuldigung, darf ich?«

Die Schwester am Computer murmelte etwas und verließ den Raum, ohne sie anzusehen. Sobald die Frau weg war, setzte Mary sich an den Rechner. N. stellte sich so in die Tür, dass er den Flur überblicken konnte. Er war als Hausmeister oder Elektriker ins Krankenhaus gekommen, die Sorte Handwerker, die immer irgendwo und unangemeldet in fleckigen Klamotten herumlaufen. Hinter sich hörte er Marys Klappern auf der Tastatur. Ein Arzt, der mit dem Text auf einem Pillenglas beschäftigt war, ging vorbei.

»Jetzt geht die Sonne unter, Charles-Ray«, sagte Mary und erhob sich. Sie trommelte ungeduldig mit den Fingern auf dem anspringenden Drucker. »Er spendet nach wie vor Blut«, sagte sie zu N.s Rücken. »AB, Rhesus negativ.« Der Drucker spuckte mehrere DIN-A4-Blätter aus. »Was hast du?«

»Was …?«, sagte N.

»Deine Blutgruppe?«

»Keine Ahnung.«

»So was sollte man aber wissen.«

Sie gingen weiter. Mary vorneweg, heimisch und geschäftig. N. las die Schilder an den Türen, die sie passierten: Urologie, Elektro-Raum, Operationssaal … Die schwere Werkzeugkiste, die er mit sich trug, schlug bei jedem Schritt scheppernd gegen sein Bein. Mary holte einen Aufzug, sie fuhren einige Etagen nach unten.

Die Stille, die sie umgab, ließ N. vermuten, dass sie sich im Keller des Gebäudes befanden. Verschlafene, grün gestrichene und von kalten Neonröhren beleuchtete Korridore, ein leicht chemischer Geruch. Vor dem Schild BLUTZENTRALE blieben sie stehen. Hinter der Milchglasscheibe schwebte eine verschwommene Gestalt vorbei.

Mary zog N. beiseite. »In diesem Moment versuchen sie oben im OP eine alte Frau zu retten«, erklärte sie und wedelte mit der Getränkedose, die sie noch immer in der Hand hielt. »Im benachbarten OP liegt ein Mann, ziemlich jung, Verkehrsunfall, bald wird er hirntot sein. Ihre Körper lecken wie Siebe, zwei völlig übernächtigte Truppen sind damit beschäftigt, sie zusammenzuflicken und Blut nachzupumpen. Laut Computer hat er bereits zehn Beutel bekommen, sie sechs, und ich habe eine weitere Bestellung aufgegeben. Es herrscht Hektik und ist bald drei Uhr. Die Frau in der Blutzentrale ist allein. Natürlich gibt es Vorschriften, die befolgt werden müssen, das ist ganz genau festgelegt. Aber nicht um drei Uhr morgens, wenn denen da oben in den OPs das Blut auf den Boden rinnt. Ich geh jetzt also da rein, ohne Hallo und alles, sage nur, dass ich die Beutel selber hole. Die Unterlagen sind ordnungsgemäß ausgefüllt, und die Diensthabende wird froh sein, nach dem ganzen Gerenne nicht auch noch mit Blutkonserven durch die Gegend laufen zu müssen.«

Mary warf die halb volle Dose in einen Papierkorb. »Du wartest am besten hier«, sagte sie und zeigte in ein leeres Wartezimmer.

Selbst die Sohlen von Marys Turnschuhen waren weiß. Als sie hinter der Tür verschwunden war, schaute N. auf seine eigenen, die schwarze Streifen auf dem gebohnerten Boden hinterlassen hatten. Er setzte sich auf eine verchromte Bank und lehnte den Kopf gegen die Wand, spürte das nächtliche Brennen hinter den Augenlidern und wurde vom Summen des Ventilators eingelullt. Der typisch süßlich-chemische Krankenhausgeruch stieg ihm in die Nase, die Ausdünstungen kranker Körper. Er erinnerte sich an ein Krankenhaus in einer anderen Welt, einer anderen Zeit: die Hitze, all die unförmig geschwollenen Wunden, die von Blutergüssen marmorierten Rücken. Er strich mit den Händen über seine Arme, spürte einen stechenden Schmerz im Bein, als hätte jemand mit einem rasierklingenscharfen Messer seine Haut angeritzt. Er schauderte.

Er suchte nach etwas zu trinken, als Mary zurückkam.

»Da!«

Die zwei gefrorenen Blutbeutel waren in schützendes

Schaumgummi verpackt. N. nahm sie entgegen und öffnete die Werkzeugkiste.

Mary schaute den Flur entlang, dann wieder ins Wartezimmer. »Das Frischeste, was von Charles-Ray Turnball zu kriegen ist.«

Die Werkzeugkiste war so groß, dass darin eine kleine weiche, mit Blöcken von flüssigem Stickstoff ausgerüstete Kühltasche Platz hatte. Als er den Reißverschluss aufzog, schwappte träger weißer Nebel auf den Boden.

»So simpel«, sagte Mary mit siegessicherem Blick. »Ein Kinderspiel.«

Die Werkzeugkiste klappte mit einem Knall zu, N. setzte sich in Bewegung. Wieder schlug die Kiste gegen sein Bein, während er die Schilder las, die sie passierten: Kernspin, Müllraum, Leichenhalle …

Mary hatte kein Gefrierfach in ihrem Industrieloft, aber in der rund um die Uhr geöffneten Pizzeria an der Ecke hatten sie eines. Nach ein paar freundlichen Worten zu den beiden Libanesen, die den Laden betrieben, konnten sie die Kühltasche in einem großen, vereisten Gefrierschrank zwischenlagern, der ansonsten nur mit Hackfleisch gefüllt war.

# 18

Dem Opfer in die Augen blicken, Charles-Ray Turnball einmal gegenüberstehen, ehe sie zuschlugen, das lag in der Luft, aber letztendlich war es N., der Adderloy davon überzeugte. Charles-Ray in Freiheit agieren sehen, das war das simple Spiel der Katze mit der Ratte. Ein hasserfülltes Gefühl von Befriedigung. Den Mann zu erleben, der so teuflisch das pries, was sie alle durchgemacht hatten und die damit verbundenen Opfer. Durch Adderloys ausgefeilten Plan würde der Pastor endlich für seine Taten bezahlen, und das teuer.

»Ihr zwei da drüben, ihr seid ein Paar«, sagte Adderloy, und Mary hob ihre Bierflasche und prostete N. zu.

Die Hauptarbeit war erledigt, die Katalogisierung von Charles-Rays Gewohnheiten. Das war eine leichte Übung gewesen, sie hatten sich nur ein paar Tage an seine Fersen heften müssen. Was in Topeka nicht weiter schwierig war, zumindest nicht bei einem so einfach gestrickten Leben wie dem von Charles-Ray. Und ihnen reichte die erste Tageshälfte. Dort waren die Stationen überschaubar, genau genommen nur zwei. Sein Zuhause, ein zweigeschossiges Holzhaus in einer heruntergekommenen Gegend, und die Schilderfirma, die er am anderen Ende der Stadt betrieb. *Turnball Signs – always on time when you need them*. Der Text auf dem Firmenschild blätterte genauso ab wie der vom Wetter angegriffene Anstrich des

Holzhauses. Von Punkt A nach B legte er jeden Morgen eine etwa zwanzigminütige Fahrt in seinem roten Lincoln zurück. Reza und Vladislav waren ihm abwechselnd ein paarmal gefolgt. In einem Industriegebiet mit einem bunten Mix von Autohändlern, Motels und Fast-Food-Lokalen machte er immer einen kurzen Zwischenstopp bei einem der Drive-through-Cafés. Dass er seinen Kaffee nicht jeden Morgen an der gleichen Stelle holte, war seine einzige unberechenbare Abweichung. Einige Male hatte er mit diversen Anliegen bei der Kirche Halt gemacht, aber nur kurz.

Das war alles, was man über ihn wissen musste. Der letzte Akt der Vorbereitungen bestand darin, ihn einfach nur zu beobachten, aus sicherer Distanz, unters Volk gemischt sozusagen – in der Kirche.

Der Parkplatz war nicht einmal halb belegt. N. und Mary entdeckten seinen Lincoln auf dem Platz, der dem Eingang am nächsten war. Das flache Gebäude hatte keinen Glockenturm, kein Kreuz, nur eine weiße Leuchttafel mit roten Buchstaben. Eine Lampe im Innern der Leuchttafel war durchgebrannt, und als sie vorbeigingen, sah N., dass mehrere Buchstaben des kleineren Textes heruntergefallen waren und wie tote Fliegen auf dem Boden lagen.

Mary war wie üblich wie für eine Beerdigung gekleidet. Vermutlich war das der Grund für die verstohlenen Blicke und das zurückhaltende Lächeln, als sie den Vorraum des Gemeindehauses betraten. Ein älterer Herr kam auf sie zu und stellte sich vor. Er drückte väterlich Marys Arm, als wollte er ihre Stärke prüfen. Er ließ sich lang und breit über die Vorzeichen der Zeit aus und fragte, ob sie aus der Stadt wären.

»Nein«, antwortete N.

»Aha, nicht«, sagte der Mann, ohne den Blick von Mary abzuwenden. Er stand einen Tick zu nah bei ihr. »Willkommen, seid herzlich willkommen.«

Gleich darauf war es, als wäre eine stille Botschaft angekommen: Die Leute um sie herum setzten sich gleichzeitig in Bewegung, was mehrere Anwesende veranlasste, ihre Jacken aufzuhängen. Die Gespräche verstummten, man strömte in den eigentlichen Saal.

Der Kirchenraum war weiß und hatte eine hohe Decke, auch wenn er ursprünglich nicht für Gottesdienste und Predigten gebaut war. Vermutlich war er ein ehemaliges Lager. Man kam sich wie in einem riesigen Lampenladen vor, weil überall Glühbirnen brannten, als sollten so alle Schatten verjagt werden. Auf einen Neuling wirkte die übertriebene Beleuchtung ein wenig beängstigend, kalt, obwohl sie auf die meisten Stirnen Schweißtropfen trieb. Es war ein einziges Glimmern und Glitzern. Auf einer ansonsten komplett weißen Wand stand in schwungvollen Goldlettern: *Jesus – save us all.*

Während die Besucher ihre Plätze einnahmen, lief vorne ein Mann auf dem Podium hin und her, das an eine Schulbühne ohne Vorhang erinnerte. Die Lippen des Mannes bewegten sich stumm, das Stimmengewirr im Saal wurde leiser.

Mary zog N. zu sich und flüsterte mit einem Kopfnicken Richtung Podium: »Das ist Charles-Ray.«

»Hm«, antwortete N. und betrachtete weiter das Schauspiel vor ihnen.

»Setzt euch!«, sagte der Pastor langgezogen vom Podium herunter.

Das Gemurmel verstummte weitgehend, Turnball stand

breitbeinig oben auf dem Podium, blickte zur Seite und fixierte dann einen Punkt am Ende des Mittelganges.

»Setzt euch!«, wiederholte er mit Nachdruck und schwankte mit dem Oberkörper. Sein heftiger Atem war nicht Empörung geschuldet, sondern tiefer Genugtuung. Eine schwarze ledergebundene Bibel lag schwer in seiner Hand.

Es war jetzt ganz still. Er ließ den Blick über die Versammlung schweifen. Nickte.

»Danke, Herr, für diesen Abend.« Ein Atemzug, dann schrie er unvermittelt »Danke, Herr!« und streckte die freie Hand über den Kopf und lächelte sein strahlendstes Lächeln.

Das war das Gesicht. N.s Erinnerung von dem ausgestorbenen Bürgersteig neben dem Park nach dem starken Unwetter am Vorabend. Das war das Gesicht auf dem Flugblatt, das er aufgehoben hatte. Das Konterfei des Pastors – *Geliebter Vater*.

»Sünder«, rief der Mann mit geballten Fäusten vom Podium herunter. Begeisterter Applaus aus einer Bankreihe. »Wir sind von ihnen umgeben, Pack, werden von ihnen regiert. Homofaschisten, Lesben, alles ist schleichender Verfall.« Er seufzte lautstark. »Die Muslime kamen geflogen und vernichteten das New York der sexuellen Abartigkeit. Und dennoch, und dennoch will niemand verstehen.« Er streckte in einer Drohgebärde die Bibel an die Decke, als wollte er Horden fliegender Teufel abwehren.

»Die Welle des Herrn, die Welle des Herrn, die Pädophile, Selbstbeflecker und Vergewaltiger in unbekannten Gräbern verrotten ließ. Und dennoch, und dennoch …«, die Worte kratzten in seiner Kehle, »will niemand verstehen!« Seine Lippen waren feucht vom Speichel, seine Fingernägel trommelten vernehmbar auf den Ledereinband der Bibel. »Denn sie säen Wind und werden Sturm ernten.«

Vereinzelt war ein »Amen« zu hören. Der Geliebte Vater Charles-Ray Turnball zog gekränkt am Anzugrevers und schüttelte den Kopf, als hätte er etwas übel Schmeckendes im Mund.

Mary lehnte sich an N. »Unglaublich«, sagte sie. Er sah sie verständnislos an. Sie schloss die Augen. »Dieser vollständige … besinnungslose Hass.«

»Täglich«, der Pastor zeigte auf die Gemeinde und dann auf sich, »müssen wir mitansehen, wie Homosexuelle heiraten. Bilder lächelnder Lesben und verschwitzter Schwuler, die sich kaum beherrschen können. Die sich sogar im Namen des Herrn trauen lassen. Wir bitten um Vergeltung.« Er senkte den Kopf, streckte die Hand nach vorn. »Wir bitten dich um Vergeltung, Herr, Herr … Amen.«

Nach einigen Sekunden Stille, als die eifrigsten Befürworter sich kaum noch ruhig auf ihren Plätzen halten konnten, schnappte er nach Luft wie ein Ertrinkender. »Und es breitet sich aus.« Er schlug sich mit der Faust auf die Brust. »Eine wachsende Lawine, derer die Wissenschaft sich bedient. Künstliche Befruchtung, Eizellen und Spermien von wer weiß wem. Degenerierte Kinder, gezeugt aus dem Schleim und Abschaum männlicher und weiblicher Paare. Habt ihr jemals ein solches Kind gesehen, habt ihr das? Ich kann euch sagen, sie strahlen. Aber nicht das Licht des Herrn strahlt aus ihnen, sondern der Wunsch ihres eigenen Todes, dieser bedauernswerten Mutationen menschlichen Fleisches.«

Um sich herum sah N. zitternde Hände, feucht glänzende Augen und hörte erlöste, wie keuchend hingehauchte Zustimmung.

Charles-Ray streckte den Oberkörper in einem Bogen nach hinten. »Sollte ich denn solches nicht heimsuchen, spricht der HERR, und meine Seele sollte sich nicht rächen an solchem Volk, wie dies ist?«

»Jeremia«, rief jemand.

Turnball so zu sehen, sein selbstherrliches Auftreten, der verknitterte Anzug, der fette, schlaffe Hals und die schwitzende Gemeinde, die zustimmend nickte und mitging – das trieb N. zur Weißglut. Am liebsten hätte er dem Kerl hier und jetzt die Kehle durchgeschnitten. Noch nie im Leben hatte er solche Lust verspürt, jemanden zu töten. Das war ein fremdes Gefühl, süß und stark. Mit einem Satz könnte er ihn zu Boden reißen, seine Beine wollten es, sie zitterten vor Anspannung.

Ein einziger Satz.

»Du darfst nur schauen«, sagte Mary so dicht neben ihm, dass er ihren Atem an der Wange fühlte. Sie legte beide Hände um seinen Arm, zog sich an ihn. »Ich weiß«, flüsterte sie, »aber nur schauen. Später … du bist später dran.«

N. spürte einen kalten Stich in der Brust, und seine Handflächen wurden feucht. Er senkte den Kopf und schloss die Augen, man hätte glauben können, er sei ins Gebet versunken.

Auf dem Podium ging das Rühren im Schwefeldämpfe ausstoßenden Kessel weiter: Huren, Homofaschisten, Perverse, Sünder. Der Pastor ereiferte sich derart, dass er am Ende auf Zehenspitzen stand.

»Vernichtet sie«, klagte er. Nach vereinzelten Rufen und Amen aus der Gemeinde stellte er sich ganz still an den Rand des Podiums, schloss die Augen und ermahnte die Zuhörer mit monotoner Stimme zwischen schweren Atemzügen, sich diesem Wunsch anzuschließen. »Unsere Auflehnung … Unermüdlich tragen wir das Licht … in den Sündenpfuhl.« Er leierte Länder und Ortsnamen herunter, begleitet von einem immer lauter werdenden Gemurmel der Gemeinde. »Ja … ja« und »Halleluja«.

Einige Zuhörer im Saal hatten sich die Hände an die Stirn oder auf die Brust gelegt: Glühende, fieberglänzende Gesichter, einer sprach halb laut vor sich hin, irgendwo hinter ihnen war hemmungsloses Schluchzen zu hören. Inzwischen war der Pastor bei Syphilis und Selbstbefleckung angelangt.

Mit angeschwollenen Venen an Schläfen und Hals rief er: »Unsere Gebete haben den Gottesverleugnern ihre Kinder geraubt.«

N. schlug mit der Faust auf die Bank. »Du Satan!«, brüllte er. Aber in dem aufgepeitschten Zuspruch so vieler anderer um sich herum bekamen das nicht einmal seine nächsten Banknachbarn mit. Mary schob ihre Hand in seine und verflocht ihre Finger miteinander.

Charles-Ray Turnball dämpfte die Stimme. »Opfer … Opfer gegen die Legionen des Teufels.« Der Saal brodelte vor Opferbereitschaft. In einer letzten Eruption schrie er in den Saal, dass die Prasser und Pädophilen der Welt von innen verrotteten und die apokalyptischen Reiter angestürmt kamen, während links und rechts »Hundert« und »Tausend« gerufen wurde, wie bei einer Auktion der Weltsünden. Schecks wanderten von Hand zu Hand nach vorn zum Podium.

Als Turnball verstummte, übernahm eine Elektroorgel. Die psalmodierenden Schleifen und ermahnenden Rufe aus der Gemeinde hielten den Fluss in Gang. Ein Hut füllte sich, am Ende wurden einzelne Dollarscheine nach vorne gebracht. Ein paar Jungs mit Bassgitarre und Schlagzeug fingen zögernd an zu spielen. Eine ältere Frau sang in ein Mikrofon und übertönte das allgemeine Gemurmel im Saal, sie starrte an einen Punkt hoch oben an der Decke und sang in Richtung Himmel.

Charles-Ray Turnball nickte lächelnd und tupfte sich den Schweiß von den Schläfen.

# 19

An diesem Abend lag N. in seinem Zimmer lange wach. Durch die Wände hatte er nach und nach die Geräusche der anderen in der Fabrik verebben hören, die sich zur Nachtruhe begaben, in dem langen Korridor mit den ehemaligen fensterlosen Büroräumen und einem gemeinsamen Bad. Das Letzte, was er vor etlichen Stunden gehört hatte, war die Spülung der Toilette. Er lag auf einer Matratze direkt auf dem Boden, auf dem Rücken, mit nacktem Oberkörper, schwitzte. Die Luft war zäh und stand still, die Gerüche der ehemaligen Seifenfabrik wurden nicht weniger.

Fünf Zimmer in Reihe, eins für jeden – es gab noch mehr im hinteren, dunklen Teil, er hatte keine Ahnung, wie viele. Hinter seinem Zimmer begann unbekanntes Terrain. Mary wohnte am anderen Ende des Flurs, der in das Fabrikloft mündete.

Jetzt war es ganz still hinter den Wänden, alles in Nacht getaucht. N. erhob sich langsam.

Ein spärlicher Lichtstreifen aus der tiefer liegenden Halle fiel in den Flur. Adderloy selbst war nicht zu sehen, nur das Licht der Lampe neben seinem Sessel. Auch er lautlos. N. blieb vor Marys Tür stehen. Er atmete leise, schaute zu dem gelbgrünen Licht, dann wieder auf die Türklinke.

Er drückte sie hinunter und trat ein.

Mary schloss behutsam die Tür hinter ihm. Dann machte sie einen Schritt rückwärts und musterte ihn von Kopf bis Fuß.

Sic trug als Nachthemd einen farbfleckigen Arbeitskittel, wie ihn Künstler tragen. Er war aufgeknöpft und ließ ihren Körper darunter ahnen. Sie machte einen Schritt auf ihn zu, aber nur so weit, dass sie sich gerade eben berührten. N. sog die Luft um ihren Kopf ein, aber in der Fabrik war sie duftlos, er roch nur die alte Seife aus den Bodenbrettern und Wänden, nicht sie. Das war das Faszinierende an Mary, diese Dimensionen, in denen sie nicht vorhanden war.

Er schob sein Gesicht zu ihrem Hals vor, aber sie entwand sich ihm katzengleich in einer nicht nachvollziehbaren Seitwärtsbewegung, sodass seine Lippen ihre Haut nur streiften. Ihre Augen funkelten erregt.

Sie kniete sich neben eine Tasche, nahm etwas heraus. Flüsterte »Keta… Keta… Ketalar.«

Sie hielt eine Ampulle hoch, drehte sie zwischen den Fingern. »Weißt du, was das hier ist?« Sie schaute die Flüssigkeit in dem Glasbehälter an. »Gut und Böse in einem. Damit kann man einen Menschen betäuben, ohne seine Atmung zu beeinflussen.« Sie spitzte die Lippen wie zu einem Kuss und sog pfeifend Luft ein. »Aber es gibt eine Schattenseite.« Die Ampulle rotierte in ihrer Hand. »Man erlebt, was andere nur aus Horrorfilmen kennen – unbeschreibliche Albträume. Du kannst dir nicht ausmalen, was das für Ängste sind. Turnballs sämtliche Dämonen in dieser kleinen Flasche. Nur ein Nadelstich.«

»Ist das der Plan?«

»Ein Nadelstich, und seine Dämonen stürzen sich auf ihn.«

Das ganze Gebäude erzitterte, als die Generatoren ansprangen. Mary sagte noch etwas, das im Gedröhn unterging. N.s Hände lagen bereits auf ihren Hüften. Es war, als donnerten aus allen Richtungen Güterzüge an ihnen vorbei. Sie kniff ihn in die Brust, erst spielerisch, dann bohrten sich ihre Nägel tief in seine Haut. Der jähe Schmerz, als Blut kam, ließ ihn zusammenzucken, sein Mund wurde trocken, aber sie hielt ihn hart an sich gedrückt. Er spürte die Lust ihres schweren Körpers an seinem und ließ sich von ihr an die Wand pressen.

Die Hand, mit der sie ihn in die Brust gekniffen hatte, lag jetzt wie ein Maulkorb auf seinen Lippen. Sie atmeten beide heftig. Sie fuhr mit einem Finger durch seinen Mund. Der Krach, Wellen der Erregung, ein wahnsinniger Ständer. Er lutschte an dem schmalen Finger und schmeckte den metallenen Geschmack seines eigenen Blutes.

Angespannter Rücken. Sonnenbraune Arme von einem fernen Strand. Nur die entblößten Narben schlängelten sich weiß und unberührt vom Sonnenlicht unter ihren zukneifenden Fingern. Sie hielt ihn in einer krampfhaften Umklammerung in sich, der Boden unter ihnen bebte, sie hatte die Beine in einem eisernen Ring um seine Hüften geschlungen.

Sein Körper war übersät mit dunkler werdenden Fingerabdrücken seines eigenen Blutes.

# 20

DIEGO GARCIA, DREI JAHRE SPÄTER

Der von den Amerikanern verborgene Gefangene schob zerstreut die Zeitungen hin und her, die ihm in die Zelle gebracht wurden. Die Tage vergingen. Grip verbrachte sie mit dem Sichten der Überwachungsvideos im Schnelldurchlauf, Joggingrunden in der Nachmittagshitze oder Gewichtheben im Fitnessclub.

Das Hotelzimmer war langsam eingelebt: verstreute Trainingsklamotten, die in der feuchten Luft nie ganz trocken wurden, mit Plastikhüllen aus der Stützpunkt-Reinigung überzogene Hemden auf Drahtbügeln, halb gegessene Trauben auf einem Teller, Maischips und Kekspakete auf dem brummenden Kühlschrank.

Am achten Tag sah Grip den Mann am Tisch sitzen und in einer der Zeitungen lesen. Er spulte das Band vor und zurück, studierte die vornübergebeugte Gestalt, kontrollierte die Zeitangaben – fast zwei Stunden las er in der Zeitung.

Grip unterbrach die Sichtung. Dachte nach. Warf Stackhouse einen Blick zu, der in irgendwelche Papiere vertieft war.

»Ich geh zu ihm rein«, sagte er.

»Was?«, fragte Stackhouse, der genau verstanden hatte. »Jetzt?«

»Ja. Ich will jetzt zu ihm rein.«

»Okay«, sagte Stackhouse. »Aber lassen Sie ihn im Unsicheren, und keine Namen.«

»Das ist nicht mein erstes Verhör.« Grip stand auf. »Kann ich jetzt zu ihm?«

»Keine Namen«, beharrte Stackhouse.

»Versprochen.«

Die solide Tür schlug hinter Grip ins Schloss. Es war erstaunlich kühl in der Zelle, irgendwo surrte eine unsichtbare Klimaanlage. Die Zelle war kleiner, als sie auf dem Überwachungsvideo wirkte. Der Mann lag auf der Pritsche und rührte sich nicht. Grip konnte hinter den langen Haaren seine Augen nicht erkennen, spürte aber, dass er wach und auf der Hut war.

»Hej«, sagte Grip auf Schwedisch und nickte. Er ging zwei Schritte vor, zog den Stuhl heran und setzte sich mit dem Rücken zur Tür darauf. Der Mann auf der Pritsche hatte die Hände zu Fäusten geballt. Grip schaute sich mit bedächtigen und leicht übertriebenen Kopfbewegungen um, als wollte er sich mit einem unbekannten Raum bekanntmachen.

Geballte Fäuste, der Brustkorb des Mannes hob und senkte sich mit unterdrücktem Keuchen, das er vergeblich zu verbergen versuchte.

Grip stützte einen Ellbogen auf den Tisch. »Ich repräsentiere das Außenministerium, bin aber eigentlich von der Sicherheitspolizei.« Er machte eine Pause. Keine Reaktion. »Ich bin hierher beordert worden, weil sie wissen wollen, wer Sie sind. Also, die Amerikaner. Ich selbst weiß nichts.« Er schaute zu der vergitterten Neonröhre unter der Decke. »Ich habe dafür gesorgt, dass die Klimaanlage angestellt und Sie einen Tisch und Stuhl bekommen haben – und natürlich die Zeitungen.« Grip senkte den Blick und drehte die obere Zeitung zu sich. Eine polnische Tageszeitung. Er streckte den Rücken. »Ich nehme mal an, Sie waren an einer Menge verschiedener Orte und haben alle möglichen Verhöre und jede Menge Tricks erlebt. Plötzlich die Erlaubnis zum Duschen zu haben, Klimaanlage, Zeitungen. Da fragt man sich natürlich, ob das ein neuer Trick ist. Ein freundlich auftretender Mann, der älteste Trick auf der Welt.« Grip atmete geräuschvoll aus. »Ich komme aus Schweden. Ich werde Sie nicht belügen und Ihnen keine falschen Versprechungen machen. Dazu können Sie Stellung beziehen.«

Der Atem des Mannes ging noch genauso heftig wie vorher, aber jetzt versuchte er nicht mehr, es zu verbergen.

»Das Datum ist etwas irreführend«, sagte Grip und trommelte mit den Fingerkuppen auf der Zeitung. »Sie wurde vor einer Woche gedruckt, heute ist der Sechste, der sechste Mai.«

Der Mann bewegte den Kopf, ein kurzes Rucken. Das Haar bewegte sich leicht vor der Wange, aber Grip konnte trotzdem nicht genauer erkennen, wie er aussah. Dunkles Haar, ebenso dunkel wie sein eigenes.

»Die Zeitungen waren ein Trick, zugegeben«, fuhr er fort. »Aber Sie haben mir keine andere Wahl gelassen.« Er trommelte wieder mit den Fingern auf dem Stapel. »Sie haben sie verschoben, einen Blick auf die eine oder andere Seite erhascht. Und genau wie mir sind Ihnen die meisten Sprachen unbekannt. Aber diese hier …« Grip bekam eine Ecke der Zeitung zu fassen und zog sie aus dem Stapel heraus. »Natürlich sind Sie Schwede.« Er hielt seine eigene, weitgereiste *Expressen* in der Hand. »Sie haben zwei Stunden darin gelesen. Selbst das Fernsehprogramm.«

Der Mann streckte die Finger der einen Hand und ballte sie dann wieder zur Faust.

»Ich habe das nicht gemacht, um meine Überlegenheit zu beweisen. Ich hätte Sie genauso gut direkt fragen können, aber mir wurde gesagt, dass Sie nicht auf Ansprache reagieren. Darum dachte ich mir, dass wir auf diesem Weg vielleicht eine Menge Zeit sparen. Sie sind Schwede, und jetzt wissen wir das beide.« Grip beobachtete den Atem des Mannes. »Wenn ich jetzt aufstehen und Ihnen ein paar reelle Tritte verpassen würde, das wäre eine Ihnen vertraute Sprache, nicht wahr? Dann wüssten Sie, mit wem Sie es zu tun, was Sie von mir zu erwarten haben. Wenn ich aber etwas Essbares auf dem Tisch stehen lasse und einfach gehe, glauben Sie, einen neuen Trick durchschaut zu haben. Das ist ein Problem. In erster Linie für mich, aber vermutlich für uns beide. Ich bin weder gut noch böse, ich bin nur hier, um festzustellen, ob Sie Schwede sind. Jetzt weiß ich zumindest, dass Sie Schwedisch verstehen, würde aber schon gerne genauer wissen, wer Sie sind. Und noch etwas. Ich weiß nicht, wie viel Zeit wir miteinander verbringen werden, das entscheiden die Amerikaner da draußen. Das ist nicht gut, aber so ist es nun mal. Das stellt uns auf eine Stufe. Vielleicht ist mein Essen etwas besser als Ihrs, aber in diesem Moment sind wir beide ihre Spielfiguren.«

Grip erhob sich, vollführte eine Geste vor der Plexiglasscheibe der Kamera und drehte sich um. Er schob die Hände in die Taschen, betrachtete den Mann und seine weißen Fingerknöchel, bis es im Türschloss rasselte.

»Ist er Schwede?«, fragte Stackhouse, sobald Grip den Überwachungsraum betrat.

»Wie viel Prügel habt ihr ihm verpasst?«, antwortete

Grip. »Er rollt sich wie ein Igel zusammen und beginnt zu hyperventilieren, sobald ein Mensch in seine Nähe kommt.«

»Ist er Schwede?«

»Wie viel? Jeden zweiten Tag, ein Jahr lang – mehr? Darf ich raten: zuerst Elektroschocks und Waterboarding, dann nur noch Tritte und Schläge.« Stackhouse erwiderte nichts. Grip steckte das Hemd unterm Hosenbund zurecht. »Die Nägel sind nachgewachsen, aber uneben. Die Länge braucht mindestens ein halbes Jahr.«

»Das war nicht professionell«, sagte Stackhouse unbeschwert, vermied es aber trotzdem, Grip anzusehen.

»Danke. Und irgendwas wird er doch gesagt haben, niemand hält so etwas aus, ohne etwas zu sagen. Wie viele Identitäten hat er angegeben?«

»Viele. Wie schon gesagt, haben wir nichts dokumentiert.« Stackhouse hob die Stimme. »Und das war woanders, nicht bei uns. Jetzt ist er hier. Das muss reichen. Eine simple Frage: Ist er Schwede?«

»Ich weiß es nicht«, log Grip. »Er hat nichts gesagt, nur hyperventiliert.«

# 21

TOPEKA, KANSAS, 2005

Wasser lief über Rezas Kopf. Die Rinnsale plätscherten hohl in der Blechwanne zwischen seinen Füßen. Er rasierte sich den Schädel.

Es war der Abend davor.

Adderloy stand an der Fensterreihe des Fabriklofts und schaute zu den nächtlichen Lichtern hinaus. In einer Hand hing eine zusammengefaltete Zeitung. Er summte vor sich hin, keine erkennbare Melodie, eher ein leises Murmeln. N. saß auf dem Sofa und schob handgeschriebene Zettel und Karten auf dem Tisch vor sich hin und her. Obenauf lagen ein paar zusammengeklebte Seiten, Vladislavs Gedächtnisskizze vom Inneren der Bank – First Federal Union. Neben die Eingangstür auf der Skizze hatte er mit krakeliger Schrift *2:30* geschrieben. Das war die Zeit, die ihnen in der Bank zur Verfügung stand, keine Sekunde mehr. Nach spätestens drei Minuten mussten sie wieder draußen und auf dem Weg sein. Vladislav begründete das nach eingehender Prüfung mit dem Abstand zur Polizeistation, den Alarmzeiten und dem Vorgehen von Polizisten bei bewaffneten Überfällen. Auf dem Tisch lag auch ein Stadtplan, in den er seine Strecken eingetragen hatte und etwas, das wie Formeln aussah.

»Eigentlich zwei zweiunddreißig«, hatte er gesagt. »Aber

wir sagen sicherheitshalber zwei dreißig. Das kann man sich besser merken.« Das war eins der wenigen Themen, bei denen der Tscheche ganz ernst wurde. »Sobald die Türen sich öffnen und man die Bank betritt, ist der Kopf leer.«

Jetzt stand Vladislav vor einem Bücherregal und blätterte zerstreut in ein paar Büchern, ein paar Sekunden in jedem, gab es Bilder, länger. Er war nicht der Typ, der sich hinsetzte und etwas las, es gab immer irgendeinen Impuls, der ihn ablenkte. N. sah ihn an und dachte an die Geschichte vom Bus. Wie Vladislav ganz still dagesessen hatte, während um ihn herum alle in Panik gerieten und ertranken. Zwei dreißig. Das war nicht viel Zeit. Bestimmt gab es Menschen, die so lange die Luft anhalten konnten.

Reza goss eine Kelle Wasser über seinen Kopf, zog die Klinge über die Haut.

»Ich hab gesagt, du sollst das Zeug verbrennen«, sagte Adderloy mit einem irritierten Blick auf N.

N. ließ die Skizze fallen und schob sie mit allen anderen Notizen, Listen und Karten, die sie jemals zurate gezogen hatten, zu einem Haufen in der Mitte des Tisches zusammen. Adderloy begann wieder, leise zu summen, und folgte einer entfernten Bewegung mit dem Blick durch die Nacht.

»Gibt es hier Feuermelder?«, fragte N.

Mary blätterte in einem Modemagazin und aß Bacon-Chips aus der Tüte. »Feuermelder … pfff … Kann schon sein, ich weiß nicht.« Sie blätterte in den Pausen zwischen den Worten und lächelte abwesend in die aufgeschlagenen Seiten. Das übergeschlagene Bein wippte ungeduldig, sie sah aus, als säße sie in einem Wartezimmer. Sie schien die Einzige zu sein, die genoss, dass es nur noch wenige Stunden waren.

»Hör zu, Mary, Feuermelder – wenn ich das da jetzt anzünde ...«

»Verbrenn das Zeug«, wiederholte Adderloy, ohne sich umzudrehen.

N. legte den Papierhaufen auf das Backblech des Ofens. Er schüttete Aceton darüber, den Kanister hatte er in einem Schrank gefunden, und zündete das Ganze an. Das Papier brannte mit blauen Flammen, und der senkrecht aufsteigende Rauch zog große Rußflocken mit nach oben, die sich in der Dunkelheit verloren. Er brauchte nicht herumzustochern, damit alles verbrannte. Die Flammen fielen in sich zusammen, und am Ende waren nur noch Glutränder übrig, die sich wie Lichtwürmer durch schwarzes Laub fraßen.

»Hat jemand das Gefühl, dass es noch nicht richtig sitzt?«, fragte Adderloy mit lauter Stimme. Ihre Listen und Pläne schwebten als kleine Rußpartikel langsam durch den Raum. Adderloy war den ganzen Abend wortkarg und kurz angebunden gewesen. Hinter dem stahlgrauen Blick hatte N. die Wachsamkeit eines Raubtieres zu erkennen geglaubt, die in beide Richtungen ausschlagen konnte, Flucht oder Angriff.

Ein paar Häuserblocks von der alten Fabrik entfernt standen zwei frisch gestohlene Autos, ein schwarzer Impala wegen der Größe und ein Nissan mit bordsteinverkratzten Felgen für die Unsichtbarkeit. An einem Geländer im Loft hingen vier nagelneue Anzüge, noch in der Schutzfolie, und ebenso viele Paar Turnschuhe und Sturmhauben auf ordentlichen Haufen davor. Die Waffen lagen mit gefüllten Magazinen in ihren Koffern, die Krankenpflegetasche mit allen Ampullen stand bereit. Das Blut würden sie am nächsten Morgen bei den Libanesen aus dem Gefrierfach holen.

»Bist du endlich fertig, du verfluchter Selbstmordattentäter?«

War Marys Lächeln unergründlich, war Vladislavs das genaue Gegenteil, höhnisch geradezu.

»Hä?« Reza drehte sich schlafwandlerisch zu dem Regal um, wo Vladislav stand. Er hielt noch immer das Rasiermesser in der Hand.

»So siehst du jetzt aus. Ist das irgendein Ritual? Weg mit dem blondierten Scheiß und dann Dschihad?« Vladislav schob Gegenstände im Regal hin und her. »Muss man das für die Jungfrauen machen, die auf einen warten – für den Himmelsfick?«

Noch zwei Tage zuvor hätte Reza sich in rasender Wut auf ihn gestürzt. Jetzt sah er Vladislav nur an. Wahrscheinlich lagen die Nerven bereits blank. Seit einigen Tagen hatte er aufgehört, seine provokanten Fragen über alles Mögliche zu stellen, und die aggressive Art der Fortbewegung abgelegt, auch der flackernde Blick war weg. Irgendwie war alles, was er tat, einen Tick zu langsam, als könnte er nur die Dinge durchführen, die lange vorher geplant waren. Und jetzt hatte er den Anschluss verloren, was Vladislav in dem Augenblick rettete oder sie beide.

Vladislav gab sich nicht zufrieden. »Irgendein Ritual braucht wohl jeder. Rasieren deine Glaubensbrüder sich nicht die Haare ab, auf diesen Bildern danach, nachdem sie einen Haufen Leute umgelegt haben? Jungfrauengeile, verfluchte Märtyrer.«

Reza sah für einen Augenblick ausgeknockt aus. Er rührte mit einer Hand in dem haarigen Wasser, seine Lippen bewegten sich zögernd, dann sagte er: »Aber wir werden ja niemanden umbringen.«

»Nein, stimmt ja«, antwortete Vladislav und verschob

eine Buchstütze so, dass die Taschenbücher wieder aufrechter standen. »Und so lebten alle glücklich bis ans Ende ihrer Tage.«

Das Geräusch von Marys Umblättern war das Einzige, das nicht von der folgenden Stille aufgesogen wurde.

Vladislav wartete, keiner sagte etwas.

»Pokert jemand mit?«, fragte er unvermittelt und trat gegen den Regalsockel. »Wo ist das Spiel?« Er sah sich um.

»Und was soll der Einsatz sein?«, wollte Adderloy mit ruhiger, arroganter Stimme wissen. Er schob seinen Ring zurecht und sah Vladislav streng an.

Vladislav hatte schon einmal eine Pokerrunde angeleiert. Nach ein paar vorsichtigen Geboten war das Spiel im Sand verlaufen. Keiner wollte es zugeben, aber wer mochte schon etwas setzen, wenn alles Geld, das sie in den Taschen hatten, Adderloy gehörte?

»Ah, verstehe«, stieß Vladislav aus und warf sich in einen Sessel, die Beine gerade vor sich ausgestreckt. »Wer weiß«, sagte er und klopfte mit den Händen auf die Armlehnen. »Vielleicht sind die Voraussetzungen ja morgen günstiger?«

Ein paar Stunden vorher, als die Generatoren wieder angesprungen waren und das ganze Gebäude mit ihrem Dröhnen und Beben erfüllt hatten, war Adderloy mit Vladislav losgezogen. Er hatte angekündigt, dass er sich einschießen wolle, weil es ewig her war, dass er ein Automatikgewehr in der Hand gehabt hatte. Was eignete sich besser, als vor der Geräuschkulisse der Generatoren Schießübungen zu machen – das würde niemand hören. Vladislav sollte es ihm zeigen. Sobald also das erste Vibrieren durch den Boden ging, schnappten sie sich eine MP und verschwanden in die weiträumigen Hallen im Erdgeschoss, wie N. annahm.

Kurz nach dem Aussetzen der Generatoren waren sie wieder zurück.

Irgendetwas an ihrem Auftreten und den nervösen Blicken veranlasste N., sich den Waffenkoffer genauer anzusehen. Er nahm die obere Pistole heraus, drehte und wendete sie und fuhr mit dem Zeigefinger über die Mündung. Die Fingerkuppe glänzte von einem Rest Waffenfett, war aber kein bisschen rußig. Es war also kein Schuss abgefeuert worden.

Adderloy und Vladislav waren alleine draußen gewesen – aber der Krach der Generatoren hatte nicht das Geballer der Maschinengewehrsalven übertönen sollen, sondern ihr Wegbleiben. Danach hatte N. das bedrohlich lauernde Raubtier in Adderloys Blick gesehen, und ihm war klar geworden, dass Adderloy Pläne hatte, in die er keinen von ihnen einbezog. Ein dunkler Punkt in seinem Vorhaben, den nur er selbst kannte. Und Vladislav, dessen höhnisches Grinsen nur scheinbar Reza galt, war ihm möglicherweise auf der Spur.

Selbstmordattentäter, Charles-Ray Turnball und First Federal Union.

Die neue Welt, von der N. nahezu unbewusst ein Teil geworden war, war ein Minenfeld unausgesprochener Drohungen und unterschwelliger Konspirationen. Er spürte die Spannung in der Luft, irgendwann würde es knallen, aber das Einzige von Bedeutung in diesem Moment war die Aufgabe, die er sich auferlegt hatte: Vergeltung für seine Töchter. Solange das noch vor ihm lag, spielte nichts anderes eine Rolle.

Er sah Reza an, der wieder Wasser über seinen kahlen Schädel laufen ließ, sich mit der Hand über die Haut wischte und mit der Rasierklinge über die letzten Borsten fuhr.

# 22

TOPEKA, KANSAS.
EIN FREITAGMORGEN IM FEBRUAR 2005

Charles-Ray Turnball war in Oklahoma geboren und genauso reizbar wie sein Vater. Hinterher erinnerte sich der eine oder andere an seine besonders schlechte Laune an diesem Morgen. In der Kirche wurde gerade ein Besuch im Gefängnis vorbereitet, und bereits in den frühen Morgenstunden kamen Gemeindemitglieder mit Selbstgebackenem und anderen Spenden für die Gefangenen vorbei. Charles-Ray kam eine Viertelstunde nach der verabredeten Zeit, allein das schon ein schlechter Start.

Der Grund für den schlechten Start in den Tag war, dass Bethany, Charles-Rays Gattin, selten backte. Sie versuchte es nicht einmal. Sie war verzweifelt über den Niedergang der Welt, zumindest war das die Erklärung, die Familie Turnball für Bethanys Fernbleiben an den Sonntagsgottesdiensten gab. Die degenerierte Menschheit war schuld an ihren rot geweinten Augen und den nervösen Händen, die niemals Ruhe fanden. Sie verbrachte lange Perioden in der geschlossenen St-Francis-Klinik, wohin sie oft mit Blaulicht gebracht wurde. Nach diesen Therapiephasen saß sie dann wieder ein paar Wochen in der Kirchenbank, mit einem irren Lächeln im Gesicht, das die Kleinsten ängstlich Schutz auf dem Schoß ihrer Eltern suchen ließ.

Die meisten – aber nicht alle – wussten, dass Charles-Ray bei Spendenaufrufen für Selbstgebackenes einen Abstecher zu einem Dimple Donuts am andern Ende der Stadt machte und das Gebäck in neutrale Tüten umpackte.

Charles-Ray Turnball und Bethany lebten in einer kinderlosen Ehe. Turnball sen., Charles-Rays Vater und der Gründer der Kirche, hatte sie einst persönlich getraut. Charles-Ray lebte seit Langem davon, Shawnee County mit Straßenschildern zu versorgen. Eine nicht sehr anspruchsvolle Tätigkeit, die er in den letzten Jahren schändlich vernachlässigt hatte. Charles-Ray investierte seine Zeit in die Kirche, die Mission. Die pünktliche Auslieferung von Straßenschildern für neue Fußgängerüberwege vor den Schulen Topekas oder eine ordentliche Buchhaltung gehörten nicht zu Charles-Rays Stärken. Seine Stärke war es, die Leute davon zu überzeugen, auf Jesus Christus zu hören, wenn sie am empfänglichsten dafür waren. Das war seine Stärke.

Doch je mehr das eine einbrachte, desto schlechter liefen die Geschäfte auf der anderen Seite. Die bedrückende finanzielle Lage Charles-Rays und der Kirche sei ein erschwerender Umstand, wie der Verteidiger Monate später vor den Geschworenen immer wieder betonte.

Die Jugendlichen, die für die Tische verantwortlich waren, auf denen das vorbeigebrachte Backwerk gesammelt wurde, waren in Charles-Rays Anwesenheit wie üblich verunsichert. Er gab einen letzten Kommentar von sich, dass sie sich bei den Gefangenen von ihrer besten Seite zeigen sollten, und steckte ungeniert einen Hemdzipfel unter den Hosenbund, der herausgerutscht war, ehe er zur Erleichterung aller verschwand. Er wollte nicht mit ins Gefängnis, diesmal sollten andere auf Fischfang gehen. Normalerweise liebte er diese Missionen, am Ende gewann man immer jemanden für sich. Aber er hatte einen dieser aussichtslosen Banktermine vor sich, um den er sich kümmern musste.

Er rollte in seinem Lincoln Town Car-91 vom Parkplatz der Kirche, einem Auto, das, zumindest als Charles-Ray es gekauft hatte, noch einen Hauch Prestige ausstrahlte, rot mit schwarzem Dach. Damals, als Bethany und er noch gute Tage zusammen hatten, nannte er ihn scherzend *The Demon*. Inzwischen fuhr er namenlos, der Lack war matt geworden, und an den hinteren Kotflügeln waren die Rostränder das Farbigste.

Es war noch nicht neun, als sein Town Car federnd auf die Straße vor der Kirche abbog, darin waren sich alle einig, aber danach gingen die Geschichten auseinander. Die Polizei und der Staatsanwalt behaupteten das eine, die Verteidiger etwas anderes. Verleumdungsklagen und das juristische Nachspiel nach Hetzkampagnen vor Abtreibungskliniken waren Alltag für Charles-Ray, so etwas überstand er mit Leichtigkeit. Aber hier ging es um etwas ganz anderes. Vermutlich weil die Zeitungen Turnball als den meistgehassten Mann von Kansas bezeichneten und wegen des Risikos, dass er zum Tode verurteilt werden würde, nahm eine respektable Anwaltskanzlei die Herausforderung an, ihn zu verteidigen. Aber allen Anwälten zum Trotz, die sie ihm zur Seite stellten, gelang es ihnen nie herauszufinden, was an diesem Tag wirklich passiert war.

Was wirklich passierte, war, dass der Wagen des fettleibigen Weltuntergangspredigers vier Ampeln hinter der Kirche an einer Kreuzung hielt. Es waren Leute unterwegs, aber keiner, der irgendetwas Entscheidendes bemerkt hatte, um als Zeuge vernommen zu werden.

»Er ist immer noch da drinnen, keine Ahnung, was er da macht.« Mary saß allein in einem vor der Bäckerei geparkten Auto, ein Stück hinter dem Town Car von Charles-Ray Turnball.

Schließlich kam er aus dem Dimple Donuts und ging zu seinem Wagen.

»Was für eine irre Menge Muffins.« Mary sprach in ein Mobiltelefon mit Walkie-Talkie-Funktion.

»Es ist reichlich Zeit, reichlich Zeit.« Adderloy saß einige Stockwerke höher am Fenster eines Hotelzimmers im Zentrum der Stadt. N. wiederum sah Mary und Turnball aus der Entfernung, auch er befand sich allein in einem Auto. Reza und Vladislav saßen jeder mit einem Knopf im Ohr auf einer Bank in einem ungepflegten kleinen Stadtpark mit braunem Rasen und zerrupften Büschen.

»Er steigt in sein Auto.«

Die Obdachlosen im Park hatten ihre Einkaufswagen und zusammengeklebten Taschen vor den beiden Männern mit Anzug und Ohrstöpsel in Sicherheit gebracht.

»Er macht irgendwas mit den Muffins«, kam es von N.

»Sieht aus, als würde er sie in andere Papiertüten umfüllen«, sagte Mary. »Was soll das denn …?« Sie ließ die Sende-Taste los und drückte sie erneut. »Ich nehme an, er fährt bei der Kirche vorbei.«

»Es ist reichlich Zeit«, meldete sich Adderloys beruhigende Stimme wieder.

Im Park saß Reza mit einer Dose Cola in der Hand, Vladislav nippte an einem XXL-Pappbecher Kaffee.

»Jetzt setzt er sich wieder in Bewegung.« Es folgten einige Minuten Stille. »Er ist abgebogen, wie vermutet zur Kirche.«

Adderloy hatte die Gardinen vor dem Hotelzimmerfenster so weit wie möglich aufgezogen. Die Klimaanlage funktionierte nicht richtig, und bald würde die Vormittagssonne hereinscheinen. Er nahm den Telefonhörer vom Schreibtisch neben sich und drückte die Verbindungstaste für einen Anruf aus dem Hotel. Er rechnete fest damit, dass das folgende Gespräch über kurz oder lang geortet werden würde.

Es kamen ein paar Freizeichen, er überprüfte mit einem reflexartigen Blick auf den Zettel, dass er die richtige Nummer gewählt hatte, dann meldete sich eine Frauenstimme.

»Highland Park High.«

Adderloy sagte erst nichts, dann saugte er vorbereitend Luft ein.

»Highland Park High«, wiederholte die Stimme.

Highland Park High war eine von Adderloy zufällig aus dem Telefonbuch ausgewählte Highschool im Zentrum von Topeka.

»Gott kann eure Unreinheit nicht länger tolerieren«, sagte er. »Die Abtrünnigen sollen sterben und ihre Leichen auf Haufen geworfen werden.«

»Wer sind Sie?« Die Stimme klang überrumpelt. »Ist das eine Morddrohung?«

Er antwortete nicht.

»Hallo …?« Die Frauenstimme überschlug sich panisch.

Adderloy hustete gezwungen und legte auf.

Es dauerte keine fünf Minuten, bis er Sirenen hörte. Die Polizeistation lag nur ein paar Blocks entfernt. Blinkende Blaulichter fuhren auf der Straße am Hotel Century vorbei.

»Er ist jetzt bei der Kirche«, rauschte es im Funkgerät. Mary war am dichtesten an Charles-Ray dran, beobachtete ihn von einer Straßenkuppe hinter dem Kirchenparkplatz.

»Hat er die Muffins mit reingenommen?« N. konnte ihn nicht sehen, weil er an einer Kreuzung angehalten hatte, von wo aus er Turnball weiter verfolgen konnte.

»Die Papiertüten, ja.«

Mary und N. hatten sich auf der Homepage der Kirche das Programm angesehen und wussten, dass heute der Besuch eines Gefängnisses anstand.

Charles-Ray brauchte zehn Minuten zum Abgeben der Muffins. Dann kam er wieder aus dem Gebäude und lief mit energischen Schritten über den Parkplatz. Sein Gang strahlte Aggression aus. Er schlug zweimal die Autotür zu, ehe er den Motor startete.

N. sah das schwarzschmuddelige Vinyldach an sich vorbeirollen. »Ich bin an ihm dran.«

»Dann gehen wir los«, war Vladislavs Stimme in der Leitung zu hören. Reza stand bereits und versuchte, die leere Coladose in einen übervollen Abfalleimer zu drücken.

Sie verließen gerade den Park, als Mary die Straßen aufzusagen begann, die sie kreuzte. »Baseline … Indian Hill … Ampel … Jetzt fährt er wieder.«

Reza wischte sich mit dem Handrücken über die feuchte Stirn, Vladislav strich sich langsam ein paarmal über seinen Bart. Sie standen auf dem Bürgersteig an der ausgewählten Kreuzung und warteten. Es waren kaum Leute unterwegs. An einer Ecke gab es einen Seven Eleven, in dem wenige Kunden ein und aus gingen. Auf der anderen Seite war ein zugemülltes, brach liegendes Grundstück. Ein Stück weiter zwischen zwei Gebäuden lag ein gebührenpflichtiger Parkplatz, der Parkwächter saß mit dem Rücken zur Straße in einem kleinen Holzkabuff über ein paar Rubbellose gebeugt. Ein paar Maler rissen Plakate von einer Hausfassade.

»Montclair Street.«

Das war das Signal für N. Er überholte Mary und hängte sich in der zweiten Spur unmittelbar hinter Turnball.

»Abbott Place.«

Vladislav reckte sich, versuchte, einen Blick auf den herannahenden Verkehr zu erhaschen.

»Miller.«

N. überholte den Lincoln und setzte sich vor ihn.

Als Erstes sah Vladislav N.s schwarzen Impala – den Wagen hatte er selbst gestohlen. Die breite Front verdeckte die Sicht, aber gleich darauf sah er auch den mattroten Lincoln dahinter. Reza nickte, zog sich seitwärts zurück.

N. ging vom Gas, um Turnball auf Schritttempo auszubremsen. Mary schob sich neben ihn, falls Turnball auf die Idee kam, auszuscheren und abzuhauen.

Turnball trommelte mit den Fingern aufs Lenkrad, wirkte noch immer gereizt. Die Blicke, die ihm aus drei Richtungen folgten, konnten nicht lesen, was er sagte, als er eine Hand hob und damit herumwedelte, dass seine Wangen wackelten.

Vladislav lief zeitlich genau abgestimmt geradewegs auf die Straße, wo Charles-Ray Turnballs Geschwindigkeit jetzt langsam genug, aber immer noch viel zu schnell war. Er musste so in die Eisen gehen, dass der Wagen mit einem Ruck stehen blieb und er im Gurt nach vorne geschleudert wurde. Vladislav drehte sich so, dass er breitbeinig vor der Stoßstange stand, stemmte sich mit beiden Händen auf der Motorhaube ab und beugte sich vor. Der Blick des überrumpelten Turnball fixierte Vladislav, der breit und intensiv lächelte, beängstigend hypnotisch, wie ein gejagtes Tier, das dem Blick eines Raubtieres standhielt. Noch am Leben, aber längst besiegt.

Reza schob sich rasch mit vorgehaltener Pistole auf die Rückbank.

Mit Turnball im Auto begann der Countdown, jetzt musste jeder Schritt genau eingehalten, die richtigen Spuren hinterlassen und Verwirrung gestiftet werden. Während der rote Lincoln im Zickzack durch das heruntergekommene Industrieviertel fuhr, verließ Adderloy das Hotelzimmer und fuhr mit dem Fahrstuhl ins Foyer. Auf dem Weg zum Rezeptionstresen zog er die Handschuhe aus, die er bis dahin getragen hatte.

»Ich würde gerne auschecken!«

Der Rezeptionist konnte der Polizei hinterher nicht mehr sagen, als dass der Mann kein Gepäck dabeigehabt hatte.

»Etwas aus der Minibar?«

»Nein, nichts.«

Adderloy reichte ihm seine Kreditkarte, wie sich später herausstellte, die gleiche Karte, von der eine Runde Drinks in einer Hotelbar in Toronto abgebucht worden war.

Mary wartete im Auto vor dem Hotel, als Adderloy nach draußen kam. Nur wenige Stunden später würde die Polizei das Hotel stürmen und willkürlich Gäste festnehmen.

»Wir sind unterwegs«, sagte sie über Funk, sobald er saß. Sie verließen das Zentrum in Richtung Stadtrand.

N. hatte den Impala in der Stadt abgestellt und war zu Fuß weitergegangen. Er öffnete das dicke Vorhängeschloss eines schwarz gestrichenen alten Metalltores, das in eine Lagerhalle mit einer langen Reihe weiterer Metalltore führte, die an Lokschuppen auf einem Rangierbahnhof erinnerten. Er zog das Tor hinter sich zu. Es war überraschend still innerhalb der dicken Mauern, wie in einer Ruine mitten im Wald. Licht sickerte in schräg einfallenden Strahlen, in denen Staubkörner wirbelten, durch die Dachfenster. Er hörte das Echo, als er die Sohlen über den krümeligen Boden schob. Die Halle war leer und hoch. Jetzt hieß es für ihn einfach nur warten. Die Pistole steckte im Halfter unter seiner Jacke.

Vladislav und Reza befanden sich mit Turnball am Steuer in der näheren Umlaufbahn. Mary und Adderloy veranstalteten am Stadtrand einen Wettlauf gegen die Zeit. Noch zwanzig Minuten.

Mary stellte sich auf ein markiertes Feld auf dem Parkplatz vor der Waterstone High School. Auf den braun verdorrten Rasenflächen hatten sich kahle, erdige Flecken gebildet. Die Hecken wucherten wild. Dass die Schule in einem sozial schwachen Stadtviertel lag, war in Topeka kein Geheimnis. Eine Gruppe Chicanos stand am einen Ende des Parkplatzes um eine Motorhaube herum; auf der anderen Seite schlendert ein Dutzend Cheerleader mit schwarz-gelben Pompons, weiß bemalten Holzgewehren und steifen Nylonflaggen über das Gefälle hinunter zu den Sportplätzen. Ein Pfiff ertönte, einer der Jungs lachte. Adderloy schnaubte verächtlich.

Mary wählte die 911. Vladislav hatte ihnen erklärt, dass jeder eingehende Notruf in einer Alarmzentrale automatisch geortet wurde. Darum mussten sie vor Ort sein, tatsächlich zu der Schule am Stadtrand fahren, damit ihr Plan aufging.

»Hilfe«, flüsterte Mary mit leiser Stimme, sobald die Alarmzentrale sich meldete, zusätzlich legte sie noch die Hand über den Hörer.

Sie spielte ihre Rolle gut, das Unzusammenhängende, Vage. Die nüchterne Männerstimme am anderen Ende wollte Details, versicherte, dass bereits ein Streifenwagen auf dem Weg zu ihr sei. Wer war sie, wo befand sie sich, was war passiert? Sie antwortete flüsternd mit aus dem Zusammenhang gerissenen Worten, unvollständigen Sätzen, verstummte, wechselte die Spur. Sie beobachtete gerade aus dem Verborgenen etwas Unbeschreibliches. Jemand hatte geschossen, vielleicht auch mehrere, Menschen schrien und flehten um Gnade. Sie hatte mehrere Gestalten in schwarzen Kapuzenjacken und Stiefeln herumrennen sehen, leere Patronenhülsen auf dem Asphalt.

»Hilfe, oh Gott!«

Sie legte auf.

Ein paar Jungs mit verkehrt herum aufgesetzten Caps stiegen in den neben ihr parkenden Wagen und fuhren weg. Mary folgte ihnen mit dem Blick, und Adderloy signalisierte mit einer Geste, dass sie auch aufbrechen sollten.

Zwölf Minuten. Mary startete den Motor. Auf halber Strecke zum Zentrum kamen die ersten Fahrzeuge angerast, drei Streifenwagen mit Sirenen und Blaulicht. Kurz darauf mehrere schwarze Kastenwägen, auf deren Seiten in kleinen Lettern »Police« stand, ohne Sirenen, aber mit Blaulicht. Die Nachzügler schlängelten sich unheilverkündend durch den Verkehr.

»Blutwitterung«, sagte Adderloy, als sie an ihnen vorbeischossen. »Wie Piranhas.«

Bald würde es im Zentrum von Topeka keine Polizisten mehr geben. Die würden sich alle am Tatort tummeln, verbarrikadiert hinter ihren aufgereihten Autos, Befehle schreiend, während aus den Kastenwägen das schwarz uniformierte Sondereinsatzkommando durch die Notausgänge in die Schule vordrang. Zuerst die bei der einen Schule eingegangene Drohung, und jetzt das hier. Panik auf Bestellung. Es würde mindestens eine Stunde dauern, bis sie kapierten, was gespielt wurde. Wenn die leeren Hülsen zusammengefegt und die tatsächlichen Leichen gezählt waren, würden die Tatsachen offensichtlich sein. Zumindest war kein Schulkind zu Schaden gekommen.

Mary und Adderloy hatten neben dem Impala geparkt und warteten nun mit N. in der Lagerhalle. Noch zwei Minuten. Sie hörten ein Auto halten, dann Schritte.

»Ich habe Familie«, war Charles-Rays Stimme zu hören.

»Das haben wir alle.«

Vladislav führte Charles-Ray Turnball mit einer Hand auf der Schulter herein. Sie hatten ihm einen Stoffbeutel über den Kopf gezogen, der mit jedem Einatmen zu einer Mulde über der Mundhöhle angesogen wurde. Neben einem Stuhl stand die offene Arzttasche bereit. Mary hatte eine komplette Ampulle in die Spritze gezogen, die sie in der Hand hielt.

»Setz dich. Auf den Stuhl.«

Adderloy stand hinter dem Stuhl, N. und Mary rechts und links daneben. Vladislav legte ihm beide Hände auf die Schultern. Mary hielt die Spritze, N. seine Pistole im Anschlag. Charles-Ray Turnball setzte sich und zog den Kopf ein, als erwarte er einen Schlag oder Nackenschuss.

Mary stieß ihm die dicke Nadel direkt durch den Jackenstoff in den Oberarm. Das war der einzige riskante Moment, ein paar kurze Augenblicke mussten sie ihn alle festhalten.

»Sch, sch«, sagte Vladislav mit einer Stimme, wie wenn man ein sterbendes Tier in Gegenwart eines Kindes tröstet. Der Stoffbeutel spannte über dem Gesicht, als Turnball den Kopf in den Nacken legte und das Gesicht zur Decke wandte. Es sah aus wie eine verzerrte afrikanische Maske. Seine Bewegungen waren bereits unkontrolliert.

Charles-Ray Turnball bildete sich ein, dass sie ihn mit einem strammen Strick fesselten, dabei war das die einsetzende Lähmung. Sie ließen zehn Sekunden verstreichen, dann packte Reza Turnballs linken Fuß und streckte sein Bein. Er drehte den Kopf weg, als N. vortrat, auf die Unterseite des Oberschenkels zielte und abdrückte. Turnball zuckte so kräftig zusammen, dass er mitsamt dem Stuhl nach hinten umkippte.

Der Schuss hallte mehrere Sekunden durch die Halle, ein dünner Blutstrahl schoss etliche Meter über den Boden. Adderloy bewegte sich von ihnen weg. Turnball murmelte etwas Unverständliches und wand sich wie eine träge Larve im Dreck. Mary kniete sich mit der Arzttasche neben ihm auf den Boden. Sie wartete ab, betastete das Einschuss- und Austrittsloch in der Hose. Die dünnen Fingerkuppen ihrer Latexhandschuhe verfärbten sich rot. Das Blut tropfte aus den Wunden, aber pulsierte nicht mehr. Turnball stieß einen lang gezogenen Ton aus, als Mary mit schnellen Griffen den Schenkel verband. Danach war er komplett ausgeschaltet, betäubt. Jetzt brauchten sich nur noch die Albträume auf ihn stürzen.

Sie saßen zu fünft im Impala, die Männer in Anzügen und Turnschuhen, die Maschinenpistolen und Taschen im Fußraum. Reza strich sich über den kahlen Schädel, N. hatte den Pulvergeruch der Pistole in der Nase. Mary hatte gerade das Autoradio ausgestellt und fuhr mit geradem Rücken und sicher.

»Fühlt ihr das auch?«, sagte Vladislav mit abwesendem Blick. »Es ist wie damals.«

»Was meinst du?«, fragte Reza, der nervös mit den Knien wippte.

»Wie unmittelbar nach der Welle. Spürt ihr das nicht … Alles verschwindet. Die Welt löst sich auf.« Keiner sagte etwas. »Jetzt kann man machen, was man will.«

First Federal Union. Vor der Bank war absolutes Halteverbot und alles leer. Der einsame schwarze Impala landete wie ein Helikopter vor dem Eingang, die Besatzung stürmte nach draußen. Das Auto verschwand sofort wieder. Vladislav war als Erster durch die Glastüren. Weiße Turnschuhe, schwarzer Anzug, Sturmhaube. Diese Merkmale konnte hinterher jeder nennen. Die Nylontaschen hingen schlaff auf ihren Rücken, die MPs waren wie Ausrufezeichen, in welcher Mission sie dort waren. Die meisten Anwesenden in der Bank duckten sich bereits auf den Boden und drückten sich ängstlich aneinander, als Reza die erste Salve gegen die Decke abfeuerte. Von einem riesigen Mosaik an der Wand hinter den Kassenschaltern blickten Indianer in grellbunten Gewändern auf die Eindringlinge herab. N. und Reza stießen sich ab und schwangen sich halb sitzend über den Tresen in die Bürolandschaft dahinter.

»Das Geld – alles!«

Sie warfen den am nächsten Stehenden die Nylontaschen zu. Ein junger Mann stand wie erstarrt mit offenem Mund da, seine Kollegin an der nächsten Kasse hob eine Tasche vom Boden auf und begann hektisch, Scheinbündel hineinzuschaufeln.

Die Bank war wie ein L geformt, die meisten Kassenschalter befanden sich in Türnähe. Das war Rezas und N.s Einsatzbereich. Adderloy hatte sich weiter hinten in der Nähe des Winkels positioniert, hinter dem sich der

Eingang zum Tresorraum mit den Bankschließfächern befand. Vladislav kümmerte sich um die Kassen im hinteren Bereich. Er feuerte ein paar Schüsse in die Luft ab, als er um die Ecke bog. Schwarze Marmorfliesen auf dem Boden, Mosaike an den Wänden, das kreisende Echo der Schüsse schmerzhaft und paralysierend. Die Decke war so hoch, dass der Gipsregen mit ein paar Sekunden Verzögerung auf die auf dem Boden hockenden Gestalten niederrieselte. Adderloy stand als Einziger ruhig da, mit dem Rücken zur Wand hatte er seinen Blick einzig auf die aufgeregte Menschenmasse gerichtet. Der Kreis um ihn herum weitete sich, weil alle sich von ihm wegbewegten, um unter den Fenstern und Tischen mit den Formularen Schutz zu suchen. Die meisten waren älter und kamen aus Watercrest Meadows, einer Seniorenresidenz mit schlossähnlichem Hauptgebäude und einem künstlich angelegten See. Watercrest Meadows hatte seit Langem einen Kooperationsvertrag mit der Bank, vormittags stand den Alten ein Shuttleservice zur Verfügung, um ihre Geschäfte in der Stadt zu erledigen.

»Beeilung!«, brüllte Reza hinter den Kassentresen.

In den anschließenden Gerichtsverhandlungen wurden einige der in diesem Moment zu Tode verängstigten Rentner von Watercrest Meadows als Schlüsselzeugen vernommen. Ihre immer wieder im Fernsehen zu sehenden Gesichter waren danach landesweit bekannt: Mrs. Egelberry mit der riesigen Brille, Mr. Branagh, dessen eine Gesichtshälfte nach einem Schlaganfall gelähmt war. Zuerst Vernehmungen im Zeugenstuhl, anschließend Interviews auf der Treppe vor dem Gerichtsgebäude. Immer wieder und jedes Mal die gleiche Geschichte: schwarze Anzüge und wilde Blicke, gebrochenes Englisch, Sturmhauben. Und dann: all das Blut. Es sollten Jahre vergehen, in denen einige von ihnen das Zeitliche segneten und andere, die in der Bank ungünstiger positioniert gewesen waren, nachrückten. Die Geschichte war allen bekannt, aber immer wieder wurden Zeugen aus Fleisch und Blut gebraucht, die sie aus erster Hand erzählen konnten.

N. hatte nichts gesehen, Reza bekam hinterher keine Gelegenheit, lange darüber nachzudenken. Wichtig in dem Zusammenhang war, dass Adderloy recht bald nur noch eine Person in der Bank im Visier hatte. Einen Mann, der, obwohl er nicht zu der Gesellschaft von Watercrest Meadows gehörte, von einer Gruppe Frauen von dort umringt war. Er hatte sich nicht von der Stelle gerührt, die ganze Zeit still auf einem Fleck gestanden. Er trug ein weißes Hemd, dazu eine blaue Uniformhose mit dunkler Seitenbiese. Am Gürtel hing ein Halfter. Adderloy versuchte, die Hände des Wachmannes der Bank im Blick zu behalten, aber die Frauen verdeckten die Sicht. Zumindest das Gesicht konnte er sehen: zusammengekniffene Augen, als starre er in dichtes Schneetreiben, verkrampfte Lippen. Eine der Frauen sagte etwas zu ihm. Sein Brustkorb hob und senkte sich heftiger als bei den anderen. Hinter Adderloy schleifte etwas über den Boden, gleich darauf wurde eine von Vladislavs Taschen sichtbar. N. und Reza hatten ihre Taschen über die Schultern gehängt und setzten sich ebenfalls in Bewegung.

N. war hinterher mit sich selber ins Gericht gegangen. Wieso hatten sie nie darüber gesprochen, wie mit dem Wachpersonal zu verfahren war? Das war kein Versäumnis, das war Absicht.

Der erste Schuss des Wachmanns pflügte eine weiße Furche in das rotbraune Mosaik einer Büffelherde. Der zweite bohrte sich in den Rücken einer der Frauen in seiner Nähe. Sie stürzte haltlos vornüber, während sich die anderen Leute um sie herum auf den Boden warfen und panisch herumkrochen. Der Wachmann, ein gewisser Stan Moneyhan, pensionierter Polizist von der Sitte, hatte in seiner aktiven Dienstzeit als Polizist niemals die Waffe gezogen. Diesmal war die Situation eine andere.

N. konnte Stan Moneyhan nicht sehen, der rücklings auf dem Boden lag, die Pistole mit beiden Händen zwischen den Knien haltend. Das sah routiniert aus, wie trainiert, er stemmte sich mit den Fersen ab und drehte sich, wie ein tiefgelegtes Flakgeschütz. Er zielte auf Adderloy, hielt die Pistole aber zu tief und den Kopf zu hoch. Außerdem zitterte er am ganzen Körper. Seine Schüsse schlugen nicht einmal annähernd in seiner Nähe ein, auch sein Blick traf Adderloy nicht. Wenn er überhaupt etwas sah. Es war ein zielloses, kopfloses Rumgeballere.

Holzsplitter flogen durch die Luft, aus allen Richtungen, wie es schien.

N. und Reza hatten sich flach auf den Boden geworfen. Die Kassiererin und ihr Kollege waren unter ihre Schreibtische geflüchtet, irgendwer schrie, die Kugeln rissen Kerben in das Furnierholz der Einrichtung. N. sah neben einem Tischbein ein Gesicht auf den Boden schlagen, die Augen wie schlafend geschlossen.

Dumpfe Knalle mit kurzen Pausen dazwischen. Adderloy beantwortete das Feuer, ohne den Wachmann zu treffen. Die Aussicht auf die Straße und den Marktplatz verschwand, als die riesigen Glasscheiben in den Rahmen zu winzigen Eiskristallen zersplitterten. Adderloy schien den Wachmann gar nicht treffen zu wollen, ihn nur noch mehr unter Druck setzen zu wollen.

Da kam Vladislav angelaufen, geduckt und schnell. Er rannte vor Adderloy vorbei, den der Rückschlag nach hinten gegen die Wand gedrückt hatte. Ein Augenblick der Einigkeit zwischen den beiden Männern mitten in dem Riesenchaos. Adderloy senkte den Lauf und machte Vladislav Platz. Stan Moneyhan wand sich auf dem Boden, um nachzuladen. Er zappelte mit den Beinen wie ein auf dem Rücken liegender Käfer, versuchte an ein Ersatzmagazin hinten an seinem Gürtel ranzukommen.

Keiner der Zeugen sprach von der Stille, aber wenn sie im Geheimen darüber nachdachten, war es in dem Moment ebendiese Stille, die sich einbrannte. Und mit ihr ein paar Bilder: der sich windende Wachmann auf dem Boden, die plötzlich auftauchende Gestalt, die selbstbewusst, geradezu unüberwindlich nicht einfach nur stehen blieb, sondern einen konkreten Plan zu haben schien. Die MP hing an einem Riemen über seiner Schulter und ruhte auf seiner Hüfte. Er hatte eine Hand darumgelegt, abwartend, nahm sich sogar die Zeit, den Räuber neben ihm, der auf den Wachmann geschossen hatte, bewusst anzusehen. Das hatte etwas Provokantes.

Zehn Meter entfernt bekam Stan Moneyhan das Magazin hinten an seinem Gürtel zu fassen, drehte sich wieder auf den Rücken und lud nach.

Bei Vladislav vollzog sich parallel der gleiche Bewegungsablauf wie damals am Strand, als Mary in ihrem Liegestuhl gesessen und Reza gezögert hatte. Da hatten sie Adderloy noch nicht einmal gekannt. Der gleiche energische Schritt, die gleiche Zielstrebigkeit. Es ging so schnell, da war es auch schon geschehen.

Drei Schüsse in die Brust des Wachmanns.

Bis dahin hatte sich alles erklären lassen.

N. bekam von alldem nichts mit, er lag mit dem Gesicht auf der Auslegeware hinter dem Tresen. Reza hingegen, der aufgestanden war, sobald keine Kugeln mehr durch den Raum schwirrten, hatte alles gesehen.

Allein der Blick vom Boden hoch zu Reza, der zusammenzuckte, aber nicht wegen der drei Schüsse, sagte N. instinktiv, dass in diesem Moment etwas zu Ende war. Er sprang auf die Beine und lief los. Er schnaufte, sein Mund war trocken, die sperrige Nylontasche schlug gegen seinen Rücken. Er sah die Leute auf der anderen Seite der Kassenschalter kreuz und quer durcheinander auf dem Boden liegen, aber das war nur ein optischer Eindruck, er dachte nicht darüber nach, wer tot sein könnte und wer noch am Leben.

Reza lief ebenfalls. Beim Sprung über den Tresen stieß er verzweifelt einen Schwall unverständlicher Flüche aus.

Die Aussagen der Zeugen waren nur schwer in Einklang zu bringen, außer dass es die plötzlich auftauchende Gestalt gewesen war, die Stan Moneyhans Leben ein Ende bereitet hatte. Die meisten konnten noch nicht einmal mit Sicherheit sagen, ob die tödlichen Schüsse die letzten gewesen waren, die fielen. Der Tod des Wachmanns sei die reinste Hinrichtung gewesen, sagten einige. Die Menschen in der Bank waren auf dem Boden liegen geblieben und hatten gewartet, gebetet, während die Männer in den schwarzen Anzügen mit den Sturmhauben zwischen ihnen herumliefen. Die ganze Zeit in der Angst, dass noch mehr dran glauben müssten. Die Wahrnehmungen waren verzerrt, einige waren blutbesudelt, andere hatten nicht einmal mitbekommen, dass es Tote gab. Die Schreierei hatte alle verwirrt.

Im Nachhinein war es vielen peinlich, dass sie nur an

sich gedacht hatten, dass sie nichts unternommen oder zumindest mehr mitbekommen hatten. Das führte dazu, dass sie Erinnerungslücken füllten und wiederum anderes ausließen. Die von den Fernsehsendern eingeladenen Zeugenpsychologen, die die Verhandlungen kommentierten, erklärten mit ernster Miene, dass dieses Verhalten vollkommen menschlich sei. Ausgehebelte Verteidiger versuchten es mit »Lügner!«-Schreien während der Kreuzverhöre. Mehrere Anwesende in der Bank während des Überfalls behaupteten, mindestens sechs Täter gesehen zu haben. Ein als besonders glaubwürdig eingestufter Zeuge sagte unter Eid aus, dass es drei Täter waren. Einer hatte Handgranaten gesehen, ein anderer gehört, dass die Räuber Spanisch gesprochen hatten. Ein Schrotthändler aus Wisoma County leierte sämtliche Waffentypen herunter, die er bei dem Überfall gesehen hatte, so mechanisch wie das Abendgebet.

Die Überwachungskameras der Bank waren ungeschickt platziert, zwei von ihnen waren unscharf eingestellt gewesen. Das Einzige, was man den aufgenommenen Videos entnehmen konnte, war, dass vier Personen die Bank überfallen hatten, ansonsten hatten sie wenig Wert in dem Wust voneinander abweichender und haltloser Aussagen.

Niemand bekam mit, wie Reza aufgeregt fuchtelnd vor Vladislav stand und ihn anschrie. Genauso wenig, dass Adderloy einen Beutel aus seiner Tasche nahm, ihn aufschnitt und den Inhalt auf den Boden entleerte, als er die Bank verließ.

Reza zerrte als Erster die Sturmhaube vom Kopf, nachdem das Auto sie aufgesammelt hatte, und warf sie in den Fußraum, wortlos. Sein Blick flackerte zwischen Vladislav und Adderloy hin und her, während Mary ohne Rücksicht auf irgendwelche Ampeln an einem Dutzend Häuserblocks vorbeiraste, bevor sie abbog und sich im Zickzack weiter vorarbeitete.

Als sie vom Gas ging, nahm die Welt um sie herum wieder Normalität an: Frauen mit Kinderwagen, Teenager mit Skateboards. Keiner warf dem Impala lange Blicke hinterher. Mary nahm eine Hand vom Lenkrad, verweilte mit den Fingern auf dem breiten Knauf der Gangschaltung.

»Perfekt, das kannst du glauben«, sagte Vladislav, ehe sie die Frage überhaupt formulieren konnte. »Da ist kein Auge trocken geblieben.«

Mary stellte den Rückspiegel so ein, dass sie alle drei Männer auf dem Rücksitz sehen konnte. N. saß mit geschlossenen Augen in der Mitte. Er hatte wie die anderen die Sturmhaube abgenommen und keuchte angespannt, als müsse er gegen Übelkeit ankämpfen.

»Oder was sagst du – Bill?« Vladislavs Maschinenpistole lag noch immer quer über seinen Oberschenkeln.

Adderloy, der neben Mary saß, murmelte kurz zur Antwort.

»Entschuldige?«, sagte Vladislav demonstrativ.

Adderloy lächelte amüsiert, einen kurzen Augenblick, den nur Mary mitbekam. Dann zog er sich zum zweiten Mal an diesem Tag die Handschuhe aus, rollte sie zu einem Ball zusammen und ließ sie zwischen seine Füße fallen.

Reza starrte Vladislav an, der seinem Blick auswich und stattdessen die MP zwischen seinen Knien inspizierte.

»Hast du sie gesichert?«

Keine Antwort. Vladislav strich übertrieben langsam

die Haare zurück, beugte sich über N. und griff nach Rezas Waffe, sicherte sie, zog sie zu sich rüber und legte sie auf die Tasche zu seinen Füßen. Rezas Kiefermuskeln pumpten energisch, ansonsten saß er reglos da wie eine von der Sonne träge Eidechse an einer Mauer. N. hielt die Augen geschlossen, atmete schwer.

»Mein Tipp: drei Tote«, setzte Vladislav an. »Und mindestens so viele Verletzte.«

Adderloy schaute auf die Straße, als vertriebe er sich die Zeit mit dem Lesen von Reklameschildern oder dem Sinnieren über das Wetter. Als wäre nichts gewesen, als bekäme er nicht mit, was auf der Rückbank vor sich ging. Mary hatte wieder beide Hände am Steuer.

Vladislav stellte einen Fuß auf Rezas MP und drehte sich so, dass er ihm in die Augen schauen konnte. »Wer fühlt sich jetzt wohl lebendiger – die oder wir?«

Reza war noch immer reglos wie eine Eidechse bis auf das verkrampfte Mahlen der Kiefer.

»Die oder wir?«

N. zwischen ihnen existierte gar nicht, nur sein Keuchen, das nicht weniger wurde. Das Auto legte sich in eine Kurve. Von draußen drang Musik herein und verebbte wieder. Reza wischte sich mit der Hand über die Stirn und das Gesicht, eine langsame und nach innen gewandte Geste.

Dann flüsterte, nein, zischte er: »Keiner hat was von dem Wachmann gesagt oder von der Ballerei.« Er sah Adderloy von der Seite an.

»Ich hatte den Wachmann nicht vergessen«, antwortete Vladislav. »Wir haben nur nicht abgesprochen, was wir mit ihm machen wollen.«

Reza sah ihn verzweifelt an. »Ich habe dich gesehen …«, sagte er und wollte das Gesagte mit einer Geste unterstreichen, aber seine Hand fiel kraftlos zurück auf seine Beine.

»Willkommen in Amerika«, schnaubte Vladislav und schlug auf die Maschinenpistole auf seinen Beinen, die einen Hüpfer machte. »Warst du das, oder war ich es, Reza? Nein, du … wir waren es, wir haben auf die Teufel da drinnen geschossen.« Er sah ebenfalls zu Adderloy, der sich in Schweigen hüllte.

N. atmete wieder normal, ein paar Augenblicke fühlte sich die Luft frisch an. Seine Ohren klingelten noch immer nach all den Schüssen in der Bank. Er starrte auf seine Hände. Er stand alleine am Tor der ehemaligen Lagerhalle, wollte gerade das Vorhängeschloss aufschließen.

Er fummelte die Pistole aus dem Holster, ehe er eintrat, hielt sie ein Stück vor sich, als er sich seitlich durch den Spalt schob. Die Augen mussten sich erst an die Dunkelheit drinnen gewöhnen. Das staubige Sonnenlicht durch die Dachluken war nur als helle Rechtecke in der grauschwarzen Masse zu sehen. Er schaute mit zugekniffenen Augen in den Raum und trat geräuschvoll auf den krümeligen Beton, um seine Ankunft anzukündigen. Es war vollkommen still, die Luft war feucht, und es roch nach Eisen. Er ahnte eine Wand.

Dann sah er die Gestalt, in genau der Haltung auf dem Boden ausgestreckt, wie sie ihn verlassen hatten. N. ließ die Pistole sinken und ging zu ihm. Im ersten Moment konnte er kein Lebenszeichen erkennen und stupste Turnball mit der Fußspitze an. Dann sah er, dass sich der Stoff des Beutels über seinem Mund bewegte und zwei Finger an der einen Hand zuckten. Der braunrote Fleck auf dem

Verband war bis an die Ränder gewachsen, aber eine Weile würde es noch halten.

Ein paar Minuten blieben ihm noch. Noch waren keine Sirenen zu hören.

N. zog Turnball den Beutel vom Kopf und betrachtete ihn von oben herab, wie er auf der Seite lag, zerknautscht und blass. Er blinzelte, die Augen rollten hin und her. Sein Blick war wild und panisch, als ob Dämonen von der Decke auf ihn herabstießen. Er stemmte sich auf einem Arm hoch, seine Zunge zuckte träge in seinem weit aufgerissenen Mund. Er wackelte, kippte nach hinten. Sein Atem ging angestrengt und pfeifend. Als wäre jeder Atemzug sein letzter.

Man spürte den Tod durch den Raum segeln. Noch immer keine Sirenen draußen.

N. dachte an den Kopf, der neben dem Tischbein aufgeschlagen war. Das Zischen der Kugel, die haarscharf an seinem eigenen vorbeigerauscht war. Er dachte an die Gliedmaßen, die aus einem Bretterhaufen in einem Hotel geragt hatten. Fische, die um seine Beine schwammen. Adderloy hatte diese Lawine ins Rollen gebracht, eine Lawine völlig sinnloser Gewalt, die nur er selbst erklären konnte. Und der Satan, der hier vor ihm auf dem Boden lag, sollte die Schuld daran haben. Tief in seinem Innern konnte N. trotzdem spüren, obwohl der Preis hoch war, wie etwas in ihm zur Ruhe kam. Bald wäre er an der Reihe, bald war der Kampf vorbei.

Es war ein erwartetes, aber etwas zu früh einsetzendes Geräusch, das ihn wieder zur Besinnung brachte, ihn aus seinen Gedanken riss.

Er warf einen letzten Blick auf den am Boden liegenden Körper und ging hinaus.

Vladislav hatte gerufen, er war ungeduldig. Er war als Einziger noch da, die anderen waren schon weitergefahren. N. nickte, ohne ihn anzusehen, nahm das Vorhängeschloss des Tores und ließ es einen Spaltbreit offen stehen. Vladislav stand mit einem Stoffstreifen in der Hand neben dem Impala, den er präpariert hatte: Türen und Kofferraumklappe standen offen, es stank nach Benzin.

»Sie sind aufgewacht«, sagte er und zündete den Stofffetzen mit einem Feuerzeug an. Weit weg waren Sirenen zu hören.

Das Auto stand augenblicklich in Flammen. Vladislav wich vor der Hitze zurück, eine schwarze Wolke stieg wie ein dickes Rauchsignal gen Himmel. Genau das war die Absicht.

N. fühlte die Hitze durch die Kleiderschichten, als er das Vorhängeschloss in die Flammen warf. Die Flammen sackten schnell in sich zusammen, aber das Feuer wurde noch heißer. Etwas Schwarzes rann aus dem Wageninnern. Vladislav saß bereits in dem roten Nissan, der Motor lief. Er klopfte von innen gegen die Scheibe, dann fuhr das Fenster herunter.

»Du hast gewonnen, aber wir wollen es nicht übertreiben.« Er grinste schief. »Ich würde jetzt gerne fahren.«

Und da hörte N. wieder die Sirenen. Lauter. Sehr viel näher. Er dachte, dass er nervös sein müsste.

# 23

DIEGO GARCIA, 2008

»Ich war bei ihm in der Zelle«, hatte Grip Shauna beim Abendessen am Vorabend berichtet. »Noch sagt er nichts.«

Shauna hatte nur genickt. Keine Fragen. Alle Zeit der Welt. Das Einzige, worauf sie bestanden hatte, war, zusammen schnorcheln zu gehen, nur sie und Grip. Sie hätte einen schönen Strand gefunden, meinte sie.

Eine Nacht und einen Vormittag später, kurz vor Mittag. Grip wollte seine Pause nach hinten verschieben. Er hatte den Gefangenen auf dem Bildschirm beim Essen beobachtet und beschlossen, einen neuen Versuch zu starten, mit ihm zu reden.

Der Mann sah Grip überrumpelt und wachsam an, als er die Zelle betrat, als erwarte er seine Freilassung oder einen Schlag ins Gesicht. Das dauerte ungefähr eine Sekunde. Grip hatte dafür gesorgt, dass ein zweiter Stuhl in die Zelle gebracht worden war. Den zog er jetzt zu sich heran und setzte sich auf die andere Tischseite. Der Mann ließ den gefüllten Löffel auf den Teller sinken. Seine Atmung wurde schneller. Grip sah die Angst. Er hatte sich extra so platziert, dass der andere ihn sehen konnte, nicht direkt am Tisch, sondern ein Stück abgerückt. Exakt an die Grenze, die für sein Gegenüber zu diesem Zeitpunkt gerade noch erträglich zu sein schien.

»Messer und Gabel sind nicht zugelassen, wie ich sehe«, sagte Grip. Auf dem Teller des Mannes war ein brauner Brei zu sehen, Chili vielleicht. »Befürchten sie eher Selbstmord oder Mord?«

Der Mann ließ ihn nicht aus den Augen, stieß in einem langen Atemzug Luft aus und führte den Löffel zum Mund. »Kind«, sagte er dann voll Verachtung. »Sie wollen, dass man sich wie ein Kind fühlt.«

Er trank einen Schluck Wasser, und Grip hakte im Kopf ab: kein Akzent oder Dialekt, kein angelerntes, sondern sauberes Schwedisch. Gebildet? Vermutlich. Das Alter war nach wie vor unklar. Die Schwellungen waren zurückgegangen, aber das schulterlange Haar und der Bart erschwerten die Einschätzung.

»Wissen Sie, wer ich bin?«, fragte der Mann und senkte den Blick.

»Nein«, antwortete Grip. »Sollte ich das?«

»Sie haben gesagt, dass Sie mich nicht anlügen wollen.«

»Ja.«

»Wird das hier aufgenommen?«

»Davon gehe ich aus.«

»Sind Sie allein?«

»Ich bin als Einziger aus Schweden hier, ja.«

Der Mann schob den Brei mit dem Löffel in der Mitte des Tellers zusammen. »Ich kann nichts dafür«, sagte er atemlos erschöpft wie nach einer Hustenattacke. Er wirkte nach außen ruhig, kämpfte aber mit seinem Atem.

»Sie meinen Ihre Reaktion?«, sagte Grip. »Dass Sie sich bei fremden Menschen fast in die Hose scheißen?«

»Wenn die Tür zum falschen Zeitpunkt aufgeht. Das ist ihnen gelungen, ich bin ein Pawlow' scher Hund.«

»Ich kann sehr gut verstehen …«

»Sicher«, fiel ihm der Mann leise ins Wort. Er leckte den Löffel ab. »Ich werde Ihnen jetzt etwas erzählen, das weder Sie noch die da draußen wissen.« Er nickte zur Zellentür. »In wie vielen Zellen habe ich gesessen – keine Ahnung. Flüge hierhin und dorthin. Keine Eindrücke von der Außenwelt, nur das Essen, wenn es überhaupt was gibt.« Er schwang mit dem Löffel durch die Luft wie mit einem Zeigestock. »Die Mahlzeiten werden zum Kompass. Durch den Fleischwolf gedreht und so ein Pamps wie der hier, den man nur mit dem Löffel essen kann, da weiß man, wer das Sagen hat. Die Amerikaner. Und die Amerikaner greifen vorzugsweise zu Schlägen und Waterboarding, wenn man nicht sagt, was sie hören wollen. Landet man irgendwo, wo's dieses verdammte Fladenbrot gibt, dann weiß man, dass man bei den Arabern ist. Die bevorzugen Stechen und Schneiden.«

»Wo waren Sie?«

»Jemen, Bulgarien, Malaysia – ich weiß es nicht. Nicht sicher. Sie geben einem Spritzen, alles ist verschwommen. Ein einziges Hin- und Hergefliege.«

»Wie lange geht das schon?«

Der Mann warf einen Blick auf den Zeitungsstapel, zuckte mit den Schultern.

»Mehrere Jahre?«, fragte Grip.

»So kommt es mir vor.« Eine Gefühlsregung durchzuckte den Mann, er schien einen Schluchzer zu unterdrücken. Im nächsten Augenblick wirkte er wieder völlig unberührt. »Ich kann mich an kaum irgendwas von meiner Ankunft hier erinnern – die Spritzen bringen alles durcheinander, und die Haube macht blind. Aber es ging ein warmer Wind, das habe ich an den Fußknöcheln gespürt.« Er zog das Hosenbein des Overalls ein Stück hoch. »Vielleicht war die Luft auch ein bisschen salzig, vom Meer oder was weiß ich. Aber das muss nicht stimmen.«

»Wir befinden uns mitten im Indischen Ozean«, sagte Grip.

Der Mann zeigte auf den Teller. »Und die Amerikaner haben das Sagen.«

»Ja. Woher stammen die Narben?« Er hatte weißes Narbengewebe an den Beinen gesehen, als der Mann die Hose hochgezogen hatte. Ähnliche Streifen wanden sich auch über die Unterarme. Die Verletzungen waren nicht von der Art wie die im Gesicht oder was man unter den Verbänden an seinen Füßen ahnen konnte. Die Narben sahen übel aus, waren aber vollständig verheilt.

»Die hier«, antwortete der Mann, »die sind alt.« Er drehte die Unterarme um, als wollte er eine in Vergessenheit geratene Tätowierung zeigen. »Eine Schwimmtour, sagen wir es mal so. Starke Strömung, ich hab mich geschnitten, und die Ärzte hatten nicht die Muße, die es zum ordentlichen Zusammenflicken gebraucht hätte.« Er betastete sein Gesicht. »Da gibt es andere, die neueren Datums sind.« Er sah Grip tief in die Augen, der zurückhaltende Blick war plötzlich trotzig. »Die halten mich für einen Muslim. Einige von ihnen wollen das so schrecklich gerne glauben.«

»Und was sind Sie?«

»Was glauben Sie?«

»Schwede«, antwortete Grip.

»Auch Schweden können Muslime sein.«

»Ja, aber Sie nicht.«

»Warum nicht?«

»Sie wollten meine Meinung hören. Diese Diskussion wird lächerlich.« Grip seufzte demonstrativ.

»Ich habe Jahre mit solchen lächerlichen Diskussionen zugebracht.« Der Mann räusperte sich. »Mehrere Tage am Stück, oft mit anregendem Inhalt. Man schläft jedenfalls nicht ein bei der Inquisition.«

»Haben Sie gestanden, dass Sie Muslim sind?«

»Viele Male.«

»Was sonst noch?«

»Mehr, als ich erinnern kann.«

Es wurde still.

»Sie wissen immer noch nicht, wer ich bin?«, fragte der Gefangene schließlich.

»Nein.«

»Was sagen die da draußen über mich?«

»Sie sagen, sie wüssten nichts. Sie glauben, dass Sie eventuell Schwede sein könnten.«

Der Mann fuhr bedächtig mit den Fingerspitzen an der Tischkante entlang. Er schaute dabei auf seine Hände, die unebenen Fingernägel, und flüsterte: »Nennen Sie mich N.«

# 24

TOPEKA, KANSAS, 2005

Es gab ein Radio in der Fabrikhalle in Topeka mit einem Überfluss an Kanälen, trotzdem mussten sie sich erst einmal den unerträglichen Toplisten-Pop und Werbung zu Gebrauchtwagen anhören, ehe endlich Nachrichten kamen.

Der Überfall war die Nachricht des Tages. Die Beiträge waren kurz und sensationslüstern, anfangs hauptsächlich Sirenengeheul und aufgeregtes Hintergrundgeschrei vor einer Notfallambulanz und auf dem Platz vor der First Federal Union. Es herrschte ziemliches Chaos, und es wurde wenig gesagt. Ein Überfall, mindestens vier, möglicherweise sieben Tote und noch mehr Verletzte, die im Krankenhaus versorgt wurden. Die Reporter keuchten atemlos in die Mikrofone. Ein Radiosender berichtete, die Polizei hätte einen Einsatz bei einer Schießerei in der Waterstone Highschool gehabt, der Reporter eines anderen Senders rief, Topeka wäre belagert. Immer wieder wurde die Frage gestellt, ob der Gouverneur unterrichtet war. Der Bürgermeister war unerreichbar für einen Kommentar. Der Polizeipräsident war gesehen worden, als er, von Motorrädern eskortiert, einen Platz überquerte. Ein anderer Beitrag berichtete von einem Hotel in der Innenstadt, in dem sämtliche Ein- und Ausgänge blockiert worden waren, bevor ein SWAT-Team es stürmte. Zeugen hatten gesehen, wie Gäste mit Handschellen zu wartenden Fahrzeugen gebracht wurden. Erst im Laufe des Nachmittags erkannte jemand das Muster. Zwei drohende und mysteriöse Telefonanrufe kurz vor dem Banküberfall. Auf die Frage, ob die Anrufe der Grund gewesen wären, dass alle Polizisten aus dem Stadtzentrum abgezogen worden waren, wartete der interviewte Kommissar viel zu lange mit seinem »Nein«.

»Konnte in der Schule jemand festgenommen werden ...?«

»Ist überhaupt was passiert ...?«

Die Journalisten und Reporter bekamen nur Gemurmel und bereits Gesagtes zur Antwort.

Ein Republikaner, der es bei der letzten Bundesstaatenwahl nicht als Wahlmann ins Parlament geschafft hatte, gab lange Erklärungen ab, die alle mit »Hätte ich das Sagen gehabt ...« endeten. Seine Sendezeit beschränkte sich allerdings auf die Nachrichtenausstrahlungen am frühen Abend, solange die Reporter bei der Bank und im Krankenhaus noch Leerlauf hatten und im Dunkeln tappten.

Dann gab die Polizei ihre erste Pressekonferenz.

Zu dem Zeitpunkt hatte Vladislav längst alle Maschinenpistolen, die beim Überfall zum Einsatz gekommen waren, in einem Teich versenkt und den roten Nissan in einem Waldstück abgestellt. (Mit leeren Bierdosen und Pornozeitschriften in der Kabine, um den Diebstahl als Jungenstreich zu tarnen.) Im Fabrikloft wurde das Radio bei jeder neuen Mitteilung lauter gestellt und dazwischen leise geschaltet. Ein paar Nachrichten gingen im Lärm der Generatoren unter. Die Taschen mit dem Geld lagen unangetastet am Fuß der Treppe. Die Atmosphäre in dem

Raum war angespannt, jeder blieb für sich. Außer Adderloy, der ständig alle mit dem Blick durchzuzählen schien und alle naselang Mary zu Reza hochschickte, der sich in sein Zimmer zurückgezogen hatte.

»Und?«

»Er liegt immer noch auf der Matratze«, sagte Mary und breitete die Arme aus.

Immer wieder musste sie losgehen. Die gleiche Frage, die gleiche Antwort.

Vladislav lag ausgestreckt auf dem Sofa und döste immer wieder ein. Zwischendurch setzte er sich auf, rieb sich das Gesicht, strich das lange Haar in den Nacken und legte sich wieder hin. Die Nachrichten schienen ihn nicht wirklich zu interessieren, er funkelte jedes Mal sauer, wenn jemand die Lautstärke hochdrehte. Für ihn schien die Sache abgeschlossen zu sein – was getan werden musste, war erledigt. Er war fertig und bereit für den Winterschlaf.

Mary und Adderloy umkreisten das Radio, was immer sie taten, fand im näheren Umkreis des Apparates statt. Mary war rastlos, beschäftigte sich die ganze Zeit mit irgendetwas. Sie schrieb Listen (worüber auch immer), duschte, sortierte Zeitungen, zog andere Schuhe an. Und jedes Mal, wenn die Nachrichten anfingen, stand sie da wie bei etwas Verbotenem ertappt.

»Bestimmt sind sie noch am Operieren«, sagte sie in einer Pause zwischen den Nachrichtensendungen.

Adderloys Gewissen schien völlig unberührt. Er wollte Details. Was wurde über die Bank gesagt? Wer hat sich stellvertretend für den Bürgermeister geäußert? Bei wie vielen Toten waren sie inzwischen? Die Zeit zwischen den Nachrichten war tote Zeit, machte ihn nervös. Er kramte herum, dachte nach, zählte ab. »Schläft Reza? An welchem Ende des Teiches hast du die Waffen versenkt? Hast du verstanden, was Turnball im Wahn gesagt hat?«

Es war bereits dunkel, als die Pressekonferenz der Polizei gesendet wurde. Die Musik brach mittendrin ab. Bürgermeister, Polizeipräsident und eine Handvoll weitere Verantwortliche wurden namentlich in einem hallenden Saal in Topekas Rathaus vorgestellt. Trotz Anwesenheit der gesamten Stadtriege sprach nur der Polizeipräsident, Mr. Rudolph Oldenhall. Er fasste zusammen, was alle bereits über den Überfall wussten, mit dem Zusatz, dass eine weitere Person im Krankenhaus gestorben war.

»Die Ermittlungen werden mit unvermindertem Einsatz fortgesetzt«, schloss er seine Rede, und es wurde eigenartig still im Saal. Wie eine jähe Schockstarre, etwas, das im Hals stecken geblieben war. Ein kurzes Verharren.

»Ich danke Ihnen«, sagte der Polizeipräsident abschließend.

Dann brach der Sturm los. »Wie können Sie …? Stimmt es, dass …? Mr. Oldenhall …? Warum …? Festnahmen …?«

»Ruhe!«, brüllte eine Stimme ins Mikrofon. »Einer nach dem anderen, immer der Reihe nach.«

Die meisten zügelten sich, aber einige Journalisten ließen nicht locker. »… die Schule … Stürmung … die Schulen … die Polizei …« Eine Endlosschleife der immer gleichen Schlagwörter. Keiner verstand die Fragen, trotzdem war allen klar, dass es darum ging, wieso in der Innenstadt keine Polizisten mehr gewesen waren. Als hätten sie sich abgesprochen, die Polizei an ihrer empfindlichsten Stelle zu packen – dass die Polizeileitung sich nach Strich und Faden hatte reinlegen lassen.

»Es lagen äußerst ernst zu nehmende Bedrohungen unserer Schulen vor«, setzte der Polizeipräsident an. Er zog die Worte in die Länge. »Wir waren gezwungen zu handeln.«

Das war der Riss im Bollwerk, er wurde von einer Sturzflut an Fragen aus allen Richtungen bombardiert. Die Antworten waren mehr oder weniger willkürlich. »Ich betrachte es als Terroranschlag … Massenmord.« »Das Ganze war gut vorbereitet.« »Ja, die Drohungen waren religiöser Art.«

Die Horde witterte etwas, die Fragen drehten sich in eine andere Richtung. Terroristen, Fanatiker, die Hoffnung auf Bartträger mit unaussprechlichen Namen.

»Uns liegt nichts zu ethnischen Hintergründen vor«, antwortete der Polizeipräsident. »Nein, im Century Hotel wurde keine islamistische Liga festgenommen.« Erneut kamen Fragen zu Festnahmen, er beschloss, auf etwas anderes zu antworten. »Das FBI wurde hinzugezogen.« Das war als Signal für Tatkraft gedacht, kam aber als das Gegenteil bei den Anwesenden an. Man befand sich immer noch im Mittleren Westen.

»Topekas Polizei ist absolut fähig, darum geht es nicht«, antwortete er gereizt.

Je aggressiver er wirkte, desto aufgebrachter wurden ihm die Fragen entgegengeschleudert. »Festnahmen …? Was wurde unternommen …? Was ist passiert …? Century Hotel …?«

Er versuchte, sie vom Tisch zu wischen: »Niemand wurde festgenommen im Century Hotel, niemand wurde festgenommen … Ein Missverständnis, eine falsche Fährte … Alle wurden freigelassen.«

»Mr. Oldenhall, Mr. Oldenhall«, kam es von unten.

Eine ältere Stimme, deren selbstbewusste Tonlage selbstverständlich das Schweigen der Kollegen voraussetzte. Eine Stimme, die ihren Willen bekam.

»Mr. Oldenhall, bis jetzt haben Sie nur das angesprochen, was nicht getan wurde. Bald sind zehn Stunden um – haben Sie nichts in der Hand?«

»Wir …« Der Polizeipräsident schluckte seinen Zorn herunter. Er lag am Boden, alle waren verstummt, warteten gespannt auf seine Antwort. Spätestens bei neun musste er wieder auf den Beinen sein. »Lassen Sie uns eins völlig klarstellen«, begann er. »Es gibt sehr wohl Erfolge zu verzeichnen, wir haben nämlich tatsächlich *einen* Mann festgenommen. Im Augenblick wird er in einem der Krankenhäuser der Stadt behandelt, er ist einer von ihnen. Etwas angeschlagen, aber nicht so schlimm, dass er nicht zur Verantwortung gezogen werden kann. Und um Ihren Fragen zuvorzukommen – er ist Amerikaner.«

Adderloy nickte zustimmend, als lausche er einer politischen Ansprache. »Jetzt«, sagte er leise, »jetzt kriegen sie es.«

Die Sendung wurde von einer Eheberatungswerbung unterbrochen, die Lautstärke wurde runtergedreht, und Adderloy sah in die Runde.

Vladislav erwiderte seinen Blick, zog die Schultern hoch.

»Reza?«, fragte Adderloy.

»Ja, ja«, antwortete Mary und ging auf die Treppe zu.

»Ich gehe mit«, sagte Adderloy und folgte ihr.

Sobald sie außer Sichtweite waren, drehte N. sich zu Vladislav um.

»Warum?«, fragte er.

Vladislav summte vor sich hin. »Das weißt du. Mindestens ein Mensch musste sterben in der Bank. Die Rechnung musst selbst du verstanden haben.«

»Aber dass mehrere dran glauben müssen, das war so nicht abgesprochen.«

»Es war überhaupt nichts abgesprochen.«

»Und der Wachmann, wieso hatte den keiner auf dem Plan?«

»Verdammt, was weiß ich. Das hier ist Adderloys Katz-und-Maus-Spiel. Und überhaupt, was spielt das für eine Rolle? Wir mussten den Wachmann erschießen, überleg doch mal, wie der Irre sich aufgeführt hat.«

»Ich hab auf dem Boden gelegen und nichts gesehen, aber Reza meint, dass es nicht nach Selbstverteidigung aussah.«

Vladislav stemmte sich auf den Ellenbogen hoch. »Meine Güte, plötzlich so empfindsam.«

N. schwieg. Vladislav warf einen Blick hoch zum Korridor. »Außerdem«, fügte er hinzu, »hätten wir ihn auch erschossen, wenn er nichts getan hätte. Was heißt wir, ich ... Ich hätte es getan. Reza ist bekanntlich ein echter Spätzünder, aber was hast *du* denn geglaubt?«

N. saß immer noch stumm da.

»Was hast du geglaubt?«, wiederholte Vladislav abgehackt. »Dass Adderloy einen einfachen, kleinen Bankraub plant und denkt, das würde reichen, um Kansas aufzumischen? Man muss die Gelegenheiten nutzen, erinnerst du dich? Wir fünf um einen Tisch am Strand. Überlebende. Unsichtbar. Einer von uns hat gesagt, man müsste die Gelegenheit nutzen.« Er lachte. »Adderloys Visionen. Sag nicht, dass du das nicht begriffen hast! Oder hast du einfach nur deine Augen davor verschlossen?«

»Bist du das«, sagte N., *»a gun for hire*?«

»Jetzt bin ich das.«

»All die Toten, das stört dich nicht?«

»All die Toten … hm … Die Welt ist voller Irrtümer«, setzte Vladislav an. »Spürst du nicht auch, dass Zufälle unser Leben bestimmen? Als der Bus, in dem ich saß, sich mit Wasser füllte, habe ich alle Leute in meiner Nähe und alle, die versucht haben, an mir vorbeizukommen, weggedrückt. Ich habe es an die Oberfläche geschafft, sie nicht, aber das schert keinen. Schuldgefühle? Nein, ich fühle mich nicht schuldig. Adderloy hat seinen Plan. Und das hier ist ein verrottetes Land, es stinkt überall.« Vladislav schnupperte. »Wir brauchen alle das Geld, aber Adderloy will den Laden aufmischen. Turnball ist der ideale Sündenbock – und dafür musste jemand sterben. In Kansas haben sie noch die Todesstrafe, aber nicht für alle Verbrechen. Also mussten wir tun, was wir getan haben, um ihn in die Todeszelle zu bringen.«

N. schüttelte den Kopf.

Vladislav brauste auf. »Jetzt behaupte verdammt noch mal nicht, dass du das nicht begriffen hast?«

»Darüber haben wir nie gesprochen.«

»Nein, darüber haben wir nie gesprochen. Weil der zarte Keim dann erstickt worden wäre. Wir sind alle frisch getauft worden in der Welle, weiße, unbefleckte Seelen. Ist es nicht so?«

N.s Schulterzucken konnte alles bedeuten.

Vladislav drehte sich wieder auf den Rücken. »In einer Hinsicht hat Reza verdammt recht, der Zufall hat uns neue Schicksale gegeben. Und in einer anderen Sache bin ich ganz Adderloys Meinung: dass man den Weg bis zu Ende gehen muss. Erst wenn man jemanden in die Todeszelle bringt, wird man erhört.«

»Wann habt ihr euch entschieden?«, fragte N.

»Für den Wachmann?«

»Ja.«

»*Wir* haben gar nichts entschieden. Das hatte Adderloy schon längst getan. Jemand musste sterben. Seit wir hier sind, war Adderloy ein paarmal in der Bank, um jemanden auszuwählen. Es war naheliegend, den Wachmann zu nehmen. Dass es dann mehr Tote gab, musst du Adderloys Mission zuschreiben.«

»Gestern Abend, als ihr beide zum Schießen rausgegangen seid … Ich habe mir hinterher die Waffen angeschaut, die waren komplett sauber. Damit ist nicht geschossen worden.«

»Ja, das war ziemlich offensichtlich, nicht wahr?« Vladislav lachte kurz und wurde gleich wieder ernst. »Er wollte reden. Am Ende muss halt doch besprochen werden, wer was machen soll.«

»Dass du den Wachmann erschießen sollst?«

»So was in der Art.«

»So was in der Art?«

»Ja, und ich wollte wohl auch was loswerden. Dass jemand sterben muss, hatte ich mir schon ausgerechnet, und dass er mich dafür vorgesehen hatte. Also habe ich die Gelegenheit beim Schopf gepackt und den Einsatz erhöht. Findest du nicht auch, dass Adderloy nach mehr Geld aussieht, als er sich den Anschein gibt? Ich finde, es ist schon eine Million wert, vor laufenden Überwachungskameras in einer Bank jemanden zu erschießen.«

»Oder sonst?«

»Sonst hätte ich diese stinkende Fabrik verlassen und wäre direkt zur nächstbesten Polizeistation gegangen. ›Hier bin ich, informieren Sie bitte die tschechische Botschaft, dass sie einen Namen auf ihrer Vermisstenliste nach dem Tsunami streichen können.‹ Zack, und ich wär weg gewesen. Zack, ein anderes Leben.«

»Hast du das Geld bekommen?«

Vladislav ahmte Adderloys Art zu rauchen nach. »Er hat sein kleines Uhrwerk mit größter Sorgfalt konstruiert, Menschen und Ereignisse, alles filigran zusammengebastelt. Das passt mir nicht, also wieso nicht selber ein bisschen basteln?«

»Hast du es bekommen?«

»Eine Million. Adderloy ist kein Mann für Verträge, schriftlich oder per Handschlag. Er hat einfach nur genickt. Ob ich sie dann tatsächlich bekomme …« Vladislav zuckte mit den Schultern.

»Ein Nicken? Ich schätze mal, es gibt in ganz Kansas nicht einen Polizisten, der dich in diesem Moment nicht gern im Visier hätte.«

»Sie wissen nicht, wer ich bin.«

»Und du glaubst, dass Adderloy bezahlt?«

»Den Typ kennt man doch: lässig arrogant, und dann dieser Spitzbart. Wenn ich mir einen Abgesandten der Hölle vorstelle, dann so wie Adderloy. Aber selbst wenn er im Dienste des Satans steht, weiß er herzlich wenig über Vladislav Pilk. Außer dass er ein verteufelt guter Schütze ist. Oder was meinst du?«, sagte Vladislav und warf N. erneut einen Blick zu. »Wenn er nicht zahlt, was glaubst du, passiert dann? Dass ich ihn wo auch immer aufspüren werde und ihm das Leben zur Hölle mache oder dass ich nur versuche, ihm Angst zu machen, indem ich ihm damit drohe? Wenn ich ihm so nachdrücklich damit drohe, dass er meine Speicheltropfen im Gesicht spürt, was glaubst du, wie er sich dazu verhält?«

Vladislav wartete eine Sekunde, dann sagte er: »Adderloy hat genickt, und der Wachmann ist tot, nicht wahr? Dass der Wachmann die anderen erschossen hat, mindert meinen Einsatz nicht.«

Oben aus dem Korridor waren laute Stimmen zu hören, gedämpft durch die Entfernung, jäh, als wäre eine Tür aufgeflogen und eine Sekunde später wieder zugefallen. Vladislav und N. lauschten, aber es war nichts mehr zu hören außer dem diffusen Rumoren der alten Fabrik.

»Was Reza angeht«, sagte Vladislav. »Ich habe ihn gesehen, als ich um die Ecke kam. Der Idiot stand aufrecht da. Man weiß nie, woran man mit ihm ist, stellt sich hin, wenn er sich hinlegen soll und umgekehrt. Ich mag Leute, die immer einen anderen Weg gehen. Ein blondierter, pakistanischer … Homo, oder was immer er ist. Du weißt schon, was ich meine, ganz eigen eben.«

»Er ist stinksauer«, sagte N.

»Wegen der Toten, glaubst du das wirklich? Du hast Reza gesehen, er fährt total auf Schusswaffen ab. Ihm war nicht genau klar, was wir vorhatten, aber irgendwas würde passieren. Sich bewaffnen und Gehör verschaffen. Das müsste er doch aus dem Teil der Welt, aus dem er kommt, gewohnt sein, die finden es toll, mit Kalaschnikows herumzufuchteln und Schimpftiraden gegen die USA abzulassen. So ein verdammtes Theater. Reza hat im Auto nicht ›Ich hab dich gesehen‹ geschrien, weil der rumballernde Wachmann tot war, und er meinte nicht mich, er meinte Adderloy. Er hat das Uhrwerk erkannt, mitten in dem ganzen Chaos, trotz der Schüsse und Schreie, ist ihm aufgegangen, dass er nur ein kleines Zahnrad in etwas viel Größerem ist, von Adderloy geplant, lange bevor wir überhaupt aufgetaucht sind. Reza weiß, dass Adderloy Amerikaner ist, er hat ihm nicht einen Augenblick getraut.« Vladislav machte eine Pause. »Hast du nie darüber nachgedacht? Was machst du selber hier? Ja, vielleicht kriege ich die Million, vielleicht muss ich Adderloy erschießen. Ich traue ihm auch nicht, nicht eine Sekunde. Und Mary, ist sie gut im Bett? Wer gibt, und wer nimmt?«

»Jetzt reicht es, kein Wort mehr«, sagte N.

»Sie verschlingt mit ihrem Blick mehr als deine Geilheit.«

»Jetzt hältst du die Klappe.«

»Zum Teufel – und du fragst mich nach dem *Warum*?«

»Es reicht«, fauchte N. so heftig, dass Speicheltropfen flogen.

»Was glaubst du, ist das Ziel des Ganzen? Natürlich ging es auch darum, die Baptisten für den Dreck, den sie verbreitet haben, bluten zu lassen. Aber nur, indem man ihnen ein bisschen mit der Faust droht und schreit? Du hast Turnball ins Bein geschossen, und wie ich dich kenne, dein Blick, wenn die Sprache auf Topekas Baptisten kommt …«

»Er, ja, ihn hätte ich auch in die Weichteile geschossen … und in den Kopf.« N. zitterte. »Das ist … das Recht ….«

»Das Recht nimmst du dir«, fiel ihm Vladislav ins Wort, ohne N. anzusehen.

Es waren Schritte im Korridor zu hören. Mary schaute vom oberen Ende der Treppe herunter.

»Reza schläft«, sagte sie.

Vladislav lachte. »Ach, tut er das?«

Adderloy tauchte hinter Mary auf und musterte N. forschend, der irgendwie ertappt aussah. Adderloy kam die Treppe herunter und sagte etwas über Scheinwerfer, die den Himmel vor den großen Fenstern erleuchtet hätten.

Da rollte Vladislav sich vom Sofa und richtete sich auf. Er schob sich dicht an N. vorbei und flüsterte: »Jetzt geht's ums nackte Überleben.«

# 25

In Ermangelung anderer Helden wurde Stan Moneyhan zum Mann des Tages ernannt. Der tote Wachmann von dem Überfall auf die First Federal Union wurde von allen Nachrichtensendern zum Retter erkoren. Der Polizist, der nach seiner Pensionierung beschlossen hatte, sich weiter für den Schutz seiner Mitmenschen einzusetzen. Das wurde aus dem Zusatzjob gemacht, weil die Reporter dringend einen Heiligen brauchten. Ein Job, den er wegen seiner spärlichen Rente angenommen hatte. Ehemalige Kollegen berichteten, dass er niemals eine Waffe auf einen Menschen gerichtet hätte. Die Witwe erklärte schluchzend, wie stolz sie auf ihren Mann sei. Bei der zweiten Pressekonferenz nach dem Überfall teilte Polizeipräsident Oldenhall mit, dass man der Treffsicherheit des Wachmannes viel zu verdanken hätte. Der Mann, den man festgenommen hatte, konnte anhand von Blutspuren mit dem Banküberfall in Verbindung gebracht werden. Am nächsten Tag war der Parkplatz vor der Baptistenkirche von Übertragungswagen der Rundfunk- und Fernsehsender belagert, und Charles-Rays Konterfei war plötzlich überall zu sehen – auf Bildern hinter den Nachrichtensprechern im Fernsehen und auf den Titelseiten der Zeitungen. Es handelte sich um ein offensichtlich beschnittenes Foto, wahrscheinlich von irgendeiner Familienfeier, auf dem Turnball es sich auf einem Sofa gemütlich machte, im zerknitterten Hemd und mit halb geschlossenen Augenlidern. Man sah einen Arm und ein Bein von einer anderen Person neben ihm auf dem Sofa.

In kurzen Nachrichtenbeiträgen schüttelten Nachbarn und Freunde aus Kindertagen ungläubig die Köpfe über die Fragen, die ihnen am Gartenzaun oder zwischen Tür und Angel über das vorgehaltene Mikrofon gestellt wurden. Der alte Turnball sen. erklärte wiederholt mit einem steifen Lächeln: »Ich werde für ihn beten«, während er bemüht war, das Gesicht hinter seiner Hand zu verbergen. Bereits am ersten Tag hatte die Polizei eine Hausdurchsuchung bei Turnball durchgeführt. Als anschließend die weißen Lieferwagen vor der Westhill Baptist Church vorfuhren und die Ermittler in Zivil mit Pistolenhalfter über dem Steißbein Festplatten und Kartons mit Akten heraustrugen, wurde die Kirche nicht länger als »eine vor Schock gelähmte Gemeinde« bezeichnet, sondern als »fanatische Sekte«. In dem Krankenhaus, in dem Turnball behandelt wurde, fing die Polizei einen Mann mit ölverschmierter Jeans ab, der mit einer im Ärmel versteckten Rohrzange versucht hatte, sich Zugang zu Turnballs Krankenzimmer zu verschaffen. Als er abgeführt wurde, schrie er in die Kameras vor dem Krankenhauseingang: »Der Teufel muss ohnehin bald sterben!« Der republikanische Politiker aus den Nachrichtensendungen des ersten Abends kam wieder aus der Versenkung und forderte, Tod durch Erhängen wieder als Todesstrafe in Kansas einzuführen, mit der Erläuterung, dass Spritzen keinem mehr Angst machen würden.

»Auge um Auge, Zahn um Zahn. So steht es in der Bibel«, sagte Stan Moneyhans rotäugige Witwe.

Adderloys Blick wurde scharf und klar, als er sah, wie sich die Leute an Turnballs erwarteter Hinrichtung aufgeilten. Ansonsten war er auffällig wortkarg. Reza verließ nach wie vor nicht sein Zimmer, und die Beute vom Überfall lag unangetastet in den Taschen am Fuß der Treppe.

Vladislav war der Erste, der etwas ahnte, aber N. war es, der sie kommen hörte. Die Helikopter.

Es war später Vormittag. Rastlosigkeit hatte sich im Fabrikloft breitgemacht. Sie warteten, versteckten sich in einer Abfolge pflichtschuldiger Mahlzeiten und Toilettenbesuche. Vladislav lief mit nacktem Oberkörper herum und beklagte sich unablässig über die unerträgliche Hitze. Die Nachrichtensendungen aus dem Radio waren zum Hintergrundgeräusch verkommen, das betraf andere, nicht sie. Mary aß nicht einmal mehr das Essen, das sie selber zubereitet hatte. Sie ernährte sich von Chips und versuchte, mit dem Rauchen anzufangen. N. wachte jeden Morgen mit Kopfschmerzen auf, hatte schon eine ganze Schachtel Schmerztabletten genommen und kämpfte mit morgendlichen Kaltduschen gegen das Gefühl der wachsenden Ohnmacht in sich an.

Trotzdem hatten sie es am Vorabend geschafft, sich zusammenzusetzen und zu besprechen, wie es weitergehen sollte. Selbst Reza hatte sein Zimmer verlassen, in dem er Löcher in die Wand starrte, um dabei zu sein. Das Gespräch war kurz gewesen. Sie wollten sich nach New York begeben, wo das Geld verteilt und die Gruppe sich trennen würde. Sie waren sich einig. Nur weg von hier und dann jeder für sich alleine weiter. Zurück in die Anonymität, wieder unsichtbar werden. Kein Zug oder Flug nach New York, nicht umgeben von einer Masse anderer Leute. Sie wollten mit dem Auto fahren. Adderloy wollte einen gebrauchten Van organisieren, in dem alles und alle Platz fanden. Kurz vor elf am nächsten Vormittag machte er sich auf den Weg, um Zeitungen zu kaufen und die Anzeigen zu studieren. Sie hatten kein allgemeines Ausgangsverbot verhängt.

Kaum war Adderloy weg, kam Marys Appetit zurück.

»Was Leckeres«, sagte sie. Nichts aus ihrem Konservenvorrat, sie wollte Fleisch, und sie wollte ausgehen. Vladislav schlug das libanesische Lokal um die Ecke vor. Mary wollte weiter weg, was Anständiges, aber da Reza wie erwartet nicht mitkommen wollte, hielten sowohl Vladislav als auch N. es für das Beste, etwas in der Nähe zu suchen.

Also ging es am Ende doch zu den libanesischen Brüdern. Es waren nicht viele Gäste dort, obwohl die Mittagspause begonnen hatte. Die meisten Anwesenden standen plaudernd um die Kasse herum und warteten auf ihr Essen zum Mitnehmen. Einer der Brüder grüßte Mary, als sie eintraten, und gab ihnen ein Zeichen, dass sie sich einen Tisch aussuchen sollten. Auf dem Fernsehbildschirm in der Ecke liefen Nachrichten.

Sie setzten sich.

Vladislav schaute skeptisch auf die Tafel, auf der stand, was es außer Pizzen gab.

»Kein Fisch?«

»Nein, Vladislav«, sagte N. »Kein Fisch in Kansas.«

Vladislav breitete die Arme aus. N. drehte sich um, um das Angebot auf der Tafel anzusehen. »Grillspieß, du willst Grillspieß.« Und dann mit lauterer Stimme: »Zweimal Grillspieß, bitte.«

»Und ein T-Bone-Steak«, sagte Mary. »Schön blutig gebraten.«

N. saß mit dem Blick in die Küche und auf die großen Gefrierschränke.

Aus den Lautsprechern tönte eine kurze Erkennungsmelodie, eine Art Fanfare. Es folgte die Nachrichtenzusammenfassung zur vollen Stunde. Dass die bekannten Beiträge bebildert waren, war neu und weckte ihre Aufmerksamkeit. In der abgestumpften Atmosphäre in der Fabrik hatten sie in den Darstellungen der Reporter oder neuesten Zeugen keine Nuancen mehr wahrgenommen oder dass die Ermittlungen eine neue Richtung einschlugen. Inzwischen ging es nicht mehr zentral um Turnball, sondern um die, die sich noch auf freiem Fuß befanden, um die Jagd auf *Die Anderen*. Der Polizeipräsident versicherte, dass man Spuren verfolge. Verbissene Polizisten in Zivil und Agenten rannten durchs Bild, Blaulichter rauschten vorbei. Es wurden grobkörnige Überwachungsbilder aus der Bank gezeigt, Chaos, am Boden liegende Menschen. Und dann plötzlich Vladislav, aufrecht und maskiert, die Maschinenpistole auf der Hüfte.

»Bekannt aus Funk und Fernsehen«, sagte er leise und blinzelte unbekümmert.

Der Nachrichtensprecher sprach weiter. Der Flughafen in Houston war eine Stunde gesperrt, und ein Flugzeug auf dem Weg nach Cancún in Mexiko musste unmittelbar nach dem Start umkehren. Bilder der Verwirrung, Anzeigetafeln mit blätternden Ziffern und gecancelten Flügen, schwarz uniformierte Polizisten, die in Gruppen herumliefen. Bekannte Vorzeichen bevorstehender Schusswechsel und Terroranschläge. Ein Bundespolizist mit kräftigem Schnauzbart sagte, dass die Attentäter aus Kansas vermutlich versuchen würden, das Land zu verlassen.

N. wurde unbehaglich. Mary fingerte nervös an einer Zigarette.

Das Essen kam. Nach den Nachrichten folgte Sport,

ein Basketballspieler schoss ein paar Strafstöße, und die Zuschauer jubelten. Danach das Wetter. Auf der Straße vor dem Restaurant dröhnte ein Presslufthammer los und übertönte den Fernseher. Der letzte Kunde an der Kasse nahm seine Verpackungen entgegen und verschwand.

»Lecker«, murmelte Mary automatisch nach ein paar Bissen. Vladislav sah nachdenklich aus.

»Nach Cancún in Mexiko«, sagte er dann und lachte abgehackt.

»Was ist damit?«, fragte N.

»Wie kommen die auf Cancún? Die greifen doch nach jedem Strohhalm«, antwortete Mary.

N. hörte nicht zu, seine Frage war an Vladislav gerichtet gewesen.

»Ich muss nur mal kurz an die frische Luft«, sagte Vladislav und legte das Besteck beiseite. »Einen Augenblick.« Er stand auf.

Er ging raus auf die Straße und verschwand.

Mary kam wieder auf Cancún zurück. »Kommt das von Turnball? Der würde doch alles sagen, um zu kooperieren.« Sie nahm die Zigarette, legte sie wieder weg, schnitt ein Stück Fleisch ab, schob es in den Mund.

»Stell dir das vor, da sitzt er mit einer Schusswunde im Bein und einem verschwitzten Anwalt an seiner Seite, der ihn anstachelt, mit ihm zusammenzuarbeiten, dass er alles zugeben soll, egal was, weil er so vielleicht nicht in die Todeszelle muss.« Der Blutsaft hatte sich in einer dünnen Lache auf dem ganzen Teller verteilt.

Sie lachte wieder. N. hatte sein Bier geleert, wollte noch eins bestellen, aber die Libanesen waren in die Küche verschwunden und sahen dort fern. Bilder ohne Ton; Blaulichter, ein Reporter im Interview mit Polizeipräsident

Oldenhall, anonyme, braungraue Wohnviertel aus einem Nachrichtenhelikopter gefilmt.

»Das ist bestimmt nur Zufall«, sagte N. langsam. »Cancún, der Flughafen, alles. Die Polizei hat einen Verdacht, ein Reisender, der bei der Sicherheitskontrolle auffällig geworden ist, eine Reisetasche auf Abwegen.« Er sah einen der Libanesen einen Gefrierschrank in der Küche öffnen und wieder schließen. »Charles-Ray versucht sicher alles, hat aber nichts zu sagen, er hat genug mit dem Albtraum zu tun, in dem er aufgewacht ist.«

Sie drehten sich beide um, als das Dröhnen des Presslufthammers lauter wurde, weil die Tür aufging. Vladislav trat ein und setzte sich.

»Geht's dir nicht gut?«, fragte Mary.

Er ignorierte die Frage und sagte stattdessen: »Sind hier öfter Straßenbauarbeiten?«

»Ja, schon, ab und zu. Wieso?«

»Ich bin durchs Viertel spaziert und habe drei Gruppen mit Presslufthämmern gesehen. Scheint populär zu sein.« Er warf einen Blick aus dem Fenster. »Weg mit der alten Teerdecke. Aber ich hab keine Absperrungen oder Markierungen gesehen. Ihr wisst schon, Spraystriche. Scheint ein sehr spontaner Einsatz zu sein.«

»Vielleicht eine lecke Gasleitung. Das ist eine abgewrackte Gegend«, meinte Mary und pflückte die Zigarette aus dem Mundwinkel.

»Mh ...« Vladislav biss sich auf die Lippe. »Nur mal angenommen, man zeichnet auf einer Karte eine Linie zwischen den Presslufthämmern, liegt die Fabrik genau in der Mitte.«

»Gas, Abwasser, das leckt hier ständig an allen Ecken und Enden«, sagte Mary. »Iss!«

Vladislav nahm die Brille ab und rieb sich die Augen. N. warf einen Blick zum Fernseher.

»Scheiße«, rief er und sprang so energisch auf, dass die Teller ruckelten. Mary ließ ihr Besteck fallen und wich zurück, als rechnete sie damit, dass er sie anfiel. Aber N. lief zur Tür und schaute durch die Scheibe hoch zum Himmel. Dann schaute er wieder zum Fernseher und zurück. Fernseher, Himmel, Fernseher.

Und dann sah er ihn. Einen Nachrichtenhelikopter, der langsam über ihnen kreiste. Der Presslufthammer vor der Tür erstickte den Ton.

»Ein Helikopter«, sagte er und zeigte auf den Fernseher in der Ecke. Das war ihr Wohnviertel, das auf den Luftaufnahmen zu sehen war. Mary nahm das Besteck wieder auf, als wäre nichts passiert.

»Sieh an«, erwiderte Vladislav langsam.

N. schaute weiter hinaus, verlor den Helikopter aus dem Blick, verrenkte sich fast den Hals und bekam ihn wieder zu sehen. Dann sah er zwei schwarze Striche in dem sichtbaren Streifen Himmel über der Straße. Direkt über den Hausdächern kreisten zwei weitere Helikopter. So nah, dass das dumpfe Geknatter der Rotorblätter den Krach der Presslufthämmer übertönte. In dem Augenblick wechselte das Fernsehbild ins Nachrichtenstudio.

»Da sind noch mehr«, sagte N. »Mindestens zwei, zwei schwarze.«

Vladislav verstand sofort.

N.s Handy klingelte. Er warf noch einen Blick auf den Fernsehbildschirm, ehe er antwortete. Es war Reza. Im ersten Moment hörte er nur ein Keuchen.

»Hier ist jemand.«

»Reza …«, sagte N. und verstummte.

»Sieh zu, dass er rauskommt«, zischte Vladislav vom Tisch. »Er muss da raus.«

»Reza, du musst …«

Reza hatte aufgelegt. Vladislav stürmte zur Tür.

Reza hatte in der Fabrik die Helikopter gehört, aber das Geräusch nicht zugeordnet, es als Steigerung des Kraches der Presslufthämmer abgespeichert, die schon länger im Gange waren. Aber auf die Schritte hatte er reagiert, das entfernte Getrampel von schwerem Schuhwerk auf Metalltreppen und Holzböden. In der leeren Fabrik pflanzten sich alle Geräusche auf unfassbare Weise fort. Verstärktes Echo und Resonanzen, das Gebäude war die reinste Sprengfalle. Es war unmöglich zu überhören, dass ein ganzer Trupp auf dem Weg war.

Zuerst war es nur das leise Vibrieren einer vorsichtig geschlossenen Tür gewesen, das entfernte Zittern einer Geländerstange, das schnell zu einem deutlichen Stampfen wurde. Am Ende klang es wie eine riesige Büffelherde, als die Sondereinsatzkräfte aus allen Richtungen in das Gebäude eindrangen. Aus den Helikoptern über das Dach, durch Türen, Rauchabzüge und Tore von der Straße, durch Fenster, die eingeschlagen wurden, um schneller ans Ziel zu kommen.

Ein chirurgischer Eingriff – ein schneller Präzisionsangriff. Aber das Innenleben der Fabrik war heimtückisch und verwirrend. Es war unmöglich zu berechnen, wie man sich auf direktestem Weg durchs Gebäude bewegen musste, um an das angepeilte Ziel zu kommen, welche Wände eingerissen und welche später hochgezogen worden waren, welche Türen zugeschweißt waren und welche Gänge in einer Sackgasse landeten, nichts von alledem hatten die Einsatzkräfte den überalterten

Gebäudeplänen der staatlichen Verwaltungsbehörde entnehmen können.

Reza hörte sie wie Rattenhorden vordringen. Er stand im Loft auf dem oberen Treppenabsatz, auf der einen Seite die Stahltür, die nach draußen führte, auf der anderen Seite der endlose Korridor zu den Zimmern. Am Fuß der Treppe lagen noch immer ein paar Pistolen, zusammen mit dem Geld. Er könnte sich in Sekundenschnelle bewaffnen. Der Instinkt, sich zu verteidigen, arbeitete in ihm. Er stand da und wog die Möglichkeiten ab, die Geräusche kamen näher. Einsam und verlassen, ein Uhrwerk alternativer Möglichkeiten schnurrte in seinem Kopf. Widerstand wäre sinnlos – genau das brauchten sie doch nur, den geringsten Anlass, auf ihn schießen zu können? In unsäglicher Wut schleuderte er sein Handy gegen die Backsteinwand hinter sich, dass es zersplitterte.

Er würde sich nicht bewaffnen. Nur dastehen, friedlichen Widerstand leisten. Er würde es erklären. Irgendjemand würde verstehen. Wenn er bewaffnet war, bekäme er niemals die Chance, irgendetwas zu erklären. So dachte er. Voll wütendem Trotz. Die, die von draußen kamen, würden ihn befreien.

Reza erwartete, dass die Metalltür aufflog, darum war er völlig überrumpelt, als er Geräusche aus dem hinteren Teil des Korridors hörte, den er nie erforscht hatte. Gelbweiße Lichtkegel von Taschenlampen schwangen durch die Dunkelheit, tanzten im Gleichtakt mit dem Getrampel der Stiefel. Zuerst nur Laute und Lichter, dann Gestalten. Reza machte einen Schritt auf sie zu – sie würden verstehen.

Jemand schrie etwas.

Reza hob die Hand mit einer Geste, die zeigen sollte,

dass er unbewaffnet war, und gleichzeitig die ausbremsen sollte, die zu hastig auf ihn zustürmten.

Alle – alle, die an der Jagd beteiligt waren, die mehrere Jahre dauern sollte, verfluchten, was dann geschah. Eine Einsatztruppe von sechs Mann war zuerst vor Ort. Wie alle anderen Einheiten waren sie viel zu lange durch das Labyrinth der Fabrik geirrt. Das hatte den *Terroristen* alle Zeit der Welt gegeben, sich zu bewaffnen, vorzubereiten, zu rüsten und sich in den Hinterhalt zu legen. Das Überraschungsmoment war vertan, plötzlich waren sie die potenziellen Opfer, von der Ausrüstung beschwert und milchsäurestumm rannten sie blind durch einen unbekannten Korridor. Der Einsatzleiter hatte die Funkstille aufgehoben und brüllte in sämtliche Ohrknöpfe. Alle spürten, wussten, dass jeden Augenblick einer von ihnen fallen konnte. Adrenalingepeitschte Resignation hatte das Ruder übernommen, es gab keinen Plan mehr. Alle rannten, rannten einfach drauflos, in dichten, gedrillten Einheiten, erschöpft, Lampen und Waffen schwangen durch die Dunkelheit.

Und da stand dann einer von denen.

Das Geschrei in den Ohrknöpfen, es war jederzeit mit einem Angriff aus dem Hinterhalt zu rechnen oder der Zerstörung des ganzen Gebäudes. War er allein, war er bewaffnet? Zwei oder drei Polizisten schrien durcheinander, dass er sich auf den Boden legen sollte. Die sechs Mann waren das reinste Waffenarsenal: Gewehre, Blendgranaten, Helme, Körperschutzanzüge.

Der Mann vor ihnen schien nicht bewaffnet zu sein, nicht mehr als mit einem Blick, der nicht auswich.

Und dann hob er die Hand. Im gleichen Augenblick, als sie schrien, dass er sich auf den Boden legen sollte.

Unmittelbar bevor sie nahe genug waren, um sich auf ihn zu stürzen. Der zweite Mann hatte den Ellbogen seines Vordermannes vorm Gesicht. Das jedenfalls sagte er hinterher aus. »Ich war sicher, er hätte eine …«

Er hatte seine Waffe im Anschlag. Alles, was er seit dem Eindringen in das Gebäude gesehen hatte, war mit dem roten Punkt seines Zielfernrohres markiert gewesen. Seine Beine fühlten sich taub an, die Schultern verkrampft, nachdem er so lange die Arme und die Waffe vor sich gehalten hatte. »Ich dachte, er hätte …«

Vielleicht war es noch nicht einmal beabsichtigt, bloß ein unglücklicher Reflex, der bis zum Abzug drang.

Eine 9-mm-Kugel drang in Reza Khans Stirnlappen. Ein rosa Sprühnebel spritzte aus dem Schädel, als die Kugel traf. Hauptsächlich Haut und Knochen, aber auch anderes.

Die ganze Zeit waren seine Augen offen. Vom Boden, auf dem Rücken liegend, sah er sie, den Mann, der auf ihn geschossen hatte und jetzt versuchte, die Blutlache zu stoppen, die sich um seinen Kopf bildete.

Im libanesischen Restaurant liefen zwei Ereignisse von entscheidender Bedeutung ab. Das erste war, dass N. sich in den Weg stellte und den vorstürmenden Vladislav in einer festen Umklammerung ausbremste. Vladislav war ihm zweifellos physisch überlegen, aber es kam nicht zum Kampf.

»Nein«, schnaubte N. »Du könntest ihnen keinen größeren Gefallen tun.«

Vladislav wich zurück, er drückte die Hände an die Schläfen, als wollte er seinen Kopf daran hindern zu zerplatzen. »Der Pass … verdammt!«

»Beruhig dich«, sagte N. und tastete seine Jackentaschen ab. »Das hätte ich fast vergessen. Deine Brieftasche lag auf dem Tisch, als wir gegangen sind, ich dachte, dass du sie vielleicht brauchst.«

An dem Abend, als Vladislav und N. über die Schüsse in der Bank geredet hatten, über das Warum und Adderloy, hatte N. sich vorgenommen, nirgendwo mehr ohne seinen Pass und seine Brieftasche hinzugehen. Er hatte gesehen, dass Vladislav seinen Pass immer im Scheinfach stecken hatte. Das wollte er sich auch angewöhnen.

Als sie zum Essen aufgebrochen waren, hatte N. als Letzter das Fabrikloft verlassen. Vladislav, der halb nackt gewesen war, als er sich entschieden hatte mitzukommen, war hin und her gelaufen, um seine Klamotten zusammenzusuchen, hatte seine Trainingsjacke ausgezogen und seine Anzugjacke geholt. Beim Rausgehen hatte N. Vladislavs Brieftasche auf einem der Tische gesehen. Er hatte sie eingesteckt und war hinter den anderen hergelaufen.

»Da«, sagte er und hielt sie vor sich. Das war das zweite Ereignis von entscheidender Bedeutung.

Vladislav nahm die Brieftasche mit beiden Händen entgegen, zog den Pass ein Stück aus dem Scheinfach, um sicherzugehen, dass er wirklich da war. Dann schloss er die Augen und nickte.

In der Restaurantküche begannen sie, sich über die Unruhe und die aufgeregte Stimmung im Lokal zu wundern. Einer der Brüder schaute zur Tür herein.

Vladislav schickte ihm ein breites, überraschtes Lächeln. »Ja?«

»Alles in Ordnung?«, erkundigte sich der Libanese und wischte sich unsicher die eine Hand an der Schürze ab.

»Absolut«, antwortete Vladislav und starrte ihn an.

»Wir würden gern bezahlen«, ergänzte N. und ging zurück an den Tisch. Der Libanese nickte, blieb aber stehen. N. zog ein paar Scheine heraus. Mary saß reglos am Tisch, während auf dem Fernsehbildschirm Luftaufnahmen zu sehen waren. Die beiden schwarzen Helikopter flogen aus dem Bild, überall in den Straßen blinkendes Blaulicht.

In dem Moment setzte der Lärm von dem Presslufthammer vor der Tür aus, gefolgt von einem Augenblick absoluter Stille.

»Ich rufe Adderloy an«, sagte Mary und griff nach ihrem Handy.

»Das lässt du schön bleiben«, kam es wie ein Donnerknall von Vladislav, ohne dass er den Libanesen dabei aus den Augen ließ. Der Tonfall und Vladislavs unerbittliche Miene veranlassten den Libanesen, sich entschuldigend mit der Hand auf dem Brustkorb in die Küche zurückzuziehen.

Ein Krankenwagen raste mit heulenden Sirenen am Lokal vorbei.

»Reza oder einer der Polizisten«, sagte Vladislav. Er stand aufrecht da, die knarrende Lederjacke weit offen. »Gehen wir.«

N. schaltete auf einen anderen Kanal um, ehe er die Scheine auf dem Tisch mit einem Salzstreuer beschwerte.

Sie gingen ins Zentrum, im Zickzack, vermieden die gängigen Wege. N. forderte sie auf, ihre Handys auszuschalten. »Sie haben Rezas und könnten uns darüber orten.«

»Hebt so viel ab, wie ihr könnt«, sagte Vladislav am ersten Bankautomaten, an dem sie vorbeikamen. »Danach werden die Karten nicht mehr angerührt.« Es waren noch mehr Nachrichtenhelikopter dazugekommen, die wie ein aufgeregter Bienenschwarm über Topeka flogen. Sobald der Schwarm unten etwas Neues registrierte oder sich in ihre Richtung bewegte, senkte Mary den Blick auf ihre Schuhspitzen, und Vladislav murmelte Flüche vor sich hin. Sie gingen einfach weiter, immer weiter, ohne anzuhalten. Im Zentrum war es belebter, einfacher, sich zu verstecken. Aber da waren auch die Blicke, die etwas zu lange auf ihnen ruhten, und Fahrzeuge, die etwas zu langsam an ihnen vorbeirollten.

N. beobachtete Vladislav, sein wallendes Haar und das massive Brillengestell. Sein Blick veranlasste die Leute, einen Bogen um ihn zu machen. Keiner von denen, die ihn hier sahen, würde bei einer Personenbeschreibung auch nur eine Sekunde zweifeln. Und Mary war, wie üblich, von Kopf bis Fuß schwarz gekleidet.

N. bekam Angst, richtig Angst. Er schlug vor, sich in den hintersten Winkel eines leeren Cafés zu setzen, bis es dunkel wurde.

»Nein!« Vladislav war ruhelos. Mary sagte nichts. Sie gingen weiter. Ein Hochhaus verdeckte die Helikopter, ein Streifenwagen fuhr vorbei, etwas zu schnell, aber ohne Blaulicht und Sirenen.

»So was Sinnloses«, wiederholte Vladislav in regelmäßigem Abstand. Weder Mary noch N. hörten seinem Gemurmel zu. »Wartet hier«, sagte er schließlich und verschwand in einem Eisenwarenladen. Fünf Minuten später war er mit ein paar Schraubenziehern und Zangen in einer Tüte zurück.

Sie setzten sich in Bewegung. Vladislav suchte die Nebenstraßen mit dem Blick ab.

»Die nehmen wir, bin in zwei Sekunden zurück«,

bestimmte er ein paar Straßen weiter und verschwand erneut. N. verstand und war erleichtert. Er zog Mary mit sich hinter die beschlagenen Fenster eines Waschsalons.

Vladislav kam in einem Ford angerollt, hupte und fuhr mit zwei Reifen auf den Bürgersteig. Mary und N. kamen herausgelaufen, als wäre das Taxi da, das sie bestellt hatten, und stiegen hinten ein.

Erst auf der Autobahn lehnten sie sich entspannt zurück mit dem Gefühl, entkommen zu sein. Dass sie die Fabrik und die Helikopter hinter sich ließen, reichte N. schon.

Mary hielt weiter nach den Helikoptern Ausschau. Sie drückte die Wange an die Scheibe, um nach oben schauen zu können. Dann drehte sie sich um und schaute aus der Heckscheibe auf die Silhouette der Stadt.

»Wir können Topeka noch nicht endgültig verlassen«, sagte Vladislav unvermittelt.

»Und wann können wir das deiner Meinung nach?«, fragte Mary.

»Morgen.«

»Nicht später, heute Abend?«

»Nein, morgen.« Vladislav trommelte mit einem Schraubenzieher auf die Armatur. Aus dem zerschlagenen Zündschloss ragten die Kabel wie bunte Spaghetti.

»Dann suchen wir uns ein Motel für die Nacht?«

Vladislav nickte. »Überstürzte Flucht ist nie gut.«

N. fing seinen Blick im Rückspiegel ein. Hielt ihn eine Weile fest. »Eine Nacht«, sagte er schließlich. »Bezahlt wird in bar, aber nur, wenn ich das Motel aussuchen darf.«

»Okay, wenn das deine Bedingung ist.«

»Gut.« N. setzte sich auf. Sie passierten ein paar Ausfahrten, ehe er auf ein gelb-rotes Schild in der Mitte eines aufragenden Mastes zeigte. »Da!« *Tumbleweed Motel.* Die wenigen Birnen, die den Namen einrahmten, flackerten zögernd, als wollten sie jeden Augenblick den Geist aufgeben. Vladislav bremste ab und legte sich in die Kurve der Ausfahrt. Mary sah N. skeptisch von der Seite an.

Er hatte seine Intuition wählen lassen. Das einfache Schild zwischen den höher angebrachten, ordentlicheren Schildern der größeren Motelketten. Im Tumbleweed würde niemand alarmiert auf Barzahlung reagieren. Und dass kein Mensch ahnen konnte, dass sie sich dort befanden, beruhigte ihn. Ein wenig.

Sie mieteten zwei Zimmer, zerwühlten die Bettwäsche in dem einen und übernachteten zusammen in dem anderen. Es war wie eine stille Übereinkunft zwischen ihnen, sich nicht zu trennen. Genauso selbstverständlich war es, dass Mary und N. das hintere der beiden Queensize-Betten teilten.

Mary ging ins Bad.

»Noch eine Nacht in Topeka«, sagte N. zu Vladislav. »Nenn mir *einen* triftigen Grund.«

»Wir kommen nirgendwohin ohne Geld.«

N. funkelte ihn an.

Vladislav wog demonstrativ die Brieftasche in seiner Hand. »Wie viel haben wir, zusammengerechnet vielleicht ein paar Tausend Dollar? Wir müssen erneut untertauchen, richtig untertauchen. Dann ist das nichts.«

Die Toilettenspülung ging.

»Verdammt, Vladislav, bist du blind – die Helikopter und das ganze verflixte Aufgebot. In Kansas hängen sie Leute an den Bäumen auf. Und wir bleiben noch eine Nacht länger, bloß weil … wofür? Um noch eine Bank zu überfallen?«

»Keine Überfälle mehr«, verneinte Vladislav.

Die Badezimmertür ging auf. Mary hatte geweint, versuchte nicht einmal, es zu verbergen. Sie schniefte. »Wenn ich noch eine Nacht in Topeka bleiben soll …« Sie wischte eine Träne und etwas Kajal unter dem Auge weg. »Ich hasse diese Stadt. Aber wenn ich noch eine Nacht bleiben soll, will ich neue Kleider. Ich will mich sauber fühlen, wenn ich diesen Ort für immer verlasse.«

Sie fuhren in ein Einkaufszentrum. Mary blieb bei Schwarz, Vladislav befühlte ausführlich die Ärmel eines Seidenhemdes. N. kaufte seine Sachen innerhalb einer Viertelstunde in einem Jeansladen. Danach machten sie einen Abstecher in den Wal-Mart für Shampoo und Zahnbürsten. Als alles im Auto verstaut war, fiel Vladislav ein, dass er etwas zu lesen haben wollte, also kehrten sie noch einmal um.

Mary und N. trieben sich zwischen den Zeitungsständern in der Buchhandlung des Einkaufszentrums herum, während Vladislav weiter hineinging. Mary las die Schlagzeilen der Tageszeitungen, N. sah sich mit den Händen in den Hosentaschen die strahlenden Gesichter auf den Hochglanzmagazinen an. In der *Times* war das Schwerpunktthema Pakistan. Vladislav kam mit ein paar Reiseführern unterm Arm von der Kasse zurück.

Sie fuhren zurück ins Motel, duschten. Die Sonne versank glutrot am Horizont. Vor den Fenstern gingen die Scheinwerfer der Autos und die Neonreklamen an.

Es war unmöglich, die Fernsehnachrichten zu ignorieren. Es gab vage neue Erkenntnisse in dem Fall: eine weitere Person war festgenommen worden, großer Einsatz, Schusswechsel. Auch diese Person wurde abgeschottet von der Öffentlichkeit in einem Krankenhaus behandelt. Die Fabrik wurde aus allen erdenklichen Blickwinkeln gezeigt, Einsatzfahrzeuge, atemlose Reporter. An einer

Straßenecke rief jemand anklagend: »Wieso werden alle Verdächtigen erschossen?«

Der Fernseher lief den ganzen Abend. Vladislav blätterte in seinen Reiseführern, Mary aß getrocknete Rindfleischstreifen aus der Tüte, die sie im Supermarkt gekauft hatte, und N. rührte einen Pulverkaffee an und entfernte die Markenschilder aus den neu erstandenen Kleidern.

Polizeipräsident Oldenhall lud zu einer neuen Pressekonferenz ein. Sie sahen jetzt zum ersten Mal seine stahlgrauen Augen und das pockennarbige Gesicht. Oldenhall bestätigte die Festnahme eines ausländischen Staatsangehörigen und fügte hinzu, dass Hinweise auf religiös motivierten Terrorismus vorlägen. »Eine unheilige Allianz im Herzen von Kansas.«

Vladislav hob den Blick von seinem Reiseführer über Hongkong. »Grandios, oder?«

N. konnte die Aussage des Polizeipräsidenten nicht richtig einordnen. »Wie meinst du das?«

»Ist doch brillant, einen Pakistaner in die Arena zu werfen.«

»Oh nein … Reza«, presste N. hervor, als der Groschen fiel. Das kam einer Todesnachricht gleich.

Ein Muslim und eine Fabrik, in der Waffen und das Geld von einem Bankraub gefunden werden. Turnball war bereits mit der Tat in Verbindung gebracht worden. Westhill Baptist Church und pakistanische Terroristen. Die von Adderloy geschaffene unheilige Allianz. Wenn nur genügend Leute diese Verknüpfung herstellten, gab es kein Halten mehr. Für nichts.

Mary schlief. N. legte sich neben sie auf die Decke und schaute einen Schwarz-Weiß-Film im Fernsehen: Cary

Grant mit Sonnenbrille auf einer kurvigen Straße an der Riviera, eine bekannte Schauspielerin mit wogenden Locken an seiner Seite. N. sah die Bilder vorbeiziehen, konnte der Handlung nicht folgen, sein Kopf war zu voll von anderen Gedanken. Er stand auf und füllte den Wasserkocher für eine weitere Tasse Pulverkaffee, den er eigentlich nicht haben wollte. Vladislav hatte den Arm übers Gesicht gelegt und schlief tief mit offenem Mund und atmete laut. Es war weit nach Mitternacht.

N. spürte den bitteren Kaffeeatem in der Nase, als er beim Hinlegen mit der Decke kämpfte. Ihm war warm, er schlug die Decke beiseite und sah Marys nackten Rücken. Er legte sich hinter sie, fuhr vorsichtig mit den Fingerkuppen ihr Rückgrat entlang. Sie rührte sich nicht. In der Dunkelheit ahnte er das Augenfunkeln der schwarzen Katze. Er versuchte, ihren buschigen Schwanz zu ertasten.

In einem Krankenhaus mit immer mehr FBI-Agenten auf den Fluren wurde Reza Khan die ganze Nacht operiert. Ein blasser, rotäugiger Oberarzt wiederholte gereizt vor den dunklen Uniformen, dass man noch nichts sagen könne, als dass der Patient im besten Fall überlebte.

# 26

DIEGO GARCIA, 2008

»Oder stört Sie das vielleicht?«

Grip saß in der Zelle bei dem Mann, der sich N. nannte. Wie schon vorher saßen sie sich an dem kleinen Tisch gegenüber. Er hatte ihm gerade gesagt, dass ihre Gespräche vermutlich nicht nur von den Amerikanern aufgenommen, sondern auch übersetzt würden, und die Frage nachgeschoben, ob ihn das stören würde.

N. hatte darauf nicht geantwortet, das Thema gewechselt und sich erst sehr viel später über den Tisch zu Grip gebeugt und gesagt: »Oder stört Sie das vielleicht?«

Grip reagierte auf seinen direkten und unverstellten Blick. Während ihrer Treffen in der Zelle hatten sie alle Stadien durchlaufen: pure, nackte Angst, Defätismus, Trotzattacken und Momente der Anbiederung. Aber nie etwas mit diesem Blick der Erkenntnis, einer Erkenntnis über Grip. Plötzlich hatten sich die Rollen verkehrt – eine kurze Sekunde hatte N. die Oberhand gehabt.

Die Vorstellung, dass die Amerikaner alles, was gesagt wurde, aufnahmen und übersetzten, störte Grip in der Tat kolossal. Bei seinem ersten Besuch in der Zelle war das noch nicht der Fall gewesen, da war es ihm ganz natürlich erschienen, nicht anders zu erwarten. Aber die Unternehmung hatte sich in eine unerwartete Richtung entwickelt.

Aus nicht ganz klaren Gründen sah sich Grip gezwungen, auf Garcia zu bleiben. Und waren die Amerikaner von dem, was in der Zelle gesagt wurde, tatsächlich nur an dem Teil der Konversation des unbekannten Mannes interessiert? »Ist er Schwede?«, war nicht länger die einzige zu beantwortende Frage.

»Das stört mich ganz und gar nicht«, antwortete Grip gelassen. »Es ist schließlich normal, dass Verhöre aufgenommen werden.«

Sie sahen sich an.

»Ich habe jede Form von Verhören erlebt«, antwortete der Mann, der sich N. nannte. Jemand hatte nach seinen misshandelten Füßen geschaut, sie waren frisch verbunden. Er war rasiert, die Haare aber waren noch nicht geschnitten. Er erinnerte an einen Menschen, der nach mehreren Jahren aus dem Koma erwacht war. Seine Bewegungen waren verzögert, als wäre er noch nicht ganz Herr über seinen eigenen Körper. Das Haar war gepflegt, jemand hatte es gewaschen. (Grip konnte sich nicht vorstellen, dass er das alleine geschafft hatte.)

»Haben Sie Heimweh?«, fragte Grip.

N. wirkte unberührt bei dieser Frage, seine Schulter machte eine kleine Bewegung, was möglicherweise als Antwort gedeutet werden konnte.

»Wo haben Sie gelebt?« Keine Reaktion. Trotzdem hatte Grip das Gefühl, dass er nachdachte. »Sie wissen, dass ich Sie über ein Haar über das DNA-Register suchen lassen kann, falls jemand Sie als vermisst gemeldet hat.«

Grip wusste nicht genau, worauf er eigentlich hinauswollte, was er von ihm erwartete.

»Brauchen Sie Unterstützung aus Schweden? Die Botschaft …« Grip verstummte angesichts des unlogischen

Vorschlags. Welche Botschaft sollte das sein? Das war schließlich der Witz des Ganzen, dass sie waren, wo sie waren, auf einer staatenlosen Insel.

Der Blick des Mannes war wieder abwesend, weggetreten. So etwas bekam man in Schweden schon seit Langem nicht mehr zu sehen, den Blick von Menschen, die über Jahre in Isolationshaft gehalten worden waren. Die Stille im Raum erinnerte Grip an eine andere Sorte von Verhören, den Kontrast zu den Zeiten, als er noch jünger war und jugendliche Kriminelle vernommen hatte. Ein Autoknacker, aus dem nichts rauszukriegen war, hatte es geschafft, seine Brieftasche wegzuwerfen, man wollte einen Namen und bekam nur ein Achselzucken zur Antwort. Diesen Typen konnte man Todesangst machen, indem man einfach nur mit sanfter Stimme mit ihnen sprach, zuckersüß. Grip schaute auf N.s weiß bandagierte Füße. Knüppelschläge, dachte er, auf die Fußsohlen. Das zerstört die Nervenenden, man kann nie mehr ordentlich gehen, und was sie ausgehalten hatten, war fast unerträglich, hieß es. Wer bekam die meisten verwertbaren Geständnisse, die Knüppler oder die sanften Stimmen? Grip hatte sich das oft gefragt.

»Wie heißen Sie?«, fragte er, als der Gedanke vorbeigezogen war.

Grip wartete. Der Blick des Mannes schwebte irgendwo über allem, seine Hände waren wie meistens zu Fäusten geballt und lagen wie übrig geblieben auf seinen Beinen. Grip schloss den Notizblock, auf den er nicht mehr als das Datum des Tages geschrieben hatte.

»Ich habe keine weiteren Fragen. Ich komme morgen wieder …«

Der Mann – N. – schloss die Augen und sagte: »Stellen Sie sich vor, Sie werden wach, und alles ist überflutet. Da, wo Sie normalerweise gehen, ist das Meer, und Fische schwimmen durch die Straßen.«

»Fische?«

»Ja«, sagte der Mann und schlug die Augen wieder auf. »Zwei. Ich stand neben einem Auto und habe zwei Fische vorbeischwimmen sehen.«

Grip sagte nichts, ahnte mehr, als er zugeben wollte. »Sie waren auf einer Reise?«, fragte er schließlich.

»Ja, das ist eine Ewigkeit her. Da war alles anders, ich war ein anderer. Jetzt müssen Sie sich mit N. begnügen. Jetzt bin ich Niemand. Die Fische sind an mir vorbeigeschwommen, und ich bin auf den Berg gestiegen.«

Grip schlug den Block wieder auf. Zum ersten Mal hörte er etwas vom Weejay's und Topeka, später von der First Federal Union und Charles-Ray Turnball. Adderloy wurde ihm vorgestellt, zusammen mit den anderen. Der Wachmann in der Bank, die Helikopter, das libanesische Restaurant, ihre Flucht und die Nacht im Tumbleweed Motel. Drei Tage machte Grip Notizen, während N. erzählte.

# 27

TUMBLEWEED MOTEL,
TOPEKA, 2005

Am Morgen gingen Vladislav und N. hinunter zum Frühstück, während Mary duschte. Auf einem kleinen Ecktisch in der Hotellobby gab es das Minimalangebot eines Motels, das sich noch als Frühstück bezeichnen lassen konnte: Kaffee, Milch, kleine Cornflakespackungen und einen Teller mit blassen Muffins, die sicher schon seit Anfang der Woche dort standen. Das Frühstück dauerte nicht lange.

Als sie zurück ins Zimmer kamen, saß Mary auf dem Fußende des Bettes und schien auf etwas zu warten. Sie war angezogen, ihr Haar glänzte nass.

»Magst du?«, bot N. ihr ein Päckchen Cornflakes an.

Sie schüttelte fast unmerklich den Kopf, saß leicht zurückgelehnt und stützte sich mit den Händen auf der Bettdecke ab.

»Nicht?«, sagte N.

»Nein, danke. Gab's Kaffee?«

»Kann ich mal dein Handy haben?«, fragte Vladislav.

Mary zuckte mit den Schultern. »Wieso?«

»Wo ist es?«

»In meiner Tasche.« Sie zeigte auf ihre neu erstandene Stofftasche.

N., der gerade erst den Fernseher angestellt hatte, stellte ihn wieder aus.

Vladislav nahm das Handy heraus. »Schalt es ein.«

»Willst du telefonieren?«

Er antwortete nicht. Mary schaltete das Handy an und tippte die Pin ein, worauf Vladislav es ihr aus der Hand nahm.

Er drückte sich ins Menü und hielt ihr gleich darauf das Display vors Gesicht. »Letzter Anruf … vor nicht mal fünf Minuten.«

»Er muss doch …«

»Adderloy.« Vladislav schleuderte das Handy über den Schreibtisch.

N. stieß einen frustrierten Laut aus und stöhnte, als hätte er einen Schlag verpasst bekommen.

»Wir können ihn doch nicht einfach im Stich lassen«, sagte Mary trotzig.

»Nein, absolut nicht«, nickte Vladislav. Er stand da, die Hände in den Taschen. Mit dieser unheilschwangeren Ruhe, die N. sonst an ihm ängstigte.

»Adderloy ist in einer halben Stunde hier.« Mary wandte den Blick von Vladislav ab und schaute aus dem Fenster. Er stand nicht mehr als Armeslänge von ihr entfernt. Sie schloss die Augen, ein Sonnenreflex huschte über ihr Gesicht. Sie hob den Blick.

Sie war N. noch nie fremder gewesen als in diesem Moment.

»Ehe Adderloy sich gestern auf den Weg gemacht hat, hat er dir da gesagt, dass du essen gehen solltest?«, fragte Vladislav.

»Ja, er meinte, das könnten wir ruhig tun.«

»Wohl wissend, dass Reza nicht mitkommen würde.«

Mary saß mit ausdruckslosem Gesicht stumm da.

»Du hast also …« N. brauste auf, aber Vladislav hielt ihn zurück.

»Schhh.« Er ging vor Mary in die Hocke, legte eine Hand direkt hinter ihrem Rücken auf die Bettdecke. Sie sah ihn noch immer nicht an. »Du spielst, Mary«, sagte er leise. »Ich war drauf und dran … Du dachtest, ich wollte dich töten, darum schaust du weg. Du hast ein Geschick, Herausforderungen zu finden, und sie von anderen bis zum Ende durchführen zu lassen. Genau wie eben gerade. Ich war drauf und dran …« Mary verzog keine Miene, Vladislav schluckte den Rest herunter. »Sei vorsichtig mit deiner Todessehnsucht.«

In der Stille war nur der gedämpfte Verkehrslärm draußen zu hören.

»In einer halben Stunde, sagst du«, fing Vladislav wieder an, »kreuzt Adderloy hier auf.« Er stand auf. »An dieser Stelle sollte ich einfach meinen Pass nehmen und gehen, einfach verschwinden.« Er warf einen Blick aus dem Fenster, grinste. »Aber ich gönne ihm nicht, dass ihr zwei auch untergeht. Das gönne ich ihm einfach nicht. Er spielt noch viel verwegener als einer von uns anderen.«

Er angelte Marys Handy vom Schreibtisch, wählte eine Nummer und schaute in den Spiegel, während er wartete.

»Die Polizei, bitte … eine Leitung wird doch frei sein … verbinden Sie mich.« Ein paar stille Sekunden. »Der Überfall auf die First Federal Union … Nein, kein Tipp-Telefon, ich will mit einem Verantwortlichen sprechen, einem Ermittler, Kommissar, wie immer die heißen.« Er wurde weiterverbunden, und nach ein paar »Ja« und »Nein« wurde er laut. »Hören Sie auf mit dem Schreiben, und hören Sie zu. Bei der Blitzaktion in der alten Fabrik gestern haben Sie drei Pistolen vom Typ Glock 19 und vier schwarze Taschen mit Geld gefunden. Außerdem haben Sie einen Pakistaner festgenommen … Ja, korrekt, einen Pakistaner. Nein, ich weiß, dass Sie das nicht bestätigen können, ich sage das auch nur, damit Sie verstehen, dass ich Insiderinformationen habe. Ruhe. Der Rest, den ihr sucht, befindet sich in diesem Moment im Tumbleweed Hotel, in …«, Vladislav zog den Zimmerschlüssel aus der Tasche, »… Zimmer 230. Wie ich heiße?«

Vladislav lachte und drückte das Gespräch weg.

N. hatte unterdessen begonnen, seine Sachen in eine Plastiktüte zu stopfen. Vladislav sah Mary an. »Sie sind in einer Viertelstunde hier, tippe ich. Egal, was Adderloy sich ausgedacht hat, sie werden ihm zuvorkommen. Kommst du mit?«

Vladislav ging zu dem Nachtschrank, wo seine Sachen lagen. »Wir hinterlassen den Polizisten einen hektischen Aufbruch, ein bisschen von dem, wonach sie gieren.« Er bewegte sich schnell, riss ein paar zufällige Seiten aus dem Reiseführer der arabischen Halbinsel und ließ sie auf den Boden segeln. Mary sah sich skeptisch um. N. stopfte mehr Kleider in seine Tüte. Im Los-Angeles-Führer machte Vladislav ein paar Eselsohren und unterstrich mit dem Hotelstift die Adresse eines arabischen Buchladens, ehe er das Buch von sich warf.

Als Vladislav und N. fertig waren, erhob Mary sich vom Bett, nahm ihre Tasche und verließ als Letzte das Zimmer. Ihre alten Kleider lagen auf einem Haufen mit dem Bettzeug und den nassen Handtüchern, Vladislavs ausgerissenen Buchseiten, dem Reiseführer und ihren neu gekauften Zahnbürsten.

Sie bezahlten, setzten sich in den gestohlenen Ford und fuhren los.

Schon wenige Straßen weiter kamen ihnen die ersten weißen Polizeivans entgegen, und als Vladislav in eine Seitenstraße bog, rauschten zwei identische, mit je zwei sonnenbebrillten Männern besetzte Buicks vorbei. Aber erst als sie wieder auf dem Highway waren, sah N., wie sich der Schwarm Helikopter über dem Bereich mit Motels und Fast-Food-Läden sammelte.

Vladislav sah einen Helikopter den Rückspiegel durchqueren. »Die waren ja schneller da, als die Polizei erlaubt«, sagte er und fügte dann leise hinzu: »Entweder hat Adderloy sie schon wieder vorgewarnt, oder die Polizei ist verdammt noch mal auf Draht.«

Vladislav fuhr wieder vom Highway ab und parkte den Wagen neben einem Betonkanal, in dem das Wasser braun und träge dahinfloss. Er kurbelte die Scheibe runter und wog sein Handy in der Hand. »Zur gegenseitigen Absicherung«, sagte er und warf es ins Wasser.

»Ihr zwei auch.«

Den nächsten Stopp machten sie an dem Platz vor der First Federal Union. Sie stiegen aus dem Auto und gingen zu Fuß weiter.

»Das ist doch vollkommen idiotisch!«, wiederholte N., der nun sicher war, dass sie für einen zweiten Banküberfall nach Topeka zurückgekommen waren. Marys gleichgültiges Auftreten war wie weggeblasen, in ihren Augen war wieder Leben.

Sie überquerten den Platz. N. hielt nach Polizisten Ausschau, während Vladislav vor ihm den ganzen Weg bis zum Eingang mit leeren Phrasen um sich warf. »Geld, wir brauchen Geld. Davon hängt alles ab.« Die aufgeknöpfte Jacke und das Haar flatterten. »Haben wir das alles nicht überhaupt deswegen getan? *Ich* hab es jedenfalls deswegen getan.«

Vladislavs Versprechen im Auto, dass es keine Gewalt geben würde, hatte N. letztlich veranlasst, sich zu beugen. Ihm war natürlich auch klar, dass sie ohne Geld aufgeschmissen waren. Aber er wollte die Sache lieber auf seine Weise abschließen, und nicht, indem er in den Mühlen der Justiz landete. Aber nun, hier auf dem Platz, das Schild der First Federal Union vor sich, kamen ihm Zweifel. Er dachte an die Schüsse und Schreie und seine eigene Verwirrung.

»Die beiden da drüben«, sagte er und deutete mit einem Nicken auf zwei schwarz gekleidete Männer mit kantigen Schirmmützen und genähten Bügelfalten auf der Hose.

»Wachleute, unwichtig, kommt weiter.«

N. war stehen geblieben und musste sich beeilen, nicht den Anschluss zu verlieren. Mary fuhr mit der Hand über ein Absperrband der Polizei, das zwischen ein paar Kegeln gespannt war, obwohl die Bank bereits wieder geöffnet war. Über den Spinnwebenrissen und Kugellöchern der großen Frontscheiben waren provisorisch Glasscheiben verleimt worden.

»Wahnsinn«, kommentierte Vladislav aufgeräumt. Und damit gingen sie hinein.

Die Stimmung in der Bank war nahezu entspannt ruhig. Hinter und vor den Schaltern waren erheblich weniger Leute zu sehen als bei ihrem letzten Besuch.

»Wartet hier, das System ist alt.« Vladislav ging allein zu einem Tresen, wechselte ein paar Worte mit dem Angestellten und signierte auf einer Schreibunterlage eine

Quittung. Er winkte Mary und N. zu sich, ehe er weiter Richtung Tresorraum ging. Die Tür mit ihrem Mechanismus und den Bolzen hatte etwas von einem gigantischen Uhrwerk aus Stahl.

»Hier war ich«, sagte Vladislav und ging durch den Rundbogen in den Tresorraum. Er blieb stehen, versicherte sich, dass sie alleine waren, und zog dann ein paar dünne Plastiktüten, die er von einem Putzwagen im Motel mitgenommen hatte, aus der Tasche. Mary schaute sich interessiert um.

»Bankfächer«, sagte N. »Komm zur Sache, ich will so schnell wie möglich hier raus.«

»Also, ich hab ein Bankfach eröffnet, ein paar Tage bevor … Jedes Mal, wenn man an sein Fach will, wird der Ausweis kontrolliert, und sie wollen eine Quittung haben, dann darf man hier rein und mit einem eigenen Schlüssel aufschließen. Seht euch um, keine Kameras, die gibt's nur vorne im Bankraum.« Er fischte einen Schlüssel aus seiner Brieftasche und öffnete eins der größeren Fächer.

»Zwanzig Sekunden für mich, das war meine persönliche Ergänzung zu Adderloys Plan.« Er zog die Box aus dem Fach. »Ich war ganz allein bei den Schaltertresen hinter der Ecke, was ich für einen kleinen Abstecher in den Tresorraum genutzt habe, ohne Ausweis und Unterschriftenpipapo. Zwanzig Sekunden, höchstens, eher fünfzehn.« Vladislav klappte den Deckel auf und zeigte ihnen die Scheinbündel. »Das meiste von dem, was ich hier um die Ecke eingesteckt habe, ist in der Box gelandet.«

N. sah ihn aufgebracht an, aber Vladislav kam ihm zuvor. Er packte ihn fest am Nacken und zog ihn zu sich. »Du hast recht. Während ich hier drin war, lag da draußen dieser Irre auf dem Boden und hat wild um sich geballert.

Ich hätte am Tresorraum vorbeilaufen und den Scheißkerl direkt abknallen sollen, vielleicht hätte ich damit ein paar Leuten das Leben gerettet.« Er schüttelte N.s Kopf. »Aber dann würden wir jetzt auch völlig blank dastehen.« Er ließ los.

»Das …«

Vladislav bohrte N. einen Finger in die Brust, sobald er den Mund aufmachte. »Sag nichts. Ein Kopfschuss von dir für den Wachmann hätte die anderen genauso gut gerettet. Aber du hast ja lieber den Kopf eingezogen.«

Eine Frau mit einem Schlüssel in der Hand betrat den Tresorraum.

»Einen Augenblick«, brummelte Vladislav, als wäre er nackt in einer Umkleidekabine überrascht worden. Sie drehte sich erschrocken um und verschwand.

»Wir haben Geld, und wir werden von hier verschwinden. Das ist alles, was zählt«, sagte er und hielt die erste Tüte vor sich.

N. und Mary durften stapeln.

Sie trugen die Scheinbündel in doppelt verstärkten Plastiktüten heraus, nicht wegen des Gewichts, sondern damit man die Bündel durch das dünne Plastik nicht erkannte. Jeweils zwei Tüten für Vladislav und N., als kämen sie vom Großeinkauf. Mary setzte ihre Sonnenbrille auf und verließ mit der Hand auf ihrer kleinen Stofftasche als Erste den Tresorraum. Vladislav folgte ihr und lächelte die Frau wiedererkennend an, die davor wartete.

Ein Erbe, das aufgeteilt wurde, oder eine Familie, die überraschend beschlossen hatte, die Stadt zu verlassen – die Frau in Schwarz mit der Sonnenbrille, die durch die Bank lief, strahlte Trauer aus, mit den beiden Männern hinter sich, die ihren Anteil für sie trugen. Der neu eingestellte

Wachmann nickte ihr zu, als sie an ihm vorbeiging. Die Glaser schauten von ihren Trittleitern hinter ihr her, ehe sie mit der Demontage des zerschossenen Fensters fortfuhren.

Fast neunhunderttausend Dollar. Vladislav teilte die Summe ohne zu fragen in zwei Hälften – die eine für ihn, die andere für Mary und N.

»Nicht für ein ganzes Leben, aber für den Anfang reicht es«, sagte er und knotete die letzte Tüte zu.

Er saß auf der Rückbank. Mary fuhr. Interstate 70 gen Osten: Kansas City, St. Louis. Dann weiter auf der 55 nach Süden mit N. am Steuer: Missouri, Arkansas. Er schaffte es bis Wynona, Mississippi. Trotz fortgeschrittener Stunde leuchteten an allen Motels »Zimmer frei«-Neonschilder, also ließen sie sich Zeit und aßen erst einmal etwas, ehe sie sich um Zimmer kümmerten. Ein lautes Diner um Mitternacht, wo alles Servierte gebraten oder frittiert und der Eistee aus der Kanne war. Auf der Karte waren mit schwarzem Filzstift Gerichte gestrichen oder handschriftlich zugefügt worden. Die übliche Verwirrung brach aus. Vladislav blätterte herum und fragte, bis N. am Ende für sie beide bestellte.

All das würde zum letzten Mal so sein. Zum absolut letzten Mal.

Mary war an den Glastresen gegangen, um sich einen Nachtisch auszusuchen, als Vladislav sagte: »Bis Jackson sind es noch ein paar Stunden, da dürft ihr mich morgen absetzen.«

»Und dann?«, fragte N. nicht sonderlich überrascht.

»Das entscheide ich, wenn es so weit ist.« Vladislav warf einen Blick zu Mary, die sich über den Desserttresen beugte. Ihm schien etwas auf der Zunge zu brennen. »Du weißt es doch auch«, fing er an. »Das ist alles nur geborgte

Zeit. Die sinnlose Flucht von ein paar Leuten, die nur den Untergang gemeinsam haben.«

»Ein gestohlener Wagen aus Topeka, nach dem wird hier unten in Mississippi schon niemand suchen«, versuchte es N.

»Das Entscheidende ist nicht der Wagen. Aber wie gesagt, ab Jackson mach ich allein weiter.« Vladislav warf einen Blick über die Schulter. »Banken, Waffen, Geld beiseiteschaffen und untertauchen, das kann ich. Und daran werde ich mich auch weiter halten.«

»Kannst du davon leben?«

»Die Welt ist voll davon, da schadet es nicht, wenn wenigstens einer es ordentlich macht.«

»Aber was hast du gemacht, bevor wir …?«

»Vor der Welle?« Vladislav lachte. »Was hast du gemacht?«

N. hob sein Glas und trank einen Schluck.

»Genau das«, sagte Vladislav. »Ich habe mich aus dem Bus gerettet, und danach war ich ein anderer. Schießen konnte ich vorher schon, nur nicht auf diese Weise.«

Mary stand immer noch an der Theke, eine Kellnerin war in die Küche gegangen, um etwas zu holen.

»Adderloy?«, fragte N.

»Adderloy schuldet mir nach wie vor eine Million«, sagte Vladislav und sah N. an. »Er hat Reza geopfert. Gott weiß, was er sich für uns ausgedacht hat. Er weiß, dass ich lebe, und er weiß, dass er mir Geld schuldet.«

Mary bekam einen Teller mit einem Stück Pie. Sie sah ihn wortlos an, schob ihn zurück über die Theke und bekam einen Spritzer Schlagsahne.

Vladislav fischte einen Stift aus der Jacke und zog eine Serviette aus dem Halter. »Wo immer du landest, merk dir diese Adresse.« Er schrieb etwas auf die Serviette und drehte sie dann um. »Ein Leben für ein Leben«, sagte er und tippte mit dem Zeigefinger auf die E-Mail-Adresse.

»Was?«, sagte N. verwirrt.

»Du hast meine Brieftasche und meinen Pass aus Marys verfluchter Höhle mitgenommen. Das hat mich gerettet. Das und dass du dich mir im libanesischen Restaurant in den Weg gestellt hast. Merk dir die Adresse, darüber kannst du mich überall erreichen. Du kannst darauf zählen, dass ich was auch immer für dich tue – einmal.«

N. beugte sich über die Serviette und las die Adresse noch einmal.

»Ein Leben für ein Leben«, wiederholte Vladislav.

Mary kam zurück. »Brombeere«, sagte sie und leckte einen Klecks Sahne vom Löffel, die vom Saft blutrot verfärbt war. Sie schob sich in die Sitzecke, während Vladislav sich mit der Serviette die Hände abwischte und sie in die Tasche steckte.

Noch ein Motelzimmer mit durchgetretenen Teppichstufen. Nach dem singenden Highwaybelag von drei Bundesstaaten und dem ständig gebratenen und frittierten Essen rollte eine zähe Müdigkeit über sie hinweg. Nicht einmal der Fernseher oder die Nachrichten interessierten sie. Die Stimmung hatte etwas Planloses, sie saßen, lagen oder räumten herum, als könnten sie, solange sie sich nicht schlafen legten, irgendetwas aufhalten.

N. schaute in seine Geldtüte. »Das kann man doch nicht einfach auf ein Konto einzahlen.«

»Doch, klar«, antwortete Vladislav, der auf dem Bett lag und an die Decke starrte. Er verstummte, schien auf etwas zu kauen. »Fahr nach Florida«, sagte er und atmete schwer, als wäre ihm schlecht. »Mach einen Ausflug auf die Cayman Islands … Während die anderen an Land nach billigem Schmuck suchen, nimmst du deine Tüte und suchst dir eine Bank aus.«

»Irgendeine?«

»Du hast Hunderte zur Auswahl.«

»Und was sagt man?«

»Dass du beim Poker gewonnen hast. Das machen die Leute heute so.«

»Poker«, sagte Mary. »Das ist also dein Tipp für uns beide.« Sie rollte sich auf die Seite. »Täuscht mich mein Gefühl, oder …?« Sie vollendete den Satz nicht.

»Dass ich nicht mit von der Partie bin? Nein. Ich werde euch morgen verlassen.«

N. knotete die Tüte zu und schloss die Augen für ein paar Sekunden.

An einem Busterminal in Jackson verschwand Vladislav einfach. Er stieg aus und nahm seine Tasche aus dem Kofferraum. Dann schlug er zweimal mit der flachen Hand aufs Dach wie ein Tramper, der sich fürs Mitnehmen bedankt, und war weg.

Die Sonne brannte. N. und Mary fuhren zwischen Lastwagen und Wohnmobilen weiter gen Süden. Louisiana, Sumpfgebiete zu beiden Seiten der Straße, dann gen Osten, Pensacola, insektenverschmierte Windschutzscheibe. Sie ernährten sich von den knallroten Würsten und sirupglänzenden Zimtschnecken an den Tankstellen. Dann endlich sahen sie die ersten Schilder, die die Entfernung nach Miami angaben.

Ein Last-Minute-Ticket für eine Kreuzfahrt, hatten sie sich gedacht. Karibik oder Südamerika.

Sie suchten sich ein komplett weißes Motel aus, als sie nach Florida kamen. Nadelwald umschloss den Parkplatz, eine laue Brise zog durch die Dunkelheit. Eine letzte Nacht vor Miami. Das Zimmer war sauberer, der Teppich so dick, dass man darauf federte. N. duschte, während Mary zur Rezeption ging, um Kreuzfahrtkataloge zu holen.

Als er mit einem um die Hüften geschlungenen Handtuch aus dem Bad kam, war das Licht im Zimmer aus. Er wippte auf dem Teppich vor und zurück und versuchte in der Dunkelheit zu erkennen, wo sie war.

Links eine Bewegung.

Und im nächsten Augenblick eine Hand von rechts, ein Schlag auf die Schulter, dann viele Hände, die ihn zu Boden drückten. Die Männer im Dunkeln agierten leise, er selbst gab nicht den leisesten Laut von sich. Gab einfach auf.

Sein Leben, wie er es kannte, war ein zweites Mal zu Ende. Festgenommen und weggesperrt. Tage, Wochen, Monate. Nie eine formulierte Anklage. Jahre sollten vergehen, sich einfach auflösen.

Von allen Dingen, denen sie ihn im Laufe der Zeit ausgesetzt hatten, war es die schwerste Herausforderung, sich gegen den Mann zur Wehr zu setzen, der eines Tages in seine letzte Zelle trat und seine Muttersprache sprach.

# 28

DIEGO GARCIA, 2008

Shauna Friedman hatte den durchtrainierten Körper einer Schwimmerin. Eine kleine Bewegung aus der Hüfte, und sie schoss durchs Wasser. Bei ihrem ersten gemeinsamen Essen in New York hatte ihre routinierte Handhabe der Stäbchen etwas über sie verraten. Genauso erwiesen sich nun der Strand und das Meer als ihr Element.

Sie hatte Taucherbrillen und Schnorchel besorgt und war gefahren. Nur sie und Grip an einem einsamen Strand, zuerst flach abfallender Sandboden, dann ein Riff. Die kleine, abgelegene Bucht lag auf der Meerseite des Atolls. Es war Vormittag, noch war vom Wind nichts zu spüren, von der unerträglichen Hitze. Kein Fahrzeug, ungebrochener Horizont. Das Wasser fächerte ihr Haar zu einem wogenden Schleier über ihrem Rücken aus, als sie zu den Korallen hinuntertauchte. Sie war schneller als er, kam tiefer, nur mithilfe ihres Beinschlags, ohne Flossen. Sie entdeckte die Fische, zeigte sie ihm, vollführte erklärende Gesten, die Grip nicht zu deuten wusste. Er nickte. Einmal fasste sie ihn am Arm und zog ihn ein paar Meter tiefer zu einer Muräne, die mit entblößten Zähnen in ihrer Höhle pumpte.

Als sie aus dem Wasser kam, schob sie die Taucherbrille unters Kinn und wischte im flachen Uferwasser mit schnellen, unbewussten Bewegungen die Tropfen von

Armen und Beinen. Als sie über den Strand ging, legte sich der weiße Korallensand wie Perlzucker auf ihre Fußrücken.

Shauna Friedman trug einen schwarzen Badeanzug. Das steht nur wenigen, dachte Grip. Shauna Friedman schon, obgleich der Badeanzug keineswegs gewagt geschnitten war und eher an Wettkampfkleidung erinnerte. Sie hatte ein Gespür für Farben und Schnitte und trat nicht auf, als fühlte sie sich beobachtet, was vermutlich häufig der Fall war. Es gab mit Sicherheit Männer, die sich noch Jahre später exakt daran erinnerten, wann sie sie gesehen hatten, auch wenn sie keine Ahnung hatten, wer sie war. Und das lag nicht an bestimmten Details. Männer, die nach schlanken Beinen oder wohlgeformten Brüsten Ausschau hielten, suchten andere Frauen. Friedman war anders. Ihr Körper war das eine, natürlich war es so, aber viel mehr war es ihr Blick, der niemals Verunsicherung ausdrückte.

»Man sagt, sie könnten locker den Oberschenkel eines Mannes durchbeißen.«

»Wer sagt das über wen?«, fragte Grip, der sich gerade hingesetzt hatte und das nasse Haar aus der Stirn strich.

»Über Muränen«, sagte Shauna. »Dass sie einen männlichen Oberschenkel durchbeißen können. Warum ausgerechnet ein Männerbein?«

Grip schaute auf seine Oberschenkel, die kräftiger waren als ihre. »Weil wahrscheinlich nur Männer blöd genug sind, ihnen zu nahe zu kommen – oder sie beißen grundsätzlich nur Männer.«

»Nein«, sagte sie und streckte ihm die Hand entgegen. In dem Wurzeldreieck zwischen Daumen und Zeigefinger leuchteten zwei weiße Punkte auf der sonnenbraunen Haut.

»Sieh an«, sagte Grip und setzte die Sonnenbrille auf. »Männerschenkel und Frauenhände.« Er lehnte sich zurück. Sie saß nach wie vor aufrecht auf ihrem Handtuch.

»Der Mann in der Zelle hat zu sprechen begonnen«, sagte Shauna, den Blick auf einen Punkt am Horizont gerichtet.

»Ja. Er erzählt, und ich mache Notizen«, antwortete Grip.

»Zwei komplette Tage?«

»Genau genommen drei, mit gestern.«

»Stackhouse meint, Sie lügen ihn an«, fuhr Shauna fort.

»Aha.«

»Auf die Frage, ob der Mann Schwede ist.«

»Lügen würde ich das nicht nennen, ich bin der Frage ausgewichen. Aber um ganz korrekt zu sein, habe ich ihm gesagt, ich hätte diesen Schluss gezogen, ihn aber nicht von dem Gefangenen bestätigt bekommen.«

»Aber Stackhouse hat Sie gefragt.«

»Das ist wahr. Vor ein paar Tagen. Und ja, ich habe gelogen.«

Grip lag auf dem Rücken und schaute durch die dunklen Gläser an den Himmel. Er ahnte Shaunas Rücken am Rand seines Blickfeldes. »Daraus kann ich ja nur die Schlussfolgerung ziehen, dass jemand meine Gespräche in der Zelle aufzeichnet und übersetzt.«

»Sie haben vorgestern jemand eingeflogen. Und wenn Sie es wissen wollen, ja, ich bekomme Ihre Kopien zu lesen.«

»Das ist eine Menge *Sie* und *Ihre* bei dem Ganzen.«

»Ja«, sagte Shauna. »So ist das.«

Grip fühlte einen Wassertropfen über den Bauch rinnen. Er war fast trocken, nur die Badehose kühlte noch ein wenig.

Shauna musterte ihn über die Schulter, von Kopf bis Fuß, und drehte sich dann wieder zum Meer. »Überall auf der Welt sind Menschen gefangen, das ist kein Geheimnis«, fing sie an. »Alle wissen das, alle versuchen, damit umzugehen. Aber irgendwann verliert man den Überblick. Informationen kommen ans Licht, Geständnisse werden abgelegt, die verwendet und zugleich geheim gehalten werden sollen. Man bekommt eine Akte in die Hand gedrückt – top secret. Was dort steht, ist so knapp und nüchtern zusammengefasst, als ginge es um Naturgesetze. Kein Wort, wo sie herkommen, niemals irgendwelche Namen, Orte. Was ist das letzten Endes wert? In den unterschiedlichen Organisationen ziehen wir außerdem unterschiedliche Schlussfolgerungen, das ist unvermeidlich.«

»Wer ist *wir*?«

»Stackhouse ist ein Teil davon.«

»CIA?«

»Wenn Sie sie darunter zusammenfassen wollen, ja.«

»Und zu wem gehören Sie?«

»Das sagte ich doch bereits – FBI. Vereinfacht das die Sache?«

»Eine schwarz-weiße Welt ist immer leichter zu handeln. Stackhouse ist der Meinung, dass der Zweck die Mittel heiligt, ihr habt Gesetze, die ihr berücksichtigen müsst. Oder?« Der ironische Unterton war nicht zu überhören.

»Sie sind Schwede, ihr sitzt auf der Tribüne.«

»Genau, es ist angenehm, zu denen zu gehören, die immer wissen, was richtig ist.« Grip beschattete die Augen mit der Hand und hob den Kopf. Shauna murmelte eine Antwort. Sie nahm Sand zwischen den Fingerspitzen auf und warf ihn mit ungeduldigen Bewegungen vor sich.

»Die Behandlung dieser Gefangenen bringt in mehrfacher Hinsicht Probleme mit sich«, sagte sie. »Eins ist, dass man jemanden, der einmal außerhalb des Gesetzes platziert wurde, nicht wieder hineinkriegt.«

»Was Leute mit Elektroden am Hodensack gestehen, würde vor einem normalen Gericht niemals anerkannt werden. Sie werden sie niemals verurteilen können, weil die Beweise nichts wert sind.«

»So in der Art.«

»Wollen Stackhouse und seine Meute sie überhaupt verurteilt sehen?«

Shauna antwortete nicht.

»Wollen sie nicht nur ein wenig Rache, allgemeine Geständnisse, und weiter geht's mit der Festnahme der nächsten Reihe Namen, mit Drogen vollpumpen und in der Welt rumkutschieren?« Er hatte schon immer nur schwer widerstehen können, den Amerikanern den Spiegel vorzuhalten.

Shaunas Hand hielt inne, schwenkte noch ein letztes Mal durch die Luft und ließ den Sand fallen. »Die allgemeine Turbanjagd interessiert mich nicht«, sagte sie. »Ich will wissen, was wirklich passiert ist.« Es folgten ein paar Sekunden Stille.

»Der Mann in der Zelle, ist er, was man als ethnisch schwedisch bezeichnen würde?«, fragte sie schließlich.

»Sie meinen – er ist trotz allem ein ziemlich dunkler Typ.«

»Er hat dunkle Haare.«

»Ja, wie ich«, sagte Grip. »Mit der ausreichenden Menge Prügel, um meine kantigen Züge abzurunden, keiner Möglichkeit, mir die Haare zu schneiden oder mich zu rasieren …«

»Stackhouse und sein Team glauben, dass er möglicherweise ausländischer Herkunft ist«, fiel ihm Shauna ins Wort.

»Sie glauben, dass er Muslim ist.«

»Das glauben sie von jedem, der nicht wie Jesus Christus aussieht.«

»War der nicht Jude?«

»Genau«, antwortete Shauna mit Nachdruck, und die Pointe verpuffte.

»Er ist Schwede«, sagte Grip nach einem Seufzer. »Womit ich meine, dass er nicht noch alles Mögliche andere ist. Schwede – das ist das Einzige, dessen ich mir zu diesem Zeitpunkt ganz sicher bin.«

»Das Einzige?« Sie schien überrascht.

»Wie viele verirrte Seelen sitzen noch in diesem Gebäude?«, konterte Grip. »Vernarbte, zitternde Häufchen Elend. Auf Tournee mit eurer Koalition dienstbeflissener Henker.«

»Kotzen Sie sich ruhig aus – geht's Ihnen damit besser?«

»Vielleicht. Aber egal, was ihr auch unternehmt, wir werden auf der Tribüne immer die moralische Überlegenheit haben.«

»Man kann die Antworten aus ihnen herausprügeln«, konterte Shauna, »oder die nächste Welle Flugzeugentführer auf dem Weg nach Manhattan abwarten.«

Grip kam aus dem Konzept und lachte, Shauna lächelte gezwungen über die Schulter nach hinten.

»Das ist eine Sichtweise«, sagte sie. »Wissen Sie übrigens, wie sie Garcia nennen? Ich meine, hier, wie die Soldaten selbst die Insel nennen? Fußabdruck der Freiheit.«

Grip hatte die Aufkleber stapelweise in den Läden auf der Insel gesehen: die stilisierte Strandlinie des Atolls in Form eines Fußabdruckes.

»Ein praktischer kleiner Fußabdruck im Hinterhof der Welt«, fuhr sie fort. »Ein Sprungbrett. Von hier aus erreichen die B-52 ganz Asien und Afrika.«

»Ein Rudel Kettenhunde an einer Leine, die überall hinreicht«, sagte Grip. »Die man allen Teufeln auf den Hals hetzen kann, die in ihre Schranken verwiesen werden müssen.«

»Das ist der Witz. Hier draußen bekommt niemand mit, wann sie starten oder landen oder wer überhaupt auf Garcia ein und aus geht. Das ist noch viel besser als in Guantanamo. Hier muss man noch nicht einmal irgendetwas leugnen.« Sie streckte sich nach einer Dose Cola light in einer knisternden Tasche aus, reichte sie ihm.

»Die B-52 sind auf Satellitenaufnahmen zu erkennen«, sagte er nach dem ersten Schluck. »Gefangene sind schwerer auszumachen.«

»Was schätzen Sie?«

»Mehr als zwei, weniger als hundert.«

»Das ist korrekt.«

»Wie viele Zellen?«

»Hören Sie auf zu fischen«, antwortete Shauna ungerührt. »Ich kenne die Antwort selber nicht. Sie wissen, ich bin vom FBI, nicht vom CIA.«

»Aber es geht um empfindliche Ware.«

»Die offiziell nicht existiert. Die niemand zu Gesicht bekommen darf.«

»Endlagerung?«

Zum ersten Mal, seit sie an den Strand gekommen waren, wog sie ihre Antwort gründlich ab.

»Ich nehme es an«, sagte sie schließlich.

Grip war von ihr beeindruckt, von ihrer Idee mit dem Tauchausflug. Sie ging kein Risiko ein. »Wenn Sie nicht nackt schwimmen wollen, besorgen Sie sich eine Badehose, um den Rest kümmere ich mich«, hatte sie gesagt. »Die Putzfrau hat sogar ein paar extra Handtücher rausgerückt.« Das hatte so spontan gewirkt. Als wäre ihr eine Minute vorher in den Sinn gekommen, raus an den Strand zu fahren, nur sie zwei, abtauchen, ziemlich tief sogar. Eine wohlwollende, gegenseitige Versicherung. Etwas übertrieben, vielleicht, aber trotzdem. Irgendwo, hatte sie vermutet, versteckte er womöglich doch etwas. Eine Miniabhörausrüstung, ein Mikrofon, irgendetwas, das sie am Ende kompromittieren und fällen könnte. Salzwasser, tief abtauchen – der Härtetest für jede Abhörausrüstung. Traute sie ihm das wirklich zu – Mikrofone? In diesem Moment konnte sie jedenfalls keiner abhören oder irgendetwas aufzeichnen, nicht sie sich gegenseitig, nicht von außen, nicht hier. Bis auf die Hotelhandtücher und seine Sonnenbrille war alles im tiefen Wasser gewesen, und jetzt saßen sie so entkleidet auf ihren Handtüchern, wie es moralisch gerade noch vertretbar war. Der ideale Gesprächsrahmen für Paranoide, oder zumindest die Art und Weise, wie man so etwas auf Diego Garcia löste. Die Insel der Heuchelei und Geheimniskrämerei.

Sie brauchte einen vertraulichen Rahmen und dass auch er sich sicher fühlte. Dass später nichts von dem, was hier und jetzt zwischen ihnen gesagt wurde, wiedergegeben werden konnte.

Shauna strich sich den Sand von den Füßen. »Unser Mann«, sagte sie. »Ihr Schwede. Stackhouse will, dass er einer von der üblichen Sorte ist, sie haben sich was von religiösem Extremismus zusammengebraut. Aber ich glaube, er ist was anderes.«

»Unser Mann nennt sich N.«, sagte Grip.

»N.«, sagte Shauna nachdenklich, schob den Gedanken aber beiseite. »Er ist mitschuldig am Tod vieler Menschen.«

»Sagt wer?«

»Nicht zuletzt er selbst. Darüber hinaus haben wir nur eine dünne, sehr dünne, kaum tragfähige Beweiskette, und einen Pakistaner mit einem Loch im Schädel, wo eigentlich sein Gedächtnis sein sollte.«

»Beeindruckend.«

»Nicht sonderlich. Aber ich glaube dem Pakistaner.«

»Wo befindet der sich jetzt?«

»Er wartet in Kansas auf seine Hinrichtung.«

»Was für ein Haufen.«

»Wenn Sie wüssten.« Shauna trank einen Schluck von ihrer Cola. »Für mich hat das Ganze mit den Ermittlungen von Kunstdiebstählen angefangen. Keine Peanuts, da ging's um richtig viel Geld und Leute, die dafür ihr Leben riskiert haben. Ich bin dem Kopf des Ganzen auf die Spur gekommen, konnte ihm nur keine Verbindung nachweisen, aber ich wusste, dass er es war. Der Name, der in dem Zusammenhang auftauchte, war Adderloy, Bill Adderloy.« Sie ließ den Namen sacken, ehe sie fortfuhr. »Ja, genau der Bill Adderloy, von dem N. Ihnen erzählt hat. Kurz nachdem ich den Namen hatte, zeigte sich, dass die Kunstdiebstähle nur ein Teil eines größeren Ganzen waren, eine Art Hobby, sozusagen. Das große Projekt bestand darin, einigen Rebellenbewegungen in Asien unter die Arme zu greifen. Sie wissen schon, ein paar Hundert gottvergessene Kämpfer im kambodschanischen Dschungel, unterstützt von ausländischen Geldern. Dafür braucht es immer einen Unterhändler, jemand, der das Spiel vorantreibt: sich um Waffen und Munition kümmert, das Geld rumschickt und alles Mögliche andere. Das bringt einen Haufen Gesetzesverstöße mit sich, und das FBI war Adderloy wie gesagt auf der Spur. Ich hatte zwei Agenten auf ihn angesetzt, zwei, die sehr nah an ihn rangekommen sind. Wissen Sie, was das für harte Arbeit ist?«

»Undercover zu leben?«, konterte Grip.

»Ja. Haben Sie das mal gemacht?«

»Das kam häufiger vor.«

»Länger als ein Jahr am Stück? Sie waren mehr als ein Jahr an ihm dran, lange Phasen davon im Ausland: Indonesien, Thailand, Sri Lanka. Meine beiden Agenten haben sich als Paar ausgegeben, das hat funktioniert. Sie lebte eigentlich in Chicago, er unten in Tampa. Ein Balanceakt auf einem schlaffen Seil, wie Hand in Hand über ein Minenfeld zu laufen. Aber Schritt für Schritt gewannen sie Adderloys Vertrauen. Er ist eine harte Nuss, ein verdammt cleverer Teufel, der nie irgendwelche Unterlagen hinterließ und nur nützliche Idioten einspannte, die sich um alles kümmerten. Meine beiden Agenten waren dabei, ein Waffengeschäft anzuleiern, Adderloy wollte persönlich zur Inspektion vorbeikommen, so der Plan. Mit den Fingern im Honigtopf die Handschellen zuschnappen lassen. Die Zusammenarbeit mit der Polizei in Macao funktionierte ganz ausgezeichnet, aber dann … Man kann nie genau sagen, wie so etwas zustande kommt, Adderloy schöpfte jedenfalls Verdacht, vielleicht durch einen Insidertipp. Alex und Brooke, meine Agenten, na ja, den Rest können Sie sich denken. Wie auch immer die thailändische Polizei dazu kam, das, was dann passierte, als versuchten Raubüberfall zu bezeichnen.« Shauna schüttelte den Kopf. »Sie wurden erschossen, hingerichtet, mit je zwei Nackenschüssen. Aber vorher hatte man die beiden noch über Stunden gefoltert. Ich musste dorthin fliegen und die Leichen in einem Leichenschauhaus in Bangkok identifizieren. Die Botschaft, die Adderloy auf den rostfreien Stahltischen hinterließ, war mehr als deutlich: Versucht nicht, mich zu verfolgen!

Brooke hatte zwei Söhne im Alter von drei und fünf Jahren, Alex erwartete sein erstes Kind. Was glauben Sie, wie viele Agenten zu Hause Lust hatten, ihre Plätze in dieser Ermittlung zu übernehmen? Klar, nach den Beerdigungen wurde eine Menge geredet, alle wollten den Satan drankriegen. Aber dann wirklich jemanden von dem Job zu überzeugen, bei dem es meilenweit nach Maulwurf stinkt, war unmöglich. Wir haben versucht weiterzumachen, aber sosehr es auch schmerzt, es einzugestehen, irgendwann ist es einfach im Sand verlaufen. Und dann, plötzlich, in einer Todeszelle in Kansas, fängt ein Pakistaner an, von Bill Adderloy zu faseln, und die Lichter gehen wieder an. Es ergaben sich mehrere neue Blickwinkel, als Reza Khan sich zu erinnern begann. So wurde zum Beispiel der Banküberfall in Topeka als eben genau das behandelt – ein Banküberfall. Die Polizei hatte unmittelbar danach mit voller Stärke ermittelt wie nach jedem gewalttätigen Banküberfall, und wir vom Bureau haben sie unterstützt. Rezas Ergreifung fand sozusagen unter den Augen der Öffentlichkeit statt. Es war in allen Medien, im Fernsehen, das ganze Programm. Aber er wurde in Kansas nie vor ein Gericht gestellt. Sobald klar war, dass er Pakistaner ist, von wegen al-Qaida, Sie wissen schon, begaben sich Stackhouse und seine Leute auf den Kriegspfad wie hungrige Wölfe, die lange keine Beute mehr erlegt hatten. Kurz darauf haben sie N. geschnappt. Und seitdem ist er in ihren Klauen. Glücklicherweise gibt es offensichtlich noch eine höhere Distanz, der sie Bericht erstatten müssen, und so konnte einige Jahre später ein Mitarbeiter in Washington eine Verbindungslinie zwischen den Punkten ziehen, als der Pakistaner zu sprechen begann: Adderloy, Reza und N.« Shauna drehte sich zu Grip um. »Ungefähr zu diesem Zeitpunkt wurde ich hinzugezogen.«

»Warten Sie, spulen Sie ein Stück zurück«, sagte Grip. »Es gibt da eine Lücke.«

»Sie meinen – Topeka?«

»Warum plant Adderloy in Topeka einen Banküberfall?«

»Als Strafe für das Auftreten der Southern Baptist Church nach dem Tsunami. Aber vor allen Dingen brauchten sie Geld.«

»So hat es Adderloy im Weejay's verkauft, und zumindest N. ist darauf reingefallen, möglicherweise auch Reza. Aber worum ging es bei dem ganzen Spiel eigentlich.«

»Wieso Adderloy das alles angezettelt hat?«

»Adderloy stiehlt Kunst und unterstützt Rebellenbewegungen, sagen Sie. Die plumpe Moral irgendwelcher Baptisten wird ihn da kaum anfechten.«

Shauna saß ein paar Sekunden stumm da. »Es ist komplizierter und zugleich simpler als das«, sagte sie dann. »Adderloy hatte sehr wohl ein ausgeprägtes Interesse an den Southern Baptists. Bevor er von einem kinderlosen Onkel ein nicht geringes Vermögen erbte, war er einige Jahre beim Geheimdienst, in der Zeit vor Reagan – in den frühen Achtzigern. Das ist lange her. Aber in der Zeit hat er Kontakte geknüpft. Bis vor zwei Wochen hab ich auch nichts davon gewusst.« Shauna strich sich über die Wade. »Setzt man nun die Gerüchte und die wirklichen Ereignisse zusammen, ergibt sich folgendes Bild: Anfang der Neunziger hat Adderloy sich selbstständig gemacht. In dem Bereich, den ich vorhin schon erwähnt habe, die Rebellenbewegungen, ein Handlungsreisender, der schlagkräftig seine Macht ausübte. Die Devise lautete: mehr Taten, weniger Worte.

Aber das Wichtigste für ihn war nicht die politische Überzeugung, sondern das Geld, mit dem er agieren konnte. Gier stellt das meiste andere in den Schatten, und bis vor Kurzem bin ich dem Irrglauben aufgesessen, dass es sich um ausländisches Kapital handelt, habe mich völlig darin verbissen. Aber im Süden und im Mittleren Westen, Sie machen sich ja keine Vorstellung davon, wie viel Geld die Kirchen da unten haben. Und in was dieses Geld zu investieren sie bereit sind. In kleine, geheime, charakterbildende Projekte auf der ganzen Welt – der Kreuzzug unserer Zeit. Adderloy leierte die Dinge an, er war der Überbringer der Geldspenden aus Texas und Mississippi an Rebellengruppen und dubiose Oppositionsführer im gesamten Mittleren Osten und Asien. Alles vom Waffenhandel über Wahlversammlungen und gekaufte Wahlen, wenn irgendwo Demokratie gespielt wurde – Adderloy zog die Fäden. Der 11. September hatte keine negativen Auswirkungen auf die Geschäfte. Adderloy kassierte fette Provisionen, und aus Washington wurde zufrieden zugeschaut und beide Augen zugedrückt. Adderloy brachte Dinge ins Rollen, die kein Verhör vor einem Ausschuss vertrugen.

Aber dann … sollen wir es Umweltentwicklung nennen? Alles, was im Irak schieflief, und das daraus folgende Chaos, der Wert der amerikanischen Aktie in der Welt. Den Geldgebern kamen Zweifel, als einzelne Kreuzzüge nicht funktionierten. Bushs Agenda würde nicht ewig halten, auch wenn er gerade erst wiedergewählt worden war, das war bis in den Bibelgürtel zu spüren. Am Ende bekamen sie kalte Füße. Auch wenn es bis dahin noch einige Jahre hin war, war vielen klar, dass sie mit dem Bush-Klan zusammen rausgekehrt würden. Da wollten sie zumindest sicherstellen, dass sie nicht zu hart fielen. Summa summarum wurden immer weniger Schecks ausgestellt. Was aus den Rebellen oder gekauften Handlangern wurde, war Adderloy scheißegal, für ihn zählten nur die versiegenden Honorare, das Leben, das er führte, die Extravaganzen. Es machte ihn rasend, als er nicht mehr in die inneren Kreise eingeladen wurde. Während die Pastoren der Southern Baptist Church wenigstens glaubten, die Zehn Gebote zu befolgen, hatte Adderloy keinerlei Skrupel. Sein Plan B beruhte auf Erpressung und Rache, indem er Exempel statuierte. Turnballs Sekte ist in diesem Zusammenhang kein großer Fisch. Sie haben zwar in alle möglichen Projekte investiert, aber nur kleine Summen, das interessiert im Grunde niemanden. Aber es war eine Kirche, so gut wie jede andere. ›Schaut her‹, sagte Adderloy zu denen, die ihm den Rücken zugekehrt hatten, pflückte Turnball heraus und zerschmetterte die Sekte vollständig vor aller Augen. Adderloy sorgte dafür, dass alle verstanden, woher die Botschaft kam und an wen sie gerichtet war. Schon brillant, wie er die ganze Zeit auf mehreren Saiten gleichzeitig spielt, oder? Er hat dafür gesorgt, Reza Khan für seinen Plan zu gewinnen, um ihn am Ende auszuliefern. Der Albtraum schlechthin – pakistanische Islamisten im Herzen Amerikas – war plötzlich Wirklichkeit geworden. Jetzt konnten die Kirchen ihm wieder Geld spenden, ohne vor irgendjemand das Gesicht zu verlieren.«

»Als gute Christen«, sagte Grip.

»Alle sind gute Christen, außer Turnballs aufgelöster Gemeinde.«

»Und jetzt kommt …«

»Absolut nichts wird sich verändern. *Business as usual*«, sagte Shauna. »Ich kann nichts beweisen. Alles, was ich hier sage, stirbt in der Meeresbrise von Diego Garcia. Mein gesamtes Wissen stammt aus vertraulichen Gesprächen oder der Rückzahlung alter Schulden. Nichts von alledem hätte vor Gericht irgendeinen Wert. Keiner der involvierten Herren möchte auch nur an Adderloy erinnert werden, allen voran die, die in Washington still zugesehen haben. Husch, husch, Klappe zu. Rezas und Turnballs Hinrichtungen sind die Krönung des Ganzen.«

»Wie schön«, sagte Grip und setzte sich auf. »Für Sie, meine ich. Dass Sie Adderloys Spur wieder aufgenommen haben.« Shauna musterte ihn skeptisch. Und wahrscheinlich hatte sie recht, Grip hatte nicht vor, sich mitreißen zu lassen, er wollte nicht, dass sie zwei Dinge miteinander vermischte.

»Adderloy ist nicht mein Business«, sagte er. »Meine Rolle in diesem Fall ist eine ganz andere.«

»Ist das so?«

»Ja. Ich habe allen Grund zu der Annahme, dass hier auf Diego Garcia ein schwedischer Staatsangehöriger widerrechtlich inhaftiert ist.« Er sagte das mit lauter Stimme und einen Hauch formell. Er wollte sie aus der Reserve locken.

Shauna neigte den Kopf zur Seite. Sie wusste genau, wie sie vollständige Selbstsicherheit ausstrahlte, so überzeugend, dass man meinen konnte, sie würde keinen Gedanken daran verschwenden. Sonne und Haut. Badekleider, Salzwasser und Tiefe. Sie beherrschte das. Es war niemand in der Nähe, der sie hätte hören können, niemand, der sich an dieses Gespräch erinnern würde. Wen wollte er aus der Reserve locken? Außer ihnen war hier niemand.

»Ach, ehe Sie mit formalen Anklagepunkten und Auslieferung anfangen«, sagte sie, »genießen Sie den Augenblick. So einen Tag, wie oft hat man das?« Sie drehte das Gesicht in die Sonne. »Offiziell sind Sie gar nicht hier. Sie sind in New York. Keine Menschenseele weiß etwas, nicht wahr?«

Sie streckte sich, als erwartete sie eine Antwort, erwartungsvoll wie eine Frau, die ihren Geliebten gerade mit Untreue konfrontiert hatte. In der Ferne stieg ein Ton in den Himmel, das Heulen eines Jetmotors, und verebbte genauso schnell wieder.

»Ach ja, New York«, sagte sie dann. »Sie lieben doch Kunst. Haben Sie … Waren Sie im Central Park und haben Christos *Gates* gesehen?«

»Ja, es hat sich so ergeben«, antwortete er nach einer Sekunde. »Ich habe einen Abstecher dorthin gemacht.« Sie konnte unmöglich wissen, wie unangenehm es ihm war, daran erinnert zu werden.

»Das muss man sich mal überlegen, mehr als fünfundzwanzig Jahre hat es gedauert, New York City von dem Projekt zu überzeugen. Als ich das erste Mal davon gelesen habe, kam es mir fürchterlich übertrieben vor, fast vulgär. Mehr als siebentausend Tore im Central Park. Wozu?« Sie lachte. »Der Central Park im Februar: kahle graue Bäume, tote Rasenflächen. Und dann eines Morgens, na ja, Sie haben es ja gesehen, überbordendes Orange. Die leiseste Brise war an den Stoffbahnen zu sehen, die sich wie langsam fallende Dominosteine bewegten.«

»Das war ästhetisch«, bekam Grip heraus. »Ein hübsches Spektakel.«

Das war jetzt der eine Zufall zu viel. Zuerst im Offiziersklub vor ein paar Abenden die Anspielung auf Jean Arp und seine Skulpturen, und jetzt Christo und der Central Park. Als hätte sie zwei Karten aus einem Spiel gezogen – sind es diese zwei Karten, die Sie sich gemerkt haben, an die Sie am allerwenigsten erinnert werden wollen? Wie groß war die Wahrscheinlichkeit? Natürlich gab es Zufälle, es gab immer Zufälle. Die Zufälle des Lebens. Aber er hatte zufällig in einem Büro des FBI in New York City eine etwas zu dicke, mit seinem Namen beschriftete Mappe gesehen.

»Wir haben über N. gesprochen«, nahm Shauna den Faden wieder auf. »Seinen rechtlichen Status. Wissen Sie, das einzige Recht, das ich hier auf Garcia genieße, ist, ihn zu verhören, den Mann, von dem wir jetzt wissen, dass er Schwede ist. Das ist das Einzige, was ich tun darf. Alles andere ist tabu. Keine Fragen zu irgendwas oder irgendwem, nur zu ihm. Aber Sie wissen so gut wie ich, dass er nicht mit mir reden wird, weil ich Amerikanerin bin. Kein Wort. Sie sind der Einzige, der etwas aus ihm herausbekommen kann, nur Ihnen gegenüber öffnet er sich. Helfen Sie mir.«

»Natürlich, ich werde ihn weiter verhören«, antwortete Grip. Es war wie ein Schuldeingeständnis, obwohl er nur Zeit schinden wollte.

»Ich weiß das zu schätzen«, sagte Shauna. »Lassen Sie uns herausfinden, wer er ist, wer eigentlich was getan hat, um die Formalitäten kümmern wir uns später.«

Grip musste zusehen, dass er sich das Ruder nicht ganz aus der Hand nehmen ließ. »Dann sorgen Sie dafür, dass jemand seine Füße untersucht. Ordentlich. Ein richtiger Arzt. Und dass jemand ihm die Haare schneidet. Ich will wissen, wie er aussieht.«

Shauna nickte. »Was ist mit den Zeitungen?«, fragte sie. »Machen wir damit weiter?«

Grip saß stumm da, die Sonnenbrille verbarg seine Unsicherheit. Er bewegte sich auf dünnem Eis, dachte nach.

»Sicher«, antwortete er unvermittelt und wandte sich ihr zu. »N. – oder wie immer wir ihn nennen wollen – hat das Kreuzworträtsel in einer der Zeitungen gelöst, die ich ihm gegeben habe. Vielleicht mag er Kreuzworträtsel, vielleicht helfen sie ihm ja, sich zu entspannen.«

Grip schaute zum Wassersaum, betrachtete den Sand an Shaunas Füßen. Ihre Hände, das Haar, die Augen. Den schwarzen Badeanzug.

»Ich stelle Ihnen für heute Abend eine neue Liste zusammen«, fügte er nach einer Pause hinzu, um irgendetwas zu sagen. Sie zuckte mit den Schultern.

Wessen nützlicher Trottel war er in diesem Moment: Shauna Friedmans, Schwedens – oder sein eigener?

# 29

Als Grip die Zelle betrat, sah N. ihm trotzig entgegen. Seine Haare waren geschnitten, nicht gefängniskurz, einfach nur kurz.

»Ich nehme an, das ist Ihr Werk«, sagte er.

»Wenn sie Sie zusammenflicken können, können sie Ihnen auch die Haare schneiden, finde ich. Ja, das war mein Vorschlag.«

»Damit ich mir selber wieder ähnlicher werde?«

»Die langen Zotteln auf Ihrem Kopf, das waren doch nicht Sie.« Grip redete weiter, während er seinen Notizblock aufschlug. »Gefällt Ihnen die Frisur etwa nicht?«

»So hab ich vorher nicht ausgesehen.«

»Hm.« Grip wirkte nicht sonderlich interessiert.

»Die haben mir Ihren Haarschnitt verpasst. War das auch Ihr Vorschlag?«

Grip schaute kurz zu ihm rüber. Schon möglich, dass ihre Frisuren ähnlich waren. »Nein«, sagte er. »Vielleicht glauben die, alle Schweden hätten den gleichen Haarschnitt, was weiß ich.« Er zuckte mit den Schultern. »Können wir …?«

»Weitermachen«, beendete N. die Frage.

»Ja.«

»Sie haben meinen Bericht noch einmal durchgelesen: Weejay's, Topeka, Charles-Ray, das fette Schwein und all die anderen. Haben Widersprüche entdeckt, eine Liste mit weiteren Fragen.«

Grip machte eine bestätigende Geste. »So ungefähr. Aber als Erstes will ich nur wissen, wer Sie sind.«

N. setzte sich aufrechter hin. »Für wen?« Darauf hatte Grip nicht unmittelbar eine Antwort. »Ich weiß, wer ich bin, und ich bin, wo ich bin. Also, für wen?«

»Für mich, reicht das?«

»Was spielt das für eine Rolle?«, fragte N. Grip rollte seinen Stift zwischen den Fingern hin und her. »Zu Hause gibt es doch garantiert Listen von allen, die nach wie vor nicht aufgetaucht sind. Alle, die die Welle mitgenommen hat. Da dürfte ich auch drauf sein, zumindest der, der ich einmal war. Sie werden das schon rauskriegen, unter den kompletten Familien, die es nicht geschafft haben. Aber was nützt Ihnen das? Der, den Sie dort finden werden, der bin ich nicht mehr.«

Eine Welle der Erregung ließ ihn erzittern, die Finger krallten sich über dem Knie in den Muskel, um es zu unterdrücken. Er schien eine Entscheidung getroffen zu haben.

»Ich habe mal mit einem Polen zusammengearbeitet«, sagte er schließlich. »Ein polnischer Jude, der ein paar Jahre, nachdem ich angefangen hatte, in Rente ging. Der erzählte, er habe gar nicht gewusst, dass er als Jude geboren worden war, die Nazis hätten ihn erst dazu gemacht. Und seitdem war er einer, konnte gar nichts anderes mehr sein.« N. schnappte nach Luft. »Auf die gleiche Weise … auf die gleiche Weise bin ich etwas geworden, das ich vorher nicht war. Araber, vielleicht. Sie sind die ganze Zeit davon ausgegangen, dass ich das bin, also bin ich es jetzt auch. Ich bin dazu gefoltert worden. Den ganzen langen Weg bis hierher haben sie mir eingeprügelt, mir jede Auffassung eingeritzt.« Er versuchte zu überspielen, dass ihm Tränen in die Augen stiegen. »Wissen Sie«, sagte er und schluckte, »wenn man gefoltert wird, wird man zum Kind. Mutter und Vater sitzen da und sehen zu, wie alles, was man ist und war, ausradiert wird. Und die entstandene Lücke füllt ein anderer. Fragen Sie die da draußen, sie sagen, ich würde die Welt hassen. Jetzt tue ich es, sie haben recht bekommen. Sie brauchen mich. Das Böse muss ein Gesicht bekommen.«

»Und Sie sind nur ein Opfer?«

»Ich habe meine Geschichte erzählt, die Frage nach Schuld und Unschuld ist in diesem Zusammenhang ziemlich uninteressant.«

»Finden Sie?«

»Hören Sie, was ich sage. Schuld und Unschuld sind in diesem Zusammenhang völlig uninteressant. Ich weiß, was ich getan habe, und ich weiß, dass ich hier sitze. Aber in diesem Augenblick teilen wir zwei diese Zelle. Und Sie sollten mir zuhören.«

Grip fühlte sich unbehaglich, auf unangenehme Weise im Fokus.

»Seit meiner Festnahme und den ganzen Weg bis hierher«, fuhr N. fort, »mehrere Jahre – eine verfluchte Ewigkeit –, haben sie alle Rassen der Welt auf mich einschlagen lassen: Araber, Asiaten, Afrikaner. Am schlimmsten ist es immer dann, wenn die Amerikaner auftauchen. Da ist es nicht mehr einfach nur besinnungslos, dann wird es raffiniert.«

Grip warf einen Blick zu der Kamera an der Wand.

»Keine Sorge, die ertragen es zu hören, was sie längst wissen«, sagte N. »Oh, sie sind erfinderisch. Aber wir wollen nicht über die Methoden reden, sondern über das Resultat. Ich denke, ich habe alles gestanden.«

»Alles?«

»Alles, was sie hören wollten – ich hab unterschrieben, bin im Staub vor ihnen zu Kreuze gekrochen.« N. strich sich über das Bein. »Bauernopfer. Ich habe doppelt und dreifach dafür bezahlt, dass Mary, Vladislav und Adderloy entkommen sind. Und jetzt sind Sie hier, wozu soll das gut sein?« Es sah fast aus, als ob er lächelte. »Zumindest schlagen sie mich nicht mehr.« Er sah Grip lange an, zu lange.

»Ich mag Kreuzworträtsel«, sagte er. »Können Sie mir noch ein paar Zeitungen mit welchen besorgen?«

»Das kann …«

»Das ist das Einzige, was ich verlange. Sie schlagen mich zumindest nicht mehr, und ich will Kreuzworträtsel lösen.«

Grip war sehr wohl klar, dass sie gerade um etwas feilschten, er wusste nur nicht, worum. »Zeit für eine Pause. Ich werde sehen, was ich machen kann.« Er stand auf.

Als er aus der Zelle auf den Flur trat, sah er jemanden um die Ecke verschwinden. Im Überwachungsraum saß Stackhouse wie gewohnt vor den Monitoren. Er drehte sich um, als Grip den Raum betrat.

»Das ist nicht wahr«, sagte Stackhouse. Der Stuhl neben ihm war vorgezogen, auf dem Tisch lagen ein paar Papiere.

»Was ist nicht wahr?«, fragte Grip, während er ein paar alte Zeitungsstapel durchblätterte.

Stackhouse zögerte. »Mit der Folter«, sagte er. »Dass wir daran beteiligt waren.«

»Klar, ihr wusstet von nichts und habt nichts getan, das wissen alle.«

»Sie glauben mir nicht.«

Grip hob den Blick. »Was würden Sie denn glauben?«, sagte er und begriff in dem Moment die Bedeutung des leeren Stuhles und der Gestalt auf dem Flur. Sie hatten beschlossen, ihm keinen Vorsprung mehr zu lassen. N. und er sprachen Schwedisch miteinander. Jetzt hielt sich mindestens ein Dolmetscher auf Diego Garcia auf, der Schwedisch beherrschte.

Grip reichte Stackhouse einen Stapel Zeitungen. »Bringen Sie die zu ihm. Und dann braucht er noch einen Stift. Ich komme nach der Mittagspause wieder.«

Er aß einen Hamburger in einer von Garcias verschlafenen Lunchbars. Der Rest der Besatzung des Stützpunktes schien mit Lastwagen unterwegs zu sein. Staubende Kolonnen rollten unablässig in der Hitze vorbei. Er schenkte sich Kaffee in den Becher nach, sah Bomben auf einem Wagen, der ohne Plane vorbeifuhr. Warum empfand er N.s Zelle plötzlich als so bedrohlich?

N. saß am Tisch und löste mit einem kurzen Bleistiftstummel Kreuzworträtsel, als Grip zurückkam. Er schlug seinen Notizblock auf, fing an, seine Fragen zu stellen. Dazu, wie genau sie über die Grenze zwischen Kanada und den USA gekommen waren, zu einigen Unklarheiten bezüglich ihrer Zeit in Topeka, ob N. wüsste, wo Adderloy die Waffen herhatte. N. antwortete, während er weiter sein Kreuzworträtsel in der Zeitung löste. Grip unterdrückte den Impuls, N. aufzufordern, die Zeitung wegzulegen. N. kritzelte weiter, Grip dachte nach.

Was hatte N. ihm vor der Mittagspause zu sagen versucht? Etwas so Simples, wie das Andenken einer verschwundenen Familie zu schützen? Seine Identität nicht auszugraben, die Toten ruhen zu lassen. Schon, aber da war noch etwas anderes.

»Urmutter«, sagte N. mitten in eine Frage zu Topeka hinein. »Drei Buchstaben – Eva –, das müsste stimmen, oder?«

Grip schwieg, stellte kurz darauf seine nächste Frage. N. antwortete mechanisch, Grip notierte.

Natürlich würde Stackhouses Truppe N. niemals freilassen. Wegen der Dinge, die sie ihm angetan hatten, aber auch wegen dem, was sie herausgefunden hatten. Was zum Teufel tue ich hier?, dachte Grip. Für wen? Keine Fragen mehr. Das einzig Vernünftige wäre, abzubrechen und nach Hause zurückzukehren. Er klappte den Block zu.

N. sah ihm an, dass er gehen wollte. Er drehte die Zeitung um. »Urmutter, hier, das muss doch Eva sein, oder?«

Grip war bereits aufgestanden. Er seufzte.

»Nicht mit W, oder?«, fuhr N. fort und tippte mit dem Stift auf das Kästchen.

Grip warf einen Blick darauf und las. »ARP« stand mit Bleistiftlettern in den drei Kästchen.

»Nein, mit V natürlich«, redete N. weiter und radierte das ganze Wort aus. »Hier auch, das muss Shakespeare und Macbeth sein, aber das dritte Wort, kann das Banco sein?« Er zeigte auf die zusammengesetzte Wortreihe, die Lösung des Kreuzworträtsels. »Banco, dessen Geist Macbeth verfolgt?«

Grip begriff im ersten Moment nicht, was N. wollte, dann las er die lange Buchstabenreihe noch einmal. SIE HABEN MICH LETZTE NACHT VERHÖRT.

Grip bekam nicht viel Schlaf in dieser Nacht, und die Aussicht aus dem Zimmer seines Hotelfensters war erschreckend. An den Lärm der Flugzeuge auf der nahen Start- und Landebahn hatte er sich gewöhnt, das störte ihn nicht mehr. Auch von den Landungen des Wetterfliegers und Kurierflugzeuges am frühen Morgen wurde er nicht mehr geweckt. Aber kurz nachdem er nachts endlich eingeschlafen war, riss ihn ein ohrenbetäubendes Dröhnen aus dem Schlaf, das er im ersten Moment nicht zuordnen konnte. Er schlurfte schlaftrunken zum Fenster und schaute durch die Jalousie. Das Motorendröhnen schien aus allen Richtungen zu kommen.

Dann sah er sie, blinkende Antikollisionslichter und weiße Lichtpunkte wie bewegliche Sternbilder an einer Perlschnur am Himmel. Er sah dunkle Silhouetten sich von der Startbahn lösen, schwer beladen in langsam ansteigender Bahn abheben. Das waren B-52er, Bomber in Schüben. Er war sicher, Hurrarufe zu hören. Eine neue Welle Flugzeuge rollte auf die Startbahn. Es nahm gar kein Ende.

# 30

Das Spiel mit den Andeutungen wiederholte sich am nächsten Tag, die Nonsenskonversation von Fragen und Antworten in der Zelle, während N. Kreuzworträtsel löste. Grips Fragen zu der Zeit im Weejay's, die nichts bedeuteten, und N.s Unterbrechungen halb gemurmelter Fünfbuchstabenworte und schwedischer Adelsnamen, die alles bedeuteten. Die Zeitung mit dem Kreuzworträtselgitter wanderte ein paar Mal über dem Tisch hin und her, während Stackhouse und sein Dolmetscher alles über Vladislavs Schwimmausflüge und Rezas hitziges Temperament erfuhren.

Grip hatte das Gefühl, mit Handgranaten zu jonglieren. Worüber hatten sie N. verhört? Und was wusste N. über Jean Arp? Grip schrieb bei einer Gelegenheit »NEW YORK?« und drehte die Zeitung wieder um. N. nickte, aber was sagte das? Nichts aus N.s bisheriger Geschichte hatte irgendetwas mit New York zu tun. Warum also hatte N. bei New York genickt? Unterdessen füllte Grip die Luft mit Worten und stellte weitere Fragen, hielt die Teller in der Luft. N. seinerseits gab sich Mühe zu antworten, während er sein Blatt vorsichtig bedeckt hielt. MAUREEN, schrieb er. Zweimal trug er diesen Namen mit schwachem Bleistiftstrich ein und radierte ihn wieder weg. Auf Grips Liste aller Namen, die im Laufe ihrer Gespräche genannt worden waren, war keine Maureen dabei.

Irgendwann tauchte EIN LEBEN FÜR EIN LEBEN und BAUERNOPFER in dem Kreuzworträtsel auf wie eine Aufforderung. Aber es gab zu viele Assoziationsmöglichkeiten. Das Bedürfnis des Menschen, Zusammenhänge zu schaffen. Egal, wie Punkte auf einer Fläche verteilt sind, man versucht Muster darin zu sehen. Wo wenig gesagt wurde, übernahm die Fantasie den Rest. Auch nach etlichen Jahren Folter und Verhören bereitete er den Amerikanern noch immer Kopfzerbrechen. Es erforderte schon eine gewisse Verschlagenheit – was man wann sagen durfte. N. kannte sich mit den Naturgesetzen dieses Universums aus, das aus einer Zelle mit vier Wänden bestand. Das Spiel mit den Amerikanern war eine Sache. Aber wie verhielt es sich jetzt: Wollte N. geben oder nur nehmen?

Als Grip CHRISTO schrieb, schien N. nicht zu verstehen. Nachdem er es so lange wie möglich hinausgezögert hatte, buchstabierte er THE GATES. Da schien N. vage etwas zu dämmern, mehr aber nicht. Kein verstecktes Nicken, kein neues Wort von seiner Seite. Sie kreisten umeinander, Grip zutiefst verwirrt und Handgranaten jonglierend.

Grip entschied sich abzubrechen. Er war überzeugt, dass N. so oder so die stärkeren Karten hatte, dass er ihn unter Druck setzen musste.

»Ich reise übermorgen ab«, sagte er – eine glatte Lüge – und setzte sich auf die Stuhlkante, damit klar war, dass er sich für diesen Tag verabschieden wollte.

N. schrieb eilig zwei letzte Worte nieder: FOLTER und MAUREEN, die er gleich wieder ausradierte.

»Ein Leben für ein Leben«, hatte Vladislav zu N. gesagt, der ihn davor bewahrt hatte, zurück in die alte Fabrik gehen zu müssen, als die Polizei zuschlug. Ein Versprechen, seine Schuld irgendwann zu begleichen.

Die Worte zogen durch Grips Gehirn und verschwanden wieder, als er sich im Offiziersklub umschaute. Es war voll, wurde gefeiert. Flugoveralls, Bier und Schulterklopfen. Grip versuchte, Shauna in dem Gewimmel auszumachen, die im Hotel eine Nachricht hinterlassen hatte, dass sie ihn dort treffen wollte. Die letzten Tage hatten sie meist jeder für sich gegessen.

Er entdeckte sie oben an einem der Tische, wo sie gewöhnlich saßen, umgeben von einem halben Dutzend Piloten mit einem Kartenspiel in der Hand. Einige lachten, der Rest schaute konzentriert auf die Karten. Ihre Finger und das Kartenspiel flirrten, ansonsten war sie die Ruhe selbst. Immer wieder deckte sie die Pik Dame auf, bevor sie sie in Windeseile wieder in den Kartenstoß einsortierte, aus dem die Zuschauer vergeblich versuchten, sie zu zeigen.

Der Haufen Geldscheine vor Shauna verriet, wer erfolgreicher war. Die Männer fluchten und lachten, waren völlig in ihrem Bann.

Grip schaute noch ein paar Runden aus der Ferne zu. Shauna trug das Haar offen, ihre Augen waren stärker geschminkt als sonst. Auch das Spiel mit dem Alter beherrschte sie gut, dachte er. Er konnte nicht genau sagen, was es war, aber sie war irgendwie fließend, es waren winzige Details, ließ sich nicht einordnen. Die meisten Piloten um sie herum waren jünger, also war sie auch jung. War sie jünger oder älter als er? Grip nahm sich vor, sie danach zu fragen.

Der Offiziersklub war eine einzige Party. Die Lautstärke der Musik ging hoch und runter, ein paar verschwitzte

Flieger und der gestresste Geschäftsführer des Klubs stritten an der Bar um die Fernbedienung.

Shauna schob die Scheine zusammen und entdeckte Grip.

»Danke, meine Herren«, sagte sie zu den Männern, als Grip an den Tisch trat. Sie zögerten, wollten mehr, forderten ihr Recht. Aber Grip sah sie an, als hätte er sie bei etwas Verbotenem erwischt. Sie erhoben sich einer nach dem anderen und verschwanden.

»Ein Bier?«, fragte Shauna. »Die 917. Division gibt einen aus, sie feiern.«

»Alle B-52er, gestern Nacht, ich hab's mir schon gedacht.«

»Der ganze Abend geht auf sie.«

»Dann sind sie offensichtlich alle unversehrt zurückgekommen.« Grip lenkte die Aufmerksamkeit einer Kellnerin auf sich, zeigte auf eins der leeren Gläser auf dem Tisch und setzte sich.

Shauna lächelte siegessicher.

»Und, womit haben Sie sich heute beschäftigt?«, erkundigte sich Grip. Sie antwortete nicht. »Bekommen Sie immer noch Abschriften von dem, was N. erzählt?«

»Kurze Zusammenfassungen. Stackhouse weiß, dass ich alle Informationen direkt von Ihnen bekommen kann, also nehme ich an, dass er sich strikt an das hält, was tatsächlich gesagt wird. Im Moment ist das nicht viel. Er hat übrigens gesagt, dass jetzt Schluss ist mit den verdammten Kreuzworträtseln, will N. die Zeitungen wegnehmen. Er meint, er hätte keine volle Kontrolle über das, was eigentlich in der Zelle vor sich geht.«

»Aber er sieht uns doch die ganze Zeit. Was glaubt er denn, was wir da tun. Über das Kreuzworträtsel miteinander kommunizieren? Die Zeitungen machen ihn ruhiger, ich dachte, das wäre in Ihrem Sinne?«

»Ist es auch.«

Das Bier kam. Grip nahm einen Schluck. »Und was wollen Sie noch?«

Shauna zögerte die Antwort heraus. »Ihnen ist schon klar, dass ich und das FBI und Stackhouses Truppe seine Antworten auf unterschiedliche Weise aufnehmen?«

Grip zuckte mit den Schultern.

Shauna rollte eine Erdnuss zwischen den Fingerspitzen wie die Einleitung zu einem neuen Trick. »Ich wäre zum Beispiel sehr interessiert daran, wann und wo er geschnappt wurde.«

»Er sagt, er wäre in einem Motel in Florida festgenommen worden.«

Shauna schloss die Hand zur Faust und öffnete sie wieder. Die Nuss war weg.

»Stackhouse behauptet, sie hätten ihn an Bord eines Schiffes vor Floridas Küste festgenommen. Das ist ein äußerst wichtiges, juristisches Detail – sonst dürften sie N. nicht hier festhalten. Die CIA darf auf amerikanischem Territorium keine Leute festnehmen.« Sie verstummte, Grip sagte nichts.

»Wenn Stackhouse behauptet, dass er auf einem Schiff gefasst wurde«, fuhr sie fort, »vereinfacht das die Sachlage natürlich enorm. Dass ich allen Grund habe, seiner Aussage zu misstrauen, spielt eine untergeordnete Rolle. Aber lassen Sie uns für eine Sekunde davon ausgehen, dass Stackhouse die Wahrheit sagt und N. sie frisiert.«

»Sie meinen also, er verschweigt was?«

»Wir werden sehen. N.s Geschichte endet in einem Motel in Florida, es sollte ein Einfaches sein, das zeitlich näher einzugrenzen, indem man die Tage nach der Stürmung der alten Fabrik in Topeka durch die Polizei zählt. Da kämen wir auf den einundzwanzigsten Februar 2005, während Stackhouse behauptet, N. wäre am fünfzehnten März an Bord des Schiffes festgenommen worden. Wenn es sich so verhält, wie er sagt, hätten wir drei nicht abgedeckte Wochen. Was hat N. in dem Fall während dieser Zeit gemacht, ehe er sich auf das Schiff begeben hat?« Die Erdnuss war wieder in ihrer Hand aufgetaucht. Sie legte sie zerstreut zurück in die Schale und ließ den Blick schweifen, über die Bomberbesatzung, die Uniformen, weniger um des dramatischen Effektes willens als um ihre Gedanken zu sortieren. »Wahrheit«, sagte sie dann, »ist, wie wir beide wissen, ein relativer Begriff.«

»Wieso erzählen Sie mir das?« Ihr Spiel mit Andeutungen und Vertraulichkeiten. Sie trieb es zu weit. »Was wollen Sie eigentlich sagen?«

»Nichts Besonderes. Sie sind als Repräsentant Schwedens hier und derjenige, mit dem wir kommunizieren.« Der freundliche Ton in ihrer Stimme ließ ihn aufhorchen.

»Der Mann, der weiter N. genannt werden will«, sagte Grip gereizt. »Nach allem, was …« Er stellte das Bierglas auf dem Tisch ab. »Ihr werdet ihn nie freilassen, seine Existenz verleugnen. Die Festnahme, die Folter – alles verdammte Gesetzesverstöße.«

»Jetzt haben Sie …«

Grip fiel ihr ins Wort. »Nein, Shauna. Wen wollen Sie, dass ich repräsentiere? Schweden oder mich selbst?«

Shauna sah völlig ungerührt aus. »Wie viele Pässe besitzen Sie, Ernst?«

»Sie haben ihn gestern Nacht verhört, warum wurde ich

mit keiner Silbe davon in Kenntnis gesetzt? Ist es Stackhouse, der ihn verhört?«

»Er hört und sieht sich das Ganze aus sicherer Entfernung an. Nein, das war einer meiner Leute, ich habe ihn vor ein paar Tagen einfliegen lassen. Wie viele Pässe haben Sie?«

»Was, wieso fangen Sie jetzt an, ihn zu verhören? Und ich habe nur einen Pass, warum?«

»Sie sagen es selbst, er beginnt sich zu öffnen. Das muss man ausnutzen.«

»Worüber reden Sie mit ihm? Was sagt er?«

»Er sagt genug.«

»Worüber?«, wiederholte Grip.

»Feiern Sie Weihnachten mit Ihrer Familie?«

»Sie weichen aus.«

»Ja, das tue ich. Feiern Sie Weihnachten mit ihnen?«

»Nein, das ist nicht mein Ding, die verdammten Christbäume und Weihnachtsmänner. Ich verreise, das ist mir lieber.« Er bekam vor Wut nur kurze Sätze heraus.

»Ihre Weihnachtsgewohnheiten sind interessanter, als Sie vielleicht glauben.« Shauna schob die Hand in ihre Tasche und zog etwas heraus. Es war ein Pass, den sie ihm reichte. »Wo waren Sie, als Sie von dem Tsunami erfahren haben?«

»Da Weihnachten war, war ich auf Reisen. Tauchurlaub in Thailand.« Das war ein schwedischer Pass, den er in der Hand hielt. Grip schlug ihn auf. »Ich war tauchen, hab nichts davon mitbekommen. Erst als das Boot uns zurückgebracht hat, haben wir die Verwüstung gesehen. Persönlich war ich durch die Welle nicht betroffen.«

»Und der Pass?«

»Was für eine Frage. Das Strandhotel, in dem ich abgestiegen war, war wie alles andere komplett zerstört. Mein Gepäck und der Pass waren weg.« Er blätterte in dem Ausweis in seiner Hand.

Und sah das Foto von sich selbst.

»Warum …?«

»… sitzen wir auf Diego Garcia und diskutieren über Ihren verlorenen Pass?« Shauna sah ihn an. »Haben Sie sich N. vorgestellt?«

»Mit Namen?«

»Ja.«

»Verhaltensmaßregel von Stackhouse: Ich musste ihm versprechen, es nicht zu tun. Also, nein, ich habe mich nicht namentlich vorgestellt.«

Shauna nickte. »Unabhängig davon, wo N. festgenommen wurde«, sie schenkte ihm die Andeutung eines Lächelns, »steht eins fest: Er hatte einen Pass bei sich, der ihn als Ernst Grip ausweist.«

Eine Sekunde, eine Sekunde dauerte es, bis die Erkenntnis einschlug und ihn wie ein Expresszug frontal überrollte. Und doch gelang es Grip, sie nicht aus den Augen zu lassen, ihrem Blick standzuhalten.

»Er hatte Ihren Pass, können Sie sich das erklären, Ernst?«

# 31

»Das war …«

»Ich weiß«, sagte Shauna. »Zehntausende Schweden an den Stränden.«

»Irgendjemand wird meinen Pass gefunden und ihn in einer der vielen Krankenstationen abgegeben haben.«

»Genau.«

»Dort muss er ihn in die Finger bekommen haben.«

Shauna Friedman nickte.

Irgendwo in einem hinteren Winkel seines Gehirns fragte sich Grip, wieso er so bemüht darum war, sich als unschuldig darzustellen. Er hatte sich keines Vergehens schuldig gemacht. Seine Reise war in keiner Weise merkwürdig gewesen. Die Welle – das war eine unvorhersehbare Naturkatastrophe. Und durch sie war sein Pass in falsche Hände geraten. Er musste sich für nichts rechtfertigen.

Und doch.

»Sie, Stackhouse …« Grip breitete die Arme aus. »Ihr brauchtet also ganz genau mich. Ich und niemand sonst sollte aus Schweden hierher nach Diego Garcia kommen.«

»Kein *ihr*, ich habe Sie angefordert.«

»Wegen des Passes?«

»Ja«, antwortete Shauna und nickte. »Ich habe angedeutet, dass es Dinge gibt, die nur Sie beantworten könnten.«

»Nämlich, wie mein Pass dort gelandet ist, wo er gelandet ist?«

»Ja, und das weiß ich jetzt. Wäre noch die Frage Ihrer zahlreichen Ausflüge nach New York zu klären.«

Das war der zweite Schlag an diesem Abend, nicht minder hart. Mitten in dem berauschten Gegröle der Bomberpiloten saß Ernst Grip völlig dünnhäutig. Er hielt noch immer den Pass in der Hand, seinen alten Pass, der genau wie der neue voller Stempel von seinen Reisen nach New York war. Aber eine andere Erkenntnis brannte noch schärfer: dass Shauna bereits bei ihrer ersten Begegnung mit Grip, als sie essen gefahren waren und er ihr Haar bewundert hatte, ihr Geschick, mit Stäbchen zu essen, oder ein so simples wie alltägliches Detail, dass sie im Auto Django Reinhardt hörte – dass sie da bereits von dem Pass gewusst hatte. Wieso saß ein Mann in einer Zelle auf Diego Garcia, der mit dem Pass eines schwedischen Sicherheitspolizisten aufgegriffen worden war? Und was veranlasste diesen Sicherheitspolizisten, ständig nach New York zu fliegen?

»Wie Sie, wie ich annehme, bereits wissen«, antwortete er, »arbeite ich seit einigen Jahren beim Personenschutz. Für die königliche Familie. Das bringt viele Reisen mit sich, die Prinzessinnen – also die Töchter –, ihr Studium, Freunde, Besuche innerhalb der EU, Weihnachtseinkäufe –, wie viele Gründe brauchen Sie noch? Außerdem liebe ich die Stadt sehr.«

»Was immer es auch ist, Sie verbergen es gut.«

»Wer verbirgt hier eigentlich was?« Grip grinste breit. Ein intensiver Augenblick, da alles auf dem Spiel stand.

»Sie wissen, dass es in diesem Wirrwarr mehrere lose Fäden gibt«, sagte Shauna. »Es laufen mehrere Ermittlungen parallel, auf die verbindenden Details komme ich später zurück. Aber bei einer Ermittlung geht es um einen Kunstraub und eine Frau. Sie ist keine besondere Persönlichkeit, eine einfache Lehrerin, die im Central Park erschossen wurde.«

Es war Zeit zu gehen. Er war in die Falle getappt, und sie trat noch nach. Er konnte das nicht einfach hinnehmen.

Die Unterbrechung kam dann ganz natürlich von außen. Einer der Flieger blieb an ihrem Tisch stehen und öffnete seinen Overall über der Brust, damit Shauna das T-Shirt sehen konnte, das er darunter trug. »Rock the Planet« stand da unter der Silhouette einer B-52. Ihm standen Schweißperlen im Gesicht, aber vielleicht hatte auch nur jemand sein Getränk über ihm ausgekippt. Er nickte stolz im Takt mit der Musik, dann zog sein Kollege ihn weiter.

»Rock the planet.« Grip ließ sich die Worte auf der Zunge zergehen.

»Er hat seine komplette Bombenlast abgeworfen«, erklärte Shauna. »Das nennen die so.«

»Er sieht jung aus. Und jetzt ist er entjungfert und initiiert. Woher wissen Sie so was eigentlich?«

»Das haben sie mir erklärt.«

Grip drehte sich auf dem Stuhl um zu der unruhigen, sich grölend selbst beweihräuchernden Masse mit aufgekrempelten und aufgeknöpften Overalls, Bierflaschen und Zigarren. »Ich bin mir sicher, dass sie versucht haben, alles Mögliche zu erklären.«

»Wie meinen Sie das?«

Grip hatte auf diese leicht eingeschnappte Reaktion gehofft. »Ihre Bluse und die Sonnenbräune«, sagte er und drehte sich langsam zurück. »Und wenn ich aus der Entfernung schon einen lila BH-Träger ahne, als Sie Ihren

Kartentrick vorgeführt haben, haben das sicher auch Hunderte kampfberauschte Bombenflieger getan. Wenn man gerade zehntausend Tonnen Bomben abgefeuert hat, will man zum krönenden Abschluss des Tages sicher gern auch noch den letzten Beweis seiner Männlichkeit antreten.«

»Ich weiß«, antwortete sie. »Es sind übrigens zwanzig Tonnen Bomben pro Flugzeug.«

Er lächelte freundlich. »Ist das viel?«

»Ja, das ist viel.«

»Dann haben Sie es sich nach so einem Einsatz natürlich redlich verdient, ihr Testosteron zu versprühen. Wen halten Sie denn für mutiger – diese Helden hier oder die, die in die Zwillingstürme geflogen sind?«

»Messen wir jetzt unseren Mut?«

»Männer messen immer Mut.«

»Ich glaube, es ist Zeit …«

»… zu gehen, ja.«

Sie erhoben sich.

Der Boden klebte. Als sie sich einen Weg durch die schwitzende, laute Menge gebahnt und es bis in die Vorhalle geschafft hatten, tauchte ein einsamer, älterer Pilot auf, der sich sofort streckte, als er Shauna sah. Sie schien weder sonderlich genervt noch interessiert, als er sie mit »Noch nicht« und »Komm« bedrängte, bis er Grip entdeckte. Es war sein Blick, der Grip veranlasste, sich so zwischen ihn und Shauna zu schieben, dass sie nicht mehr als seinen Rücken sehen konnte. Er legte eine Hand auf die Schulter des Mannes, lächelte, und in genau dem Augenblick, als der Kurzgeschorene mit den kurzen, kräftigen Unterarmen Grip attackieren wollte, drückte Grip zu. Kein raffinierter asiatischer Kampfgriff, einfach ein unerbittlich fester Griff über dem Adamsapfel. Im Bruchteil einer

Sekunde, aus Überraschung, wegen der Hitze und dem Rausch, war der Pilot nicht mehr als achtzig Kilo nach Luft schnappende Zellmasse. Er zuckte, kam nicht frei, panisch gaben die Beine unter ihm nach. Da ließ Grip los.

»Was ist passiert?«, fragte Shauna und schaute an ihm vorbei.

Der Major kniete auf dem Boden, die Hände an den Hals gelegt, als wunderte er sich, dass alles noch dran war. Er starrte mit glasigem Blick vor sich hin, hustete und keuchte rasselnd. Es sah aus, als wenn er sich jeden Moment übergeben wollte.

»Die Hitze«, sagte Grip. »Zu viel Alkohol, zu starke Emotionen. Kommen Sie.«

Zurück im Offiziershotel ging Grip in sein Zimmer, legte sich angezogen aufs Bett und wartete ungefähr eine Stunde. Danach ging er wieder nach draußen, ein paar Hundert Meter weit zu dem Erholungsareal, das durch eine dichte Baumreihe vom Rest der Basis abgeschirmt war. Ein verwahrloster Tennisplatz, verdorrtes Gras und ein paar Picknickplätze mit in den Boden eingelassenen Feuerstellen und kleinen gemauerten Grills. In einem lag noch ein Rest glühende Kohle. Er blies, bis Flammen kamen, und warf ein paar zusammengeknüllte Seiten hinein, die er aus seinem Notizblock gerissen hatte. Sobald das Papier Feuer fing, legte er den ganzen Block darauf und die Mappe, die er zusammengestellt hatte. Ab jetzt war alles nur noch in seinem Kopf abgespeichert.

Es brannte langsam, er stocherte und rührte mit einem vergessenen Grillspieß herum, um sicherzugehen, dass auch wirklich alles vernichtet wurde. Den Blick in die Glut gerichtet, ließ er seine Gedanken treiben.

Sein Chef zu Hause hatte vermutlich die Wahrheit gesagt. Er war davon ausgegangen, dass Grip auf Wunsch des Außenministeriums gefahren war, wusste nicht, dass der Antrag direkt von den Amerikanern kam. Mit dem Wissen hätte er das Ganze nicht so einfach abgenickt, davon war Grip überzeugt, sie kannten sich lange genug, um sich nicht gegenseitig zu opfern. Aber nun war Grip hier, er hatte die verdammte Einladung angenommen und sich damit den Teufel ins Boot geholt. Jetzt musste er allein zurechtkommen. So waren die Regeln.

Und Shauna, was war ihr Part? Shauna sollte Klarheit schaffen, das war ihr Job – oder nicht? Sie hatte N. aufgedrückt bekommen, der nicht öffentlichkeitstauglich war, ein zerschlagener Hinterbliebener, aus dem nichts rauszukriegen war. Und dieser Teufel war mit dem Pass eines schwedischen Sicherheitspolizisten in der Tasche gefasst worden, Grips Pass. Und in diesem riesigen Wirrwarr waren zwei lose Fadenenden miteinander verknüpft worden: ein Banküberfall in Topeka mit einer toten Frau im Central Park. Und das hieß, ja, was? Das hieß, dass N.s Zelle nun sie beide einschloss.

So unwahrscheinlich die Verbindung auch scheinen mochte – Topeka und New York –, durfte er nicht ausblenden, dass sie hergestellt worden war. Und es ragten noch mehr lose Fadenenden aus dem Knäuel: Stackhouses Perspektive war eine andere als Shaunas, N. ließ nicht locker wegen dieser Maureen, ein Name, der ihm noch nirgends untergekommen war. Spuren und Sackgassen, die verfolgt wurden. Shauna hatte ihn direkt auf New York angesprochen. Weshalb er so oft dort war. Aber wenn Shauna wüsste, was Grip wusste, würde sie nicht so im Trüben fischen, ihre Köder und versteckten

Drohungen auswerfen, wie sie es an diesem Abend getan hatte. Das war verräterisch. Und zu offensichtlich, als dass es nicht bewusst wäre. Sie wartete auf seine Reaktion. Die von ihr angeordneten nächtlichen Verhöre von N. hatten wohl kaum etwas mit Topeka oder der Zeit im Weejay's zu tun. Irgendwo steckte Shauna im Nebel fest, aber wo? Grip rührte in der Glut, es leckten immer noch bläuliche Flammen über die nicht vollständig verbrannten Blätter. Seine Gedanken durften noch ein bisschen weiterschweifen.

Eine halbe Stunde später waren von der Glut nur noch ein paar rote Lichtpunkte übrig. Er zerstampfte die letzten verkohlten Überreste des Notizblockes zu Aschepulver und blies kräftig in die Mitte. Die Aschewolke hing für einen Augenblick wie ein Gespenst in der Nacht. Grip verließ den Platz.

Er hatte zwei Anhaltspunkte. Shauna Friedmann war sich nicht sicher, wo die Grenze zwischen ihm und N. verlief, was passiert war, seit Grip der Pass abhandengekommen war. Wer war wann wo gewesen? Grip wusste es. Und er hatte das Muster dahinter erkannt. Während N. behauptete, in einem Motel in Florida festgenommen worden zu sein, war Grip nach New York gereist. The Gates, die Frau, die erschossen wurde, alles innerhalb weniger Tage. Stackhouse wiederum gab an, N. wäre später gefasst worden, was eine Lüge war, aber genau die Zeit, die nötig war, damit die Version des CIA von der legalen Festnahme funktionierte. Die Daten mussten sicher aufeinander abgestimmt werden, falls es eine Prüfung gab. So waren die Wochen zustande gekommen, die in N.s Leben nicht existierten. Shauna fragte sich nun, ob möglicherweise N. in New York gewesen war und nicht Grip.

Das war der eine Strang, an dem Grip sich entlanghangeln konnte. Der andere waren N.s nächtliche Verhöre. Shauna versuchte den Schein zu erwecken, N. habe etwas erzählt, aber das stimmte nicht. Er lavierte und wand sich, während Shauna versuchte, eine Verbindung zwischen ihm und New York herzustellen. Grip hatte in der Zelle nie seinen Namen genannt, aber N. hatte trotzdem geschaltet. Nach mehrjähriger Hölle taucht plötzlich ein schwedischer Sicherheitspolizist auf. Die Klimaanlage wird eingeschaltet, er wird verarztet und frisiert. Die alten Plagegeister halten sich zurück, natürlich ist ihm klar, dass da was im Busch ist. Und zu guter Letzt die Frage, die in ihm gearbeitet haben wird: Wo zum Teufel habe ich diesen verfluchten Kerl schon mal gesehen? Vielleicht war ihm schlicht und ergreifend irgendwann das Foto in seinem Pass eingefallen, oder einer der Leute vom FBI hatte sich bei einem der nächtlichen Verhöre verplappert. Und dann die Fragen zu New York und zur Kunst. N. musste völlig klar gewesen sein, dass da jemand für irgendetwas drangekriegt werden sollte, das er nicht begangen hatte. Nur Grip hatte wie ein dämliches Schaf die ganze Zeit nichts begriffen, bis Shauna es ihm um die Ohren gehauen hatte. Wie ähnlich waren er und N. sich tatsächlich, die beiden Männer an dem Tisch in der Zelle? Offensichtlich genug, um Verwirrung zu stiften. N.s verquollenes und entstelltes Gesicht war allmählich verheilt. Und in der Tat, abgesehen von den Narben, wurden sie sich immer ähnlicher. Nicht zuletzt nachdem sie N. auf Grips Aufforderung hin dessen Frisur verpasst hatten. Sie hatten die Gelegenheit genutzt. Er hatte es nicht registriert, aber N. hatte verstanden, dass die Amerikaner wussten, wessen Identität die beiden Männer teilten. Und jetzt sammelte N. Trumpfkarten. Shauna war geschickt, aber gegen N. hatte sie nichts von Wert auf den Tisch zu legen. Das einzige Spiel mit Einsatz, auf das N. sich einlassen würde, war das gegen Grip. Darauf musste er bauen.

Das war der einzige Ausweg.

# 32

N. zog langsam den Finger über den Hals. Das war der Einsatz – *ein Leben für ein Leben* –, jemand musste sterben. Hätte man nur die Bewegung seines Fingers gesehen, hätte man es verpasst, man brauchte schon auch seinen Blick dazu. Darin lag das Todesurteil.

Und sie hatten jetzt ein Abkommen.

Grip verließ wie gewohnt die Zelle und ging in den Überwachungsraum. Er hielt sich eine Weile dort auf, plauderte belanglos mit Stackhouse und schaffte es, ihn etwas aus der Deckung zu locken. Dass keine Kreuzworträtsel mehr in der Zelle waren, kommentierte Grip mit Verständnis. Er erkundigte sich, wie es vor dem Korallenriff war und ob Stackhouse schon mal zum Fischen rausgefahren wäre. Das war er. Sie sprachen über Köder, Haken und einen riesigen Gelbflossen-Thun, den Stackhouse vor der Küste von Florida gefangen hatte. Oder war es im Roten Meer gewesen? Sie sprachen über Erinnerungen an die Welt da draußen, und irgendwann orderte Stackhouse Kaffee. Bald redete nur noch er, nette Floskeln, wie schön Stockholm im Sommer und wie schrecklich kaputt Beirut inzwischen sei. Grip nickte nur.

Er musste sich gedulden, bis sich eine Gelegenheit ergab, das Wort und die Kontrolle zurückzuerobern. Die kam, als Stackhouse sich an einen komplizierten Abschiebungsfall und ein gefaktes Treffen in London erinnerte, und Grip mit einem »Ja, und da war sie dabei. Maureen …« zum Gespräch beitrug.

Er machte eine Geste, als fiele ihm der Nachname gerade nicht ein.

Es war schwer auszumachen, ob Stackhouse einfach nur verwundert oder peinlich berührt war, als er mit der Antwort zögerte.

Grip fasste sich mit der Hand an die Wange, als suche er im Gedächtnis nach einem charakteristischen Merkmal der Frau.

»Das Feuermal?«, half Stackhouse ihm auf die Sprünge.

»Ja.«

»Whipple, Maureen Whipple.«

»Whipple, genau, so heißt sie«, sagte Grip. »Richten Sie ihr einen Gruß von mir aus.«

Was Stackhouse natürlich niemals tun würde.

Maureen Whipple hieß sie also. Laut N. war sie die Schlimmste gewesen, soweit Grip es verstanden hatte. Maureen war während der furchtbarsten Torturen an unterschiedlichen Orten der Welt aufgetaucht. Sie hatte sich unter Garantie nicht vorgestellt, den Vornamen musste N. bei irgendeiner anderen Gelegenheit aufgeschnappt haben, als keiner damit rechnete, dass er etwas mitbekam. Und er hatte das Feuermal auf ihrer Wange gesehen. MAUREEN. FEUERMAL. Zwei Worte im Kreuzworträtsel. Und dazu die Bewegung des Fingers über die Kehle.

Stackhouse hatte die entscheidende Karte ausgespielt. Es war später Nachmittag, und Grip hatte sich am Computer im Hotelfoyer eingeloggt. Die erste Mail, die er schickte, war eine kurze, informelle Geheimdienstanfrage der Art, die man auf diesem Weg nur stellen konnte, wenn Absender und Empfänger sich sehr gut kannten. »Was gibt es über Maureen Whipple?« Er hängte eine Liste ergänzender Suchworte an: Verhöre, CIA, Feuermal, Guantanamo, Folter … Die Empfängerin der Mail würde sich nicht weiter über seine Anfrage wundern (eine ehemalige Analytikerin bei der Sicherheitspolizei, die Comics sammelte und laut Gerüchten ein Vermögen mit bulgarischen Pyramidenspielen gemacht hatte) und nicht hinausposaunen, dass er sich an sie gewandt hatte. Sie würde sich denken, dass Grip in der Klemme steckte und schnell Informationen brauchte.

Das war die leichtere Mail.

Da sie nun keine Kreuzworträtsel mehr hatten, über die sie kommunizieren konnten, hatten Grip und N. ein vageres System entwickelt. Da sie einander grundsätzlich verstanden, mussten nur noch wenige Worte gemacht werden, die sich leichter in ihre Verhörgespräche einbauen ließen. Das Wichtigste war die Balance, nicht zu dick aufzutragen, der Nachteil dieser Methode, dass sie nicht ins Detail gehen konnten.

Aber Grip bekam genug Informationen, um ein paar Dinge besser zu verstehen. Natürlich führte Shauna die nächtlichen Verhöre mit N. selber, das FBI ermittelte nach wie vor im Fall der Kunstraube und dem Mord im Central Park. Sie wussten mit unerschütterlicher Sicherheit, dass ein Schwede involviert war, die Frage war nur, welcher. Die Beweislage wurde dadurch erschwert, dass zwei Pässe mit dem gleichen Namen zirkulierten.

Es gelang N., Grip verständlich zu machen, dass er bereit war, die Schuld auf sich zu nehmen. Für alles. Aber das würde etwas kosten.

In dem Zusammenhang tauchte Vladislavs Name auf. N. hatte einen Streifen von einer Zeitungsseite abgerissen und eine Mailadresse daraufgekritzelt, die er offenbar durch alle schweren Zeiten hindurch im Gedächtnis bewahrt hatte. Er schob den Zettel zwischen ein paar Seiten, als Grip verkündete, dass es ab sofort keine Zeitungen und Kreuzworträtsel mehr geben würde. Danach hatte Grip die Zelle verlassen.

Nach Hause zu kommen, zu Ben zu können, so etwas wie ein Leben zu führen. Das würde ihn etwas kosten. Grip schrieb seine zweite Mail an diesem Abend – an Vladislav, der irgendwo auf der Welt so frei wie lebensgefährlich herumlief.

»Ich schreibe im Namen eines alten Freundes. Eines Freundes, der mit Ihnen die Welle überlebt hat. Ein Freund, der in Restaurants immer für Sie beide bestellt hat. Sie haben sich zuletzt in einem Auto auf dem Weg raus aus Kansas gesehen. Ihr Freund befindet sich in endgültiger Inhaftierung und möchte seine Option einlösen – ein Leben für ein Leben. Gilt das noch?«

An diesem Abend machte Grip einen Bogen um den Offiziersklub. Er war weder besonders hungrig, noch hatte er das Bedürfnis auf ein erneutes Kräftemessen mit Shauna. Sollte sie ruhig die letzte Runde des Tages als Kantersieg mit nach Hause nehmen.

Bereits am nächsten Vormittag bekam Grip eine knappe, mit *V* unterschriebene Antwort.

»Wer hat gesagt, dass wir die Pelikane erschießen sollen?«

Grip unternahm nichts, loggte sich aus und ging. Den

Rest des Tages verbrachte er allein, er ließ die Stunden verstreichen. Über Mittag saß er an einem verlassenen Strand, ein paar Bierdosen in einer Kühltasche neben sich, nachmittags verschlief er ein paar heftige Regenschauer in seinem Hotelzimmer.

In der Dämmerung setzte er sich an den Computer und antwortete. »Das war Mary.«

Er bestellte einen Hamburger, eine doppelte Portion Pommes und einen gefrorenen Milkshake in einem Fast-Food-Lokal nicht weit vom Hotel. Von dort begab er sich in den Fitnessraum der Unteroffiziere und Soldaten, nicht unbedingt der beste, aber dort war am meisten los. Dort wurden die schwersten Gewichte gestemmt, es wurde gelacht und derbe Witze gerissen, keine Vorgesetzten, die die laute Musik leiser stellten, und mit Abstand die meisten nackten Oberkörper. Grip stemmte sich durch eine Stunde und beobachtete aus dem Augenwinkel eine Truppe Marines, die einen internen Bankdrückwettkampf ausfochten. Gewichtstechnisch hätte er eine Weile mithalten können, aber niemals gegen den puerto-ricanischen Sanitäter, der wie ein Stier brüllte, als er die letzte Stange stemmte und den Sieg heimtrug. Estevez hieß er.

Als die offizielle Bürozeit der Sicherheitspolizei in Stockholm zu Ende war und es mitten im Indischen Ozean kurz vor Mitternacht war, tickte Grip die Maus des Computers im Hotelfoyer an, weckte den Bildschirm und loggte sich ein.

Maureen Whipple. Die Recherche eines Tages. Grips Analytikerin hatte alles geschickt, was sie finden konnte, das meiste aus dem Kontext gerissene Abschnitte und Zitate, einzelne Sätze, auf Schwedisch und Englisch, einige auf Französisch. Jetzt galt es, die weit verstreuten Punkte miteinander zu verbinden, und es stellte sich schnell heraus, dass Maureen Whipple ein Leben zwischen den großen amerikanischen Geheimdiensten führte. Sie kam in der Welt herum und hatte zeitweise sicher auch Verhöre geführt. Es gab sogar ein Bild von ihr, einen extrem vergrößerten, pixeligen Ausschnitt von einem Gruppenfoto. Links und rechts waren die Schultern ihrer Nachbarn zu erkennen, hinter ihr eine Uniformbrust und mittendrin ein Gesicht. Kurze, rötliche Haare, mittleren Alters. Sie versuchte zu lächeln. Auf ihrer rechten Wange war ein Schatten zu sehen. Das Feuermal? Sie konnte mit einer Adresse in einem Bürokomplex in Charles Town, West Virginia, in Verbindung gebracht werden. Die Art Büro, die man an nichtssagende Orte legt, damit keiner sie bemerkt.

Grip legte eine zusammenfassende Datei in Englisch an und speicherte sie unter »Entwürfe«.

Er war gerade fertig, als sein Postfach den Eingang einer neuen Mail vermeldete. Sie war von *V.* Offenbar vertraute Vladislav nun dem Unbekannten, der seinen Freund kannte.

»Ich bin bereit.«

Mehr stand dort nicht. Schicksalsworte, die letzten vor dem Sturmangriff aus einem Schützengraben, wenn die Bajonette aufgepflanzt werden, noch alle am Leben sind. Im letzten stillen Augenblick.

# 33

»Ich bin etwas länger auf der Insel hängen geblieben als geplant«, sagte Grip.

»Das ist nicht ungewöhnlich«, antwortete Lance Corporal Estevez mit einem Lachen.

»Garcia«, schob er dann vielsagend hinterher und zuckte mit den Schultern.

Er hatte Talkumpuder an den Händen, hinter ihm hingen hundertdreißig Kilo an der Stange, und um seine Stirn spannte sich ein schweißnasses Bandana.

»Und jetzt sind mir die Tabletten ausgegangen, ich hab nicht mehr eingepackt.«

»Nicht nötig, hier auf der Insel gibt es keine Malaria«, sagte der Sani vom Marinekorps.

Sie unterhielten sich schon eine Weile, Grip hatte ihm zum Siegertitel vom Vorabend gratuliert.

»Das glaub ich gern«, sagte Grip. »Aber du weißt schon, die Regeln.«

»Wie wir und die Tablette gegen Nervengas. Sobald es irgendwo Minarette und Muezzins in der Nähe gibt, müssen wir den Scheiß schlucken.«

»Das Krankenhaus hier, der Arzt ist nur …«

»Viel zu umständlich, vergiss es. So viel wirst du ja nicht brauchen.«

»Chloro… na, wie heißt das noch gleich?«

»Chloroquin. Wie viele brauchst du?«

»Für ein, zwei Wochen. Eine Schachtel, wie viele sind da drin? Dreißig, vierzig Stück.«

»Kein Problem. Das nehm ich aus der Truppenapotheke. Komm vorbei, wenn du fertig bist.«

Grip nickte. Estevez schlug sich mit den Fäusten gegen den Brustkorb, um die Muskeln zu wecken, und schob sich auf dem Rücken liegend unter die Scheibenhantel.

In der Zelle saß N. in sich gekehrt auf dem Stuhl und wiegte langsam den Oberkörper vor und zurück. Er war in seine eigene Welt abgetaucht, während Grip in dem gewohnten Dilemma steckte, ein Thema zu finden, in das er sein Anliegen verpacken konnte. Auch wenn N. nichts sagte, musste Grip zumindest den Anschein wahren, dass er N. weiterhin verhörte.

»Haben Sie jemals Kontakt zur Botschaft aufgenommen? … Haben Sie Ihre Taten unter Androhung von Gewalt ausgeführt? … Woher kam das Geld? … Mussten Sie um Ihr Leben fürchten?«

Die Zelle war jetzt so gut klimatisiert, dass es fast schon zu kühl war. Grip hatte eine Gänsehaut, und je öfter er seine Nonsensfragen wiederholte, desto beobachteter fühlte er sich von außen. N. wiegte sich auf seinem Stuhl und summte vor sich hin wie einer, der eher Elektroschocks und Psychopharmaka nötig hatte, als noch längere Verhöre. Es war nicht nur Erschöpfung, auch eine Art Resignation, die er ausstrahlte. Er hatte keine Kraft mehr für ihr Spiel, es war nichts mehr übrig von seinem provokanten Auftreten oder der einstudierten Unberührtheit von vorher. Es kamen nur noch knappe Antworten von ihm für den Bildschirm und den unsichtbaren Dolmetscher. Sobald N. verstummte, redete Grip weiter, so monoton, als würde er den Börsenbericht verlesen.

Durch ein paar Andeutungen teilte Grip N. mit, dass er zu Vladislav Kontakt aufgenommen hatte und dass der sich an das alte Versprechen erinnerte. N.s Blick flackerte kurz, dann sagte er gegen die Wand: »Er zahlt's ihr, zahlt's ihr tausendfach zurück … alles Böse, oder?«

Grip ging nicht darauf ein, versuchte die Situation mit lauter werdender Stimme zu überspielen und stellte eine weitere Frage aus seinem erschöpften Vorrat.

N. drehte sich so, dass ihre Blicke sich trafen, kämpfte gegen die Resignation an und gab automatisch eine ebenso bekannte wie belanglose Antwort. Wenige Worte nur, während sein glasiger Blick an seiner ursprünglichen Frage festhielt.

Grip schloss die Augen und nickte so unmerklich er nur vermochte.

Danach versank N. wieder in seine eigene Welt. Grip leierte eintönig seine Fragen herunter, für die er zum Schein in einem Stapel loser Zettel blätterte, um sich irgendwann stumm seinen Notizen zu widmen, als zu offensichtlich war, dass N. nichts mehr zur Unterhaltung beitrug.

Er wartete.

Auf den Moment, als ein Zucken in N.s Augen seine flüchtige Anwesenheit signalisierte. Grip beugte sich vor.

»Wissen Sie was«, sagte er und hielt N.s Hand fest, die über den Tisch wischte. Sie hatten einander bisher niemals berührt, und auch jetzt dauerte es höchstens eine Sekunde. Ein sanfter Druck ums Handgelenk, ehe er wieder losließ. »Ich denke, Sie brauchen einen neuen Stift. Nehmen Sie den hier«, sagte Grip und zog einen Kugelschreiber aus der Brusttasche.

»Einen neuen?«, sagte N. und schaute auf den Bleistiftstummel auf dem Tisch.

»Ihrer ist ja völlig stumpf«, sagte Grip. »Ich bringe ihn Ihnen morgen angespitzt zurück.«

Er klopfte auf den Stift, den er auf den Tisch gelegt hatte. »Sollte Ihnen noch was einfallen, das Sie mir sagen wollen, schreiben Sie es einfach auf. Ich gehe jetzt«, sagte er und stand auf.

»Ach übrigens, was Sie neulich für eins der Kreuzworträtsel wissen wollten: Masada. Dort haben die Juden sich gegen die Römer verteidigt, erinnern Sie sich? Als es keine Hoffnung mehr gab, haben sie sich in ihre eigenen Schwerter gestürzt …«

N. starrte vor sich hin. »Danke«, sagte er einen Augenblick später und sah ihn lange an, ehe Grip sich umdrehte und ging.

Die Nachmittagsschauer hatten bis weit in den Abend angehalten, nun schimmerten nach dem abgeklungenen Gewitter die Straßen feucht. Grip saß mit einem Becher Kaffee vor sich in einem der wenigen um diese Zeit noch offenen Lokale, einer Kombination aus Kiosk und Fast-Food-Restaurant. Das Angebot in den Regalen bestand hauptsächlich aus Chips, Keksen und in Klarsichtfolie eingeschweißten Zeitschriften mit nackten Brüsten auf dem Cover. In einer Wärmevitrine lagen Bratwürste und Donuts mit Zuckerguss und schwitzten vor sich hin. Grip saß am Ende des endlos langen Tresens aus zerkratztem Marmorimitat. Am anderen Ende saßen ein paar schwarze junge Männer in Zivil: Sportshirts und Basketballschuhe. Rastlos, aber heimisch, um diese Zeit gab es nichts, wo sie sonst hingehen konnten. Zumindest entkamen sie hier dem Gedränge in den Baracken und ihren Uniformen. Es plätscherte Musik aus ein paar kleinen Lautsprechern unter der Decke.

Die Bedienung hinter dem Tresen bot Grip zum zweiten Mal Zucker an, den er zum zweiten Mal ablehnte. Die Tür ging auf.

»Hab ich es doch richtig gesehen …«, Schritte, »… dass Sie das sind, Ernst.«

Er drehte sich um. Shauna.

»Ich bin vorbeigefahren«, sagte sie und beschrieb einen Bogen mit der Hand. »Und dachte mir, dass der Mann hinter der Scheibe aussieht wie Sie.« Sie sah etwas erschöpft, aber zugleich sehr zufrieden aus. Als Grip auf den Stuhl neben sich zeigen wollte, saß sie schon. Sie rückte den Pferdeschwanz im Nacken zurecht und signalisierte der Frau hinter dem Tresen mit einem Blick auf Grips Kaffeebecher ihre Bestellung.

»Und?«, sagte sie dann, als hätten sie sich Wochen nicht mehr gesehen.

»Ich schlage die Zeit tot«, antwortete Grip mit einem Achselzucken.

Shauna wartete, bis die Frau den Kaffee vor ihr abgestellt hatte. »Er hat ein Geständnis abgelegt«, sagte sie. »N. gibt zu, dass er dabei war, als die Frau im Central Park erschossen wurde.« Sie wischte sich mit der Hand über die Augen. »Was er Ihnen erzählt hat, ist nur zum Teil wahr. N. wurde nicht in Florida gefasst, er war noch ein paar Wochen länger auf freiem Fuß, in denen er nach New York gefahren ist, um sich etwas dazuzuverdienen.«

»Ganz schön voller Kalender für einen so kurzen Zeitraum«, sagte Grip.

»Auf jeden Fall passt jetzt alles.«

»Wenn N. sagt, dass es so war, dann war es so. Ist es wirklich so simpel?« Grip konnte es nicht lassen.

»Natürlich nicht. Aber wir haben Romeo.«

Grip verstand nicht, was sie meinte.

»Wir haben einen Fahrer, der dabei war, ein aalglatter Typ mit cleverem Anwalt«, erklärte Shauna. »Auf den sind wir etwa zu der Zeit gestoßen, als Reza sich in seiner Zelle in Kansas zu erinnern begann, dass einer von ihnen Schwede war. Ein Fahrer wurde wegen eines kleineren Vergehens in Brooklyn gefasst. Ich war nicht von Anfang an damit befasst, aber er verlangte ziemlich bald, mit jemandem zu sprechen …« Sie brach den Satz ab, kramte etwas aus der Tasche. »Lesen Sie selbst«, sagte sie und reichte ihm eine durchsichtige Plastikhülle mit ein paar Blättern.

Vernehmungsprotokoll, Bandabschrift. Band I (1), D432811
Datum: 1. März 2008
Ort: Nassau County Jail, Brooklyn, New York
Anwesend:
Vernehmungsleiter, Shauna Friedman (SF), FBI
Vernommener: Romeo Lupone (RL), Verdacht auf Mithilfe zu Falschmünzerei

RL: »Muss das aufgenommen werden?«

SF: »Sonst ist es nicht viel wert.«

RL: »Aber ich mach jetzt keine Zeugenaussage, darüber sind wir uns einig, oder?«

SF: »Wir sind uns über gar nichts einig. Sie wollten mit uns sprechen, ich weiß nicht, worum es geht.«

RL: »Ich mag keine Tonbandgeräte.«

SF: »Soll ich wieder gehen?«

RL: »Nein, warten Sie.« Stille. »Sie wissen doch, wie das läuft. Ein paar Typen haben nach Feierabend in Brooklyn eine Druckerei betrieben, Extraeinkünfte. Das waren top Scheine, die Papierqualität so lala, aber die Scheine sahen täuschend echt aus. Ich wäre drauf reingefallen, wenn ich einen in die Hand gedrückt gekriegt hätte, aber das geht Ihnen wahrscheinlich am Arsch vorbei.«

SF: »Möglich.«

RL: »Kann sein, dass ich an den Abenden ein paar Extratouren für die Druckerei gefahren bin. Ich wusste natürlich nicht, was ich transportiert habe, bin nur gefahren, zu irgendwelchen Adressen hier und da. Bis ein paar Bullenschweine beschlossen haben, mich einzulochen. Die haben einfach behauptet, ich wüsste mehr, als Sache war. Sie haben was davon gefaselt, sie hätten mein Telefon abgehört.«

Stille.

SF: »Ich höre.«

RL: »Ich bin auf Bewährung draußen. Wenn ich jetzt für diesen Scheiß rangekriegt werde, geh ich für mindestens weitere acht Jahre in den Knast.« Stille. »Was sagen Sie, wenn ich Angelico und Metros Laderampe am 25. Oktober sage?«

SF: »Vor vier Jahren?«

RL: »Zum Beispiel.«

SF: »Sie werden schon noch etwas mehr sagen müssen.«

RL: »Keinen Schimmer, wie der Kerl heißt, der die Statuen gemacht hat, die so viel wert sein sollten, aber zwei von denen wurden auf alle Fälle gestohlen. Dafür wurde keiner eingelocht.«

SF: »Der Künstler heißt Jean Arp.«

RL: »Kann sein. Und die Statuen sind nicht wieder aufgetaucht, stimmt's?«

SF: »Nein, der Fall ist bis heute unaufgeklärt.«

RL: »Da sehen Sie mal.«

SF: »Was sehe ich?«

RL: »Vergessen Sie's. Kommen wir nun also zum Jackpot der Wochenlotterie, Central Park, 27. Februar, abends, vor ein paar Jahren. Sagen wir in etwa in Höhe der 96. Straße?«

SF: »Das können wir sagen. Was ist dort passiert?«

RL: »Kommen Sie schon, das wissen Sie doch.«

SF: »Erzählen Sie es mir, ich habe keine Bewährungsfrist laufen.«

RL: »Ah, Deckel drauf. Sind wir uns jedenfalls einig, dass in dem Bereich und an dem Abend eine Frau zu Schaden kam?«

SF: »Sie ist gestorben.«

RL: »Oh shit.«

SF: »Kann man so sagen, das verändert den Straftatbestand nämlich ein wenig. Jetzt ist es Mord. Was wollten Sie sagen?«

RL: »Läuft dieses verdammte Aufnahmegerät denn noch immer?«

SF: »Tut es.«

RL: »Wer weiß schon, wo das endet?«

SF: »Ich entscheide, wofür die Aufnahme verwendet wird. Machen Sie weiter.«

RL: »Sagen wir mal, dass beide Ereignisse von derselben Gruppe durchgeführt wurden, die Statuen und Central Park.«

SF: »Da kann ja jeder kommen und das behaupten.«

RL: »Dann eben hypothetisch, sagen wir … Ich kannte einen, der für die gefahren ist. Der bei vielem dabei war, viel gesehen, viele Leute getroffen hat.«

SF: »Auch im Central Park?«

RL: »Möglich.«

SF: »Was wollen Sie?«

RL: »Was glauben Sie wohl? Dass jemand die Bullen zurechtstutzt, was sie beim Abhören gehört haben und was nicht. Und Straffreiheit für das, was ich dann erzähle, schwarz auf weiß.«

SF: »Ich denke, wir brauchen das hier nicht mehr länger.«

Das Aufnahmegerät wird ausgeschaltet.

Grip schob die Blätter zurück in die Plastikhülle. Romeo Lupone, der Teufel, war also wieder aufgetaucht. Die Androhung von einem Jahrzehnt im Kast, und schon pisste er sich in die Hose, packte aus. Das Schachern mit Straferlass, das liebten die Amerikaner.

»Ich habe nach der Aufnahme mit Romeo gesprochen«, sagte Shauna.

»Das glaube ich gern«, antwortete Grip.

»Er hat immer wieder ›den Schweden‹ erwähnt. Damit dürfte ja wohl N. mit Ihrem Pass gemeint sein, oder?« Sie dachte laut.

»Oder ich«, sagte Grip. »Ich gehe davon aus, dass Sie mich deswegen hierhergeholt haben?«

»N. rückt mit ausreichend Details raus, um dabei gewesen sein zu können. Er war es, und das ist die einfachste Lösung für alle, ist es nicht so?« Ihr Fingernagel schlug klingend gegen den Becherrand.

Vielleicht hatte er doch einen Glücksstern, dachte Grip. Nichts voneinander ahnend, hatten Romeo und N. sich füreinander verbürgt.

Einer der Jungs am anderen Ende schlug mit der flachen Hand auf den Tresen und lachte laut. Shauna drehte sich um und schaute lange zu den jungen Männern, als gäbe es dort etwas Interessantes zu sehen.

»Machen wir noch einen Abstecher in den Offiziersklub?«, fragte sie.

»Es ist spät.«

»Da ist sicher noch wer zum Aufräumen, die können uns einen Absacker ausschenken.«

Grip murmelte etwas, Shauna streckte sich nach dem Zuckerstreuer aus. Es war eine Weile still.

Als Shauna wieder das Wort ergriff, schien sie mit ihrem Kaffeebecher zu reden. »Reza, N., Romeo Lupone – sie sind alle nicht von Bedeutung, nicht mehr. An wen ich eigentlich ranwill, ist Adderloy.« Sie drehte sich mit einem kurzen, müden Lächeln zu Grip um. »Das ist der wahre Zerstörer, die schwarze Seele.« Sie rührte in ihrem Kaffee, nahm mehr Zucker, rührte weiter, machte ihren Becher erneut zum Beichtvater. »Ich möchte in eine Zelle schauen und Adderloy dort allein zwischen vier nackten Wänden sitzen sehen. Dass er zwei meiner Agenten, zwei meiner besten Freunde, ins Leichenschauhaus befördert hat, das darf nicht sein letztes Wort sein. Ich will einmal in die Zelle schauen, in der er sitzt, in seine Augen, wenn er weiß, dass ich es weiß. Ich brauche diesen Augenblick.« Sie trank einen Schluck Kaffee.

Grip warf einen Blick auf die Uhr an der Wand. Es war nach Mitternacht. Die Bedienung und die jungen Männer am anderen Ende des Tresens diskutierten miteinander, es endete mit der Frage, wann sie denn Feierabend hätte. Sie lachte nervös.

»Was haben Sie?«, fragte Shauna.

»Was ich habe?« Grip stellte seinen leeren Becher ab. »Ich weiß nur, dass auf Diego Garcia ein fast zu Tode gefolterter Mann einsitzt, der Schwedisch spricht. Das reicht gerade mal für einen Bericht von höchstens einer Seite für wen auch immer daheim.«

»Wollt ihr ihn nicht nach Hause holen?«

Grip fuhr fort, als hätte er sie nicht gehört. »Papiere werden hin und her geschickt, am Ende wird irgendjemand im Außenministerium …« Er sah sie an.

»… die Achseln zucken«, schlug sie vor. »Weil niemand ihn vermisst?«

Er warf erneut einen Blick auf die Uhr.

»So ähnlich«, antwortete er.

Sie fuhren mit dem Auto zurück zum Hotel. Die menschenleere Stille wurde nur vom Ticken der Insekten gegen die Lampen im Treppenhaus durchbrochen. Sie blieben auf dem Flur vor ihren Zimmertüren stehen. Shauna zog das Haargummi ab, die Schuhe hielt sie bereits in der Hand. Grip strich mit dem Finger über einen trägen Nachtfalter an der Wand.

»Sind Sie verheiratet?«, fragte er.

»Ob ich verheiratet bin?« Shauna streckte sich. »Wie sagen die Flieger hier auf Garcia noch gleich …?«

»Zwei Zwischenlandungen von zu Hause, und das hat sich erledigt. Hab ich auch schon gehört.«

Sie lachte, wachsam. »Wieso fragen Sie?«

»Weil es mich interessiert.«

»Nein, tut es nicht. Sie haben einfach eine Spürnase für Details, haben den Ehering gesehen.«

»Der mal da ist und mal nicht.«

»Bis San Diego habe ich ihn getragen, auf dem Weg von dort ist er dann irgendwann verschwunden. Sie wollen natürlich wissen, mit wem?«

»Mh-mh.«

»Er sitzt im Repräsentantenhaus in Washington, für North Carolina. Beeindruckt?«

»Das hat nicht viel zu sagen.«

»Wir haben keine Kinder.«

»Das schon mehr.«

»Manchmal erfüllen die Ringe ihre Funktion, manchmal nicht. Im Büro in New York bin ich verheiratet, und nicht mit irgendwem. Und er braucht eine Ehefrau. Aber er kennt den Arsch seines Redenschreibers besser als meinen. Wir machen uns gegenseitig nichts vor. Und hier auf Garcia spielt es keine Rolle, ob ich verheiratet bin.« Sie schob die Hüfte zu einer Seite, die Hand, die die Schuhe hielt, in die andere Richtung. »Falls es Sie interessiert«, sagte sie, »ich habe an einem der letzten Abende einen der Piloten mit aufs Zimmer genommen. Nicht als alle betrunken waren, vorher. Aber er war zu zögerlich, da habe ich ihn wieder weggeschickt.« Sie ließ die Hand mit den Schuhen sinken. »Und Sie? Sind Sie so frei, wie Sie zu sein scheinen?«

»Absolut. Ich lebe auch mit jemandem zusammen, den es nicht weiter interessiert, was ich mit fremden Frauen anstelle.«

»Wer hätte mehr zu verlieren, wenn ich Sie jetzt unter meine Dusche einlade?«

»Sie.«

»Sagen Sie. Sind Sie gut?«

»Sie würden sich heiser schreien.«

Er lächelte, sie lachte. Dann verabschiedeten sie sich.

Aber statt in sein Zimmer, ging Grip die Treppe wieder hinunter und auf den Parkplatz. Dort lehnte er mit den Händen in den Hosentaschen an einem Holzpfahl, bis auch das letzte Licht hinter Shaunas Fenster verlöscht war. Erst dann ging er ins Foyer und setzte sich an den Computer. Er hatte die Mail bereits im Kopf vorformuliert, in wenigen Minuten war es erledigt. Er schrieb ein paar ergänzende Zeilen zu der angehängten Infodatei über Maureen Whipple, worin die konkreten Vergehen dieser Frau bestanden, die eine Spur von Schreien und gequälten Menschen hinter sich gelassen hatte. Er klickte auf *Senden,* und der Bildschirm blinkte auf. Der Rest lag bei Vladislav.

Er loggte sich aus und blieb sitzen, fuhr mit den Fingern über den Rand einer künstlichen Pflanze und merkte, wie ihm der kalte Schweiß ausbrach. Sein Gewissen, die Unruhe, die müden Hoffnungen: Alles lief in langsamen Tropfen den Rücken hinunter. Die Farbe wich aus seinem Gesicht, und er beugte sich vor und stützte sich völlig erschöpft mit den Unterarmen auf den Knien ab. Gleich, dachte er, würde sich nur noch sein Mund trocken anfühlen, aber der Atem wieder ruhiger gehen. Noch ein bisschen Geduld. Noch ein paar Atemzüge, dann hätte er sich wieder im Griff.

Später, sobald er in seinem Zimmer war, riss er einen langen Streifen Klopapier von der Rolle und befeuchtete ihn im Handwaschbecken. Er hatte alles, was auf dem Schreibtisch gestanden hatte, auf den Boden gestellt, was das Abwischen der glänzenden Oberfläche erleichterte. Er wischte gründlich, auch die Kanten, und beseitigte die letzten eventuellen Spuren des weißen Pulvers. Früher am Abend hatte er dort gesessen und in mühsamer Handarbeit vierzig Malariatabletten zwischen zwei Löffeln zerdrückt. Das Pulver hatte er in die hohle Hülse eines Kugelschreibers gefüllt. Ein Teil war vorbeigerieselt, weil er es eilig gehabt hatte, aber jetzt war alles sauber. Grip öffnete das Fenster und warf das zusammengeknüllte Papier hinaus, das in einem Busch landete. Dann räumte er die Sachen zurück auf den Schreibtisch und streckte sich nackt auf dem Bett aus.

# 34

Grip kam wie gewohnt zur abgesprochenen Zeit und begab sich zum weißen Zellentrakt. Er wurde bereits am Eingang abgefangen.

»Heute nicht«, sagte ein junges, unbekanntes Gesicht, während ein anderer Mann gründlich Grips Ausweis studierte. Es herrschte eine gereizt nervöse Stimmung.

»Wo ist Stackhouse?«

»Heute nicht, habe ich gesagt.«

Grip schnappte dem Mann seinen Ausweis aus der Hand und machte auf dem Absatz kehrt. Sie hielten ihn nicht auf, als er die Eingangstür öffnete und nach draußen verschwand. Mit anderen Worten, er wurde noch nicht für irgendetwas verdächtigt.

Er ging davon aus, dass ein Inhaftierter tot in seiner Zelle aufgefunden worden war. Keine Verletzungen, keine Schlingen, einfach Herzstillstand. Ein geschwächter Körper nach Jahren der Isolation und Folter, das kam häufig vor. Könnte man meinen.

Chloroquin. Dreißig Tabletten reichten, um einen gesunden Menschen zu töten, vierzig garantiert. In weniger als einer Stunde. Das Problem waren nicht die Übelkeit oder die Krämpfe, sondern die Angst. Selbst wenn die Seele sterben will, will der Körper es nicht automatisch auch. Blieb nur zu hoffen, dass N. nicht Alarm geschlagen hatte, als die Herzrhythmusstörungen einsetzten, und rechtzeitig die Spitze des Kugelschreibers wieder zugedreht hatte. Dann wäre es nur sehr schwer nachzuweisen. Ein Leben, das an einem Punkt endete. Herzstillstand.

Früher oder später würde irgendjemand Grip finden, davon hinge ab, wie es weiterginge.

Er setzte sich zwischen die ausgeblichenen Sonnenschirme auf der Terrasse des Offiziersklubs.

Es dauerte ein paar Stunden.

»Da draußen«, hörte er drinnen jemanden sagen, gefolgt von vertraut energischen Schritten. Shauna Friedman setzte sich mit verschränkten Armen ihm gegenüber auf einen Stuhl. Sie nahm die Sonnenbrille ab, beugte sich vor und starrte ihn wortlos an.

»Sie wissen es«, sagte sie schließlich. Scharfer Ton, blasser Teint, blitzende Augen.

»Ich weiß nichts, ahne nur etwas.«

»Er ist tot.«

»Ich bin vorhin nicht reingelassen worden.«

»Er lag auf seiner verdammten Pritsche, den Blick an die Decke gerichtet.« Shauna sah sich um. Zwei jüngere Offiziere hatten sich ein paar Tische entfernt mit ihrem Bier niedergelassen. »Ihr zwei«, sagte sie mit autoritärer Stimme, »würdet ihr bitte gehen.«

Sie verschwanden wortlos.

»Darf ich raten«, sagte Grip, als er die beiden im Gebäude verschwinden sah. »Herzstillstand.« Und fügte mit deutlicher Ironie hinzu: »Kein Wunder bei allem, was der Mann durchgemacht hat.«

»Diesen Scheißdreck hab ich schon so oft gehört. Das war das Erste, was Stackhouse gesagt hat. Und seine Truppe hat derart viele Leichen im Keller, dass sie auf der Stelle alle Brücken hinter sich abbrennen. Schwer zu sagen, ob sie ihre Finger im Spiel hatten oder auch überrascht wurden. Und Sie sitzen hier scheinbar ungerührt in der Sonne.«

»Man stelle sich vor.«

»Stecken Sie mit Stackhouse unter einer Decke?«

»Stackhouse konnte mich vom ersten Tag an nicht ausstehen. Sie haben mich hierhergeholt, schon vergessen? Wenn Sie meinen, dass hier was stinkt, dann sorgen Sie dafür, dass N. obduziert wird.«

»Und ob es stinkt. Aber Sie wissen so gut wie ich, dass in dem Augenblick, wo er nicht mehr lebt, keiner von seiner Existenz gewusst haben will, offenbar nicht einmal wir.«

»Sie werden weiter gegen Mühlen ankämpfen müssen«, sagte Grip. »Ich habe vor, nach Hause zu fliegen.«

»Es gehen keine Flüge. Und selbst wenn, fliegen Sie erst, wenn ich es sage.«

»Das heißt, Sie halten mich hier fest?«

Sie ignorierte seine Frage. »Windmühlen, was meinen Sie damit? Dämliche Idealistin im lila BH – ist es das?«

»Sie behalten mich also als Geisel hier?«

»Ein schwedischer Staatsangehöriger ist unter unklaren Umständen ums Leben gekommen.«

»Eine Person, die Schwedisch gesprochen hat, wird so schnell wie möglich verbrannt, in Kalk aufgelöst oder einfach ins Meer geworfen werden. Danach hat dieser Mann, sein Leichnam oder auch nur der kurze Name N. niemals existiert.«

»Sie arbeiten doch für die.«

»Da irren Sie sich.«

»Sie bleiben hier.«

»Ich kontaktiere meine Vorgesetzten, die werden ein Flugzeug schicken.«

»Geben Sie mir was. Ich habe tausend Argumente, Sie hierzubehalten.«

»Ich bin aus Schweden, wir bleiben neutral.«

»Geben Sie mir was!«

Viel mehr wurde nicht gesagt.

Am folgenden Tag ging Grip nicht zum Zellentrakt, stattdessen nahm er einen Liegestuhl vom Hotel mit auf einen ungemütlichen Rasenflecken mit Aussicht über den Hafen.

Die Zeit verrann. Die Sonne brannte auf seinen Armen. Shauna hatte er seit dem Vortag nicht mehr gesehen. Was hatte das zu bedeuten?

Was sagte Stackhouse zu N.s Tod? War er einfach nur froh, ein Problem weniger am Hals zu haben? Ahnte irgendjemand, was passiert war? War der Kugelschreiber zur Analyse im Labor oder einfach entsorgt worden?

Er saß auf dem Liegestuhl, trank Bier aus der Kühltasche und rechnete damit, jeden Augenblick gefasst zu werden. Er hatte sich für die alkoholfreie Variante entschieden, weil er seine Gedanken nicht vernebeln wollte. Shauna oder Stackhouse, einer von beiden würde kommen. Mit ein paar Mann Verstärkung, wie wenn die Polizei ein weggelaufenes Kind lokalisiert hatte. Es würde einen Unterschied machen, ob Stackhouse oder Shauna käme, er konnte nur nicht genau benennen, welchen. Aber unabhängig davon, wer von beiden kam, würde er … Plötzlich musste er an Ben denken. Sein Blick über die Schulter, wenn Grip seine Wohnungstür öffnete, das schiefe, selbstverständliche Lächeln. Die wenigen wahren

Augenblicke. Dieses Leben war es, das geschützt werden musste. Koste es, was es wolle.

Es ging auf den Abend zu, Grip fühlte sich ausgetrocknet trotz des Bieres. Observierten sie ihn? Das war keine Paranoia, er wunderte sich nur, dass sich nichts tat. Erwarteten sie etwas Bestimmtes von ihm? Er klappte den Liegestuhl zusammen, nahm die Kühltasche und setzte sich in Bewegung.

Im Offiziershotel schrieb er eine Mitteilung und bat den Mann an der Rezeption, dafür zu sorgen, dass Shauna Friedman sie bekam. Darin stand, dass die schwedische Sicherheitspolizei und das Außenministerium so schnell wie möglich wissen wollten, wann mit seiner Abreise aus Diego Garcia zu rechnen sei. Was nicht stimmte. Er hatte keinen von beiden kontaktiert. Hätte er das, wäre die Antwort mit größter Wahrscheinlichkeit gewesen, dass er wohl warten müsse, bis die Amerikaner ihm einen Platz zur Verfügung stellten.

Sein Bluff war offenbar durchgegangen, jedenfalls fand er am nächsten Tag eine Nachricht vor, dass er sich spätestens bis um sechs Uhr abends mit seinem Gepäck am Flughafen einfinden sollte. Auf seinen Armen spannte der Sonnenbrand vom Vortag, als er seine Sachen zusammenpackte. An der Rezeption wurde ihm mitgeteilt, alle Rechnungen seien bereits beglichen.

Auf der Freifläche standen ein halbes Dutzend schwarze B-52 aufgereiht, daneben ein grauweißes Passagierflugzeug der US-Navy, der gleiche Typ, mit dem er auch hergeflogen worden war.

»Mr. Grip?«

Er nickte, und ein Besatzungsmitglied begleitete ihn an

Bord. Nach ihm kamen noch ein paar Uniformierte, die sich in die große Kabine setzten.

Shauna kam als Letzte.

»Hier«, sagte sie und drückte ihm einen Stapel Tickets und Buchungsbestätigungen in die Hand. Sie wich seinem Blick aus. »Der Rückweg ist der gleiche wie der Hinweg, zuerst geht es nach San Diego. Wir haben leider keinen Direktflug nach New York bekommen, Sie müssen in Atlanta umsteigen. Nach einer Nacht im Hotel in Newark geht es mit SAS nach Stockholm weiter.«

Grip fuhr mit dem Daumen am Rand der Unterlagen entlang, nickte und wartete auf eine Fortsetzung. Die Sitzreihen um sie herum waren nicht besetzt. Shauna setzte sich auf die äußere Armlehne auf der anderen Gangseite.

»Nein«, sagte sie, »ich fliege nicht mit.« Hinter ihr hakte ein Besatzungsmitglied die wenigen Passagiere auf einer Liste ab und brachte sie anschließend ins Cockpit.

»Eins der ersten Dinge, die Sie in N.s Zelle gesagt haben, hatte was mit Lügen zu tun.«

Grip schaute aus dem Fenster und tat so, als würde er in seinem Gedächtnis kramen. »Ich habe gesagt, dass er von mir keine Lügen oder falschen Versprechungen hören würde«, sagte er und schaute zu ihr hoch.

»Und das haben Sie gehalten?«

»Ja.«

»Gut, ich sage das Gleiche: Keine Lügen, keine falschen Versprechungen. Wir haben vielleicht noch fünf Minuten, ehe ich rausgeschmissen werde. Egal, was gesagt wird, steige ich aus, und Sie fliegen nach Hause. Ganz bis nach Hause.«

Grip rührte keine Miene.

»Ich fange einfach mal an«, sagte sie. »N. existiert nicht mehr. Seine Leiche, alles ist weg.«

»Was Sie nicht sagen«, antwortete Grip. Er fingerte an dem Ticket von New York nach Stockholm. Shauna konnte jederzeit sämtliche Flugvorbereitungen abbrechen, das wusste er. Durchs Fenster sah er den Tanklaster vom Flugzeug wegfahren.

»Stackhouse«, sagte Shauna, »ist vollauf mit seiner Verschleierungsaktion beschäftigt, indem er sagt, N. könne von überall herstammen. Dass er Schwede ist, passt nicht ins Bild, zumindest nicht für Stackhouse. Ich kann nichts dagegen unternehmen, dass alles, was mit N. zu tun hat, verschwindet.«

»Spielt das eine Rolle?«, fragte Grip. »Wir haben kein Interesse an seiner Auferstehung, nicht auf diese Weise. Bei uns ist er längst tot.«

»Aber er wurde gefoltert …«

»Gründlich und lange.«

»Die CIA bedauert das, behauptet, dass es andere waren. Dass es in irgendwelchen anderen Ländern aus dem Ruder gelaufen ist.«

»Das ist die Version, die sie Ihnen als Ermittlerin in dem Fall geben?«

»So in etwa.« Shauna verstummte, schob irgendwelchen Müll auf dem Boden mit der Schuhspitze beiseite. »Haben die Amerikaner ihn gefoltert?«, fragte sie schließlich.

»Wollen Sie wissen, was ich glaube?«

»Was Sie wissen.«

Grip schaute auf die Uhr.

»Haben wir nicht ein gemeinsames Interesse, das Puzzle zu Ende zu bringen?« Sie legte eine kurze Pause ein. »Lassen Sie uns ein Namensspiel machen. Ein Name, der immer mal wieder auftauchte, ist Maureen Whipple.«

»Aha.«

»Sie ist an Orten aufgetaucht, an denen sie nichts zu suchen hatte.« Shauna nickte kurz. »Wissen Sie etwas über sie?«

»Nicht viel.«

»Nicht viel, das ist ja immerhin schon mal ein Anfang. Während Ihrer Wochen mit N. – natürlich wissen Sie mehr als das, was wir hören konnten. Sie haben eine Möglichkeit gefunden, sich mit ihm auszutauschen.«

»Hallo da drüben, es wird Zeit«, rief das Crewmitglied durch den Gang. Shauna hob die Hand zum Zeichen, dass sie gehört hatte, blieb aber sitzen.

»Stackhouse«, fuhr sie fort, »will Sie hierbehalten. Seit gestern ist er, was diesen Punkt angeht, extrem hartnäckig. Darum schicke ich Sie weg. Die Hitze auf Garcia lässt einen verzweifeln. In Stackhouses Welt wimmelt es von Terroristen, und er ist bereit, weit zu gehen, damit seine Maschinerie nicht ins Stocken gerät.« Sie ließ ihm Zeit, das Gehörte sacken zu lassen. »Ich habe gestern einen Bericht aus Washington bekommen, in dem es um Maureen Whipple geht. Ich bitte Sie inständig, wenn Sie etwas über sie wissen … Sie dürfen abreisen, aber ich muss etwas gegen Stackhouse in der Hand haben, um ihn zurückzupfeifen.«

»Maureen …«, setzte Grip an.

»Jetzt müssen Sie aber wirklich …«, rief der Mann Shauna durch den Gang zu.

»Eine Sekunde.«

Draußen sprang dröhnend ein Motor an.

»Maureen Whipple«, setzte er erneut an, »ist eine von denen, die N. gefoltert haben.«

»Wie ist es ihm gelungen, sie zu identifizieren?«

»In dem Dreck dürfen Sie wühlen, sie ist eine von euch. Waterboarding oder Hunde auf Gefangene zu hetzen, gehört offenbar zu ihrem Job.«

»Nicht gehört, gehörte. Gestern Morgen wurde ihre Leiche gefunden, im Wald in der Nähe ihrer Wohnung in West Virginia.« Shauna tippte mit einem Finger auf ihren Brustkorb. »Jemand hat ihr einen Pflock in die Brust getrieben wie einem Vampir. Fette Schlagzeilen, tausend Fragen.«

Grip brachte nicht mehr als ein erstauntes Nicken zustande.

»Wir schließen jetzt die Türen«, brüllte ein Gesicht, das im vorderen Teil der Kabine zum Vorschein kam.

Shauna erhob sich.

»Hätte N. die Chance bekommen, es zu tun, er hätte keine Sekunde gezögert.«

»Diese Chance hat offenbar jemand anders genutzt. An der Pflockspitze steckte durchbohrt ein Blatt Papier mit der Versicherung des Weißen Hauses, dass Folter …«, Shauna schaute zerstreut zur Tür, »… im Krieg gegen den Terrorismus nicht vorkommt.« Sie nickte, mehr für sich selbst. »Ja«, sagte sie dann, »N. ist tot. Ich finde es sehr bedauerlich, dass wir keine Gelegenheit hatten, auch über die anderen zu reden.«

»Über Adderloy und Mary?«

»Über sie und Vladislav. Besonders über Vladislav.« Damit ging sie, ohne sich noch einmal umzusehen, ehe sie durch die Tür nach draußen verschwand.

Das Flugzeug ruckelte und rollte langsam an. Am Ende

der Startbahn drehte es. Blieb stehen. Das Warten war unerträglich. Grip wollte nur noch weg von der Insel – am liebsten hätte er das Flugzeug selber angeschoben.

Da zogen die Motoren an, und die Bremsen wurden gelöst.

# 35

Sobald sie ihre Flughöhe erreicht hatten, wurden Grips Augenlider in der satten Abendsonne schwer, trotzdem konnte er nicht schlafen.

Das lag an dem Pflock. Aber nicht die Symbolik der durchbohrten Frau im Wald beunruhigte ihn, sondern der Gedanke daran, welche Lawine er losgetreten hatte. Vladislav war innerhalb weniger Tage zur Tat geschritten. Es war wie die Beschwörung eines Dämons. Wieso fühlte er sich zu so jemandem hingezogen? Zum Unerbittlichen? Es war, als wäre ein empfindlicher Nerv bloßgelegt worden.

Grip rutschte auf seinem Sitz hin und her, versuchte, wenigstens zu dösen, erfolglos. Er setzte sich wieder um. Die sinkende Sonne flimmerte wie schmelzendes Glas über dem Horizont. Er nahm sich Shaunas Unterlagenstapel vor, blätterte darin herum, um sich zu beschäftigen, als er zwischen den Blättern einen unbeschrifteten, nicht zugeklebten Umschlag entdeckte, in dem ein paar mittig gefaltete, grobkörnige Kopien lagen. Grip faltete sie auf.

Vernehmungsprotokoll, Bandabschrift. Band: I (2), K921314
Datum: 21. April 2008
Ort: Nassau County Jail, Brooklyn, New York
Anwesende:

Vernehmungsleiterin, Shauna Friedman (SF), FBI
Vernommener: Romeo Lupone (RL), Verdacht auf Mithilfe zu Falschmünzerei

RL: »Wieso ausgerechnet jetzt? Vorher war doch auch kein Mitschnitt nötig.«

SF: »Unsere kurzen Treffen vorher sind eine Privatsache zwischen uns beiden. Aber jetzt haben wir eine Übereinkunft, und Ihre Aussage hat nur Beweiskraft, wenn es eine Bandaufnahme davon gibt.«

RL: »Scheiße, die glauben doch, ich hätte sie verpfiffen.«

SF: »Nennen Sie es, wie Sie wollen, das sind die Spielregeln, wenn Sie als freier Mann hier rausgehen wollen.«

RL: »Wann komme ich raus? Heute?«

SF: »Geben Sie mir etwas, das den Staatsanwalt davon überzeugt, dass Sie seine Zeit wert sind, dass Sie wirklich was anzubieten haben. Alles Weitere wird sich zeigen. Straferlass ist keine Kleinigkeit, da hängen viele Leute mit dran. Ich würde in jedem Fall mit zwei, drei Wochen rechnen, ehe der Richter Sie gegen Bürgschaft freilässt.«

RL: »Noch weitere drei Wochen in diesem verdammten Loch?«

SF: »So sind die Regeln. Spielen Sie mit oder nicht?«

RL: »Fahren Sie zur Hölle.«

SF: »Das habe ich nicht gehört. Zweiter Versuch.«

Stille.

SF: »Das muss nicht lange dauern, fangen wir hiermit an.«

RL: »Das ist ein verdammtes Passfoto, oder?«

SF: »Ja, ist es.«

RL: »Ich hab gesagt, dass ich erzählen kann, wie es abgelaufen ist, wie sie es gemacht haben …«

SF: »Wie *ihr* es gemacht habt.«

RL: »Okay, wie wir es gemacht haben. Mit den Skulpturen und dem Ding im Central Park. Aber keine Namen. Wenn irgendwer spitzkriegt …«

SF: »Das ist uns herzlich egal. Wir brauchen Namen!«

Stille.

SF: »Sehen Sie sich das Foto an. Sie haben was von einem Schweden gesagt, dass derjenige, der alles mitgeplant hat, *der Schwede* genannt wurde. Ist er das?«

RL: »Möglich.«

SF: »Möglich?«

RL: »Verflixt, das ist schon ewig her. Ein einziges Bild …«

SF: »*Möglich* reicht nicht. Sind Sie schwer von Begriff? Ich sehe gerade den Staatsanwalt vor mir, der Ihnen den Rücken zukehrt, wenn er das hier hört. Und ich sehe einen Fahrer aus Brooklyn in einer ausgekühlten Zelle in Upstate New York.«

Stille.

SF: »Eine Reihe von Jahren in Sing-Sing.«

Stille.

SF: »Es scheint zu sacken, sehe ich.«

RL: »Das ist er. Ich glaube, dass er das ist.«

SF: »Oh nein, so einfach ist das nicht, einfach nur zu sagen, Sie glauben, dass er das ist. Sie müssen sicher sein.«

RL: »Bitte, ich muss … Geben Sie mir bessere Bilder.«

SF: »Lassen wir den Schweden erst einmal beiseite und sehen uns das hier an. Von dem habe ich mehrere Fotos. Gucken Sie es sich genau an!«

Stille.

SF: »Sehen Sie sich alle Fotos genau an. Konzentrieren Sie sich.«

RL: »Bill.«

SF: »Bill, ja, aber Bill heißen viele.«

RL: »Adderloy. Bill Adderloy.«

SF: »Er war also dabei, Adderloy war dabei?«

RL: »Nein.« Räuspern. »Nein, Adderloy war nicht dabei, für ihn haben wir den Job gemacht. Ich war dabei, als er hinterher die Waren in einem Lager inspiziert hat, die Skulpturen und das verdammte Teil aus dem Central Park.«

SF: »Bill Adderloy?«

RL: »Ja.«

SF: »Jetzt wird das doch langsam was. Vielleicht wird ja doch nichts aus der Zelle in Sing-Sing.«

RL: »Muss ich aussagen? Vor Gericht?«

SF: »Immer eins nach dem anderen. Wenn Sie Adderloy anzeigen, kommen Sie gegen Bürgschaft frei, dafür werde ich sorgen. Aber der Richter wird Sie erst endgültig gehen lassen, wenn Sie alles über den Schweden gesagt haben. Ich werde bessere Fotos besorgen, unterdessen können Sie an Ihrem Gedächtnis arbeiten. Mit ein bisschen Glück bleiben Ihnen dann das Sing-Sing und der Zeugenstand erspart.«

Grip saß reglos mit dem Blatt in der Hand da, eine Minute, vielleicht auch zehn.

Hatte …?

Unter ihm zog der Indische Ozean vorbei, wenn sie nicht schon über dem Stillen Ozean waren. Er hatte eine Nacht Zeit. Neben ihm lagen die Tickets, die ihn bis nach Hause brachten, und ein grobkörniger Ausdruck des Vernehmungsprotokolls. Grip verabschiedete sich von dem Gedanken, eine Wahl zu haben, so einfach war die Welt nur, solange er sich in der Luft befand. Eine Nacht, dann würden die Räder wieder Boden berühren.

Hatte …?

Es fanden sich sowohl Erklärungen wie auch Unklarheiten in dem Vernehmungsprotokoll. Wieso hatte Shauna Friedman N. so bereitwillig mit New York in Verbindung gebracht? Das passte nicht zusammen, weder mit Topeka noch dem Quintett aus dem Weejay's, es war einzig und allein günstig für Grip gewesen. Genau wie bei Romeo Lupone, man griff nach jedem Strohhalm, der einen vor einer lebenslänglichen Haftstrafe für Beihilfe zu Mord bewahrte. Grip hatte mehrfach in Shaunas Puzzle eingegriffen, aber erst in diesem Moment sah er *alle* Teile, das gesamte Bild. In Kansas hatte Reza in seiner Zelle von Adderloy und »dem Schweden« zu faseln begonnen. Shauna war wegen der Kunstdiebstähle und Unterstützung terroristischer Gruppierungen an Adderloy dran, als sie auf N. mit Grips Pass in der Tasche traf. Einen Pass mit viel zu vielen Einreisestempeln für New York. Kurz darauf geht ihr ein Kleinkrimineller aus Brooklyn ins Netz, der singt, sobald es heiß unter den Füßen wird. Und schon wieder bekommt sie jede Menge vage Andeutungen über »den Schweden«. N. war derjenige, den man aller Sünden überführte, verantwortlich machte für den Bankraub in Topeka und die Kunstdiebstähle in New York. Shauna schliff Kanten ab, um es passend zu machen: Adderloy, die Kunstdiebstähle, die Wahnsinnsorgie in Topeka. Sie ging davon aus, dass Adderloy und N. sich schon lange kannten. In jedem Fall erklärte das die Zusammenarbeit beim Diebstahl von Arps Skulpturen. Das war der erste Coup, danach Topeka und zum Schluss der Central Park. N. war das verbindende Glied zwischen allen Marionetten. Alle wollten daran glauben. Das war in jedem Fall besser als nichts.

Aber wie sah die Wirklichkeit aus? Die Wirklichkeit hieß Adderloy. Bill Adderloy, der den Baptisten und Methodisten, die missionieren und die Eiterbeulen der ganzen Welt aufstechen wollten, Geld abluchste, für das er dann Kunst kaufte und stahl. Verflucht. Hatte …? Dann hatte Grip also für Adderloy gearbeitet. Der Gedanke legte sich wie ein Stahlring um seinen Brustkorb. Das konnte, das musste ein Zufall sein. Er klopfte alle Umstände ab. In der Werkstatt in Brooklyn war ihm so unendlich viel durch den Kopf gegangen, als er sich ihre Pläne angeschaut und sie geändert hatte. Zwischen den Karten und Plänen der Räuber, der zukünftigen Kunstdiebe. Beim Coup im Central Park war es nicht anders gewesen. Wen hatte schon der unbekannte Auftraggeber im Hintergrund interessiert? Grips größte Sorge war es gewesen, irgendwelche Spuren zu hinterlassen, die ihn und den Hintermann miteinander in Verbindung bringen könnten. Bei beiden Jobs war Ben das einzige Verbindungsglied gewesen. Eine Verschwörung war völlig aus der Luft gegriffen, die Möglichkeit schloss Grip aus.

Es war ein Zufall, damit musste er sich abfinden. Shauna hatte es sogar selbst gesagt. Adderloy hatte sich schon lange vor dem Tsunami auf illegalem Terrain bewegt. Und jetzt war Grip mitten in den Strudel hineingezogen worden. Das war ein Zufall, und er musste sich davon freimachen. Eine Nacht hatte er noch Zeit, solange er noch unterwegs war. Der Bankraub in Topeka und N. in seiner Zelle. Grip fühlte sich wie an ein dünnes, sehr dünnes Drahtseil gebunden, das ihn jederzeit zurück nach Garcia ziehen konnte. Und es war, als würde ein zweites Drahtseil um seine Brust sirrend in Richtung amerikanischer Kontinent eingeholt. Zum Central Park und zu Romeo Lupone.

Das Vernehmungsprotokoll wanderte zurück in den Umschlag. Ein Mann im Anzug mit kurz geschorenen Haaren kam von der Toilette zurück. Als ihre Blicke sich kreuzten, fühlte Grip, wie sich der dünne Draht nach Garcia spannte. Shauna Friedman würde ihn niemals so sang- und klanglos gehen lassen. Auch wenn sie keine Leute im Flugzeug untergebracht hatte, wäre garantiert jemand auf ihn angesetzt, sobald er einen Fuß auf amerikanischen Boden setzte.

Shauna Friedmans Vertraulichkeiten, die gemeinsamen Drinks, der Tag am Strand. All das war bewusst eingesetzt, Schönheit macht angreifbar, schwächt, unabhängig von persönlichen Neigungen. Und selbst wenn man sich nur auf das Spiel einließ, um zu prüfen, ob die Seifenblase hielt, geriet dafür anderes in den Hintergrund. Man fing an, unaufmerksam zu sein und Dinge falsch einzuschätzen. Grip wusste alles über diese Mechanismen. Alles. Und dennoch war er ein primitives Tier mit allzu tief sitzenden Reflexen.

Unter ihm der Stille Ozean, ganz schwarz. Noch wenige Stunden.

Shauna Friedman hatte Lupone Grips Pass gezeigt.

Grips Foto. Grip hatte das Datum des Verhörs gespeichert: 21. April. Das war vor gut drei Wochen gewesen beziehungsweise exakt drei Tage bevor Grip in Stockholm zu seinem Chef bestellt worden war und die Flugtickets in die Hand gedrückt bekommen hatte. Lupone hatte gezögert, und Shauna Friedman hatte beschlossen, N. und Grip in einem Raum zusammenzubringen. Wer war wer? Lupones Unsicherheit blieb, und drei Wochen später war immer noch kein entscheidendes Urteil gefällt. Und jetzt war nur noch Grip übrig.

Shauna Friedman würde sich nicht damit begnügen, ihn im Auge zu behalten. Der Umschlag, die Kopie des Verhörs mit Lupone – das war eine Warnung.

# 36

In San Diego wurde Grip von einem morgenmuffeligen Chauffeur abgeholt, nachdem das Flugzeug in der Morgendämmerung auf North Island gelandet war.

»Welcome, Mr. Gripp!« Die falsche Aussprache seines Namens wiederholte sich kurz darauf in der Hotelrezeption in Coronado. Der Stapel von Shaunas Reservierungen wurde abgenickt. Grip sollte mit dem nächsten Flug nach der Mittagspause weiter. Er ging auf sein Zimmer, schlief eine Stunde und machte dann einen Spaziergang.

Es war nicht schwierig, einen Internetzugang zu finden. In einem Kaffeepalast mit riesigen Fenstern bezahlte er ein paar Extradollar, damit er sich an einem der Flachbildschirme am Tresen mit Blick aufs Meer einloggen konnte. Er schrieb zwei kurze Mails. Zuerst eine an den Chef, dass er sich auf dem Heimweg befand, ohne Datum. Die Wortwahl der zweiten Mail überdachte er genauer, während er seinen Kaffee trank und aufs Meer schaute. Er beschloss, ohne Umschweife auf den Punkt zu kommen.

»Wie ist der aktuelle Informationsstand über Adderloy?«, schrieb er.

Er ließ es so stehen, schaute wieder übers Meer. Sonne, kein Wind, aber so starke Brandungswellen, dass das Dröhnen bis in das Café zu hören war. Weiter draußen waren ein paar Surfer unterwegs, die mehr auf ihren Brettern lagen als standen und wie träge Seehunde auf dem

Wasser dümpelten. Sobald eine größere Welle anrollte, waren sie plötzlich aufgescheucht wie ein Schwarm Vögel, paddelten wie auf ein gemeinsames Signal los und richteten sich in geduckter Haltung auf. Sie schossen vorwärts, und die sich auftürmende Welle brach weißgischtig hinter ihnen zusammen. Nach wenigen Sekunden hatte es fast alle kopfüber von den Brettern gerissen, nur einer schaffte den Schwung auf den Wellenkamm und zurück. Als der Schaum der sterbenden Welle sich wie ein weißer Teppich um ihn herum ausbreitete, warf er einen lässigen Blick über die Schulter und tauchte aus freien Stücken ins Wasser.

Als der Kopf des Surfers wieder auftauchte, schaute Grip auf den Bildschirm und las noch einmal das Geschriebene. »Wie ist der aktuelle Informationsstand über Adderloy?« Er klickte auf *Senden*.

Die Mail ging an Vladislav.

Zurück im Hotel, packte Grip seine Taschen um. Er wollte nicht mehr als Handgepäck dabeihaben. Die angesammelte Schmutzwäsche füllte nun die große Reisetasche, zusammen mit einem seiner beiden Anzüge, das ließ sich leider nicht ändern. Er fuhr mit dem Fahrstuhl nach unten und verließ das Gebäude durch den Hintereingang. Bei der Warenannahme fand er einen Müllcontainer und warf die Reisetasche hinein. Danach begab er sich zurück in sein Zimmer, duschte und zog sich um.

Zur verabredeten Zeit warteten ein anderes Auto und ein anderer Chauffeur auf ihn. Der trockene, raue Beton sang unter den Reifen, als sie mit Aussicht über die Hangarfahrzeuge im Hafen und die ganze Pracht der Bucht über die Coronado Bay Bridge schossen. Sie fuhren eine Stunde durch die Stadt bis zum San Diego International Flughafen.

»Nur Handgepäck«, stellte die Frau mit den goldglitzernden Nägeln und dem pechschwarzen Haar am Eincheckschalter fest. »Über Atlanta nach New York in der Businessclass mit Fensterplatz für beide Teilstrecken.«

Grip nahm die Boardingpässe entgegen.

Der offensichtlich schwule und hübsch gebräunte Flugbegleiter in der Businessclass servierte Pfeffersteak. Grip bestellte ein Glas Wein dazu. Dabei lief unablässig sein Radar, das auf seinem Gang zur Toilette automatisch nach Augenpaaren suchte, die ihn möglicherweise auf Shaunas Geheiß hin überwachten. Aber er konnte keine erkennbaren Leute vom FBI oder Ähnliches ausmachen. Vielleicht hielten sie sich ja zurück und begnügten sich damit zu überwachen, ob er in seinem Hotel in New York eincheckte. Vielleicht auch nicht.

Seine Gedanken schweiften ab. *Wie ist der aktuelle Informationsstand über Adderloy?* Und damit war Grip wieder bei Vladislav. Versuchte, sich sein Aussehen ins Gedächtnis zu rufen. Langes, nach hinten gestrichenes Haar, große, eigenwillige Brille. Der im Tsunami untergegangene Bus, der Wachmann in der Bank in Topeka, alles, was N. ihm erzählt hatte. Dass er es immer irgendwie schaffte. Auch den Pflock in West Virginia würde niemand mit Vladislav in Verbindung bringen. Manche Menschen wurden mit dieser Art von Glück geboren. Oder sollte man besser sagen: Instinkt.

Grip kaute auf einem Eiswürfel aus seinem leeren Drink und sah den Steward an. Er erinnerte sich an Nächte und Klubs lang zurückliegender Zeiten. An etwas hemmungslos Rohes.

Er blieb einen Augenblick vor den Monitoren stehen, nachdem er in Atlanta aus dem Flieger gestiegen war.

Noch eine knappe halbe Stunde bis zum Weiterflug. Um ihn herum strömten die Leute in alle Richtungen. Auf dem Weg zum Gate zog Grip aus einem Bankautomaten mehrmals den Höchstbetrag mit seiner Karte, bis er ein stattliches Scheinbündel in der Innentasche stecken hatte. Auf den verschraubten Stuhlreihen, auf denen man den Flug nach New York erwartete, entdeckte Grip einige vage bekannte Gesichter aus dem vorigen Flieger. Grip setzte sich auf einen freien Platz, jemand machte einen Aufstand am Schalter wegen irgendeiner Fehlbuchung. Die Stimmung war allgemein gereizt. Zeitungen und Tüten raschelten. Dann wurde endlich der Flug ausgerufen.

Die Boardingpässe des Abendfluges von Delta Airlines nach New York wurden durch den Scanner geschoben, die Leute drängten an Bord. Vor Grip waren noch etwa fünf Personen, als er sich zu einer Flugbetreuerin mit Telefonhörer am Ohr hinter dem Tresen vorbeugte und nach der Toilette fragte.

Sie zeigte abwesend hinter ihn.

Er schwenkte aus der Schlange aus.

In der Scheibe eines Kiosks sah er, dass niemand ihm folgte. Er bog um die Ecke, nur keine Eile, dann um die nächste Ecke.

Im Vorbeigehen verschwand der Boardingpass im Müllsack eines Putzwagens, ein paar Glastüren glitten mit einem Summen auf, er spürte Abendluft im Gesicht. Der Taxifahrer konnte noch nicht einmal aussteigen, als er schon auf der Rückbank saß.

»Wohin soll's geh'n …?«, fragte der Taxifahrer auf dem Weg zur Autobahnauffahrt.

»Suchen Sie es sich aus. Irgendein größerer Ort, wo man billig ein Auto kaufen kann.«

Bei Ed's Motorcar Gallery hatten sie für den Abend sicher mit keinem Kunden mehr gerechnet. In dem Barackenbüro unter einem Baldachin aus Silberwimpeln und Hunderten Autos mit den Preisen in allen Farben des Regenbogens quer über die Windschutzscheiben gemalt wartete Grip mit einem Pulverkaffee in der Hand vor einem Regal voller Motocross-Pokale, während der Verkäufer hektisch nach Unterlagen suchte, die eine Unterschrift erforderten. Der spontane Deal stresste ihn offensichtlich. Er versuchte mit dem Erzählen von Anekdoten zu den Pokalen abzulenken, verlor sich aber in einem Schwall von Flüchen, als er zum zigsten Mal den falschen Aktenordner aufschlug. Am Ende gab es dann doch noch ein paar Unterschriften und Barzahlung. Der Verkäufer machte das Licht aus, ehe er nach draußen ging und den Preis auf der Windschutzscheibe mit einem Lappen wegwischte.

Grip rollte los.

Die Tanknadel bewegte sich in der Reserve, und er fuhr zur nächsten Tankstelle, ehe er sich auf den Highway begab. Bis Mitternacht hatte er in nördlicher Richtung eine Tankfüllung leergefahren, raus aus Georgia und rein nach South Carolina. Ihm begannen, die Augen zuzufallen. Er hielt an einem Motel, stellte sein Handgepäck im Zimmer ab, schaltete die Klimaanlage ein und ging zum Nachtportier, um nach Internet zu fragen. Der Mann winkte ihn in das Büro hinter dem Tresen.

»Aber bitte keine Softpornos«, sagte der Portier und ging aus dem Raum.

Grip war müde, sein Kopf war leer, er rieb sich die Augen, während er sich das Codewort für das vorübergehende Konto ins Gedächtnis rief.

Vladislav hatte geantwortet.

»Habe Adderloy unten in Houston aufgespürt. Hat mich drei Jahre gekostet, aber ich habe ihn gefunden.«

Vladislav hatte Adderloy gefunden. Grip dachte an Maureen Whipple in West Virginia, an den Pflock. Was hieß *gefunden*?

»Lebt er?«, schrieb er und schickte die Frage ab. Er war nicht sicher, welche Antwort ihm am liebsten wäre, welche Waagschale wie schwer wog, schob es auf die Erschöpfung. Adderloy, Vladislav, Central Park, Shauna, Ben. Vladislav würde sich aller Wahrscheinlichkeit nach an Adderloy rächen wollen, die Möglichkeit musste er mit einbeziehen.

Eine neue Mitteilung ploppte in seinen Posteingang.

»Noch lebt er«, lautete Vladislavs Antwort. So direkt eine Antwort von ihm zu bekommen war wie eine Séance mit einem Geist.

»Seien Sie vorsichtig«, schrieb Grip, hauptsächlich, um den Kontakt zu halten, zu signalisieren, dass er noch am Computer saß.

»Warum?«, kam die Antwort.

Warum? Grip zermalmte Zuckerwürfel aus einer Schale auf dem Schreibtisch. Warum? Warum? Darum! Weil viel mit in den Abgrund gerissen werden konnte, wenn Vladislav geschnappt wurde. Nicht jetzt dorthin fahren. Keiner von ihnen.

»Es gibt noch andere, die nach ihm suchen, das FBI«, tippte Grip.

Die Antwort kam unmittelbar. »Arbeiten Sie für die?«

Grip spürte, wie der Geist verblasste. Jetzt nicht seine Chance verspielen, er musste Vladislav halten.

»Unter anderem«, antwortete er.

Grip blieb sitzen, ein, zwei, er schaute auf die Uhr, fünf

Minuten. Nahm das letzte Zuckerstück, pulte das Papier ab und lutschte daran, bis es sich im Mund auflöste.

»Ausgezeichnet«, stand in Vladislavs Antwort, gefolgt von einer zweiten Mail. »Wenn Sie sich bei der Bundespolizei beliebt machen wollen, melden Sie sich in exakt vierundzwanzig Stunden wieder bei mir.«

Grip schlief ein paar Stunden und saß vor Sonnenaufgang wieder im Auto. Nach ein paar Stunden gönnte er sich in einem Truckerlokal ein Stück vor Greensboro in North Carolina ein ordentliches Frühstück mit Ei, Würstchen und Bacon, danach ernährte er sich bis nach New York von Pfannkuchen und Hamburgern. Mit dem Flug von Atlanta wäre er einen Tag früher angekommen, dafür wusste nun niemand, wo er sich befand. Niemand. Es war spät, er hatte noch eine Stunde Zeit, trotzdem machte sich bereits die entscheidende Ruhe in ihm breit. Als er den Glockenturm in Brooklyn passierte, fühlte er sich schlagartig komplett anonym und zugleich absolut heimisch. Er checkte in einem Hotel ein, in dem er aus seinem Zimmer einen Abschnitt vom East River sah. Von Manhattan war nur ein kleiner Zipfel zu sehen. Dort drüben am anderen Ufer hielt Ben vermutlich Hof in kleiner Runde in irgendeiner Bar – dreitagebärtig, lächelnd.

Der Posteingang war leer, als Grip sich einloggte.

»Ich bin hier«, schrieb er und schickte die Nachricht ab. Wartete.

»Dann sind wir schon zwei«, kam es kurz darauf.

»Und – beliebt machen?«, antwortete Grip.

»Lass die FBI-Leute erst mal nachschauen, was es in Adderloys Gefriertruhe zu finden gibt.«

Grip las den Satz zweimal und stellte sich ein paar

gefüllte Plastiksäcke vor. Er schrieb ein schlichtes »?« zurück.

»Im Keller.« Im Anschluss stand eine Adresse, vermutlich Adderloys Anschrift.

»?« schrieb Grip erneut.

»Da liegt nicht Adderloy, aber lass sie gucken. Das reicht.«

»Sie werden Sie suchen.«

»Alle suchen nach mir. Das gehört dazu.«

Mehr wurde nicht gesagt.

Adderloys Gefriertruhe, die und ein paar Tage in New York, ehe Grip ein Lebenszeichen von sich geben musste. Er musste sich bis zum Ende aufrecht auf dem schlaffen Seil halten.

Am nächsten Tag besorgte er sich ein Prepaidhandy und telefonierte herum, erkundigte sich bei Fuhrunternehmen, überprüfte Adressen, zog immer engere Kreise um sein Ziel. Er war ein erfahrener Fahnder, das steckte immer noch in ihm, Leute aufspüren, das konnte er. Er fuhr kreuz und quer in einem schwarzen Taurus durch Brooklyn: mit einem lässigen Ruck aus dem Handgelenk eine Zigarette anbieten, ein Pastramisandwich mit Mayonnaise zwischen den Fahrern im Delvecchio's Deli, ein Rubbellos bei einer gelangweilten Kassiererin in einem Kiosk. Er stellte kurze Fragen, auf die er ab und zu knappe Antworten bekam. Romeo Lupone aufzuspüren war kein Kunststück. Sein Anwalt war am Telefon erstaunlich mitteilungsfreudig, erzählte, ein Richter habe ihn gegen Bürgschaft auf freien Fuß gesetzt. Jetzt ging es darum, sich schnell einen Überblick über seinen Tagesablauf zu verschaffen. Grip ging davon aus, dass er eine Stammkneipe oder so etwas hatte, Lupone war der

Typ dafür. Ein Hocker am Tresen, auf den niemand sich setzte, wenn er in der Nähe war.

Am zweiten Abend sah Grip Lupone aus einer Bar in dem Viertel kommen, in dem er wohnte. Grip wartete, bis er weg war, und ging in die Bar. Es stank nach Schweiß, eine Oben-ohne-Tänzerin mit schlaffem Körper tanzte ohne Publikum in einer Ecke, ansonsten gab es hauptsächlich Lederwesten, fettige Haare und Silikondekolletés.

»Romeo?«

Der Barkeeper antwortete ohne Zögern, dass der gerade gegangen wäre. Ein schmieriger Typ mit einer jungen Frau auf dem Schoß nickte zustimmend. Der Hocker neben ihm war nach außen gedreht und frei. Das reichte Grip als Information. Lupone würde zurückkommen, auf freiem Fuß gegen Bürgschaft, mit einem Haftbefehl wie ein Damoklesschwert über sich schwebend. Der Denunziant kehrte in sein Revier zurück. War nur die Frage, ob morgen oder übermorgen.

Am nächsten Tag kaufte Grip um des schönen Scheins willen in einem Eisenwarenladen ein paar Schraubenzieher und eine kräftige Ahle. In der Kent Avenue gab es einen Army Surplus mit ausrangierten Uniformen und Marinekorps-T-Shirts vom Boden bis unter die Decke. Über den Kleiderstangen hingen nackte Schaufensterpuppen, nur mit Gasmasken bekleidet. »Rape Spray« stand auf einem handgeschriebenen Schild neben dem Verkaufstresen. Grip nahm einen der Behälter.

»Meine Frau hätte gern was Stärkeres als Pfefferspray«, sagte er und stellte die Dose zurück.

Der bärtige Verkäufer musterte ihn misstrauisch, ehe er zungenschnalzend einen Entschluss fasste und hinter dem Tresen abtauchte.

»Zwei«, schob Grip nach und legte ein paar Scheine auf die Tresenplatte.

»Seien Sie vorsichtig«, murmelte der Verkäufer und gab ihm eine braune Papiertüte. Kein Wechselgeld, keine Quittung.

Grip fuhr zurück nach Williamsburg, hielt bei einem Fed-Ex-Shop, schrieb etwas auf einen Zettel, den er in einen verstärkten Pappumschlag schob. Er bekam eine Adressauskunft, bezahlte. Dann rief er aus dem Auto das offizielle Tipp-Telefon des FBI an.

Als er endlich verbunden wurde, sagte er: »Im Laufe des Nachmittags trifft eine Briefsendung in Ihrem Büro in Kew Gardens Road ein. Sie ist an Shauna Friedman adressiert, bitte sorgen Sie dafür, dass sie sie bekommt.«

»Ich kann nicht garantieren …«

»Aber sicher können Sie das.«

»Es gibt Tausende hier, die …«

»Sie ist Special Agent mit eigener Sekretärin und anständigem Büro hier in New York.«

»Von wem soll ich grüßen?«

»Nicht wichtig, die Sendung ist für Shauna Friedman. Falls sie nicht dort ist, soll ihr jemand telefonisch die Mitteilung vorlesen.«

»Wir werden sehen.«

»Da bin ich mir sicher. Und richten Sie ihr bitte aus, dass ich ab morgen Abend«, Grip zog einen Zettel aus der Tasche, »im Best Western in Newark anzutreffen sein werde.« Das war das Hotel, in dem sie ursprünglich für ihn gebucht hatte.

»Aber …?«

»Sie weiß, wer ich bin.«

# 37

Es war noch nicht einmal zwei Uhr nachmittags. Grip war zurück in seinem Zimmer mit Aussicht auf den East River. Er war rastlos. Nicht nervös oder ängstlich, einfach nur rastlos. Dieser Abend war entscheidend. In wenigen Stunden musste er sich in die Sorte Mensch verwandeln, die er als Personenschützer nie in der Menschenmenge auszumachen vermochte. Nicht der Mann mit dem starren Blick, die erkennbare Gefahr, sondern der Fisch im Wasser, der bedrohliche Unsichtbare. Die Fassaden und der Fluss vor dem Fenster waren nur leblose Kulisse, nichts, woran der Blick hängen blieb. Grip massierte seine verheilte Schulter, während er nur mit einer Unterhose bekleidet auf dem schmalen Bett lag. Er strich sich über die Arme, weiter über den Bauch, schob eine Hand in die Unterhose. Sein Glied lag kühl und ungerührt da. Er stand auf, zog sich an. Als er die Jacke übergezogen hatte, blieb er vor dem Bett stehen. Eine Sekunde zögerte er, dann hatte er sich wieder voll im Griff. Es ging nicht um sein Leben, sondern um Bens.

Er verließ das Zimmer.

In der Nähe der Turbinenhallen an der Brooklyn Bridge stellte er den Wagen ab. Er musste noch ein paar Stunden totschlagen, also ging er zur Subway und fuhr nach Manhattan. Das Werkzeug, die Papiertüten mit dem Spray, all das ließ er im Auto liegen. Dieser Abstecher war sein persönliches Ritual. Seine Art, zum Fisch im Wasser zu werden, das Unwiderrufliche zu begreifen. Keine Fehler wie im Central Park, keine Abhängigkeiten von irgendwem.

Dazu gehörte selbstverständlich ein Besuch des Whitney Museums. An einem späten Nachmittag in der Woche waren kaum Besucher dort. Es war nicht ausgestorben, das wäre nicht gut, aber es war wenig los.

Grip erstand eine Eintrittskarte, warf einen Blick ins Café zu einem der hinteren Tische, wo er und Ben meist saßen, begab sich dann über die Treppe nach oben, nicht mit dem Aufzug.

Er begegnete einem Paar auf dem Weg nach draußen, dann war er allein.

Es gab kein Bild, das mehr Ruhe verströmte, als Hoppers *Seven A. M.* Daneben hing ein zweites Bild, *South Carolina Morning,* mit einer im Türrahmen wartenden Frau in einem roten Kleid und mit rotem Hut. Das Morgenlicht war den beiden Gemälden gemeinsam, aber auf Grips Lieblingsbild gab es noch nicht einmal einen Menschen. Auf *Seven A. M.* waren im Hintergrund der einen Hälfte ein paar Bäume zu sehen, in der anderen ein Schaufenster, in dem die Zeit stehen geblieben zu sein schien. Diese Stille. Vermutlich gab es eine Geschichte zu dem Bild, aber die interessierte Grip nicht. Licht und Schatten verströmten tiefe Zufriedenheit im dargestellten Augenblick. Hopper hatte die Sonne auf den weißen Wänden hinter dem Fenster scharfe Schattenlinien ziehen lassen, die Erde davor leuchtete wie warmer Sand. Die Zeiger der alten Wanduhr verkündeten, dass es sieben Uhr war. Der Inhaber, der dort hätte sein sollen, war woanders. Man vermisste niemanden. Im morgendlichen Licht auf dem Boden und auf der Uhr in dem Schaufenster stand die Zeit für immer still.

Ein Platz, an dem sich niemals etwas verändern würde.

Romeo Lupone erschrak nicht einmal, drehte sich nur langsam um. Grip hatte gegenüber von der Bar gewartet und war losgelaufen, sobald er Lupone herauskommen sah. An einer Ecke mit einem Haufen Abfallsäcke auf einer Kellertreppe war er aus seiner Deckung gekommen. Das plötzliche Geräusch neben ihm hatte Lupone veranlasst, sich umzuschauen. Aber ehe er sehen konnte, was es war, wurde er völlig unvorbereitet von einer Ladung Tränengas getroffen. Er stieß einen halb erstickten Schmerzensschrei aus. Grip baute sich vor ihm auf und rammte Lupone sein Knie in den Oberschenkel, woraufhin er zwischen die Müllsäcke kippte. Grip hockte sich rittlings auf ihn, packte ihn mit einer Hand fest am Jackenkragen, das Tränengasspray einsatzbereit in der anderen. Er wartete ab, während Lupone sich unter ihm krümmte und hustete. Als seine Lungen leer waren und er blind nach Luft schnappte wie ein Ertrinkender, leerte Grip die Sprayflasche in seinen aufgerissenen Mund. Er inhalierte alles.

Er spuckte Schleim wie ein tollwütiger Hund und erbrach sich krampfartig, aber es kamen keine Aufmerksamkeit erregenden Schreie. Als die zweite Spraydose leer war, war nur noch ein klägliches Pfeifen zu hören. Grip verzog das Gesicht, er musste auch husten, und seine Augen tränten. Er zog Lupone in den Kniestand hoch und schleppte ihn hinter sich her die nächste Kellertreppe runter. Am Fuß der Treppe war ein enger, betonierter Raum, in den sie kaum hineinpassten. Leere Kunststoffverpackungen und Konserven flogen gegen die Wand, als sie wie zwei Ringer zu Boden gingen. Lupone trat lahm mit den Beinen um sich. Grip schnäuzte Schleim aus den Nasenlöchern und wischte sich mit dem Ärmel die Tränen aus den Augen, um in dem dunklen Kellerloch etwas zu erkennen.

Dann nahm er die Ahle.

# 38

Wie angekündigt checkte Grip in dem Hotel in Newark ein. Seit seiner Flucht vom Flughafen in Atlanta waren vier nicht existierende Tage vergangen. Er hatte sich neu eingekleidet, das Auto war verkauft. Er trat ohne Gepäck aus der abendlichen Dunkelheit in das Foyer.

»Wie lange?«, fragte der Portier.

Grip zuckte mit den Schultern. »Eine Nacht, oder berechnen Sie stundenweise?«

Der Portier lachte unsicher. Grip zahlte im Voraus mit Kreditkarte, ehe er aufs Zimmer ging, schaltete einen Pay-TV-Sender ein und wartete.

Kurz vor der Schlussszene des Films klingelte es. An der Rezeption läge eine Nachricht für ihn.

Ein Umschlag.

Ein Zettel mit einer Adresse und einem Zeitpunkt. Er würde es schaffen, natürlich würde er es schaffen. Wie immer war alles gut organisiert. Grip verließ das Hotel und nahm das nächste Taxi, gleich darauf rollten sie durch den Holland Tunnel Richtung Manhattans Skyline.

Die Adresse war in Gramercy Park, der Eingang lag hinter einer Reihe gepflegter Bäume. Vielleicht war er schon mal irgendwann durch das Viertel spaziert, aber der dezent diskrete Platz war ihm nicht aufgefallen. Alte Fassaden, keine Schilder, die ihm etwas sagten, weder zur Straße hin noch an den Toren.

»Mr. Grip, willkommen«, sagte ein Mann mit schwarzweiß gestreifter Krawatte hinter einem altmodischen Holztresen. Über die Wände zogen sich Risse, wahrscheinlich von der Feuchtigkeit, die Luft roch nach Chlor.

Zehn Minuten später stand Grip in geliehener Badehose unter der Dusche und kämpfte mit den getrennten Heiß- und Kaltreglern.

»Schrank siebenundvierzig, von dort gehen Sie direkt ins Bad«, hatte der Mann gesagt.

Leicht vergilbte Kacheln und schwarz-weißes Mosaik, diffuse Muster von Schilden und Emblemen auf dem Boden, nackt posierende Götter der Antike an den Wänden. Die Einrichtung in der Kabine war in dunklem, massivem Holz mit rundgeschliffenen Kanten gehalten. Die wenigen Männer, die er dort sah, bewegten sich auffallend langsam, einer hatte einen Tennisschläger dabei. Er hatte das Gefühl, dass das Gebäude sich leerte, immerhin war es ziemlich spät. Grip duschte und ging weiter.

»Da sind Sie ja«, sagte sie leise.

Shauna Friedman saß mit auf dem Rand ausgestreckten Armen in einem friedlichen Whirlpool. Sie war allein. Um sie herum stiegen Luftblasen wie Silberperlen auf.

»Salzwasser«, sagte sie. »Und stärker als jetzt soll es nicht blubbern, heißt es.«

Sie befanden sich oberhalb des Schwimmbeckens zwischen ein paar Säulen einer die Halle umfassenden Arkade. Die Beleuchtung war schummrig, die flüchtigen Lichtreflexe der Wasseroberfläche in dem großen Becken tanzten über die Wände und die Decke. Das blaugraue Wasser im Whirlpool schien nahezu bodenlos.

»Sind Sie Mitglied in diesem … Tempel?«, fragte Grip.

»Nein, aber ein Bekannter von mir.«

»Wie praktisch.« Er schaute sich um. »Von Ihrem Politikerehemann, nehme ich an?«

»Schon möglich.«

Grip nickte.

»Vor allen Dingen gehen um diese Tageszeit nicht mehr viele Leute ins Bad«, erklärte sie.

»Mitglieder mit vollen Brieftaschen und Terminkalendern?«

»Die meisten kommen morgens oder direkt nach der Arbeit hierher. So spät sind sie in der Oper oder zum Essen mit ihren Wirtschaftsprüfern.«

Im Schwimmbecken unter ihnen sah man zwei Köpfe vorbeiziehen. Von ihrer Unterhaltung war nicht mehr als ein hallendes Murmeln zu hören.

»Kommen Sie rein, es ist angenehm warm.«

»Ist das Wasser salzig?«

»Wie im Meer.«

Grip legte das Handtuch weg.

Die wohlige Wärme des Whirlpools reichte ihm knapp bis ans Knie, als Shauna sagte: »Im Flieger von Atlanta war ein freier Platz – Sie sind einfach verschwunden.«

»Ja«, antwortete Grip, »ein spontaner Einfall«, und tauchte ganz ein.

»Einfall?«

»Mir fiel ein, dass ich im amerikanischen Süden war. Bürgerkrieg, Gettysburg, nicht weit zu fahren, da wollte ich schon immer mal hin … das Schlachtfeld, Sie wissen schon.«

Sie lächelte das Lächeln eines Anklägers. »Gettysburg?«

»Ja.«

»Wie sind Sie dorthin gekommen?«

»Ich habe ein Auto gekauft.«

»Ach. General Lee und Picketts Sturmangriff, erzählen Sie, wie es war.«

Grip rührte mit der Hand im Wasser, als hätte er ihre Aufforderung nicht gehört.

»Das werden Sie niemals beweisen können«, fuhr sie fort.

»Ich habe nicht das Gefühl, dass ich irgendetwas beweisen muss.« Grip sah sie an. Mit Shauna Friedman zu baden war jedes Mal ein Balanceakt der Vertraulichkeiten.

»Bürgerkrieg ...«

»Lassen wir das«, flocht er ein.

»Apropos Bürgerkrieg«, fuhr sie fort. »Es gibt Leute, die meinen, genau das fände momentan in Amerika statt. Weltuntergangsstimmung ...«

»... unheilige Allianzen?«, schlug er vor.

»Demjenigen, von dem der Tipp mit Adderloys Gefriertruhe stammt, gebührt Dank.«

»Ihr ward bei ihm?«

»Jemand hat uns einen Umschlag mit seiner Adresse geschickt.« Sie nickte anerkennend. »Am Ende haben wir das Versteck des Teufels also doch noch gefunden, ein riesiges Haus, kann ich Ihnen sagen, alles in altem Kolonialstil. Das war eine Hausdurchsuchung vom Feinsten.«

Grip saß stumm da. Ein paar Wasserreflexe und das Gemurmel aus dem Schwimmbecken zogen an ihnen vorbei.

»Sie haben keine Ahnung, was wir gefunden haben, oder?«, sagte Shauna.

»Nein. Und was ist mit Adderloy?«

»Adderloy.« Sie schnaufte. »Adderloy, ja, wir haben

ihn. Er sagt kein Wort, aber wir haben ihn. Wir haben einige gestohlene Kunstobjekte bei ihm gefunden, unter anderem die Skulpturen von Jean Arp. Früher oder später hätten wir ihn dafür rangekriegt, aber wie lange hätte er dafür gesessen? Eine Riege Anwälte hätte dafür gesorgt, dass er mit ein, zwei Jahren davongekommen wäre, wenn überhaupt. Und dann …« Shauna sah Grip verwundert an. »Nein, Sie haben wirklich keine Ahnung. Die Gefriertruhe. Was hat ein Mann wie Adderloy in seiner Gefriertruhe? Etwas, das ihn bis zurück nach Topeka führt. Erinnern Sie sich, N. hat erzählt, sie hätten Blut auf den Boden der Bank geschüttet. Turnballs Blut. Sie hatten zwei Beutel aus dem Krankenhaus entwendet, aber in der Bank nur einen verwendet. Der zweite Beutel lag prall und tiefrot wie sämig gefrorenes Brombeermus in Adderloys Gefriertruhe. Besser ging's nicht – die Hand vollständig im Honigtopf versenkt. Weiß der Teufel, wieso er den Beutel behalten hat. *Beihilfe zu,* ein halbes Dutzend Anklagen mit dieser Einleitung – Bankraub, Mord, Entführung, *you name it.* Alles unter lebenslänglich würde mich sehr wundern. Seine Anwälte behaupten, vor Kurzem wäre in seinem Haus eingebrochen worden, da hätte wer auch immer das Blut dort deponieren könnten … Dummerweise hat Adderloy den Einbruch nicht angezeigt. Sie wissen nicht zufällig etwas von einem Einbruch?«

Grip schüttelte fast unmerklich den Kopf.

»Hab ich mir schon gedacht.«

Grip saß mit geschlossenen Augen da, dachte an Vladislav. Vladislav hatte einen der beiden Beutel aufbewahrt, die sie beim Libanesen zwischengelagert hatten. Grip rutschte tiefer, bis ihm das warme Wasser ans Kinn reichte.

»Und Turnball?«, sagte er. »Wartet er immer noch in der Todeszelle?«

»Nicht mehr lange.« Shauna hob die Hand, das Wasser rann zwischen ihren Fingern hindurch. »Der Gouverneur von Kansas ist unterrichtet. Ein bisschen Papierkram, und Charles-Ray Turnball wird innerhalb weniger Tage begnadigt. Seine Frau hat sich in der Zwischenzeit von ihm getrennt, aber trotzdem.«

»Und Reza?«, fragte Grip und schloss die Augen wieder.

»Warum sollte seine Situation sich verändert haben?«

»Er ist unschuldig.«

»Nach welchem verdammten Maßstab?«

»Meinem.«

»Er war mit in der Bank«, antwortete Shauna.

»Er war nur ein Spielstein, das wissen Sie genau.«

»Reza Khan bleibt, wo er ist. Für das Prestige des CIA, vorangetrieben vom Staatsanwalt und Polizeipräsidenten in Topeka. Das ganze verfluchte Kansas verlangt seinen Tod – natürlich muss er sterben. Noch einmal mehr, wenn diese bizarre Verbindung wegfällt – Terroristen und Baptisten. Alle dort unten sind betrogen worden, und Charles-Ray eignete sich ausgezeichnet als Sündenbock. Jetzt wird er freigelassen, aber die Schuld besteht weiter, die Luft muss gereinigt werden. Und dafür haben sie nur noch Reza.«

»Das heißt, die Ermittlungen werden nicht neu aufgerollt?«

»Nein.«

Grip rührte sich nicht, aber Shauna berührte unter Wasser seinen Arm, damit er sie ansah.

»Wir sind alleine hier, nicht vergessen«, sagte sie. »Die nicht Betrogenen in diesem Fall lassen sich an einer Hand abzählen.«

»Und Sie überlassen denen Reza, weil Sie Adderloy bekommen haben?«

»Gestern Abend wurden Romeo Lupone die Augen ausgestochen«, antwortete sie.

Grip sah sie schweigend an.

»Sie schweifen vom Thema ab«, sagte er dann.

»Tu ich das? Adderloy – Kunst – Lupone. Lupone hat die Notaufnahme im Wyckoff Heights zusammengebrüllt, selbst den Krankenschwestern ist schlecht geworden. Ungefähr zur gleichen Zeit wurde unten am Ufer ein gut gebauter Mann gesehen, der sich im Fluss gewaschen hat. Zu der Zeit, als Sie … in Gettysburg waren.«

»Lupone, helfen Sie mir auf die Sprünge?«

»Machen Sie sich nicht lächerlich.«

»Der Fahrer.«

»Der Fahrer, ja, der gesagt hat, im Central Park wäre ein Schwede dabei gewesen. Wollen Sie mich nicht fragen, wie es ihm geht?«

»Wem?«

»Lupone.«

»Wie geht es dem Armen?«

»Danke, er kommt durch. Meine Mitarbeiter wollten ihm weitere Bilder von N. zeigen, was jetzt mit dem Verlust seines Augenlichtes … Wir haben übrigens noch andere interessante Dinge bei Adderloy gefunden.« Sie machte eine Pause, folgte einer Luftblase mit dem Blick auf ihrem Weg durch das Wasser an die Oberfläche. »Stellen Sie sich vor, mitten in einem seiner Räume stand einer von Christos Torbögen. Bogen oder Tor, wie immer Sie es nennen wollen. Zwischen den Ölgemälden und Skulpturen sah es aus wie ein außerirdisches Wesen aus dem All, eine religiöse Trophäe. Eigentlich sollten alle Tore der Ausstellung zerstört und recycelt werden, das war die Idee dahinter, jedes einzelne. Und es wurde nicht gemeldet, dass eins verschwunden ist. Ich habe mir die Dokumentation noch mal gründlich angeschaut, die genauen Positionen der Tore, und wo die Frau ermordet wurde …«

»Ich glaube, ich kenne die Fortsetzung.«

»Ein Tor ist unbemerkt verschwunden. Und genau an der Stelle – es wurde nie von etwas anderem ausgegangen als Raubmord. Aber vermutlich hatte die Frau einfach nur Pech, dass sie die Täter auf frischer Tat überrascht hat.«

»Dass Leute Kunst stehlen, kann ich verstehen«, sagte Grip. »Man will das Schöne besitzen. Aber für einen Menschen wie Adderloy geht es mit Sicherheit auch um die Herausforderung. Und dann wäre da noch Topeka.«

»Sie meinen, in Topeka würde sich etwas ändern, nachdem wir Adderloy festgenommen haben?«

»Wäre doch einleuchtend.«

»Na ja, denen in Topeka gefällt sicher die Version mit den Terroristen am besten, von denen sie sogar einen gefangen haben. Islamisten in Kansas. Dass Turnball jetzt freigelassen wird, bestärkt diese Version nur noch. Der Polizeipräsident von Topeka ist überzeugt davon, eine teuflische Verschwörung gegen gute Christen aufgedeckt zu haben.«

»Aber Adderloy ist Amerikaner und weiß.«

»Adderloy sagt kein Wort.«

»Er hatte den Blutbeutel in der Gefriertruhe, das bringt ihn mit Reza in Verbindung.«

»Ja, aber das will keiner gerne hören. Adderloy hatte früher ein paar hochrangige Freunde in Washington, die jetzt lebensgefährlich für ihn sind. Keiner von ihnen will von Adderloy mit in den Abgrund gerissen werden, weder die

Southern Baptists noch die Dunkelmänner in Washington. Und Adderloy sagt im Moment keinen Mucks. Ich vermute«, Shauna nickte ein paarmal, »dass jemand eine kurze Nachricht unter der Tür zu Adderloys Zelle durchgeschoben hat. Er weiß sehr genau, dass sein Schweigen das Ticket für eine lebenslange Haftstrafe ist, die in dem Augenblick, sobald er irgendetwas sagt, in eine Henkersmahlzeit, einen Pfarrer und Kanüle im Arm umgewandelt wird. So sieht es aus. Reza hat ihn identifiziert, das ist die einzige seiner Aussagen, die vor Gericht Bestand hätte. Das ist dürftig, ohne den Beutel mit Turnballs Blut hätte es niemals gehalten.«

»Haben Sie Reza in letzter Zeit getroffen?«

»Erst vor wenigen Tagen.«

»Wie geht es ihm?«

Shauna lächelte. »Ein schneeweißes Gewissen und das halbe Gehirn weggeschossen. Er versucht Zeit zu gewinnen, indem er behauptet, sich an immer mehr erinnern zu können. Er erzählt ständig von irgendwelchen großen Vögeln, die in einer langen Reihe geflogen sind. Pelikane. Es kommen immer mehr Details über die anderen zutage, die dabei waren. Unsere Psychologen meinen, sie bräuchten mindestens noch ein paar Monate, um was Haltbares zusammenzubringen. Aber die Zeit haben wir nicht.«

»Wie viel Zeit?«

»In drei Wochen bekommt er die Spritze.«

»Amerika ist wunderbar.«

»Mehr noch«, konterte sie. »Amerika ist real.«

»Ist das die Antwort auf alle Fragen?«

»Nicht mehr oder weniger, als Gettysburg die Antwort auf meine ist.«

»Lupone …«

»Lupone«, fiel Shauna ihm ins Wort, »ist meine Versicherung, dass Adderloy auf alle Zeit hinter Schloss und Riegel kommt. Gelingt es mir nicht, ihn an die Geschehnisse in Topeka zu binden, konzentriere ich mich wieder auf die Kunstdiebstähle, den Mord im Central Park und diverse andere, mysteriöse Zusammenhänge.«

»Ich wollte nur sagen ...«

»Dass Lupone mir auch ohne Augenlicht Adderloy ausgeliefert hätte?«

»Ungefähr. Sie wissen ja, dass ich während des Fluges von Garcia das Vernehmungsprotokoll gelesen habe, in dem Lupone Adderloy angezeigt hat.«

Shauna musterte Grip unverhohlen. »Ich würde wirklich zu gerne wissen, wer Sie sind. Der Pass, N. und all die Reisen nach New York, von denen wir beide wissen.«

»Unglückliche Umstände, Zufälle.«

»Der Blutbeutel in Adderloys Gefriertruhe?«

»Kein reiner Zufall.« Grip machte eine kurze Pause. »Ohne mich hätten Sie Adderloy niemals gekriegt.«

»Und das wollen Sie im Austausch für etwas anderes? Ihre verlorene Unschuld vielleicht? Lupones Augen?«

»Ich habe mir in Gettysburg rostige Bajonette angeschaut.«

»Für einen Herzstillstand in einer Zelle auf Diego Garcia?«

»Ein guter Rat, verpulvern Sie nicht Ihre ganze Munition, ehe der Krieg vorbei ist.«

Shauna sah ihn lächelnd an. »Das raten ausgerechnet Sie mir?«

»Ja, Sie schlagen permanent um sich, dabei brauchen Sie mich.«

»Was soll das sein, ein Ratespiel?«

»Sie wollten dieses Treffen, ist es nicht so?«

»Warum also sitzen wir hier?«

»Wir sitzen in diesem Whirlpool, weil Sie sich vergewissern wollen, ob in meinen Händen alle Fäden zusammenlaufen. N., Lupone und was sonst noch. Scheinbarer Tauschhandel hinter einer Mauer des Schweigens.«

»Seien Sie vorsichtig«, sagte Shauna, »die Ermittlungen sind noch in vollem Gange.«

»Und vor lauter Dankbarkeit soll ich auf dem Teppich bleiben.«

Aus dem Schwimmbecken waren keine Stimmen mehr zu hören.

Grip fuhr mit der Hand durchs Wasser. »Ich bin höllisch neugierig, was Sie so unbedingt vor mir geheim halten wollen?«

Irgendwo schlug eine Tür zu. Die Beleuchtung und die Stille in der Schwimmhalle vermittelten das Gefühl, dass es mitten in der Nacht war.

»Ihr Schweden nehmt euch noch immer heraus, mit der ganzen Welt Puppentheater zu spielen.«

»Sagt eine unschuldige Frau vom Justice Department, für die meisten Mitarbeiter des FBI nicht mehr als zwei hübsche Brüste und ein knackiger Hintern.«

»So direkt trauen sich das die Wenigsten zu sagen.«

»Hübsch im Badeanzug, versteht es, Schweden zu verführen.«

»Bei uns wird man für so eine Aussage im Dienst gefeuert.«

»Dafür haben wir uns wohl beide qualifiziert, wenn auch aus ganz unterschiedlichen Gründen.«

»Es reicht jetzt.«

Shauna erhob sich. »Wie sieht es aus … gehen wir?«

»Was ist mit denen, über die wir noch gar nicht gesprochen haben?«

Shauna drehte sich um, das Wasser reichte ihr bis zur Taille. »Wollen Sie das wirklich?«

»Mary«, sagte Grip bestimmt, »wird vermisst.«

»Und Vladislav.« Shauna fuhr mit der Hand über die kräuselige Wasseroberfläche. Sie schien über die Wende nicht überrascht.

»Mary zuerst.«

»Das ist einfach.« Shauna blies in die gewölbte Hand und öffnete sie dann, als hätte sich der Inhalt in Luft aufgelöst. »Mary ist entkommen. Mary, die wir … ja, durch wen kennen wir sie eigentlich? Doch ausschließlich durch N.«

»Aber sie war …« Grip blinzelte nachdenklich.

»Auf den Überwachungsbändern der Bank war sie nicht zu sehen«, vollendete Shauna seinen Gedanken.

»Sie hat im Auto gewartet.«

»Sagt N. Und als sie sich in Toronto getroffen haben, ehe sie über die Grenze sind. Da haben sie sich in einer Bar getroffen, aber laut Quittung wurden nur vier Drinks bezahlt.«

»Mary hat Wasser getrunken«, erinnerte Grip sich.

»Sagt N., ja. Er ist nicht dumm. Er hat es gut vernetzt, für alles, was wir nachprüfen konnten, hatte er eine Erklärung.«

»Sie nach Bedarf einfach auslöschen, sich in Rauch auflösen lassen? Das soll ich glauben?«

»N.s Geschichte stimmt in den wesentlichen Punkten, aber Mary war komplett seine eigene Erfindung.«

»Wer war alles mit dem Fall befasst? Die Polizei in Kansas? Das FBI?«

»Hunderte Polizisten und Agenten. Denken Sie nur mal an die Fabrikhalle. N. hat gesagt, Mary hätte mehrere Jahre dort gelebt, stimmt's? Aber erst wenige Wochen vor ihrer Ankunft wird dafür Miete bezahlt. Die Überweisungen lassen sich zu Adderloy zurückverfolgen. Und dann das Krankenhaus, aus dem sie die Blutbeutel gestohlen haben.« Shauna schüttelte den Kopf. »Es hat niemals jemand dort gearbeitet, auf den ihre Beschreibung passt. Das ist eine Sackgasse. Sie haben das Blut dort gestohlen, aber Mary, N.s Mary, hat nie vorher einen Fuß in dieses Krankenhaus gesetzt. Dass Turnball dort Blutspender war, konnte jeder rausfinden.«

Grip musterte sie lange.

»Dann sind das alles also nur Hirngespinste einer zerstörten Seele?«

»Jeder Teil der Geschichte funktioniert auch ohne sie. Wer weiß, vielleicht gab es tatsächlich eine Mary im Weejay's, dort am Strand, eine Frau, wen auch immer. Aber später nicht mehr. In den USA waren sie nur noch zu viert, vier Männer.«

Grip tauchte ganz unter, stieß in kurzen Stößen Luft aus und kam wieder mit dem Kopf über die Oberfläche.

»Sie vergessen etwas – die Pelikane. Sie haben davon gehört, Reza hat nach Ihrer Aussage erst vor Kurzem darüber gesprochen. Und N. Sie sind in einer Reihe geflogen, bis jemand auf sie geschossen hat.«

»Ich weiß.«

»Und noch immer sind wir zwei in diesem Badehaus allein mit den alten und tauben Wänden.«

»Hätten Sie was dagegen, unten im Becken ein paar Bahnen zu schwimmen?«, schlug Shauna vor.

»Ganz und gar nicht.«

Sie gingen, in ihre Handtücher eingewickelt, durch die Säulenarkaden. Die Treppe ins Becken war am anderen Ende. Die einzigen leisen Echos von den Kachelwänden kamen von ihnen.

Zuerst nur die leisen Schritte ihrer nackten Füße, dann sagte Shauna: »Erinnern Sie sich an Chung Ling Soo?«

»Ja, die Plakate Ihres Vaters.«

»Genau, die Plakate. Soo war gebürtiger Amerikaner und hieß Robinson: Als Trickkünstler lief es für ihn so lala, ehe er sich einen langen Zopf zulegte, sich wie ein Chinese schminkte und kleidete und als Chung Ling Soo Europa bereiste. Von da an war er Chinese, auf und hinter der Bühne. Er kommunizierte grundsätzlich nur über Dolmetscher mit Journalisten, und während seiner Vorstellungen sagte er kein Wort, wankte nur umher wie ein alter Mann. Er verzauberte, überraschte, führte alle hinters Licht. Der Trick der Verstellung war großartiger als alles, was er auf der Bühne machte. Er lebte ihn.«

Sie stiegen die Treppenstufen hinab.

»Manche Menschen kommen mit allem durch«, sagte Shauna und griff ein fallengelassenes Fadenende wieder auf. »Vladislav wird in allen fünfzig Staaten Amerikas gesucht und im Rest der zivilisierten Welt. Horden von Agenten teilen mir mit, sie wären ihm auf den Fersen. Dass es nur eine Frage der Zeit ist, bis sie ihn haben. Vladislav kann ja noch nicht einmal etwas zu essen in einem Restaurant bestellen, ohne aufzufallen.«

Shauna blieb vor der unteren Stufe stehen und drehte sich um. »Nein, sagen Sie jetzt nichts«, sagte sie und legte einen Finger an Grips Lippen. »Nichts.« Sie zog den Finger ein paar Millimeter zurück und hielt ihn wie ein Ausrufezeichen vor sein Gesicht. »Ich glaube ihnen nicht, sie werden ihn niemals kriegen. Vladislav ist eine menschliche Ausnahme. Er wird immer im letzten Augenblick noch den Fahrstuhl erreichen, um die Ecke entwischen oder den Zug verpassen, den die Polizei kurz darauf anhält. Instinkt oder Talent. Eine Art Naturgesetz, das er zum ersten Mal bewusst wahrgenommen hat, als er sich nach dem Tsunami aus dem Bus gerettet hat. Er hat sich zum exakt richtigen Zeitpunkt nach Topeka abgesetzt, um seinen eigenen Weg zu gehen, und jetzt verdient er sich seinen Lebensunterhalt als Hitman, Auftragskiller. Furchtlos, unschlagbar, er hat sich inzwischen einen gewissen Ruf gemacht. Vor vier Monaten in New Orleans, fünf Leichen in einer Luxussuite in der oberen Etage im Crown Plaza Hotel. Eine Abrechnung, jemand aus den unteren Etagen scheint Vladislav angeheuert zu haben. Offenbar hat er die Tage vorher sogar im gleichen Hotel wie seine Opfer gewohnt, hat mit den Obern gestritten, wenn er etwas bestellt hat, geschimpft, alle Angestellten im Restaurant haben ihn wiedererkannt. Und dann, von einer Sekunde auf die andere, wie vom Erdboden verschluckt, wie nur er es kann.«

Sie legte wieder den Finger an Grips Lippen, strich darüber. »Wenn ich jemals mit einem Menschen wie Vladislav in Kontakt stünde, würde ich mich sehr um ihn bemühen. Hat man einmal seine Unschuld verloren, die Macht gespürt, einen Dämon beschwören zu können … Früher oder später kommt einem das vielleicht sehr zupass.«

Das Wasser in dem Becken lag so still vor ihnen, dass man es kaum zu betreten wagte. Shauna stieß sich als Erste ab. Grip tauchte lautlos hinter ihr her. An der anderen Schmalseite stand eine große Statue, eine barbusige Frau mit verwirrtem Marmorblick. Die Stille, der sie umgebende Arkadengang und das Licht, das von ein paar wenigen Lampen am Grund des Beckens ausströmte – man kam sich vor wie in einem Tempel, einem nächtlich verlassenen Palast.

Sie glitten durchs Wasser.

»Die Pelikane …«, sagte Shauna, die vor ihm schwamm, ohne sich umzudrehen.

»Vladislav«, ergänzte Grip. »Er hat mich gefragt, wer gesagt hätte, dass sie auf die Pelikane schießen sollten. Sie kennen meine Antwort. Wenn ihr einen Blutbeutel in Adderloys Gefrierfach gefunden habt, dann gab es auch Mary. Sie war entschieden mehr als nur N.s Hirngespinst.« Dass Shauna wortlos weiterschwamm, war Antwort genug. »All Ihre Polizisten, Agenten …?«

»Sie wissen nichts von N.s Existenz«, antwortete sie. »Seine Geschichte ist nur ein paar wenigen Menschen in Washington bekannt, solchen wie Stackhouse und Konsorten. Und in dem Kreis ist Mary komplett abgeschrieben. Alle anderen, meine Polizisten und Agenten, wie Sie sie nennen, haben sich nicht einmal die Frage gestellt. Für sie existiert keine fünfte Person, keine Frau.«

»Dann mag es Vladislav also weiter gelingen, auf freiem Fuß zu bleiben und niemals in einem Verhör zu landen.«

»Das wollen wir hoffen.« Shauna hatte die Kachelwand erreicht und wendete unter der Statue. Sie warf einen Blick in Grips Richtung, als sie in die Mitte des Beckens glitt.

»Möchten Sie meine Vermutung hören?«, fragte Grip.

»Nein, nicht nötig. Mary war und ist mein Ding. Es gibt sie, und jetzt ist sie aus dem Verkehr gezogen. Sie hat sich unbrauchbar gemacht, war auf Adderloy angesetzt, was am Ende geklappt hat, aber dabei ist sie selbst zur Verbrecherin geworden. Sie hat es gut gemeint, aber das Ganze zu weit getrieben. Glücklicherweise war ich ihre einzige Kontaktperson.«

»Jeder Mensch hat irgendjemanden über sich. Was haben Ihre Chefs dazu gesagt?«

»Sie wussten, dass ich eine Quelle habe, aber nicht, wen oder wo. Adderloy ist ein sensibles Kapitel. Sie erinnern sich, dass ich zwei Agenten auf ihn angesetzt habe, die am Ende kaum wiederzuerkennen in einem Leichenschauhaus in Bangkok endeten. Danach war es schier unmöglich, in der Sache voranzukommen. Die Zusammenarbeit mit der ausländischen Polizei, das Vertrauen meiner eigenen Agenten, alles lief im Schneckentempo. Wir hatten keine Aussicht auf Erfolg, wahrten nur den Schein. Mary war die Chance, die sich offenbarte. Sie gehörte nicht zum Bureau, hatte aber eine wesentliche Grundvoraussetzung, die es für diesen Job brauchte, weil sie sich so frei wie sonst kaum jemand bewegen konnte. Es gab eine Reihe Verschleierungsaktionen zu ihrem eigenen Schutz, aber auch, damit niemand erfuhr, dass wir jemanden so dicht an Adderloy eingeschleust hatten. Meine Vorgesetzten bekamen nur kurze Berichte, die nichts über die Quelle verrieten.«

»Das sind keine Peanuts, in die sie sich eingemischt hat, in der Bank sind Menschen ums Leben gekommen und dann Turnballs Todesurteil.«

»Schon interessant, dass das Militär nie mit so was belästigt wird. Sie bomben eine Hochzeitsgesellschaft weg, entschuldigen sich, und gut ist es. Warum ist das nie so bei den Vertretern des Gesetzes? Mary war weit hinter der Front und mit allem allein. Aus nachvollziehbaren Gründen hatten wir nicht oft Kontakt, die ganze Zeit musste sie abwägen aufzuhören oder weiterzumachen,

Gewinn gegen Verlust in die Waagschale werfen. Gut, sie war dabei, als sie Turnball ins Bein geschossen haben. Aber das hätten sie auch getan, wenn sie nicht dort gewesen wäre. Und dann die Opfer in der Bank. Mary konnte unmöglich vorhersehen, wie teuflisch Adderloy tatsächlich war.«

»Wahnsinnig.«

»Keine übertriebene Empörung, bitte. Natürlich war es eine grausame Fehleinschätzung. Aber sie glaubte – und ich auch –, dass da mehr zu holen war. Dass wir noch mehr Leute als Adderloy auffliegen lassen könnten. Es war die Sache mit den Rebellenbewegungen und wie das alles finanziert wurde. Ich habe mir eingebildet, da stünde mehr dahinter, habe es mir eingeredet, habe das Ganze viel zu lange laufen lassen. Dachte, es würden noch mehr auftauchen, noch hässlichere und noch größere Fische. Aber die gab es nicht mehr, die hatten Adderloy allesamt den Rücken gekehrt. Genau aus dem Grund befand Adderloy sich in Topeka. Jetzt ist mir das klar, aber leider viel zu spät.«

Grip schwamm in langsamen Kreisen um Shauna herum, die auf dem Rücken trieb.

»Mary hat Adderloy in Asien aufgespürt«, fuhr sie fort, »wo er auf der Jagd nach passenden Leuten war, die eine Bank ausrauben und Turnball und seine Baptisten ins Verderben stürzen konnten.«

»Und sie hat ihn unterstützt, die drei anderen zu umgarnen.«

»Sie haben es freiwillig getan. Ihre Leben, besonders das von N., waren kaputt. Sie waren leicht zu manipulierende Opfer.«

»Sie hat Ihnen also Bericht erstattet und mit N. geschlafen?«

»Finden Sie das so merkwürdig? Sie hat unter einem immensen Druck gelebt, das macht so etwas mit Menschen. Haben Sie nie solche Fantasien gehabt?«

»Es gibt Grenzen.«

Shauna hob den Kopf ein wenig und sah ihn an, dann drehte sie sich auf den Bauch und machte ein paar Schwimmzüge. Das Licht von unten zerlegte ihren Schatten in mehrere Gestalten, die über die Wände schwammen. »Adderloy hatte die alte Fabrikhalle und alles, was sich darin befand, organisiert«, erklärte sie. »Er bezahlte die Miete. Damit nicht aufflog, wie bis ins kleinste Detail durchgeplant das ganze Unternehmen war, überzeugte er Mary davon, den anderen vorzuspielen, dass die Fabrik ihr gehörte und dass sie wusste, dass Turnball Blutspender war. Nach außen hin sollte es wie ein glücklicher Zufall aussehen und nicht, was es in Wirklichkeit war, der Bruchteil einer sehr viel größeren Mission, die nur Adderloy bekannt war. Mary ließ sich darauf ein, um so sein Vertrauen zu gewinnen.«

»Und er hat die Polizei informiert?«

»Ja. Es war von Anfang an Adderloys Plan, Reza zu opfern. Aber das wusste Mary nicht.«

Shauna und Grip waren zurück unter der Marmorfrau. Er suchte nach einem Halt für die Füße, fand aber keinen an der glatten Fliesenwand. Also stieß er sich leicht ab und glitt auf Shauna zu, die entspannt Wasser trat.

»Und Mary«, sagte er, »ist bei Vladislav und N. geblieben, bis sie keine Chance mehr hatte, wieder an Adderloy ranzukommen.«

»Sie hat es später im Motel noch mal versucht. Aber Adderloy kam nicht. Oder genauer: Vorher kam Vladislav ihr auf die Schliche, und dann kam die Polizei dazwischen.«

Shauna drehte sich wieder auf den Rücken und schaute zu der Statue hoch. »Aber ehe Vladislav sie aufforderte, die Handys in den Kanal zu werfen, konnte Mary noch eine SMS mit dem polizeilichen Kennzeichen des Wagens absetzen. Er wurde sofort zur Fahndung ausgeschrieben, aber erst in dem Hotel in Florida entdeckt. Allerdings nicht von der Polizei oder vom FBI, sondern aller Wahrscheinlichkeit nach von Stackhouses Wolfsrudel, aber das kann ich nicht mit Sicherheit sagen, weil Mary abgetaucht ist. Sie hat nicht mehr mitbekommen, ob N. festgenommen wurde, konnte nicht bestätigen, dass sie ihn tatsächlich dort geschnappt und abgeführt haben. Ich war mir also die ganze Zeit nicht sicher. Und ehrlich gesagt, war es mir auch egal, ich hatte alle Hände voll damit zu tun, Marys Spuren zu verwischen.« Shauna schöpfte Wasser mit der gewölbten Hand und ließ es sich übers Gesicht laufen. »Wie eine Besessene habe ich Spuren verwischt.«

»Und die Jahre gingen ins Land«, sagte Grip.

»Ja, die Jahre gingen ins Land. Aber eine Sache ließ sich nicht wieder zurechtrücken.«

»Turnball?«

»Dass er in der Todeszelle blieb, kann man niemand anderem vorwerfen als Mary und mir. Ich hätte das regeln müssen. Egal, wie unangenehm der Typ auch sein mag, das hatte er nicht verdient. Zu sterben.«

»Aber irgendwann ließ es sich ja zurechtrücken, mit etwas Nachhilfe.«

»Soll ich mich bedanken?«

Grip überhörte die Frage. »Und wo ist Mary jetzt?«

»Man kann ein ganzes Leben in New York verbringen, ohne dass irgendwer weiß, wer man eigentlich ist. Sie kommt zurecht.«

»Und die Agenten vom FBI und die Polizisten aus Kansas?«

»Glauben weiterhin, dass vier Männer eine Bank in Topeka überfallen haben, so viele haben sie auf den Überwachungsfilmen, so viele Drinks standen auf der Quittung.«

»Das sind eine Menge Steine, die nicht umgedreht werden dürfen, wenn das halten soll.«

»Ganz und gar nicht.«

»Die Libanesen«, sagte er. »Wenn jemand die beiden Brüder in dem Restaurant fragt, könnten sie von ihr erzählen. Möglicherweise auch noch andere Dinge.«

»Die Libanesen«, griff Shauna auf, »sind bestimmt anständige Menschen. Aber ein Restaurant zu betreiben, wenn man nur ein Studentenvisum hat, das ist illegal. Sie wurden ausgewiesen, sind verschwunden, ich nehme an, die letzte Spur verliert sich mit einem Flug nach Ankara.«

»Sie räumen auf.«

»Ich kümmere mich um die Details«, berichtigte Shauna ihn.

»Man kann sich nicht gegen alles versichern. Die Pelikane, zum Beispiel.«

»Nein, von denen wissen auch Sie, das stimmt. Andererseits haben Sie Ihre eigenen Pelikane: der Abstecher nach Gettysburg und eine viel weiter zurückliegende Nacht im Central Park, die aus dem Ruder gelaufen ist, etwa in der Höhe der 96. Straße.«

»Wie war das noch gleich«, sagte Grip leise. »N. sagte, er wäre in dem Motel geschnappt worden, Stackhouse behauptet, das wäre erst viel später der Fall gewesen. Und während N. sagt, dass es Mary gab, erzählen Sie Stackhouse, dass dem nicht so ist.« Er holte tief Luft. »Ist es möglicherweise mehr als einem recht, dass N. tot ist?«

Das Wasser im Becken war blank wie ein Spiegel.

»Hauptsache, man weiß, woran man miteinander ist«, sagte Shauna und machte einen Schwimmzug Richtung Treppe. »Das bedeutet alles.«

# 39

»Oh, Versöhnung?«, sagte Ben und hielt die Flasche hoch, die Grip ihm überreicht hatte. Champagner, ein 1996 Bollinger. Ben zeigte, wenn sie bei dem polnischen Schnapsladen im Nachbarviertel vorbeikamen, immer auf die Flasche in der abgeschlossenen Glasvitrine, meist mit dem Kommentar, wie göttlich der wäre, und dem Bedauern, dass dafür aber gerade die Brieftasche viel zu dünn wäre.

»Oder gibt es was zu feiern?«

Grip hatte sich an den Tisch in der engen Küche gesetzt. Er war den ganzen Weg vom Badehaus in Gramercy Park bis zur Wohnung in Chelsea gelaufen. Seine Haare waren unterwegs getrocknet. Es gab eine halbe Stunde, über die er niemals richtig würde sagen können, wie genau er gegangen war oder was genau er gedacht hatte, ein Weg zwischen zwei Welten. Er hatte nicht einmal über die Schulter geschaut, als sich die Luftschleuse hinter ihm geschlossen hatte.

Erst als er an dem Schaufenster des Polen mit all den verblichenen Etiketten vorbeilief, fiel ihm auf, dass er mit leeren Händen kam. Er hatte nicht überlegt, was er eigentlich wollte, zeigte zufällig auf den Champagner. Grip brachte normalerweise keine Geschenke mit.

»Ich weiß«, sagte Ben mit dem Rücken zu ihm, »ich soll nichts sagen.«

»Du hast gut drei Wochen nichts von mir gehört«, gab

Grip zurück. Seine Hand wischte zerstreut über den Stapel Zeitschriften und Kunstkataloge auf dem Tisch.

»Vier.« Ben stellte den Champagner ab. Der Pole hatte ihn abgestaubt und sich verneigt, als er das Geld nahm. »Gab es kein Telefon, nicht mal Internet?«

»Bestimmt.«

»Ich bin keine eifersüchtige Schwuchtel, aber sag mir bitte, dass das notwendig war.« Ben hatte Grip immer noch den Rücken zugewandt und putzte irgendetwas in der Spüle. Es war nach zehn Uhr. Ben aß immer spät, wenn er zu Hause aß, hatte vorher nicht die nötige Ruhe, wie er meinte. Über den Schultern sah man seinem weißen Hemd an, dass es gebügelt gewesen war, aber über der Hüfte war es knittrig und hochgerutscht. Er legte das Messer weg und stützte sich abwartend mit den Händen ab.

»Ich wollte kein Risiko eingehen«, sagte Grip schließlich.

»Risiko, es ist immer …«

»Besonders in diesem Fall nicht«, fiel ihm Grip mit lauter Stimme ins Wort.

Ben hörte nicht zu. »Wenn mir etwas passiert wäre, hätte ich dich nirgendwo erreicht.« Seine Unterarme ragten aus den umgeschlagenen Manschetten, schmaler denn je. »Es reicht nicht, dass du an mich *denkst*.«

»Ich habe kaum an dich gedacht … So funktioniert das nicht. Es war keine Zeit dafür, aber im Gegensatz zu den verfluchten Ärzten habe ich wenigstens versucht, dein Leben zu retten.«

Ben drehte sich um und sah Grip unsicher an, der den Kopf schüttelte. Eine Art Entschuldigung.

Ben rieb sich die Schläfen. »Du siehst braun gebrannt aus.«

»Ja.«

»Du warst verreist, einer deiner Aufträge … für Schweden … irgendwohin.« Er kniff die Augen zu. »Hat es was mit deinem Job hier zu tun, mit Arp und dem anderen?«

»Lass es.«

Aber Ben machte weiter. »Meine Gutachten haben nie jemandem geschadet.«

»Ben, die Tür. Ich will nicht, dass du die Tür offen lässt.« Ein Versuch von Themenwechsel. Als Grip gekommen war, war die Tür unverschlossen gewesen, er hatte nur eintreten brauchen. Das war ein alter Streitpunkt.

Taube Ohren.

»Das, wobei du geholfen hast, Ernst, war ja nun nicht unbedingt etwas, wofür Leute sterben mussten.«

»Ben …«

Ben lachte nur. »Du musstest doch niemanden umbringen, oder?«

Der Blick.

Einen ganz kurzen Augenblick öffnete sich die Luftschleuse, die für immer geschlossen bleiben sollte, und etwas wurde in dem Spalt sichtbar. Ein Geist. Wie wenn die Seele einen Sterbenden verlässt.

»Es gibt uns wieder, Ben, es gibt uns wieder«, sagte Grip und schaute knapp an Ben vorbei. »Wir müssen uns keine Sorgen machen.«

Stummes Einvernehmen. Der Spalt schloss sich wieder.

»Gemüsesuppe. Mit ein paar kleinen Fleischwürfeln.« Das konnte nur Ben, den Tod so von sich abschütteln, wenn er durch den Raum schwebte. Nicht seinen eigenen, aber den aller anderen. Er schaute die Flasche an. »Und einen 96er Bollinger La Grand Année. Wie lange bleibst du?«

»Nur diese Nacht.«

»Das ist doch ganz wunderbar.«

# 40

Die langen, dunklen Korridore der Sicherheitspolizei. Grip war in Stockholm bei seinem Chef. Nicht dem höchsten oder nächsten, sondern dem alten. Sein Büro war kleiner als das der anderen Chefs, aber immerhin hatte er einen Teppich und lederbezogene Stühle, so war der Standard.

»Sieh an, das hat also nichts gebracht«, sagte der Chef, »außer einer unsicheren Identität?«

»Ja«, antwortete Grip.

»Ist der Fall aufgeklärt?«

»Nein, er ist vorher gestorben.«

»Und dafür warst du fast vier Wochen weg?«

»Der übliche Sand im Getriebe der amerikanischen Bürokratie.«

»Hast du ihn persönlich verhört?«

»Ein paar Mal.«

»Konnte er Schwedisch?«

Grip antwortete nicht direkt, bewegte stattdessen den Oberkörper vor und zurück.

»Mit Akzent, vielleicht?«, schlug der Chef vor.

Grip zuckte mit den Schultern. Der Chef nickte.

Vier Wochen, die einfach weg waren. Keine einzige Unterlage fürs Archiv, nicht einmal ein Punkt, der das Ganze abschloss, außer einem handgeschriebenen Zettel auf dem Schreibtisch des Chefs mit Grips Spesenabrechnung. Keine Ortsangaben, keine Daten, keine Quittungen, nur: *Kost, Logis* und die diffuse Rubrik *Sonstiges*. Der Chef hatte einen kurzen Blick auf den Zettel geworfen und ihn beiseitegelegt. Die Summe würde im nächsten Monat unter steuerfreie Kostenerstattung auf der Gehaltsabrechnung auftauchen. Kein Wort über Diego Garcia oder New York, nichts darüber, dass die Sicherheitspolizei ihm unter anderem die Kosten für zwei Flaschen Tränengas und eine besonders scharfe Ahle erstattete.

Der Chef saß hinter seinem Schreibtisch, Grip stand mit den Händen in der Hosentasche am Fenster und schaute hinaus.

»Ich hätte dich gerne wieder zurück in der Abteilung«, sagte der Chef. »Vollzeit. Ich brauche …«

»Ich will mit den Amerikanern in nächster Zukunft nichts mehr zu tun haben.«

Der Chef lachte, was eher wie ein Husten klang. »Wohl wahr, alles dreht sich immer um die Amerikaner, man stößt überall auf der Welt auf sie.«

»Genau.«

»Aber das ist doch eigentlich dein Ding, reisen, dich um deinen Kram kümmern, abtauchen. Ich brauche Leute mit diesem Talent.«

»Gib's auf.«

»Dann willst du wieder zurück zum Personenschutz?«

Grip nickte.

»So eine verfluchte Verschwendung.« Der Stuhl gab einen metallischen Protestlaut von sich, als der Chef sich zurücklehnte. »Überstunden, Headset und Doppelschuss-Serien am Schießstand, jahrein, jahraus?«

»Genau das Richtige für mich.«

»Ausgerechnet jetzt.«

Grip blieb eine Antwort schuldig, schaute weiter aus dem Fenster.

Der Chef lehnte sich noch weiter zurück. »Also, was ist das nächste Ziel für dich und deine Anzüge?«

»Eins der Mädel will an die Riviera.«

»Babysitter für eine Prinzessin. Und wieso eigentlich immer Riviera, was machen die da unten?«

»Das weißt du doch.«

»Du musst über die schlechten Witze der Hofschranzen lachen, abends den Taxifahrer für sie machen und ihnen aufdringliche Paparazzi vom Leib halten.«

»Genau das Richtige für mich.«

»Erzähl mir nichts. Du hasst das, aber es sind die freien Wochen, das versteh ich schon.«

Grip sah ihn an. »Und ich habe nichts mit den Amerikanern zu tun«, sagte er dann.

»Ja, dann muss es wohl so sein. Wann fährst du?«

»Morgen. Staatsflugzeug vom Flughafen Bromma.«

»Verdammt, weil eine Prinzessin sich sonnen will.«

»Irgendeine Ausstellungseröffnung findet auch statt.« Grip folgte einem Vogel vor dem Fenster mit dem Blick.

»Und anschließend zwei Wochen Wasserski.«

»Wahrscheinlich.«

»Wasserski, Grip, ich bitte dich.«

»Ich bin nur der Leibwächter.« Der Vogel verschwand. Grip drehte sich um. »Wie gesagt«, er vollführte eine entschuldigende Geste mit der Hand. »Ich bin hingefahren, wo sie mich haben wollten, aber der Inhaftierte ist gestorben.«

»Gestorben, ja«, sagte der Chef, gab auf und ließ seine Bassettwangen sacken.

Grip nickte und trat hinaus auf den Flur.

# 41

Vorsommersonne, intensiv blauer Himmel wie eine Gasflamme. Grip spazierte nach einem Ausflug nach Södermalm durch die Stadt nach Hause. Er war in der Bibliothek am Medborgarplatsen gewesen, wo ihm die Bibliothekarin, eine alte Bekannte, die er ein paar Tage zuvor angerufen hatte, bei der Suche nach einer Tageszeitung geholfen hatte. Sie hatte die gesamte Ausgabe der letzten Woche geordert, *Kansas City Star*, aber Grip wollte nur eine bestimmte Nummer, die sie ihm mitgegeben hatte. Er ging über den Götgatspuckeln runter zur Schleuse mit dem Blick übers Wasser, auf Kirchtürme und Altstadtfassaden. Am Stadsgårdskai hatte das erste Kreuzfahrtschiff der Saison angelegt. Der weiße Riese lag ein Stück weit draußen vor Anker, und die Touristenhorden wurden von kleineren Booten im Pendelverkehr vor der Altstadt abgeladen. Grip stand einen kurzen Moment da, dann entschied er sich, denselben Weg zu nehmen. Er folgte dem Gehweg die Treppen hinunter zum Kornhamnstorg. Als der Verkehr der Schleuse hinter ihm lag, schlug er die Zeitung auf und faltete sie so, dass er sie in einer Hand halten konnte.

Kurz nach Mitternacht in der Nacht auf Dienstag wurde Reza Khan in den Hinrichtungsraum des Gefängnisses von Lansing geführt. Der zum Tode verurteilte Gefangene machte anfangs den gleichen abwesenden Eindruck wie schon bei den Verhandlungen. Wegen der schweren Schussverletzung, die Reza Khan sich in Zusammenhang mit seiner Festnahme zugezogen hatte, eben die Kopfverletzung, die er als Grund für seinen umstrittenen Gedächtnisverlust angab, war es extrem schwierig, in dem entstellten Gesicht irgendwelche Gemütsregungen abzulesen.

Khan wurde bereits drei Tage zuvor aus dem Todeszellentrakt im Gefängnis von El Dorado in eine isolierte Zelle in Lansing verlegt. Da die Behörden keine Verwandten ausfindig machen konnten, hatte Khan in den letzten Tagen außer einmal seinen Anwalt niemanden gesehen. Seine Henkersmahlzeit war frittiertes Hähnchen.

Als die Gardine zwischen Reza Khan und den versammelten Zeugen der Kammer aufgezogen wurde, lag Khan bereits festgeschnallt auf der Bahre, mit Kanülen und angeschlossenen Schläuchen in jeder Armbeuge. Die Bahre war in Halbstand hochgeklappt, und Khan schien überrascht über den Anblick der vielen Gesichter hinter der Scheibe. Als der Gefängnisdirektor Richard Hickock das Urteil verlas, machte Khan erstmals einen etwas wacheren Eindruck. Nach den abschließenden Worten Hickocks antwortete Khan sarkastisch: »Es ist wohl kaum eine Überraschung für einen der hier Anwesenden, dass ich sterben soll.« Der Gefängnisdirektor reagierte neutral darauf und fragte professionell, ob Khan noch ein paar letzte Worte sprechen wolle, worauf Khan ruhig antwortete: »Was erwartet ihr, dass ich *Allahu Akbar* rufe? Nein, lasst euch selber was einfallen.«

Danach entstand eine kleine Unruhe, als die Assistenten des Gefängnisdirektors die Bahre runterklappen wollten und eine Sperre klemmte. Während sie versuchten, das Problem zu lösen, schaute Khan durch die Scheibe zu den Zeugen, suchte sich ein Gesicht und hielt es mit dem Blick fest. Jemand beschrieb seinen Gesichtsausdruck als Lächeln, ein anderer als Verwunderung, als Reza Khan sagte: »Jetzt erkenne ich dich wieder«, worauf die Sperre sich löste und die Bahre in waagerechte Position kippte.

Grip bog in die Västerlånggatan ein, die er wegen des Gewimmels im Sommer eigentlich gerne mied: Kinder mit tropfendem Eis, japanische Reisegruppen, Wikingerhelme, Kameras und tierisches Gedränge im Paradies der Taschendiebe. Er steuerte den Storkyrkobrinken an, überholte zwei amerikanische Kreuzfahrtdamen mit breitkrempigen Hüten, die sich mit kleinen Trippelschritten fortbewegten, fand einen neuen Pfad durch die Menschenmenge und schaute wieder in die Zeitung.

Die erste Spritze macht den Todeskandidaten schläfrig, die zweite und dritte lähmen die Lungen und das Herz, bis es endgültig stehen bleibt. Unmittelbar bevor Reza Khan das Bewusstsein verlor, murmelte er wiederholte Male etwas, das von allen Anwesenden als »Fairy« verstanden wurde. Zehn Minuten später wurde Reza Khan vom Gefängnisarzt für tot erklärt. Während des gesamten Prozesses wurden keine Regungen oder Anzeichen von Unwohlsein beobachtet. Einer der Anwesenden glaubte, ein Zucken in einer Hand gesehen zu haben, ein anderer beschrieb die Szenerie wie das »Einschläfern eines Hundes«. Reza Khans sterbliche Überreste werden eingeäschert und in einigen Tagen an unbekanntem Ort verstreut.

Vor dem Gefängnis wurde die Hinrichtung von den christlichen Gruppierungen gefeiert, die vorher durch die Taten, für die Khan hingerichtet wurde, angeprangert worden waren. Mit Charles-Ray Turnballs Freilassung und der Hinrichtung Reza Khans sehen sich diese kirchlichen Gemeinschaften rehabilitiert. »Gottes Zorn, Gottes Zorn«, skandierte eine Gruppe, die sich Southern Baptist Conference nennt, als der Leichenwagen das Gefängnisgelände verließ.

Wie der *Kansas City Star* schon früher berichtete, deuten diverse Experten die unbegreiflichen Taten von Reza Khan und seiner Gruppe als Ausdruck für die Zementierung der Religionskriege unserer Zeit. Die republikanische Senatorin von Kansas, Barbara Freeman, kommentierte die Nachricht von Khans Hinrichtung: »Khan ist der erste Terrorist seit 9/11, der seine rechtmäßige Strafe erhalten hat.«

Grip blieb stehen. An der Ecke vom Storkyrkobrinken war ein kleiner Tisch aufgeklappt, eine Traube Neugieriger hatte sich darum versammelt. Er zählte vier Litauer, aber nur der mit dem schmuddelig schwarzen Hut und dem Halstuch zog die Aufmerksamkeit auf sich, der mit den flinken Händen hinter dem Tisch. Im letzten Sommer hatte die Polizei auf eine Anzeige hin eingegriffen, die Männer sogar mit aufs Revier genommen. Aber man hatte sie bald wieder gehen lassen müssen. »Die Leute geben uns ihr Geld, wir nehmen es ihnen nicht weg, niemals. Wir sind keine Diebe.«

Drei Becher auf dem Tisch – wo war der Ball? Tschoff, tschoff, tschoff, die Becher fuhren mit blitzschnellen Bewegungen hin und her.

Grip hatte gehört, dass sie wieder da waren, das wollte er sich nicht entgehen lassen. Er stellte sich an die gegenüberliegende Ecke, etwas abseits vom Gedränge.

»Zwanzig Kronen Einsatz bringen das Doppelte, wenn ihr gewinnt«, forderte der Mann hinter dem Tisch in einem Gemisch aus mehreren Sprachen das Publikum heraus. Drei seiner Leute hatten sich unter die Zuschauer gemischt. Ein Geldschein auf dem Tisch – tschoff, tschoff, tschoff. Ein Knuff von hinten oder ein lauter Kommentar im richtigen Augenblick, der die Aufmerksamkeit des Spielers ablenkte: kleine Bewegungen hier, große Gesten da, ab und zu ein gespielter Streit. Wenn die Einsätze ausblieben, boten sie selber – tschoff, tschoff, tschoff –, so langsam, dass man folgen konnte, glaubte, den Trick zu durchschauen.

»*Amazing*«, ertönte eine amerikanische Stimme, als der Ball unter dem mittleren Becher hervorrollte. Ein kleiner Japaner wedelte mit einem Hundertkronenschein in der Luft herum und legte ihn auf den Tisch. Echter Einsatz. Tempowechsel. Tschoff, tschoff, tschoff.

In dem Bad. In Gramercy Park. Grip war noch eine Weile im Wasser geblieben, nachdem Shauna ihn verlassen hatte. Anschließend, auf dem Weg in den Umkleideraum, ließ er alles hinter sich. Topeka, Mary, N., alles im Wasser versunken. Da schoss ihm ein Gedanke durch den Kopf, und er blieb stehen. Er trat zögernd auf der Stelle, dann machte er kehrt und ging zurück, am Schwimmbecken vorbei zum Umkleideraum der Damen. Da er davon ausging, dass außer ihnen niemand mehr im Gebäude war, trat er ein.

Ein leerer Gang, an dessen Ende er Wasser rauschen hörte. Er ging weiter, sah niemanden, vermutete sie aber unter der Dusche. Vor ihm eine offene Tür, dahinter der Handtuchraum. Er wollte erst sichergehen, dass sie es tatsächlich war, niemanden erschrecken, keinen Ärger riskieren. Ein kurzer Blick durch den Türspalt, nur sehen, ohne gesehen zu werden, damit er ihr zurufen konnte, dass sie sich in ein Handtuch einwickeln und wieder rauskommen sollte.

Der Gedanke, der ihm durch den Kopf geschossen war, betraf sein letztes Treffen mit N. in dessen Zelle, als N. so resigniert und abwesend, fast wirr gewesen war. Danach wollte er sie fragen.

Grip schaute in den Duschraum der Frauen. Sie stand wenige Meter vor ihm, allein, mit dem Rücken zu ihm. Der Badeanzug lag auf einer Marmorbank hinter ihr. Sie streckte sich und spülte die Haare aus, die sich in einem glänzenden Strang über ihren Rücken schlängelten. Weiße Fliesen und Marmor, schwarzes Haar. Stark und schön.

Wie eine Göttin.

Grip stand im Verborgenen und betrachtete ihre von der Türöffnung eingerahmte Gestalt unter dem Wasserschwall.

Die nächtlichen Verhöre auf Diego Garcia, die Fragen des FBI zu Adderloy, New York und so weiter. Nicht Shauna hatte sie gestellt, dafür hatte sie ihre Leute, das hatte Grip schon dort verstanden. Als er N. das letzte Mal gegenübergesessen hatte, hatte der gemurmelt: »Sie ist zu mir reingekommen«, und Grip hatte es für eine seiner traumatischen Erinnerungen an die Zeit nach der Welle gehalten. Jetzt fiel der Groschen. In letzter Minute sozusagen war Shauna persönlich zu ihm in die Zelle gegangen, danach war N. zusammengebrochen. Grip wollte wissen, worüber sie gesprochen hatten.

Sie hatte natürlich gar nichts gesagt, sich nur kurz in der Zelle gezeigt.

N.s völlig resignierter Blick, die stumme Bitte, sterben zu dürfen. Und Grip hatte seine Chance ergriffen, den mit dem Pulver zermahlener Malariatabletten gefüllten Stift.

Bilder rollten vor seinem inneren Auge vorbei wie Filmsequenzen. Eine von N.s Zeichnungen, die er auf den Zeitungsrand gekritzelt hatte: die schmalen Augen einer Katze. Das rauschende Wasser der Dusche. »Wer hat gesagt, dass wir auf die Pelikane schießen sollen?«

Nicht nur ihr dunkles Haar war ein Kontrast in dem ansonsten weißen Duschraum. Auch ihr nackter Körper. Obgleich sie von ihm abgewandt war, starrte ihn ein Augenpaar durch den Türspalt an, direkt über ihren Pobacken. Die schwarze Katze machte einen Buckel, ihr Schwanz ragte in die Höhe, bereit zum Peitschenhieb, die Augen funkelnde, schmale Schlitze.

Die Tür zum Wäscheraum fiel mit einem Knall ins Schloss. Die Frau unter der Dusche warf einen erschrockenen Blick über die Schulter und lächelte, als sie die Putzfrau sah, hielt das Gesicht dann wieder in den Wasserstrahl.

Die Putzfrau war mit einem Stapel Handtücher unter dem Arm auf dem Weg zum Schwimmbecken, um den Vorrat aufzufüllen. Als sie durch die Tür in den Säulengang trat, sah sie ein Stück vor sich die Rückenansicht eines Mannes.

»Wir schließen jetzt.«

Er reagierte nicht. Handtuch um die Hüfte, muskulöser Rücken.

»Alles in Ordnung?« Sein Gang war irgendwie merkwürdig.

Er reagierte noch immer nicht. Ein Lichtstreifen fiel in

das Dämmerlicht, als die Tür zur Herrenumkleide aufging. Dann war er weg.

Die Putzfrau zögerte, ehe sie mit ihrem Stapel Handtücher weiterging.

»*Amazing.*« Der Japaner an der Ecke zum Storkyrkobrinken war um fünfhundert Kronen ärmer. Der Mann der Amerikanerin hatte noch etwas mehr verloren. Ein Stups, ein gut getimter Nieser, ein Spieleinsatz, den tatsächlich mal der gewann, der ihn eingesetzt hatte.

»Bloß weil ihr den Trick aufgedeckt habt, wurde noch kein Verbrechen begangen«, hatte der Anwalt der Litauer gesagt, als sie im letzten Sommer inhaftiert worden waren. »Jeder Trick lässt sich erklären.« Tschoff, tschoff, tschoff. »Die Menschen wollen übers Ohr gehauen werden.«

Erstaunte Flüche, wenn der Ball unter dem falschen Becher hervorrollte. Die Amerikaner gingen.

Grip schaute wieder in die Zeitung. Jemand hatte ein Lächeln gesehen, als Reza Khan sagte: »Jetzt erkenne ich dich wieder.« Am Ende des Artikels waren alle Anwesenden aufgeführt. Grip überflog die Namen: der Polizeipräsident von Topeka, ein Richter, Khans Anwalt, einige Hinterbliebene der Opfer des Banküberfalls, Journalisten und jemand vom FBI – Grip nickte –, Shauna Friedman.

Tschoff, tschoff, tschoff.

»… murmelte er wiederholte Male etwas, das von allen Anwesenden als ›Fairy‹ verstanden wurde«, las Grip weiter.

Die Becher standen still, die Hand aus dem Publikum, die den Becher mit dem Ball aufdecken sollte, zögerte. Grip murmelte leise vor sich hin: »Fairy, fairy, fairy.«

Der Becher wurde angehoben, Grip reckte den Hals und korrigierte sich: »Mary … Mary … Mary.«